W0183418

LE FILS
REJETÉ

DU MÊME AUTEUR

CHEZ LE MÊME ÉDITEUR

LE SOLDAT CHAMANE

La Déchirure (t. 1)

Le Cavalier rêveur (t. 2)

L'ASSASSIN ROYAL

L'apprenti assassin (t. 1)
L'assassin du roi (t. 2)
La nef du crépuscule (t. 3)
Le poison de la vengeance (t. 4)
La voie magique (t. 5)
La reine solitaire (t. 6)
Le prophète blanc (t. 7)
La secte maudite (t. 8)
Les secrets de Castelcerf (t. 9)
Serments et deuils (t. 10)
Le dragon des glaces (t. 11)
L'homme noir (t. 12)
Adieux et retrouvailles (t. 13)

Tous ces titres ont été regroupés en quatre volumes :

LA CITADELLE DES OMBRES *, **, *** et ****.

LES AVENTURIERS DE LA MER
Le vaisseau magique (t. 1)
Le navire aux esclaves (t. 2)
La conquête de la liberté (t. 3)
Brumes et tempêtes (t. 4)
Prisons d'eau et de bois (t. 5)
L'éveil des eaux dormantes (t. 6)
Les Seigneurs des trois règnes (t. 7)

Les six premiers tomes ont été regroupés en deux volumes :

L'ARCHE DES OMBRES * et **.

ROBIN HOBB

LE FILS REJETÉ

Le Soldat chamane

***

roman

Traduit de l'anglais par A. Mousnier-Lompré

Pygmalion

Titre original :
FOREST MAGE
(The soldier son trilogy – Livre II)
(Première partie)

Sur simple demande adressée à
Pygmalion, 87 quai Panhard et Levassor 75647 Paris Cedex 13
vous recevrez gratuitement notre catalogue
qui vous tiendra au courant de nos dernières publications.

© 2006, Robin Hobb
© 2007, Pygmalion, département de Flammarion, pour l'édition en langue française
ISBN : 978-2-7564-0015-0
Le Code de la propriété intellectuelle n'autorisant, aux termes de l'article L. 122-5 (2° et 3° a), d'une part, que les « copies ou reproductions strictement réservées à l'usage du copiste et non destinées à une utilisation collective » et, d'autre part, que les analyses et les courtes citations dans un but d'exemple et d'illustration, « toute représentation ou reproduction intégrale ou partielle faite sans le consentement de l'auteur ou de ses ayants droit ou ayants cause est illicite » (art. L. 122-4).
Cette représentation ou reproduction, par quelque procédé que ce soit, constituerait donc une contrefaçon sanctionnée par les articles L. 335-2 et suivants du Code de la propriété intellectuelle.

A Alexsandrea et Jadyn qui m'ont accompagnée
tout au long d'une rude année.
Je promets de ne jamais prendre la fuite.

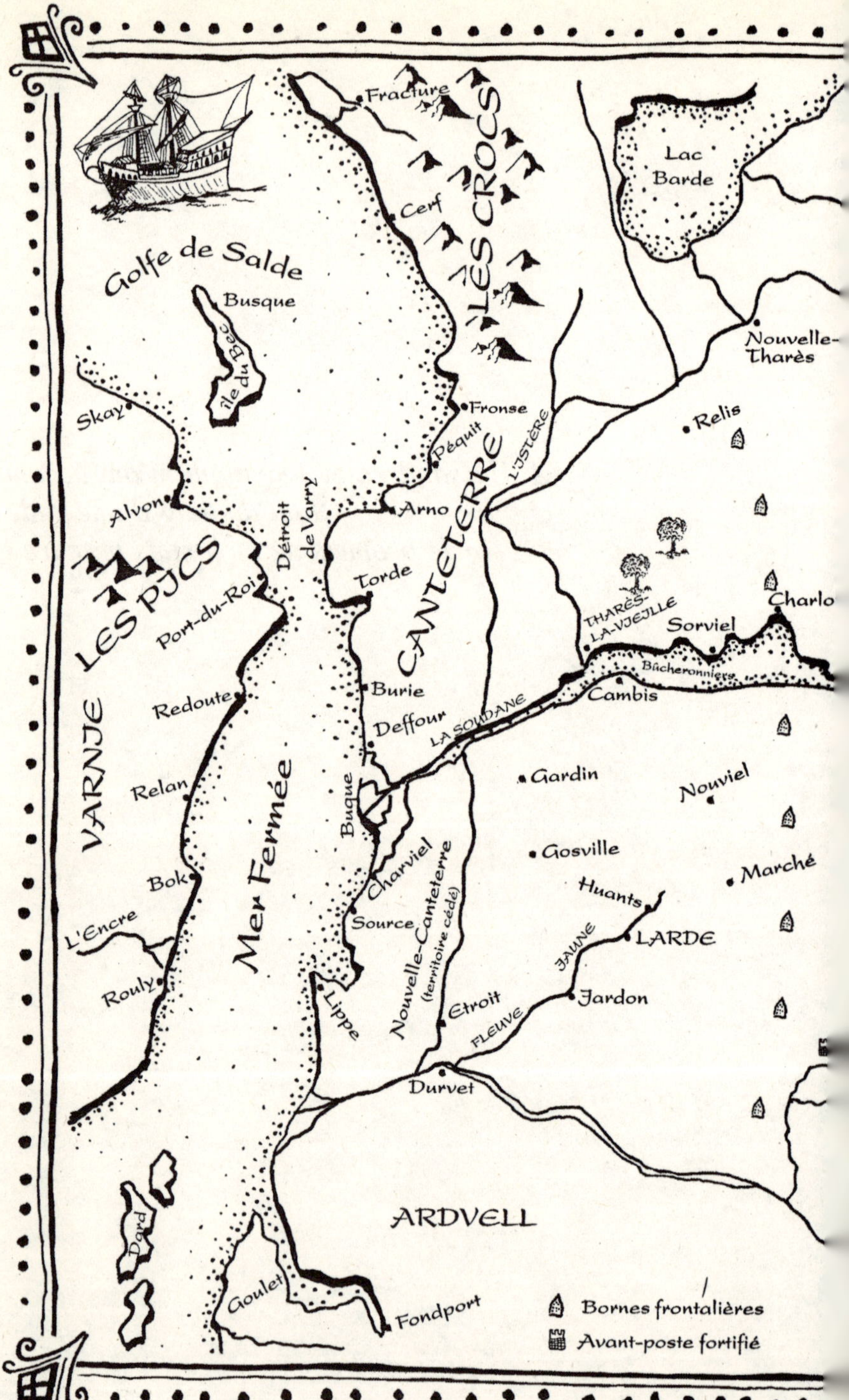
Fracture
LES CROCS
Lac
Barde
Cerf
Golfe de Salde
Busque
île du Bec
Nouvelle-
Tharès
Fronse
Skay
Péquit
Relis
L'ISTÈRE
CANTETERRE
Arno
Alvon
Détroit
de Varry
LES PICS
Torde
Port-du-Roi
THARÈS-
LA-VIEILLE
Charlo
Sorviel
Bûcherons
Cambis
Burie
Redoute
Deffour
LA SOUDANE
VARNIE
Gardin
Relan
Nouviel
Buque
Gosville
Charviel
Mer Fermée
Bok
Marché
Huants
LARDE
Nouvelle-Canteterre
(territoire cédé)
L'Encre
Source
JAUNE
Jardon
Rouly
Lippe
Etroit
FLEUVE
Durvet
ARDVELL
Dard
Goulet
Fondport
Bornes frontalières
Avant-poste fortifié

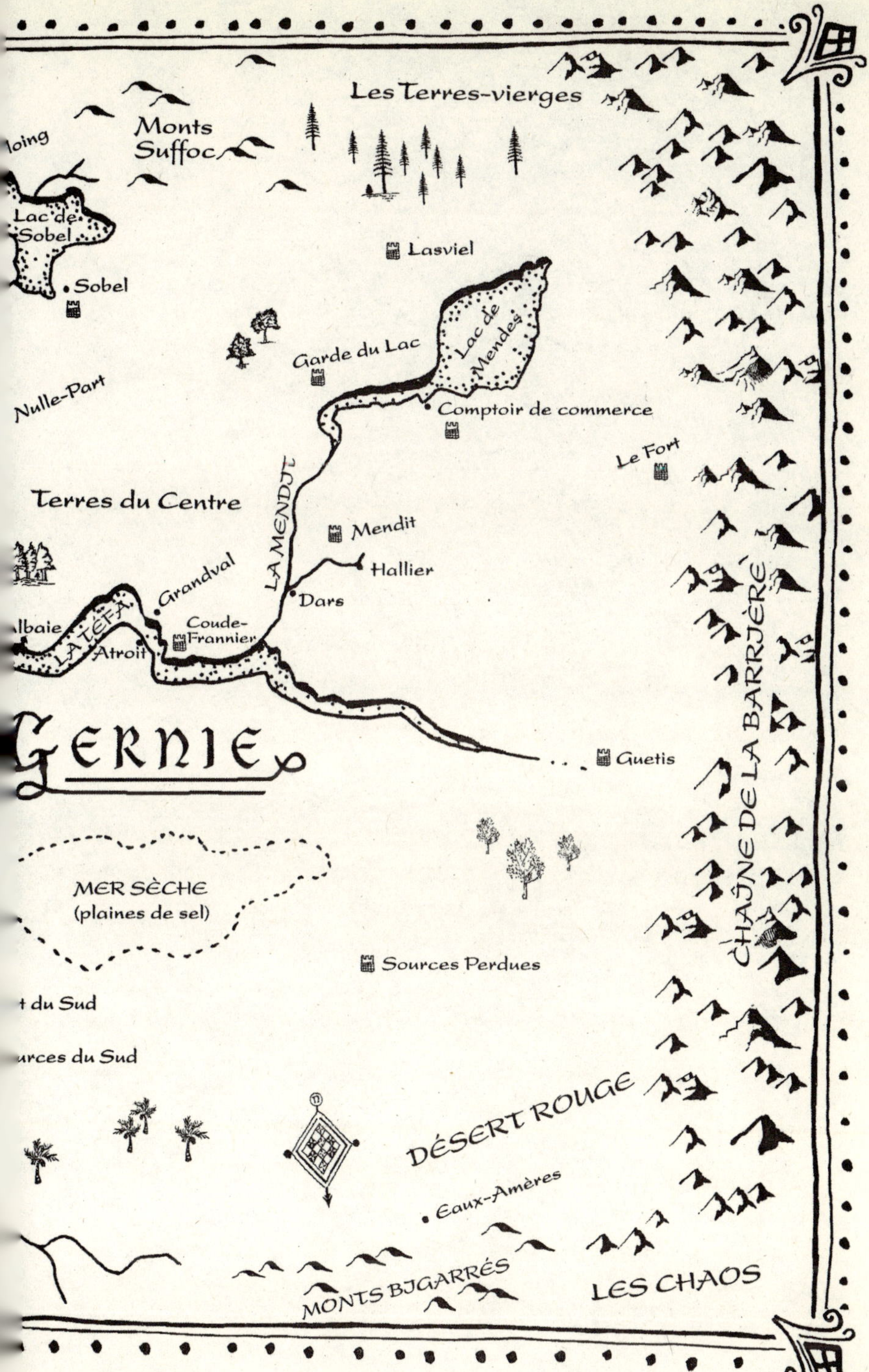
Les Terres-vierges
Monts Suffoc
loing
Lac de Sobel
Sobel
Lasviel
Lac de Mendes
Garde du Lac
Nulle-Part
Comptoir de commerce
Le Fort
Terres du Centre
LA MENDIT
Mendit
Hallier
Grandval
Dars
lbaie
LA TÉFA
Coude-Frannier
Atroit
GERNIE
Guetis
CHAÎNE DE LA BARRIÈRE
MER SÈCHE
(plaines de sel)
Sources Perdues
t du Sud
urces du Sud
DÉSERT ROUGE
Eaux-Amères
MONTS BIGARRÉS
LES CHAOS

1
Rêves d'arbres

UN PARFUM RÈGNE DANS LA FORÊT. Il ne provient pas d'une fleur ni d'une feuille particulière ; il ne s'agit pas de l'arôme riche du terreau noir et friable ni de l'odeur suave du fruit passé de la simple maturité au moelleux gorgé de sucs. Celui que je me rappelais était un mélange de tout cela, avec une touche de soleil qui en éveillait les essences et une brise imperceptible qui les combinait parfaitement. Elle portait cette odeur sur elle.

Nous étions allongés dans un berceau de verdure. Les hautes frondaisons se balançaient doucement et les rayons du soleil nous effleuraient au gré de leur danse. Les lianes et les plantes grimpantes qui tombaient en festons des branches tendues au-dessus de nos têtes formaient les murs protecteurs de notre pavillon forestier. Un épais coussin de mousse épousait mon dos, et ma tête reposait sur l'oreiller de son bras moelleux. Des sarments volubiles cachaient le nid de nos amours derrière leur feuillage et leurs larges fleurs vert clair ; les pétales pointaient entre les lèvres charnues des calices, lourds de pollen jaune, que butinaient de grands papillons aux ailes d'un orange profond rayé de noir. L'un d'eux quitta une fleur penchée, se posa sur l'épaule de ma maîtresse et se mit à marcher sur sa douce chair tachetée. Il déroula une langue noire pour goûter la transpiration qui pruinait la peau de la femme de la forêt, et je l'enviai.

J'éprouvais un bien-être indescriptible, rassasié par-delà la passion. Je levai une main nonchalante pour barrer la route au papillon ; intrépide, il monta sur mes doigts et je le portai sur la chevelure épaisse et rebelle de ma maîtresse pour l'en décorer. A mon contact, elle ouvrit ses yeux noisette où le brun clair se mêlait au vert et elle sourit. Accoudé sur la mousse, je l'embrassai ; ses seins amples se pressèrent contre ma poitrine, étonnamment moelleux.

« Je regrette, dis-je tout bas en me redressant. Si tu savais combien je regrette d'avoir dû te tuer ! »

Je lus de la tristesse mais aussi de l'affection dans son regard. « Je sais. » Il n'y avait nulle trace de rancœur dans sa voix. « N'aie pas de remords, fils de soldat. Tout s'accomplira comme l'a décidé le destin. Tu appartiens désormais à la magie et, quoi qu'elle exige de toi, tu dois obéir.

— Mais je t'ai tuée. Je t'aimais et je t'ai tuée. »

Elle eut un sourire empreint de douceur. « Ceux de notre espèce ne meurent pas comme les autres.

— Alors, tu es encore vivante ? » Je m'écartai d'elle pour mieux voir la masse de son ventre, et le spectacle contredit ses propos : mon sabre de cavalla y avait ouvert une entaille béante d'où ses viscères s'épanchaient sur la mousse, roses et grisâtres, amoncelés comme d'énormes vers gras. Ils s'étaient arrêtés contre mes jambes nues, chauds et visqueux, et du sang avait maculé mes parties génitales. Je voulus hurler mais ne le pus point ; je m'efforçai de la repousser mais nous étions fondus l'un dans l'autre.

« Jamère ! »

Je m'éveillai en sursaut et m'assis dans mon lit, tremblant, haletant, la bouche grande ouverte. Un spectre blême se tenait à côté de moi ; je lançai un glapissement de terreur, aussitôt réprimé, avant de reconnaître Trist. « Tu gémissais dans ton sommeil », me dit-il. D'un geste compulsif, je me frottai les cuisses puis levai les mains devant mes yeux. Dans la faible clarté de la lune qui tombait de la fenêtre, je n'y vis pas trace de sang.

« Tu as eu un mauvais rêve, ne t'inquiète pas, reprit Trist.

— Pardon, marmonnai-je, honteux ; excuse-moi si j'ai fait du bruit.

— Tu n'es pas le seul à souffrir de cauchemars. » L'élève s'assit au pied de mon lit ; naguère mince et souple comme un fouet, il était aujourd'hui d'une maigreur squelettique et se déplaçait avec la raideur d'un vieillard. Une toux sèche le saisit puis il retrouva sa respiration. « Tu sais de quoi je rêve ? » Il poursuivit sans attendre ma réponse : « Je rêve que la peste ocellionne m'a tué – parce que c'est vrai ; je fais partie de ceux qui sont morts et ont ressuscité. Mais, dans mes songes, au lieu de conserver mon cadavre à l'infirmerie, le docteur Amicas autorise qu'on l'enlève ; on me jette dans la fosse commune puis on me recouvre de chaux vive, et je me réveille là, écrasé sous tous ces corps qui puent l'urine et le vomi, et je sens la chaux qui me ronge. Je tente de m'extraire, mais on continue à entasser de nouveaux cadavres sur moi ; je les écarte, je les repousse, je m'efforce de sortir de cette masse d'os et de chair putréfiée, et tout à coup je me rends compte que j'essaie d'escalader le cadavre de Nat. Il est mort, à moitié décomposé, mais il ouvre les yeux et il me demande : "Pourquoi moi, Trist ? Pourquoi moi et pas toi ?" » Un frisson d'horreur le parcourut et il voûta les épaules.

« Ce n'est qu'un rêve, Trist », fis-je à mi-voix. Autour de nous, les autres première année qui avaient survécu à l'épidémie dormaient. L'un d'eux toussa dans son sommeil ; un autre marmonna quelques mots inintelligibles, poussa un jappement aigu de chiot puis se tut. Trist avait raison : peu d'entre nous passaient des nuits paisibles. « Rien que des cauchemars. C'est fini ; la peste nous a épargnés, nous en avons réchappé.

— Facile à dire pour toi : tu as guéri, tu as retrouvé toute ta vigueur et ta santé. » Il se leva. Sa chemise de nuit pendait sur sa carcasse décharnée ; dans la pénombre du dortoir, ses yeux semblaient deux trous d'obscurité. « J'ai peut-être survécu, mais la peste ne m'a pas épargné ; j'en garderai les stigmates jusqu'à la fin de mes jours. Tu crois que je pourrai un jour mener une charge, Jamère ? Je parviens à peine à tenir sur mes jambes pendant le rassemblement du matin. Ma carrière militaire est finie, finie avant même d'avoir commencé. Je n'aurai jamais l'existence que j'imaginais. »

D'un pas traînant, il s'éloigna. Il respirait bruyamment quand il s'assit sur son lit.

Je me rallongeai lentement. J'entendis Trist tousser, reprendre son souffle avec un sifflement puis se recoucher ; je n'éprouvais nulle consolation à le savoir lui aussi victime de cauchemars. L'image de la femme-arbre me revint à l'esprit et je frissonnai d'horreur. *Elle est morte*, me répétai-je. *Elle ne peut plus s'introduire dans ma vie. Je l'ai tuée ; je l'ai tuée et j'ai récupéré la part de mon esprit qu'elle m'avait volée par séduction. Elle n'a plus d'emprise sur moi ; j'ai seulement rêvé.* Je respirai profondément pour me calmer, retournai mon oreiller devenu trop chaud et y posai la tête ; n'osant pas fermer les yeux de peur de retomber dans mon rêve effrayant, je concentrai mes pensées vers le présent et repoussai ma terreur.

Autour de moi, dans l'obscurité, mes condisciples survivants dormaient. Le dortoir de Brigame était une vaste salle pourvue d'une fenêtre à chaque extrémité, avec une rangée de lits le long de chaque mur. Quarante élèves pouvaient y coucher, mais il n'en abritait que trente et un ; le colonel Rébine, commandant de l'Ecole royale de cavalerie, avait groupé les fils de l'ancienne noblesse avec ceux de la nouvelle et rappelé les élèves éliminés plus tôt dans l'année, mais il n'avait malgré tout pas réussi à regarnir complètement nos rangs. Il avait beau nous déclarer égaux, je restais persuadé que seuls le temps et la promiscuité parviendraient à combler le gouffre social qui séparait les fils de familles nobles de vieille souche et ceux dont le père se prévalait d'un titre parce que le roi l'avait anobli en reconnaissance de services rendus en temps de guerre.

Rébine nous avait mélangés par nécessité, car la peste ocellionne qui s'était déchaînée dans l'Ecole nous avait emportés elle avait réduit de moitié notre promotion de première année, et les deuxième et troisième années avaient subi des pertes quasiment aussi lourdes. La terrible attaque n'avait pas fait de distinction entre élèves et enseignants, et le colonel Rébine se démenait pour réorganiser l'institution afin qu'elle reprît son cours normal, mais nous léchions encore nos blessures. La peste ocellionne avait éliminé une génération entière de futurs officiers, et l'armée gernienne se ressentirait de cette perte au cours des prochaines années – ainsi que l'avaient prévu les Ocellions en employant leur magie pour nous envoyer leur mal.

L'Ecole entrait dans la nouvelle année d'un pas chancelant, le moral au plus bas, non seulement à cause du nombre de victimes, bien que cela nous affectât durement, mais surtout parce que le fléau s'était infiltré parmi nous et nous avait massacrés à loisir, ennemi impossible à défaire malgré tout notre entraînement. Au lieu de se distinguer sur le champ de bataille comme ils l'espéraient, des jeunes hommes solides et courageux avaient péri dans leur lit, souillés de vomi et d'urine, en appelant leur mère d'une voix faible et plaintive. Il n'est jamais bon de rappeler leur mortalité à des soldats. Nous nous voyions comme des héros en herbe, pleins d'énergie, de bravoure et d'amour de la vie ; l'épidémie nous avait révélés mortels, aussi vulnérables que des nourrissons.

La première fois que le colonel Rébine nous avait réunis sur le terrain d'exercice, il nous avait ordonné de nous tenir au repos puis demandé de regarder autour de nous combien de nos camarades avaient disparu. Ensuite, il nous avait expliqué que nous avions subi l'épreuve du feu sous la forme de la maladie et que, pas plus que le fléau, l'épée ou la balle de fusil ne ferait de différence entre fils de l'ancienne et de la nouvelle noblesse. Tandis qu'il nous assemblait en compagnies condensées, j'avais réfléchi à son discours ; il ne se rendait sans doute pas compte que l'épidémie ne devait rien au hasard mais qu'il s'agissait d'une véritable attaque, aussi efficace qu'une opération militaire. Les Ocellions avaient envoyé quelques-uns d'entre eux depuis la frontière extrême-orientale de la Gernie jusqu'à la capitale, où ils avaient exécuté la « Danse de la Poussière » dans l'unique but de répandre leur mal parmi notre aristocratie et nos futurs chefs militaires. Sans moi, leur réussite eût été complète, et j'en tirais parfois fierté.

A d'autres moments, je songeais que, sans moi, ils n'eussent jamais pu nous attaquer ainsi.

Sans succès, j'avais tenté de me défaire de mon sentiment de culpabilité ; j'avais collaboré sans le vouloir et sans le savoir avec les Ocellions et la femme-arbre ; je me répétais que, si j'étais tombé en son pouvoir, je n'y pouvais rien. Des années plus tôt, mon père m'avait confié à un guerrier nomade pour qu'il m'enseigne ses techniques ; la « formation » de Dewara avait bien failli me coûter la vie et, vers la fin de mon stage à ses côtés, il avait décidé de faire de moi un Kidona en m'initiant à la magie de son peuple.

Stupidement, je l'avais laissé me droguer puis me conduire dans le monde surnaturel des siens ; là, il m'avait dit que je pouvais gagner honneur et gloire en combattant l'ennemi de toujours de ses frères. Mais, au bout d'une série d'épreuves, je n'avais trouvé qu'une grand-mère obèse, assise à l'ombre d'un arbre immense ; fils militaire de mon père, pétri de l'esprit chevaleresque de la cavalla, je ne pouvais tirer l'épée contre une vieille femme, et, à cause de cette galanterie mal placée, elle m'avait pris dans ses rets ; elle m'avait « volé » à Dewara, transformé en son pion, et une part de moi-même était restée auprès d'elle dans ce monde spirituel. Tandis que je grandissais, partais pour l'Ecole et entamais ma formation d'officier de la cavalla royale, mon double devenait son disciple. La femme-arbre en avait fait un véritable Ocellion, hormis la peau tachetée ; par son biais, elle espionnait mon peuple tout en ourdissant son terrible plan destiné à nous anéantir grâce à la peste ocellionne. Prisonniers volontaires, ses émissaires avaient atteint Tharès-la-Vieille à l'époque du carnaval de la Nuit noire et, lors de leur spectacle de danse, ils avaient lâché leur fléau sur nous.

Mon moi ocellion avait pris le dessus et j'avais indiqué aux danseurs qu'ils étaient à destination. Les badauds qui m'entouraient croyaient assister à une représentation de danse primitive, dite « de la poussière », mais ils avaient inhalé le mal contenu dans la poudre que les ocellions avaient jetée sur le public, et, quand les autres élèves et moi-même avions quitté la fête, nous portions l'infection. Elle avait rapidement gagné toute la ville.

Dans le dortoir obscur, je m'agitai sur mon lit et creusai mon oreiller de la tête. *Cesse de te répéter que tu as trahi les tiens*, me dis-je, comme une manière de supplique. *Songe plutôt que tu les as sauvés.*

En effet, durant un affrontement terrible né de ma fièvre, j'avais réussi à retourner dans le monde de la femme-arbre et à la défier. Non seulement j'avais récupéré la partie de mon âme dont elle m'avait dépouillé mais j'avais tué la sorcière en l'éventrant d'un coup de mon sabre de cavalla ; j'avais ainsi tranché le lien qu'elle avait établi avec notre univers et mis un terme à son emprise sur moi. J'attribuais ma complète guérison de la peste ocellionne à cette réappropriation de mon esprit ; j'avais recouvré santé et vitalité, et j'avais même gagné du poids ; bref, je me retrouvais bien portant et complet à nouveau.

Au cours des jours et des nuits qui avaient suivi mon retour à l'Ecole et la reprise de sa routine militaire, j'avais pris conscience qu'en réintégrant cet autre moi-même j'avais aussi absorbé ses souvenirs ; ceux de la femme-arbre et de son monde donnaient naissance à des rêves merveilleux où je marchais dans une forêt vierge en compagnie d'une femme stupéfiante. J'avais l'impression que les deux moitiés de mon être s'étaient séparées, engagées sur des routes différentes puis réunies à nouveau. Mon acceptation de cet état de faits et mes efforts pour assimiler ces émotions, ces opinions étrangères, indiquaient clairement l'impact de cet autre moi-même sur l'homme que je devenais. L'ancien Jamère, celui que je connaissais si bien, aurait rejeté ce métissage sacrilège et impossible.

J'avais tué la femme-arbre et je n'en éprouvais nul regret. Elle avait soufflé d'innombrables vies pour la « magie » qu'elle pouvait aspirer de leurs âmes effondrées. Mon meilleur ami, Spic, et ma cousine Epinie faisaient partie de ses victimes désignées ; j'avais tué la femme-arbre pour les sauver. Ce faisant, je m'étais sauvé aussi et j'avais rendu à l'existence des dizaines d'autres personnes. Durant le jour, je ne songeais pas à mon exploit, ou, quand j'y pensais, je me réjouissais d'avoir remporté la victoire et aidé mes amis ; mais la nuit mes cogitations prenaient une tout autre tournure. A la frontière entre veille et sommeil, une peine et des remords intenses s'emparaient de moi ; je pleurais la créature que j'avais assassinée, et la douleur de sa disparition m'emplissait d'un vide terrible. Mon moi ocellion l'avait aimée et regrettait sa mort. Toutefois, cela le regardait, lui, et non moi. Dans mes rêves, il lui arrivait parfois de dominer brièvement mon esprit, mais, le jour, je restais Jamère Burvelle, fils de mon père et futur officier de la cavalla. J'avais eu le dessus, je continuerais de l'avoir, et je m'efforcerais pendant le restant de mon existence de réparer les crimes de mon autre moi.

Je soupirai : je ne dormirais pas davantage cette nuit. Je tâchai d'apaiser ma conscience ; le fléau que nous avions supporté ensemble nous avait endurcis par certains aspects. Il avait unifié les élèves, et la volonté du colonel Rébine de mettre fin à la ségrégation entre fils d'anciens et de nouveaux nobles n'avait guère rencontré d'opposition. Au cours des dernières semaines, j'avais appris à mieux connaître les première année de l'aristocratie de souche et découvert que, dans l'ensemble, ils ne différaient guère des membres de mon ancienne patrouille ; la rivalité féroce qui nous dressait les uns contre les autres au début de l'année avait vécu. A présent que nous ne formions plus qu'un seul corps et pouvions nous fréquenter sans contrainte, je me demandais ce qui me poussait naguère à tant les mépriser. Peut-être plus raffinés, plus policés que leurs frères de la frontière, ils n'en restaient pas moins des première année comme nous qui courbaient l'échine sous les mêmes punitions et les mêmes devoirs. Le colonel avait pris grand soin de bien nous mélanger dans nos nouvelles patrouilles ; toutefois, mes amis les plus proches demeuraient les quatre survivants de mon groupe d'origine.

Rory avait acquis le statut de meilleur ami en remplacement de Spic, que sa santé défaillante avait forcé à se retirer de l'Ecole ; son insouciance et ses manières un peu brutes, acquises sur la frontière, me paraissaient un bon contrepoint aux règles strictes et à la raideur de l'Ecole. Quand je me laissais aller à broyer du noir ou que je me montrais seulement trop pensif, Rory me tirait sans ménagement de mon humeur. De tous mes anciens camarades, c'était lui qui avait le moins changé. Trist, lui, n'avait plus rien du bel élève élancé de naguère ; effleuré par la mort, il n'avait plus aucune confiance dans ses capacités physiques, et il perçait toujours une note amère dans son rire. Kort ne se remettait pas de la mort de Nat ; il ployait sous le poids du chagrin et, bien que guéri, il restait si sombre, si éteint sans son ami qu'il donnait l'impression de ne vivre qu'à moitié. Gord n'avait rien perdu de sa corpulence mais il paraissait plus satisfait de son sort et il arborait aussi un air plus digne ; au moment où l'on croyait que le fléau n'épargnerait personne, ses parents et ceux de sa fiancée avaient autorisé leurs enfants à se marier afin qu'ils goûtent le peu de vie commune que le destin voudrait bien leur accorder ; or la chance leur avait souri et ils étaient sortis indemnes de l'épidémie. Bien que Gord subît encore les moqueries de tous et le mépris de certains à cause de son embonpoint, son nouvel état d'homme marié lui réussissait . il irradiait de lui un contentement et une certitude de sa propre valeur que ces railleries infantiles ne pouvaient entamer. Il passait toutes ses journées de liberté avec son épouse, et elle venait parfois lui rendre visite pendant la semaine. Petite jeune femme réservée aux grands yeux sombres et aux épaisses boucles noires, Cilima se montrait éperdument amoureuse de son « cher Gordillou », comme elle l'appelait toujours, et il se pliait à toutes ses volontés. Son mariage l'avait séparé de nous ; on l'eût dit beaucoup plus âgé que ses condisciples de première année. Il avait repris ses études avec une détermination farouche. Je l'avais toujours su doué en mathématiques et en sciences de l'ingénierie, je le découvrais à présent brillant et je comprenais qu'il avait seulement marqué le pas jusque-là ; aujourd'hui, il ne dissimulait plus son esprit pénétrant, et je savais que le colonel Rébine l'avait convoqué un jour pour parler de son avenir. Il l'avait dispensé des cours de mathématiques de première année pour lui donner à la place des textes à étudier seul. Nous étions toujours amis mais, sans Spic et son besoin de soutien scolaire pour nous rapprocher, nous ne passions guère de temps ensemble ; nous n'avions de longues conversations qu'à l'occasion des lettres que Spic nous envoyait à l'un ou à l'autre.

Notre camarade nous écrivait de façon plus ou moins régulière. Lui-même avait survécu à l'épidémie, mais non sa carrière militaire ; il avait une écriture plus tremblée qu'avant la maladie et ses missives restaient brèves. Il ne se plaignait pas de son sort, il n'avait pas un mot de rancœur, mais son laconisme même exprimait ses espoirs déçus. Il souffrait de douleurs chroniques dans les articulations, et de migraines s'il lisait ou écrivait trop longtemps. Le docteur Amicas lui avait fourni un certificat spécial de démobilisation de l'Ecole, et

Spic avait épousé ma cousine Epinie, qui l'avait soigné pendant sa maladie ; ensemble, ils avaient pris la route de la lointaine propriété du frère de Spic à Font-Amère. L'existence rangée d'un puîné déférent n'avait pas grand-chose à voir avec les rêves de gloire militaire et de promotion rapide qu'il entretenait jusque-là.

Les lettres que m'envoyait Epinie étaient d'une candeur révélatrice. Presque aussi bavarde par écrit qu'oralement, elle ne me laissait rien ignorer des noms des fleurs, des arbres et autres végétaux qu'elle avait croisés sur le chemin de Font-Amère, du temps qu'il avait fait chaque jour, ni du plus petit incident qui avait émaillé leur fastidieux trajet. Elle avait troqué la fortune et la demeure raffinée de son oncle à Tharès-la-Vieille contre la vie d'une femme de la frontière. Un jour, elle m'avait confié qu'elle pensait faire une bonne épouse d'officier, mais apparemment elle s'orientait vers le rôle de garde-malade auprès d'un mari invalide. Spic n'aurait aucune carrière d'aucune sorte. Ils vivraient dans la propriété de son frère, uniquement par sa permission. L'aîné avait beau porter une grande affection à son cadet, il aurait du mal, avec ses maigres ressources, à subvenir aux besoins de son frère militaire et de son épouse.

Je me retournai dans mon lit. Trist avait raison : aucun d'entre nous ne connaîtrait l'existence qu'il imaginait. Je marmonnai une prière au dieu de bonté puis fermai les yeux et tâchai de me rendormir pour le peu de temps qui restait avant l'aube.

Au matin, je me levai fatigué. Rory, avec son enjouement habituel, tenta de m'engager dans une conversation au petit déjeuner, mais je demeurai laconique et nul autour de la table ne répondit à ses plaisanteries. Notre journée commença par un cours de génie et de dessin technologique, matière que j'appréciais à l'époque où le capitaine Hure l'enseignait, malgré ses préjugés contre les fils de nouveaux nobles comme moi. Mais l'épidémie avait emporté Hure, et on avait provisoirement bombardé un élève de troisième année à sa place. L'élève-sergent Vrédo paraissait considérer la discipline comme plus importante que la connaissance et infligeait souvent des blâmes à ceux qui avaient le front de poser des questions. La salle désordonnée du capitaine Hure, pleine de cartes et de maquettes, avait perdu toute âme ; d'interminables cours magistraux que nous passions derrière des bureaux bien alignés remplaçaient les heures d'expérience. Je courbais le cou, faisais mon travail et n'apprenais pas grand-chose de nouveau.

Par contraste, l'élève-lieutenant Lices se débrouillait plutôt bien dans l'enseignement de l'histoire militaire, car il adorait manifestement son sujet, sur lequel il avait lu beaucoup. Ce jour-là, son cours m'intéressa particulièrement : il traitait de l'impact de la civilisation gernienne sur les Nomades. Du temps de mon père, Canteterre, notre ennemi traditionnel, avait fini par nous infliger une rude défaite, et la Gernie s'était vue contrainte de lui céder ses territoires le long de la côte occidentale. Le roi Troven avait alors dû se tourner vers l'est et les régions qui s'y étendaient, que nul n'avait encore revendiquées. Des populations nomades sillonnaient depuis longtemps les vastes prairies et les hauts plateaux du Centre, mais il s'agissait de primitifs sans gouvernement central, sans souverain et sans villes à proprement parler. Quand la Gernie avait entamé son expansion vers l'est, ils avaient tenté de nous repousser, mais leurs flèches et leurs lances ne pouvaient se mesurer à notre armement moderne, et nous les avions vaincus. Nul ne mettait en doute l'idée qu'ils en tiraient le plus grand profit.

« Depuis que la Gernie a pris en charge les Nomades, ils ont commencé à se fixer, à bâtir de véritables villages au lieu de leurs campements saisonniers, à enfermer leur bétail dans des enclos et à cultiver la terre au lieu de s'en remettre à la cueillette. Les chevaux rapides, extrêmement résistants, nécessaires à leurs déplacements constants, ont été remplacés par des bœufs robustes et des attelages de labour. Enfin, leurs enfants connaissent les bénéfices de l'instruction et de l'écriture ; on leur apprend les enseignements du dieu de bonté qui se substituent à la magie inconsistante sur laquelle ils se reposaient naguère. »

Lofert leva la main et demanda, sans laisser le temps au professeur de lui donner la parole : « Et les... euh, préservationnistes, mon lieutenant ? J'ai entendu mon père dire à un de ses amis qu'ils voudraient rendre toutes nos terres aux Nomades et les laisser retourner vivre à l'état sauvage.

— Attendez qu'on vous autorise à parler avant de poser une question, monsieur ; en outre, vous n'avez pas formulé votre remarque sous une forme interrogative. Toutefois, je vais y répondre. Certains considèrent que nous imposons aux Nomades et à leur mode de vie des changements trop radicaux et trop rapides pour qu'ils s'y adaptent. Dans certains cas, ils ont sans doute raison ; dans de nombreux autres, leurs suggestions démontrent, à mon avis, leur ignorance de la réalité. Voici ce qu'il faut nous demander, en vérité : vaudrait-il mieux pour ces peuples que nous nous retenions de leur offrir les bénéfices de la civilisation, ou bien, ce faisant, négligerions-nous notre devoir envers eux ?

» Songeons qu'ils comptaient sur leurs sortilèges primitifs pour survivre, mais qu'ils ne le peuvent plus. Les ayant dépouillés de leur magie, n'avons-nous pas l'obligation d'y substituer des outils modernes pour assurer leur subsistance ? Le fer, colonne vertébrale de notre monde en plein progrès, est une malédiction pour leurs enchantements ; les socs de métal que nous leur avons donnés pour labourer s'opposent directement aux sorts de "recherche" de leurs cueilleurs ; le silex et l'acier leur sont devenus indispensables car leurs magiciens ne peuvent plus enflammer directement le bois. Désormais sédentarisés, les Nomades disposent de puits ; ils n'ont plus besoin des magiciens qui menaient les tribus de point d'eau en point d'eau le long de leurs interminables migrations ; les quelques magiciens du vent qui existent encore sont des créatures solitaires qu'on n'entrevoit plus que rarement, et l'on rit déjà des rapports les signalant sur leurs tapis volants et dans leurs petites embarcations qui se déplacent d'elles-mêmes par temps calme, comme s'il s'agissait de contes de bonnes femmes ; d'ici une génération, ils relèveront certainement de la légende. »

Les propos de l'élève-lieutenant Lices m'attristèrent, et je me laissai aller un instant à mes souvenirs. J'avais moi-même aperçu un de ces magiciens du vent sur le fleuve durant mon voyage jusqu'à Tharès-la-Vieille. Il avait déplié sa voile pour prendre la brise qu'il invoquait, et son frêle esquif remontait rapidement le courant ; ce spectacle avait suscité chez moi une émotion quasi mystique. Mais je me rappelais aussi avec un terrible regret comment il avait pris fin : un sot aviné, à bord de notre navire, avait criblé de trous sa voile d'un coup de fusil, et la grenaille de fer avait brisé le sort du magicien qui avait disparu dans le fleuve. J'étais convaincu qu'il avait péri noyé, victime de la plaisanterie du jeune gentilhomme.

« On peut tuer un homme avec du plomb, mais seul le fer vainc la magie. » Ces mots de notre professeur me tirèrent brusquement de ma rêverie.

« Le remplacement de la société primitive des Nomades par notre civilisation supérieure fait partie de l'ordre naturel, poursuivit-il d'un ton solennel. Mais, afin que cette supériorité ne vous monte pas trop à la tête, songez que nous, les Gerniens, nous avons nous-mêmes succombé à une technologie plus avancée : lorsque Canteterre a découvert le moyen d'allonger le tir de ses canons et de ses fusils et de le rendre plus précis, elle a pu nous écraser puis nous arracher nos provinces côtières. Cela peut nous fâcher, mais il n'en reste pas moins normal qu'une fois en possession d'un armement plus efficace elle ait fait main basse sur ce qu'elle souhaitait. N'oubliez jamais cela, messieurs : nous entrons dans l'ère de la technologie.

» Le même principe s'applique à notre conquête des Plaines. Nos balles de plomb nous permettaient de maintenir nos frontières par la force des armes, mais non de les élargir. Il a fallu attendre un esprit audacieux qui a compris que le fer détruisait la magie des Nomades autant qu'il les blessait physiquement pour que nous soyons enfin en mesure de les repousser et de leur imposer notre volonté. Le fer présentait l'inconvénient qu'on ne pouvait pas le récupérer puis le refondre sur place comme le plomb, mais il le compensait par l'avantage militaire qu'il nous donnait sur l'ennemi, qui s'en remettait à sa magie pour dévier nos tirs, effrayer nos chevaux, bref, semer le désordre parmi nos troupes. Notre annexion de son territoire, messieurs, au même titre que la victoire sur nous des Canteterriens, est aussi inévitable que le flux de la marée ; comme nous, les Nomades devront disparaître du fait d'une nouvelle technologie ou s'y adapter.

— Vous estimez donc de notre droit de les écraser, mon lieutenant ? demanda Lofert, tout à son sujet.

— Levez la main et attendez qu'on vous autorise à parler, monsieur ; je vous avais averti. Trois blâmes. Oui, je pense que c'est notre droit. Le dieu de bonté nous a donné les moyens de vaincre les Nomades, de nous installer et de prospérer là où ne vivaient que des troupeaux de chèvres ou des bêtes sauvages. Nous civiliserons les terres du Milieu pour le plus grand profit de tous. »

Involontairement, je me demandai quel profit en tireraient les morts des deux camps, puis je secouai la tête avec agacement et repoussai résolument ces réflexions cyniques. J'étudiais à l'Ecole royale de cavalerie ; comme tout puîné de la noblesse, j'étais le fils militaire de mon père et je suivrais ses traces. Je n'avais pas à mettre en cause l'harmonie du monde ; si le dieu de bonté avait voulu que je m'interroge sur le destin ou la moralité de notre expansion vers l'est, il m'aurait fait naître troisième de ma fratrie afin que je devienne prêtre.

A la fin du cours, je soufflai sur mes notes pour en sécher l'encre, refermai mes livres et, avec le reste de ma patrouille, regagnai notre dortoir au pas cadencé. Le printemps s'efforçait de s'emparer des terrains de l'Ecole sans y parvenir complètement, et le vent demeurait légèrement mordant ; pourtant j'éprouvais du plaisir à retrouver l'air du dehors. Je tâchai d'écarter de mon esprit mes interrogations lugubres sur le sort des Nomades : notre enseignant l'avait dit, c'était l'ordre naturel. De quel droit le remettais-je en question ? A la suite de mes camarades, je gravis l'escalier jusqu'au dortoir puis rangeai mes manuels des cours du matin. Le courrier du jour, une épaisse enveloppe d'Epinie, m'attendait sur mon lit. Je m'assis et, pendant que les autres élèves se dépêchaient de se rendre au réfectoire pour le déjeuner, je l'ouvris.

Comme d'habitude, ma cousine commençait par s'enquérir de ma santé ainsi que de mes études, et je parcourus cette partie en diagonale. Elle était arrivée sans encombre à Font-Amère. Sa première lettre sur son nouveau foyer avait un ton résolument optimiste, mais je perçus le fossé qui existait entre ses espoirs et la réalité qu'elle affrontait désormais. Je la lus avec un mélange de compassion et de stupeur.

Les femmes de la maison travaillent aussi dur que les hommes aux côtés des domestiques. En vérité, le dicton « les hommes travaillent du lit au lit, les femmes n'en ont jamais fini » convient parfaitement à la propriété de dame Kester ! Après le dîner, lorsque la lumière baisse, on pourrait croire que nous pourrions prendre un repos bien mérité, mais non : l'une d'entre nous fait la lecture ou joue de la musique pour les autres, ce qui permet à nos pensées de s'échapper un peu, mais nos mains industrieuses continuent à s'occuper de tâches terre à terre comme écosser les petits pois, filer la laine à l'aide d'un fuseau à main (à ma grande fierté, j'ai acquis une grande dextérité à cette tâche !) ou défaire de vieux chandails ou de vieilles couvertures afin d'en réutiliser le fil. Dame Kester ne gaspille rien, ni un bout de tissu ni une minute de temps.

Spic et moi habitons une petite chaumine bien à nous, toute en pierre car ce matériau ne manque pas ici. Elle servait autrefois de laiterie et on l'avait laissée à l'abandon après la mort des deux dernières vaches laitières ; en apprenant notre venue, dame Kester a jugé que nous apprécierions un peu d'intimité et demandé à ses filles de la nettoyer et de la remettre en état au mieux. On en a chaulé les murs intérieurs, et Géra, une des sœurs de Spic, nous a offert la courtepointe qu'elle avait cousue pour son propre trousseau. Il n'y a qu'une seule pièce, naturellement, mais elle suffit amplement à loger notre mobilier réduit ; le lit prend un des angles, et nous avons placé notre table accompagnée de ses deux chaises près de la fenêtre qui donne sur le versant. D'après Spic, une fois les gelées tardives passées, nous y verrons un grand tapis de fleurs sauvages. Néanmoins, le charme de notre demeure n'efface pas sa rusticité ; dès que sa santé le lui permettra, Spic a l'intention de poser un plancher, d'améliorer le tirage de la cheminée et de redresser l'encadrement avec des coins de bois pour que la porte laisse moins passer les courants d'air. L'été approche, et, avec lui, un temps plus doux dont je me réjouis à l'avance ; j'espère qu'au retour des pluies et des frimas nous aurons une maison aussi douillette qu'un nid d'oiseau dans un arbre creux. Pour le moment, quand je sens le vent s'insinuer sous la porte ou que j'entends les moustiques me zonzonner aux oreilles la nuit, je me dis . « N'ai-je donc pas autant de courage que les petits écureuils qui courent toute la journée sans avoir mieux qu'un trou pour s'abriter la nuit ? Je puis certainement tirer une leçon de leur exemple et trouver autant de satisfaction qu'eux dans la simplicité de mon existence. » Et ma vie me paraît ainsi plus facile.

« Ta cousine a envie de se transformer en écureuil ? » me demanda Rory. Je me retournai : il lisait par-dessus mon épaule. Devant mon regard noir, il sourit sans vergogne.

« C'est mal élevé, Rory, tu le sais très bien !

— Excuse ! » Son sourire se fit carnassier. « Je ne voulais pas m'immiscer, mais j'ai cru à une lettre de ta fiancée et je me suis dit qu'il y aurait peut-être des passages intéressants. »

Il évita le coup que je fis semblant de lui porter puis déclara d'un ton faussement pompeux : « Ne me touchez pas, monsieur ! N'oubliez pas que vous avez affaire à un supérieur hiérarchique. » Il poursuivit d'une voix normale : « D'ailleurs, je venais en tant que messager : le docteur veut que tu ailles le voir ; il ajoute qu'il t'a demandé de passer chez lui chaque semaine et que, si ça ne suffit pas, il peut t'en donner l'ordre.

— Ah ! » fis-je avec accablement. Je n'avais nulle envie de me rendre chez le médecin de l'Ecole, mais je ne tenais pas non plus à provoquer l'agacement de l'irascible vieillard ; en outre, je n'ignorais pas que je restais son obligé. Je repliai la lettre d'Epinie et me levai avec un soupir. Le docteur Amicas, avec sa brusquerie habituelle, avait fait preuve de bienveillance à mon égard, et il s'était comporté avec un héroïsme indéniable quand le fléau avait éclaté, en soignant sans prendre de repos les dizaines d'élèves victimes du mal ; sans lui, je n'aurais pas survécu. Je savais que la peste ocellionne l'intéressait au plus haut point, qu'il nourrissait l'ambition d'en découvrir le mode de transmission ainsi que de déterminer quelles techniques sauvaient les patients et lesquelles n'avaient aucun effet, et qu'il rédigeait un article savant où il résumait toutes ses observations sur la récente épidémie. Il m'avait expliqué qu'étudier mon étonnante guérison à la suite d'une affection aussi grave faisait partie de ses recherches, mais j'en avais plus qu'assez de ses examens, palpations et mesures hebdomadaires. A l'écouter, j'avais l'impression de n'avoir nullement achevé ma guérison mais de me trouver seulement dans une longue phase de rétablissement. Je n'avais qu'un souhait :

qu'il cesse de me rappeler ce que j'avais vécu ; je voulais oublier la peste et ne plus me regarder comme un invalide.

« Tout de suite ? demandai-je à Rory.

— Tout de suite, monsieur. » Il s'exprimait d'un ton amical mais le nouveau galon à sa manche m'obligeait à obéir

« Je vais manquer le déjeuner, objectai-je.

— Ça ne te ferait pas de mal de sauter un repas ou deux », répliqua-t-il d'un air entendu.

Je me renfrognai, mais il se contenta de sourire malicieusement ; je hochai la tête et me mis en route pour l'infirmerie.

Trompés par la douceur des derniers jours, quelques arbres avaient fleuri et ils arboraient bravement leurs pétales blancs et roses malgré l'air glacé. Les jardiniers n'avaient pas chômé : ils avaient ramassé toutes les branches cassées par les bourrasques hivernales, et les pelouses tondues semblaient un velours.

Je passai devant un grand parterre où des rangées d'oignons précisément espacés poussaient déjà leurs cônes verts hors du sol ; des régiments de tulipes ne tarderaient pas à fleurir. Je détournai le regard car je savais ce que dissimulaient ces vigoureux alignements : la fosse commune qui avait accueilli tant de mes camarades. Une pierre tombale se dressait, seule et grise, au milieu du jardin et portait cette simple inscription « A nos morts honorés. » L'Ecole avait été placée sous quarantaine à l'irruption de la maladie et, même quand le fléau avait gagné la cité à l'extérieur de nos murs, le docteur Amicas avait maintenu notre isolement. On avait d'abord étendu en rangs les morts que l'on évacuait de l'infirmerie et des dortoirs puis, leur nombre croissant, on avait fini par les entasser pêle-mêle. Malade moi-même, je n'avais rien su de cette hécatombe, je n'avais pas vu les rats courir parmi les cadavres ni les oiseaux charognards s'attrouper, malgré le froid, pour le banquet. Le docteur Amicas avait dû se résoudre à faire creuser une large fosse et ordonner qu'on y jette les corps avant de les recouvrir de chaux vive et de terre.

Nat y gisait, je le savais. Je m'efforçai de ne pas imaginer sa chair qui se décomposait, de ne pas songer aux morts amoncelés, leurs membres imbriqués dans l'obscène impartialité de ce genre de tombe. Nat méritait mieux ; tous méritaient mieux. J'avais entendu un des nouveaux élèves désigner le site comme « le mémorial de la bataille d'Asticot-la-grande-Bouffe. » J'avais eu envie de le frapper. Je relevai mon col pour me protéger de la morsure du vent et me hâtai de traverser les jardins soigneusement entretenus, dans la lumière indécise de la fin de l'après-midi.

Devant la porte de l'infirmerie, j'hésitai un instant puis serrai les dents et entrai. Le couloir nu sentait la lessive de soude et l'ammoniaque mais j'avais l'impression d'y percevoir encore les miasmes de la maladie ; nombre de mes amis et de mes connaissances avaient poussé leur dernier soupir dans ce bâtiment quelques mois plus tôt à peine. Comment le docteur Amicas supportait-il de continuer à y travailler ? A sa place, je l'aurais rasé par le feu et reconstruit ailleurs.

Quand je frappai à la porte de son bureau, le médecin répondit par un « entrez ! » péremptoire. L'odeur du tabac pour pipe parfumait l'air et des bancs de fumée estompaient la pièce. « Elève Burvelle, présent selon vos ordres, mon capitaine », dis-je.

Il écarta son fauteuil de son bureau encombré de bric-à-brac et se leva en ôtant ses lunettes. Son regard me parcourut de la tête aux pieds, et je sentis qu'il me jaugeait. « Je ne vous l'ai pas ordonné, monsieur, vous le savez bien. Mais, étant donné l'importance de mes recherches, je m'y verrai contraint si vous refusez de coopérer ; au lieu de venir à votre convenance, vous viendrez à la mienne, après quoi vous aurez le bonheur de rattraper les heures de classe que vous aurez perdues. Nous comprenons-nous bien ? »

Il s'exprimait d'un ton moins rude que ses propos. Il ne me cachait pas le fond de sa pensée mais s'adressait à moi presque comme à un égal. « Je coopérerai, mon capitaine », dis-je en défaisant ma veste d'uniforme ; un des boutons, décousu, sauta et traversa la pièce. Amicas haussa les sourcils

« Vous continuez à prendre du poids, à ce que je vois.

— Je m'enrobe toujours légèrement avant une poussée de croissance », répondis-je, un peu sur la défensive. C'était la troisième fois qu'il soulignait mon embonpoint, ce que je trouvais cruel de sa part. « Ça vaut quand même mieux qu'être aussi maigre qu'un coucou comme Trist.

— La réaction de monsieur Vissomme à la maladie reste dans la norme ; la vôtre apparaît différente. Voire si elle vaut mieux, répliqua-t-il d'un ton professoral. Avez-vous observé d'autres changements ? Respirez-vous bien ?

— Parfaitement. J'ai eu six blâmes à purger hier et j'ai terminé mes tours de terrain en même temps que les autres.

— Hmm... » Il s'était approché de moi pendant que je parlais. Comme s'il avait affaire à un animal et non à un homme, il m'examina les oreilles, les yeux, le nez, écouta mon cœur et mes poumons ; il me fit courir sur place cinq bonnes minutes puis m'ausculta de nouveau ; tout en prenant de longues notes, il me pesa, me passa sous la toise puis m'interrogea sur ce que j'avais ingéré depuis la veille. Je mangeais au réfectoire comme tous mes camarades, et la question fut vite réglée.

« Pourtant vous avez encore pris du poids alors que votre alimentation n'a pas changé en quantité, fit-il comme s'il mettait en doute ma sincérité.

— Je n'ai plus d'argent à dépenser. Je mange comme j'ai toujours mangé depuis mon arrivée à l'Ecole ; je grossis seulement parce que je vais entamer une poussée de croissance.

— Je vois ; vous en êtes convaincu, n'est-ce pas ? »

Je ne répondis pas à cette question que je savais rhétorique. Il se baissa pour ramasser mon bouton et me le rendit. « Je vous conseille de le recoudre solidement, monsieur. » Il rangea ses notes dans un dossier puis s'assit à son bureau avec un soupir. « Vous rentrez chez vos parents dans quelques semaines, n'est-ce pas ? Pour le mariage de votre sœur ?

— De mon frère, mon capitaine. Oui, en effet ; je partirai dès réception de mes billets. Mon père a écrit au colonel Rébine pour lui demander de m'accorder congé pour l'occasion. Le colonel m'a expliqué qu'en temps normal il verrait d'un très mauvais œil un élève manquer tout un mois d'études pour un mariage, mais qu'étant donné le niveau des cours dispensés pour le moment il me jugeait capable de rattraper mon retard. »

Le médecin m'écouta en hocha la tête puis il fit une moue comme s'il s'apprêtait à répondre, hésita et enfin déclara : « Je pense également qu'un séjour chez vous vous fera du bien. Vous voyagerez par bateau ?

— Pour le début du trajet ; j'effectuerai le reste à cheval. J'irai plus vite par voie de terre que sur un navire obligé de remonter les crues de printemps. J'ai une monture qui m'attend dans les écuries de l'Ecole ; Siraltier n'a guère pris d'exercice cet hiver, et la route nous remettra tous les deux en forme. »

Il eut un sourire las et se laissa aller contre son dossier. « Eh bien, espérons-le. Vous pouvez sortir, Jamère, mais revenez me voir la semaine prochaine si vous êtes encore là ; ne m'obligez pas à vous le rappeler.

— Bien, mon capitaine. » J'osai une question : « Comment progressent vos recherches ?

— Lentement. » Il prit l'air sombre. « Mes collègues et moi divergeons sur un point de méthode. La plupart persistent à chercher un traitement alors que, selon moi, il faut découvrir le facteur déclenchant de la maladie et le désamorcer. Du moment où le mal lance son attaque, les morts s'accumulent très vite. Empêcher son irruption sauvera plus de vies que s'épuiser à le soigner une fois enraciné dans la population. » Il poussa un nouveau soupir, et je compris que ses souvenirs revenaient le hanter. Il s'éclaircit la gorge et poursuivit : « J'ai étudié l'idée que vous m'avez soumise à propos de la poussière et je n'y vois nullement la cause de l'épidémie. » Paraissant oublier qu'il s'adressait à un élève, il s'appuya sur un accoudoir et me parla comme à un confrère. « Vous le savez, j'ai la conviction que l'apparition de la maladie et sa vitesse de propagation indiquent qu'elle n'emploie pas le seul vecteur sexuel pour se répandre ; je pense néanmoins que les cas les plus virulents proviennent de contacts sexuels... »

Il se tut ; il me laissait de nouveau l'occasion d'avouer une relation charnelle avec une Ocellionne, mais je gardai le silence car je n'avais rien fait de tel, du moins physiquement. Si les soldats de la cavalla pouvaient contracter des maladies vénériennes dans leurs rêves, aucun ne survivrait jusqu'au diplôme d'officier.

Pour finir, il reprit : « Votre théorie selon laquelle la poussière que les Ocellions avaient jetée pendant leur danse pouvait contenir l'élément déclenchant me plaisait ; hélas, j'ai fait de mon mieux pour recueillir des renseignements de la part des élèves malades avant qu'ils ne puissent plus me répondre, mais le fléau en a emporté beaucoup que je n'ai pas eu le temps d'interroger. Nous ne saurons jamais avec exactitude combien d'entre eux ont assisté à la danse et inhalé la poussière. Toutefois, votre hypothèse présente plusieurs failles ; d'abord, un élève au moins, le caporal Rory Dicors, était présent au spectacle et n'a manifesté aucun symptôme du mal. Voilà un gaillard original ; il a reconnu sans réticence avoir eu des… euh, contacts plus que passagers avec les Ocellionnes, sans effets néfastes. Mais, même si nous considérons Rory comme un individu exceptionnellement robuste et l'écartons de notre propos, votre théorie n'en soulève pas moins d'autres problèmes ; en premier lieu, pourquoi les Ocellions s'exposeraient-ils à la maladie chaque fois qu'ils exécutent leur danse ? Vous croyez, m'avez-vous dit, qu'ils l'ont répandue volontairement parmi nous ; l'auraient-ils fait en risquant d'y laisser eux-mêmes la vie ? Je ne le pense pas. Et, avant que vous m'interrompiez (il leva la main alors que je m'apprêtais à parler), songez qu'il ne s'agit pas de la première épidémie de peste ocellionne à laquelle j'assiste. Vous apprendrez peut-être avec plaisir que l'autre a eu lieu près de la Barrière et qu'en effet les Ocellions avaient exécuté une Danse de la Poussière avant l'apparition du fléau ; mais nombre de leurs enfants comptaient parmi les malades cet été-là. J'ai peine à croire que même des primitifs soient prêts à laisser leurs propres enfants contracter un mal mortel uniquement pour se venger de nous. Naturellement, on peut imaginer que la poussière contienne les germes infectieux sans que les Ocellions le sachent ; les peuples simples, naturels, ignorent souvent que toutes les maladies ont une cause et qu'on peut donc les prévenir.

— Peut-être acceptent-ils d'affronter le risque ; peut-être voient-ils l'infection comme... euh, un système d'élimination magique et les enfants qui survivent comme destinés à poursuivre leur existence tandis que ceux qui meurent accèdent à une vie différente. »

Il poussa un grand soupir. « Jamère, Jamère ! Le médecin que je suis ne peut pas laisser courir son imagination pour étayer une hypothèse qui lui tient à cœur. Il faut adapter la théorie aux faits, non arranger les faits pour qu'ils soutiennent la théorie. »

J'ouvris la bouche pour répondre puis me ravisai à nouveau : j'avais rêvé que la poussière provoquait la maladie et mon « moi ocellion » y croyait ; mais peut-être cette moitié de moi-même ne connaissait-elle pas la vérité et se raccrochait-elle à une superstition. Je secouai légèrement la tête ; mes pensées tournaient en rond comme un chien qui court après sa queue. « Puis-je disposer, mon capitaine ?

— Certainement ; et merci de votre visite. » Il bourrait sa pipe alors que je m'apprêtais à sortir. « Jamère ! » Je m'arrêtai devant la porte.

« Mon capitaine ? »

Il pointa sur moi le tuyau de sa bouffarde. « Souffrez-vous toujours de cauchemars ? »

Que n'aurais-je donné pour n'avoir jamais évoqué ce problème ! « Seulement de temps en temps, répondis-je en biaisant. A part ça, je dors bien.

— Tant mieux, tant mieux. A la semaine prochaine, donc.

— Oui, mon capitaine. » Et je sortis en hâte avant qu'il eût le temps de me rappeler.

L'après-midi printanier s'estompait et le soir s'avançait. Les oiseaux regagnaient les arbres pour la nuit, des lumières s'allumaient aux fenêtres des dortoirs, et l'air avait encore fraîchi. Je pressai le pas. L'ombre d'un des chênes majestueux qui ornaient le parc s'étendait sur mon chemin ; j'y pénétrai et un frisson d'angoisse me parcourut aussitôt, comme si quelqu'un venait de marcher sur ma tombe. Je battis des paupières, puis, l'espace d'un instant, un vestige de mon autre moi regarda par mes yeux le paysage parfaitement entretenu qui m'entourait et le jugea très étrange ; les allées rectilignes et les pelouses tondues ras me parurent soudain nues et stériles, et je vis les rares arbres comme les tristes reliques d'une ancienne forêt ; il manquait à tout cela le caractère erratique de la nature : en liberté, la vie s'étend et foisonne. Le spectacle qui s'offrait à moi en était dépourvu, il m'inspirait la même répugnance qu'un animal empaillé aux yeux de verre ; j'éprouvai tout à coup une terrible nostalgie de la forêt.

Au cours des semaines qui avaient suivi mon rétablissement, j'avais rêvé de la femme-arbre ; j'endossais la personnalité de mon autre moi, et je la trouvais magnifique. Nous marchions dans les mouchetures de la lumière qui tombait à travers l'ombre de ses immenses feuillages, nous escaladions les troncs de géants abattus et franchissions des rideaux de plantes grimpantes. Feuilles mortes et autres débris formaient un tapis épais et moelleux sous nos pieds nus. Dans les rais fluctuants du soleil, nous avions tous deux la peau tachetée. Ma compagne se déplaçait avec la grâce pesante d'une femme obèse accoutumée à son poids ; sa démarche étudiée lui donnait l'air non point gauche mais majestueuse ; comme un dix-cors tourne la tête dans un sentier étroit, elle se coula sans l'abîmer le long d'un enchevêtrement de toiles d'araignée qui nous barrait le chemin. Dans la masse vierge de la forêt, indisciplinée, merveilleuse, elle se trouvait dans son contexte ; elle était aussi vaste, luxuriante et belle que la vie foisonnante qui nous entourait.

La première fois que je l'avais rencontrée, alors que Dewara le Nomade me l'avait présentée comme mon ennemie, je l'avais perçue comme une très vieille femme d'une obésité repoussante ; pourtant, dans les songes qui avaient suivi ma guérison de la peste ocellionne, elle m'avait paru sans âge, et la rondeur moelleuse de sa chair, abondante et accueillante.

J'avais parlé au docteur Amicas des cauchemars au réalisme saisissant qui me troublaient parfois ; mais je lui avais caché que le nombre de fantaisies érotiques où figurait la déesse sylvestre dépassait de loin celui des rêves imprégnés de terreur. Je me réveillais toujours de ce monde sensuel gonflé d'une excitation qui tournait aussitôt à la honte : je savais que je n'avais pas seulement éprouvé de la concupiscence pour une Ocellionne voluptueuse ; une part de moi-même avait eu des relations intimes avec elle, passionnément, voire amoureusement. Je me sentais coupable de cette union bestiale, même si elle n'avait lieu qu'en rêve et sans mon assentiment : je regardais cet accouplement en dehors de mon espèce comme une trahison autant que comme un acte contre nature. Elle avait fait de moi son amant et tenté de me retourner contre mon peuple à l'aide d'une magie sinistre et perverse qui m'avait soumis à ses volontés ; j'en sentais encore des fils agrippés à mon esprit, qui m'attiraient dans les recoins sombres où je la désirais encore.

Dans mes songes, elle me répétait souvent que j'appartenais à la magie. « Elle se servira de toi comme bon lui semble. Ne lui résiste pas ; ne place rien de ce à quoi tu tiens entre toi et son appel car, comme un raz-de-marée, elle balaiera tout ce qui lui fait obstacle. Laisse-toi emporter, mon amour, ou elle te détruira. Tu apprendras à l'employer, mais pas à ton usage personnel. Quand tu en feras usage pour atteindre ses objectifs, tu auras la maîtrise de sa puissance ; mais, le reste du temps (elle avait souri en effleurant ma joue), nous sommes les instruments du pouvoir. » Je lui prenais la main, déposais un baiser au creux de sa paume puis, d'un hochement de tête, acceptais sa sagesse et mon destin. Je voulais me fondre dans la magie qui coulait en moi ; quoi de plus naturel ? A quoi d'autre pourrais-je bien consacrer ma vie ? La magie me parcourait, aussi essentielle que mon sang ; s'oppose-t-on aux battements de son propre cœur ? Non ; j'obéirais bien évidemment à sa volonté.

Puis je me réveillais et, ainsi qu'un torrent glacé dans lequel j'aurais plongé, la réalité me submergeait et me ramenait brutalement à la conscience de mon véritable moi. Parfois, comme lorsque j'avais pénétré dans l'ombre du chêne, l'étranger en moi parvenait à s'emparer de mon esprit et à me montrer une vision faussée de mon propre monde ; alors, clignant les yeux, j'imposais une vraie perspective par-dessus cette image déformée et l'illusion s'estompait.

En d'autres circonstances, j'avais le sentiment que ces deux façons de voir se valaient, l'une et l'autre également fausses, l'une et l'autre également fondées. En ces moments, j'ignorais qui j'étais réellement et j'éprouvais un déchirement intérieur ; je m'efforçais de me persuader que mes affres conflictuelles s'apparentaient à ce qu'avait éprouvé mon père à l'égard des Nomades qu'il avait vaincus : il les avait combattus, tués ou contraints à déposer les armes ; pourtant il les respectait et, par certains aspects, il regrettait d'avoir contribué à mettre fin à leur existence sans entraves. Au moins, j'avais fini par accepter la réalité de la magie ; j'avais cessé de nier que j'avais vécu une expérience étrange et mystérieuse.

J'étais arrivé à mon dortoir ; je gravis les marches deux par deux. Brigame disposait d'une petite bibliothèque et d'une salle d'études au premier étage ; la plupart de mes condisciples s'y trouvaient, penchés sur leurs manuels. En haut du dernier escalier, alors que je m'arrêtais un instant pour reprendre haleine, Rory sortit de notre chambre. Il eut un sourire malicieux en me voyant haletant. « Ça fait plaisir de te voir te fatiguer un peu, Jamère ; tu ferais bien de perdre quelques livres, sinon tu vas devoir emprunter ses vieilles chemises à Gord.

— Très drôle », dis-je, et je me redressai. J'avais le souffle court, et ses piques n'arrangeaient pas du tout mon humeur.

Il pointa le doigt sur mon ventre. « Tu as déjà un bouton qui a sauté, mon gars !

— Ça s'est passé chez Amicas alors qu'il m'examinait.

— Ben tiens ! s'exclama-t-il. N'empêche que tu aurais intérêt à le recoudre ce soir ou tu auras des tours de terrain à effectuer demain.

— Je sais, je sais.

— Je peux t'emprunter tes notes de dessin technologique ?

— Je vais te les chercher. »

Son large sourire de grenouille lui étira les lèvres. « A vrai dire, je les ai déjà prises ; c'est pour ça que je suis monté. On se revoit en salle d'études. Ah ! j'ai trouvé une lettre pour toi mêlée à mon courrier ; je l'ai posée sur ton lit.

— Ne fais pas de pâtés sur mes notes ! » lui lançai-je tandis qu'il descendait bruyamment les marches puis je secouai la tête et pénétrai dans notre chambre.

J'ôtai ma veste, la jetai sur mon lit et pris la lettre. Tout d'abord, je ne reconnus pas l'écriture, puis je souris en découvrant la clé du mystère : le dos de l'enveloppe portait en guise d'adresse de retour celle de la boutique d'un écrivain public de Port-Burvelle, mais au nom du sergent Erib Duril. Je l'ouvris en hâte en me demandant ce qui le poussait à m'écrire – ou plutôt à requérir les services d'un autre pour rédiger sa lettre. Le vieux sous-officier de la cavalla ne savait pas écrire et à peine lire ; en fin de carrière, le sergent Duril avait sollicité de mon père un foyer où couler les dernières années de sa vie. Il était devenu mon instructeur, mon mentor et, vers la fin de la période que nous avions passée ensemble, mon ami ; il m'avait enseigné la discipline d'un soldat de la cavalla, l'équitation, et surtout l'attitude d'un homme complet.

Je lus l'étrange missive par deux fois d'un bout à l'autre. A l'évidence, l'écrivain public avait tourné les propos du vieux soldat sous une forme plus élégante que lui-même ne leur aurait donnée. Je ne le reconnaissais pas quand il disait compatir à la maladie qui m'avait frappé ni quand il exprimait ses souhaits affectueux de prompt rétablissement. Seul le conseil qu'il me prodiguait en conclusion, bien que formulé avec grâce, ressemblait à une recommandation de mon vieux mentor.

Même après ta guérison de ce terrible fléau, je crains que tu ne te trouves changé. J'ai observé, souvent et de mes propres yeux, les ravages que cette maladie peut infliger à un jeune homme. Ce corps que tu as sculpté avec soin sous ma tutelle risque de s'étioler et de te servir moins bien que par le passé ; néanmoins, songe qu'un soldat ne vaut que par son âme, et je suis convaincu que la tienne restera fidèle à l'appel du dieu de bonté.

Je consultai la date sur l'enveloppe et constatai que la lettre avait pris son temps pour arriver jusqu'à moi. Duril l'avait-il gardée par-devers lui quelques jours en se demandant s'il devait l'envoyer ou non, ou bien l'écrivain public l'avait-il oubliée dans un coin avant de la retrouver ? Bah, je ne tarderais pas à revoir le sergent. Je souris à part moi, touché qu'il eût pris sur son temps et son argent pour m'écrire ; je pliai soigneusement la feuille et la rangeai avec mes livres.

Je saisis ma veste et tirai ma trousse de couture du coffre au pied de mon lit : mieux valait me débarrasser tout de suite de cette corvée avant de m'atteler à mes devoirs de classe. En cherchant l'emplacement du bouton manquant, je m'aperçus que tous fatiguaient sous la tension et que deux étaient sur le point de lâcher à leur tour.

Maugréant, je détachai tous les boutons de ma chemise et de ma veste ; j'avais la certitude que mon embonpoint disparaîtrait d'ici un mois ou deux lorsque je grandirais, mais je n'avais pas envie de manquer une inspection entre-temps. Je les recousis avec soin en les décalant afin de me donner un peu d'amplitude pour respirer ; de fait, je me trouvai beaucoup plus à l'aise dans ma chemise et ma veste, même si elles me serraient toujours aux épaules ; mais cela, je n'y pouvais rien : une telle reprise dépassait mes compétences. Je m'assombris ; je ne tenais pas à me présenter au mariage de mon frère dans des vêtements qui tombaient mal. Carsina, ma fiancée, y participerait, et elle m'avait instamment prié de porter pour l'occasion l'uniforme de l'Ecole ; elle-même arborerait une robe du même vert. Je ne pus m'empêcher de sourire : les jeunes filles attachent une importance démesurée à des riens. Bah, ma mère saurait sans doute effectuer les ajustements nécessaires si mon trajet jusqu'à la maison ne me faisait pas fondre comme je l'espérais.

Après un instant d'hésitation, je donnai un coup de ciseau aux boutons de ceinture de mon pantalon et les décalai eux aussi. Nettement plus à mon aise, je pris mes livres et descendis rejoindre mes camarades à l'étage inférieur.

La bibliothèque du bâtiment Brigame n'avait rien à voir avec notre ancienne salle d'études de Carnes : au lieu de longs plateaux posés sur des tréteaux et accompagnés de bancs durs, nous jouissions désormais de tables rondes et bien éclairées ainsi que de plusieurs fauteuils capitonnés près de la cheminée, pour les conversations à voix basse. Je trouvai une place à côté de Gord, posai mes manuels et m'assis. Il leva les yeux vers moi, l'air préoccupé, puis sourit. « Un messager est passé en ton absence ; il m'a remis ceci pour toi. »

Et il me tendit une épaisse enveloppe marron envoyée par mon oncle. Je l'ouvris, fébrile ; comme je m'y attendais, elle contenait un reçu pour un trajet par voie fluviale jusqu'à Sorton et un bon sur le compte de mon père à Tharès-la-Vieille pour garantir mes dépenses. Dans son billet, mon oncle m'apprenait que mon père l'avait prié de s'occuper des dispositions de mon voyage ; il espérait me revoir avant mon départ.

J'éprouvais une impression curieuse : avant de tenir l'enveloppe entre mes mains, rester à l'Ecole ne me gênait pas et me procurait même une certaine satisfaction ; mais à présent le mal du pays me submergeait et ma famille me manquait terriblement. La gorge nouée, je songeai à ma petite sœur Yaril et ses sempiternelles questions, à ma mère et ses tartes aux prunes qu'elle préparait pour moi chaque printemps. Ils me manquaient tous, mon père, Posse, mon frère aîné, même ma grande sœur Elisi et ses éternelles recommandations.

Mais surtout mes pensées allaient vers Carsina. Les billets qu'elle m'adressait prenaient un ton de plus en plus affectueux, voire coquet. Je rêvais de la revoir et j'avais déjà imaginé plusieurs moyens pour passer du temps seul avec elle. Brièvement, à la suite du mariage d'Epinie avec Spic, j'avais nourri des doutes sur Carsina et moi ; mes parents avaient choisi ma fiancée sans me consulter, or, en diverses occasions, j'avais eu des motifs de me demander si mon père savait toujours ce qui était le mieux pour moi. Avaient-ils vraiment la compétence pour désigner la femme auprès de laquelle je pourrais vivre, dans la paix sinon dans le bonheur, le restant de mes jours ? Ou bien l'avait-on élue davantage pour l'alliance politique que notre union permettrait avec un nouveau noble des environs, en espérant que son caractère placide nous éviterait les écueils du mariage ? Je décidai brusquement d'apprendre à la connaître avant mon retour à l'Ecole ; nous parlerions, et pas seulement du temps qu'il fait ni du menu de notre dernier repas ; j'entendais bien découvrir ce qu'elle pensait réellement de la perspective de devenir l'épouse d'un militaire et quelles autres ambitions elle nourrissait peut-être pour elle-même. Je songeai avec ironie qu'à cause d'Epinie je ne verrais plus jamais les femmes comme avant : avant de rencontrer ma cousine excentrique et moderniste, il ne m'avait jamais traversé l'esprit de me demander quelles pensées entretenaient mes sœurs quand mon père n'était pas là. Maintenant que j'avais eu l'expérience de la vive intelligence et de la langue acérée d'Epinie, je ne reléguais plus automatiquement les femmes à un rôle passif et docile. Je n'espérais pas que Carsina dissimulait un intellect aussi pénétrant que celui d'Epinie – à vrai dire, je ne le pensais pas –, mais, à mon avis, ma timide violette recelait peut-être des secrets que je n'avais pas encore perçus et, dans ce cas, je tenais à les connaître avant que nous nous mariions et nous enchaînions l'un à l'autre pour le restant de nos jours.

« Tu demeures bien silencieux ; de mauvaises nouvelles ? » demanda Gord gravement.

Je lui fis un sourire radieux. « Au contraire, mon vieux : de bonnes, de grandes nouvelles ! Je pars demain pour assister au mariage de mon frère. »

2

Trajet de retour

Mon départ de l'Ecole ne se passa pas aussi vite ni aussi simplement que je l'avais prévu. Quand j'allai chez le commandant pour lui annoncer que j'avais reçu mon billet et pouvais me mettre en route, il m'ordonna d'en informer chacun de mes enseignants et de noter les devoirs qu'ils me donneraient à rendre à mon retour ; je n'avais pas compté avec cette astreinte, espérant me libérer de mes livres pendant quelque temps, et je passai le plus clair de la journée à attendre mes professeurs, car je n'osais pas interrompre leurs cours. Ensuite, emballer mes affaires se révéla plus compliqué que prévu : je devais emporter mes livres mais garder assez de place dans les fontes de Siraltier pour mes provisions de route.

Il y avait plusieurs mois que le grand hongre n'avait rien eu à transporter à part moi, et il ne parut pas voir d'un bon œil que je lui ajoute des paniers de bât. A vrai dire, je ne m'en réjouissais pas plus que lui : je jugeais humiliant de traverser Tharès-la-Vieille dans cet équipage, comme s'il n'était qu'un mulet et moi un paysan qui apporte un chargement de pommes de terre au marché. Toutefois, je m'efforçai de réprimer cette contrariété que je savais due pour moitié à l'orgueil. Je serrai sa sous-ventrière, fis le signe de blocage sur l'agrafe et mis le pied à l'étrier.

Selon mon billet, ma janque ne partirait qu'au soir ; rien ne pressait donc ; néanmoins je tenais à embarquer et à m'installer bien avant qu'on largue les amarres. Mais je passai d'abord chez mon oncle pour lui faire mes adieux et aussi m'enquérir d'éventuels messages de mon père. Dès mon arrivée, il se porta à ma rencontre, m'invita dans son repaire à l'étage et se montra d'une grande hospitalité. Pourtant, je le sentais sur la réserve ; il paraissait avoir vieilli depuis notre première entrevue, et je supposai que son épouse, Daraline, lui battait toujours froid depuis l'effarante rébellion d'Epinie. Ma cousine avait quitté la maison de ses parents au plus fort de l'épidémie pour se précipiter au chevet de Spic et le soigner ; cette initiative scandaleuse pour une jeune femme de son âge et de sa position avait anéanti toute perspective d'union avec un garçon de l'ancienne noblesse.

Epinie le savait très bien, naturellement ; elle avait ruiné volontairement sa réputation afin de forcer la main à sa mère et l'obliger à accepter la demande en mariage de Spic et des siens. Cette alliance avec une famille de la nouvelle noblesse sans autre propriété que des terrains caillouteux près de la frontière avait profondément déçu Daraline et l'emplissait d'horreur ; Epinie avait employé une tactique brutale qui lui avait laissé la liberté de choisir son destin mais avait aussi rompu tout lien entre elle et sa mère, et j'avais entendu sa petite sœur Purissa déclarer innocemment que Daraline la regardait désormais comme sa fille unique et la perle de son avenir ; elle ne répétait sans doute que des propos que sa mère avait tenus devant elle.

Aussi, bien que mon oncle m'eût invité à m'asseoir tandis qu'il sonnait un domestique pour qu'on nous apporte une collation légère, restai-je debout en prétextant craindre de manquer le départ de mon bateau.

« Jamère, as-tu oublié que j'ai acheté moi-même ton billet à la demande de ton père ? Tu as tout ton temps ; tu dois seulement ne pas omettre de t'arrêter à la banque pour toucher ton chèque afin d'avoir quelques liquidités pour ton voyage. Je t'en prie, assieds-toi.

— Merci, mon oncle », fis-je, et j'obéis.

Il appela un domestique, lui dit quelques mots puis s'installa dans un fauteuil avec un soupir. Il me regarda et secoua la tête. « Tu te conduis comme s'il y avait de la rancœur entre nous – ou comme si je devais t'en vouloir. »

Je baissai les yeux. « Vous en auriez le droit, mon oncle. J'ai amené Spic chez vous ; si je ne l'avais pas présenté à Epinie, rien ne se serait produit. »

Il eut un rire âpre. « Non ; il se serait produit un autre scandale tout aussi gênant. N'oublie pas qu'Epinie est ma fille, Jamère ; je la connais depuis toujours et, même si je ne me rendais pas compte des extrémités auxquelles son caractère pouvait la porter, je la savais d'un esprit curieux, d'une nature indomptable et d'une volonté que rien ne ferait dévier de ses objectifs. Sa mère t'en veut peut-être de ce mariage qu'elle juge désastreux, mais elle adore tenir les autres pour responsables de ce qui ne dépend pas d'eux ; je m'efforce de ne pas l'imiter. »

Il s'exprimait d'un ton las, empreint de tristesse, et, malgré mes remords, ou peut-être à cause d'eux, j'éprouvai pour lui un élan du cœur. Il m'avait bien traité, quasiment comme son propre fils, car, malgré l'anoblissement de mon père, il était resté proche de son frère ; or je savais que cela ne se passait pas ainsi dans nombre de familles, où les héritiers de l'ancienne noblesse regardaient leurs puînés devenus « seigneurs des batailles » comme des rivaux. Chez Spic, la branche « aristocratique de souche » de la famille n'entretenait nulle relation avec lui et avait refusé de tendre la main à sa mère veuve de guerre. Assurément, l'aversion de ma tante pour moi tenait à ce qu'elle voyait mon père comme un parvenu qui aurait dû rester simple militaire. Beaucoup, dans l'ancienne aristocratie, considéraient l'anoblissement de ces officiers comme une manœuvre politique du roi Troven, destinée à introduire au Conseil des seigneurs des aristocrates récemment élevés ; peut-être avaient-ils raison car, attachés à lui, ces nouveaux nobles soutenaient sa volonté d'expansion de la Gernie vers l'est par la conquête militaire. Je me laissai aller contre mon dossier et fis un pâle sourire à mon oncle. « Je me sens tout de même responsable, dis-je à mi-voix.

— Ça te ressemblerait assez, en effet. Ne te ronge pas, Jamère ; si j'ai bonne mémoire, c'est Epinie et non toi qui as invité Spic chez moi, quand elle l'a remarqué à côté de toi le jour où nous sommes venus te chercher à l'Ecole. Qui sait si elle n'a pas décidé de l'épouser à cet instant précis ? Elle en serait bien capable. A propos, puisque nous parlons d'elle et d'Espirek, aurais-tu reçu des nouvelles de ton ami ? J'aimerais savoir comment se porte ma cabocharde de fille.

— Elle ne vous écrit pas ? demandai-je, sidéré.

— Non, pas un mot, répondit-il avec tristesse. Je pensais l'avoir quittée en bons termes, ou du moins convaincue que je lui gardais mon affection, même si je n'approuvais pas toutes ses décisions ; mais, depuis son départ, je ne sais rien d'elle ni d'Espirek. » Il s'exprimait d'une voix calme et maîtrisée qui ne dissimulait pourtant pas sa peine. J'éprouvai une soudaine colère envers Epinie ; pourquoi traiter son père avec tant de froideur ?

« J'ai reçu des lettres non seulement de Spic mais aussi d'Epinie, et je vous les ferai partager avec plaisir, mon oncle. Elles se trouvent ici, dans le bât de Siraltier, avec mes manuels et d'autres documents. »

Son regard s'illumina d'espoir, mais il répondit : « Jamère, je ne te demande pas de trahir aucune confidence que t'aurait faite Epinie ; j'aimerais seulement savoir si elle va bien...

— Ne dites pas de bêtises ! » Je me rappelai soudain à qui je m'adressais. « Oncle Sefert, Epinie m'a envoyé des pages et des pages, un véritable journal à partir du jour où elle a quitté votre toit, et je n'y ai rien lu que j'hésiterais à vous révéler ; pourquoi donc vous interdirais-je ses lettres ? Permettez-moi d'aller les chercher ; il n'y en aura que pour un instant. »

Il hésita mais céda finalement à la tentation, et, sur son hochement de tête, je dévalai les escaliers. Je pris le paquet de lettres dans le bât de Siraltier et remontai en hâte. On avait entre-temps déposé un appétissant déjeuner dans le bureau de mon oncle, et je me restaurai dans un silence quasi complet car mon hôte n'avait pu résister à l'envie de lire aussitôt la correspondance d'Epinie. Comme une plante revivifiée par une averse après une période de sécheresse, il sourit d'abord puis se mit à rire tout bas aux descriptions des aventures de sa fille. Enfin, il replia soigneusement la dernière page de la plus récente missive et me regarda. « J'ai l'impression qu'elle mesure la différence entre la réalité de l'existence d'une femme de la frontière et l'idée qu'elle s'en faisait.

— Je n'imagine pas un changement plus radical que passer de la résidence de ses parents à Tharès-la-Vieille à une pauvre chaumière de Font-Amère. »

Avec une sombre satisfaction, il répondit : « Et pourtant elle ne se plaint pas. Elle ne parle pas de rentrer chez nous, elle ne proteste pas qu'elle mérite mieux, elle accepte l'avenir qu'elle s'est imposé, et je suis fier d'elle. Certes, je n'aurais pas choisi cette vie pour elle, et je n'aurais jamais cru ma fille, cette écervelée, cette enfant, assez forte pour la supporter, mais elle y parvient, et y prospère même. »

Je jugeai le terme excessif, mais je me tus : oncle Sefert adorait sa rebelle de fille et, s'il s'enorgueillissait de sa capacité à faire face à l'adversité, je ne tenais pas à ternir son bonheur.

J'étais tout prêt à lui laisser les lettres d'Epinie mais il insista pour que je les reprenne. A part moi, je résolus de dire son fait à sa fille : pourquoi torturait-elle ainsi son père ?

Qu'avait-il fait pour mériter un tel traitement ? Grâce à lui, elle avait joui d'une liberté bien plus grande que la majorité de ses semblables, et elle s'en était servie pour épouser l'homme de son choix ; après le déshonneur public qu'elle s'était attiré en s'enfuyant de chez elle pour se rendre au chevet de Spic, son père, loin de la renier, lui avait offert une modeste cérémonie de mariage et une petite fête de départ. Que pouvait-elle espérer de plus ?

Au moment de nous séparer, mon oncle me remit une lettre à l'intention de son frère et, pour ma mère et mes sœurs, quelques menus présents que j'arrivai à ranger dans mes paniers de bât. Je fis une brève halte à la banque de mon père pour échanger mon chèque contre des billets puis me rendis aussitôt aux quais. L'embarquement des passagers et du fret avait déjà commencé, et je constatai que j'avais bien fait d'arriver en avance car Siraltier n'eut droit qu'au dernier box convenable du bord ; pour ma part, je jouissais d'une cabine confortable quoique exiguë, et je m'y installai avec soulagement.

La remontée du fleuve fut beaucoup moins passionnante que la rapide descente de l'automne précédent. Contre nous, le courant nous ralentissait, déjà puissant bien que les crues de printemps n'eussent pas encore atteint leur plein débit. Le navire avançait non seulement à la rame mais aussi au moyen du halage : une barque se portait en avant de nous avec un cordage enfilé dans une branche, ou bride, et attaché par un bout au mât de la janque ; une fois l'autre extrémité nouée à un objet fixe sur la rive, par exemple un arbre, on halait le navire à l'aide d'un cabestan. Pendant cette opération, on mettait en place une seconde ligne de traction sur l'autre berge, et nous parcourions ainsi entre deux et cinq lieues par jour. Contre le courant, notre grande janque progressait avec une lenteur majestueuse, et l'on avait davantage l'impression de prendre des vacances dans une élégante villégiature que d'effectuer un simple déplacement en bateau.

Peut-être mon père voyait-il cette partie de mon voyage comme un cadeau qu'il me faisait et l'occasion de côtoyer la bonne société ; mais en réalité je m'irritais de notre allure de tortue et me demandais si je n'aurais pas été plus vite sur Siraltier. On trouvait à bord de la janque toute sorte de distractions et de spectacles culturels, depuis les jeux de hasard jusqu'aux soirées de poésie, mais je n'en profitais pas comme lors du trajet en compagnie de mon père ; les passagers me paraissaient moins ouverts que ceux d'alors, en particulier les jeunes dames, hautaines et dédaigneuses au point d'en friser la grossièreté. Un jour, obéissant à ma bonne éducation, je voulus ramasser une plume qui venait de tomber de la table de l'une d'elles, près de sa chaise longue ; comme je me baissais, un des boutons de ma veste, mal cousu, sauta et roula sur le pont. La demoiselle et son amie éclatèrent de rire, l'une désignant d'un doigt indélicat mon bouton qui poursuivait sa course tandis que l'autre enfonçait quasiment son mouchoir dans sa bouche pour dissimuler son hilarité. Sans même me remercier pour la plume que je lui tendais, elle continua ses gloussements irrépressibles – d'ailleurs ponctués de reniflements disgracieux – pendant que j'allais chercher mon bouton vagabond. Une fois que je l'eus récupéré, je revins vers les deux jeunes filles en pensant qu'elles désireraient peut-être se montrer plus sociables, mais elles se levèrent en hâte, prirent leurs affaires et s'éloignèrent dans une envolée de jupes et un frou-frou d'éventails.

Plus tard le même jour, j'entendis rire derrière moi, et une voix féminine dit : « Je n'ai jamais vu un élève de l'Ecole aussi enveloppé ! », à quoi un homme répondit : « Chut ! Ne voyez-vous pas qu'il attend un heureux événement ? On ne se moque pas d'une future mère ! » Je me retournai et vis deux jeunes femmes et leurs cavaliers qui me regardaient du haut d'un pont supérieur ; ils portèrent aussitôt les yeux ailleurs mais l'un des hommes ne put réprimer le grand aboiement de rire qui jaillit de lui. Je sentis le sang me monter aux joues, à la fois furieux et gêné que mon poids pût faire l'objet d'une telle dérision.

Je regagnai ma cabine pour m'y observer dans le miroir, mais il ne me renvoyait l'image que d'un huitième de ma personne, et je finis par conclure que les jeunes passagers avaient dû s'amuser de ma veste trop serrée ; de fait, elle me boudinait de plus en plus et, chaque fois que je la remis après cet incident, je craignis d'avoir l'air comique, ce qui me gâcha le reste du trajet car, quand j'assistais à une soirée musicale ou à une conférence, j'avais la certitude que les deux toupies s'y trouvaient aussi et ne me quittaient pas des yeux ; de fait, je les apercevais parfois, souvent en compagnie des mêmes jeunes gens, et aucun ne paraissait gêné de me détailler ouvertement du regard tout en évitant ma société. D'un jour à l'autre, je m'agaçais de plus en plus de leur attitude en même temps que je sentais grandir mon embarras en public.

La crise éclata un soir alors que je descendais d'un pont à l'autre ; l'escalier, étroit, formait une spirale pour économiser l'espace, et j'avais un peu de mal à l'emprunter à cause de ma corpulence autant que de mon poids ; avec le temps, j'avais découvert qu'en rentrant les coudes et en me fiant à mes pieds pour trouver les marches, j'arrivais à le parcourir sans difficulté. Toutefois, l'étroitesse de la construction interdisait même aux passagers de taille normale de s'y croiser ; ainsi, alors que je descendais, un petit groupe attendait en bas que je libère la voie.

Ceux qui le composaient ne se donnaient pas la peine de baisser le ton. « Attention en dessous ! » lança un jeune homme en me voyant. A la voix, je reconnus celui qui m'avait déclaré gravide ; je sentis mon sang commencer à bouillir.

Une femme partit d'un éclat de rire strident tandis qu'une autre voix d'homme enchaînait : « Grands dieux, mais qu'est-ce donc ? Quel être nous cache ainsi le soleil ? Va-t-il rester bloqué ? Non ! Ecartez-vous, écartez-vous ! » Il imitait les accents tonitruants du marin qui sondait les fonds à l'aide d'une ligne plombée et criait ses relevés au capitaine.

« Barri ! Cessez ! » fit une des jeunes filles, mais l'hilarité qui perçait dans sa voix l'encourageait plus qu'elle ne le condamnait.

« Ah, incertitude intolérable ! Parviendra-t-il à destination ou s'échouera-t-il avant ? » s'exclama l'homme avec enthousiasme.

A cet instant, je parvins au bas de l'escalier, les joues enflammées, mais non par l'effort, et je me trouvai devant le quatuor familier en habit de soirée. Une des jeunes filles, riant toujours, me contourna en hâte, s'engagea dans les marches, et ses petits escarpins cliquetèrent précipitamment tandis que les jupes de sa robe jaune effleuraient la rampe ; son cavalier, un grand gaillard, voulut la suivre mais je lui barrai la route. « Vous moquiez-vous de moi ? » lui demandai-je d'un ton égal et affable. J'ignore d'où je tirais cette maîtrise de moi, car je bouillais intérieurement et mon sang charriait une fureur brûlante.

« Ecartez-vous ! » fit-il avec colère sans même chercher à me répondre.

Comme je ne bougeais pas, il tenta de passer de force. Je résistai et, pour une fois, mon poids me donna l'avantage.

« Il ne s'agissait que d'une plaisanterie, mon vieux ; ne soyez pas si susceptible. Laissez-nous aller, s'il vous plaît. » Ce discours émanait de l'autre jeune homme, mince freluquet aux boucles soigneusement apprêtées ; sa compagne avait battu en retraite derrière lui, une petite main gantée sur son épaule comme si elle voyait en moi un animal féroce aux réactions imprévisibles.

« Ecartez-vous ! » répéta le premier, les dents serrées, avec une rage froide.

Je fis un effort et gardai un ton calme. « Monsieur, je n'apprécie pas vos moqueries. La prochaine fois que je vous verrai me regarder d'un air railleur ou que je vous entendrai me tourner en ridicule, je vous demanderai réparation. »

Il eut un grognement méprisant. « Une menace ! De votre part ! » Et il me parcourut d'un regard insultant ; son sourire ironique me réduisait à une quantité négligeable.

Mon cœur tonnait dans mes oreilles ; pourtant, bizarrement, je me sentis soudain maître de la situation. Je ne puis dire le plaisir que me procura cette sensation, un peu comme si j'avais en main un pli excellent alors que mes adversaires me croyaient en train de jouer à l'esbroufe. Je lui retournai son sourire. « Vous devriez vous réjouir de mon avertissement ; il n'y en aura pas d'autre. » Jamais je n'avais eu l'impression d'être aussi dangereux.

Il parut se rendre compte que ses rodomontades n'avaient aucun effet, et son visage prit une vilaine teinte pourpre. « Laissez-moi passer ! lança-t-il, les dents serrées.

— Mais naturellement, répondis-je, et, non content de m'écarter, je lui tendis la main comme pour l'aider. Faites attention, l'escalier est plus raide qu'il n'en a l'air. Prenez garde où vous mettez les pieds ; il ne faudrait pas que vous trébuchiez.

— Ne m'adressez pas la parole ! » cria-t-il, ou peu s'en fallut. Il voulut me repousser, mais je le saisis fermement par le coude et accompagnai son mouvement alors qu'il gravissait la première marche. Je me sentis une poigne de fer, et sans doute la perçut-il aussi. « Lâchez-moi ! fit-il d'une voix grondante.

— Ce fut un plaisir de vous aider », répliquai-je d'un ton suave en obéissant à son injonction. Je m'écartai de deux pas et fis signe à ses amis de le suivre. La jeune fille se précipita dans l'escalier, son compagnon derrière elle ; il me jeta un regard effrayé en passant, comme s'il craignait que je ne saute soudain sur lui.

Je m'éloignais quand j'entendis sur le pont supérieur un cri suivi d'un hurlement de douleur. Au timbre de la voix, un des hommes avait dû glisser dans l'affolement général, et sa cavalière émettait des piaulements compatissants. La victime proférait des propos que la souffrance rendait inintelligibles. Je ris sous cape sans m'arrêter ; je devais dîner à la table du commandant ce soir-là, et je m'aperçus que je savourais d'avance le repas avec plus d'appétit que d'habitude.

Le lendemain matin, alors que je me restaurais d'un excellent petit déjeuner, je surpris une conversation à ma table : un jeune homme avait fait une chute dans les escaliers. « Une terrible fracture, disait à sa voisine une vieille dame avec un éventail orné de fleurs. L'os pointait de la chair ! Imaginez-vous ? Tout cela parce qu'il avait manqué une marche ! »

J'éprouvai un sentiment irrationnel de culpabilité en apprenant la gravité de la blessure puis je me dégageai aussitôt de toute responsabilité en la rejetant sur la victime : le godelureau avait sans doute manqué une marche, en effet ; s'il ne s'était pas moqué de moi, il n'aurait pas emprunté l'escalier avec tant de hâte et rien ne serait arrivé.

En fin d'après-midi, j'aperçus le petit groupe et notai l'absence de l'homme que j'avais « aidé ». Une des jeunes femmes me vit, eut un sursaut d'effroi et me tourna aussitôt le dos pour s'éloigner ; son amie et son cavalier la suivirent en toute hâte. Pendant le restant du voyage, ils prirent grand soin de m'éviter, et je n'entendis plus de commentaires ni de rires malsonnants. Pourtant, je ne ressentais pas le contentement que j'avais espéré ; au contraire, un vague remords me taraudait sans cesse, comme si mes souhaits de malchance avaient provoqué sa chute, et je n'appréciais pas davantage la peur que la dérision que j'inspirais aux jeunes femmes : ces deux réactions faisaient de moi quelqu'un que je n'étais pas.

J'accueillis donc avec un certain soulagement le jour où notre janque accosta aux quais de Sorton et où je débarquai. Siraltier se montra rétif pour avoir passé trop de temps dans l'entrepont et contrarié de devoir à nouveau porter ses paniers de bât. En lui faisant descendre la passerelle, je me réjouis de retrouver la terre ferme et de ne plus dépendre que de moi-même ; je m'engageai dans les rues encombrées et perdis bientôt la janque de vue.

Outre mon billet et l'argent de mon voyage, je possédais une lettre de mon père qui détaillait précisément mes étapes à venir ; il avait mesuré mon trajet sur ses cartes de cavalla, estimé où je devais loger chaque soir et quelle distance je devais parcourir chaque jour afin d'arriver à temps pour le mariage de Posse. Son itinéraire méticuleux m'indiquait de passer la nuit à Sorton même, mais je décidai brusquement de me mettre aussitôt en route afin de gagner un peu d'avance ; j'avais manqué de bon sens car, à la tombée de la nuit, je me trouvais encore sur la route, à des heures du village où mon père avait décrété ma prochaine halte. Dans cette région de fermes et de petites propriétés, impossible de camper au bord du chemin comme je l'eusse fait dans le Centre. Aussi, quand il fit trop noir pour continuer, frappai-je à une porte et demandai-je l'hospitalité pour la nuit ; le fermier, bienveillant, refusa de me laisser dormir dans la grange aux côtés de Siraltier et insista pour que je couche dans la cuisine près du feu.

Je lui offris de payer aussi pour un repas, et il alla réveiller une servante ; je m'attendais à ce qu'on me serve les restes froids du dîner mais la jeune femme se mit à bavarder gaiement tout en faisant réchauffer une belle tranche de mouton dans du bouillon ; elle y ajouta quelques tubercules et me servit le tout avec du pain, du beurre et une grande chope de lait battu. Comme je la remerciais, elle répondit : « Ça fait plaisir de cuisiner pour un homme qui aime visiblement la bonne chère ; ça prouve qu'il a de l'appétit pour les plaisirs de la vie. »

Je ne pris pas ses propos comme une critique car elle-même avait la poitrine généreuse et les hanches larges. « Un bon repas en plaisante compagnie réveille toujours l'appétit », dis-je. Elle parut croire que je lui contais fleurette et me fit un sourire qui lui mit des fossettes aux joues ; avec impudence, elle s'assit à table pendant que je mangeais et loua ma sagesse de m'être arrêté à la ferme pour la nuit, car on parlait ces derniers temps de brigands qui écumaient les routes. A l'évidence, elle ne se contentait pas d'obéir aux ordres de son maître, et, après qu'elle eut nettoyé mes plats, je lui donnai une piécette d'argent en la remerciant de sa gentillesse. Toujours souriante, elle balaya le sol devant la cheminée avant d'y étendre les deux couvertures qu'elle avait apportées.

Une heure après m'être endormi, je me réveillai en sursaut en sentant quelqu'un soulever le soin de ma couverture et se glisser près de moi. A ma grande honte, j'avoue que je pensai d'abord à ma bourse qui contenait l'argent de mon voyage, et je la serrai dans mon poing sous ma chemise, mais ma visiteuse n'y prit pas garde et se colla contre moi, douce comme un chaton qui cherche à se réchauffer. Je me rendis vite compte qu'elle ne portait qu'une chemise de nuit très mince.

« Que se passe-t-il ? » demandai-je bêtement.

Elle rit tout bas. « Ma foi, monsieur, je n'en sais rien ; laissez-moi toucher, je vous dirai ce que j'en pense ! » Sans autre forme de procès, elle plongea la main entre nous deux, constata qu'elle m'avait déjà excité et m'empoigna.

Je n'étais pas plus prude qu'un autre de mon âge et la chasteté que j'avais observée jusque-là tenait davantage à l'absence d'occasions qu'à une inclination naturelle à la vertu. Je reconnais que je m'inquiétai fugitivement pour ma santé, car on nous avait sermonnés plus d'une fois à l'Ecole sur les dangers que présentaient les prostituées de bas étage, mais je me convainquis vite et sans difficulté que cette fille, dans cette ferme écartée, n'avait sans doute pas connu beaucoup d'hommes et avait peu de chances d'avoir contracté des maladies.

S'ensuivit une nuit que je n'ai jamais oubliée et rarement regrettée. D'abord maladroit, je sentis bientôt mon « autre moi » s'éveiller, et je m'aperçus qu'il avait non seulement de l'expérience mais du talent dans les ébats amoureux : je savais quand je devais agacer d'une langue chatouilleuse et quand ma bouche devait se montrer dure et exigeante. Ma compagne frissonnait sous moi, et les petits gémissements qu'elle laissait échapper enchantaient mes oreilles. Je restais toutefois un peu malhabile car, si les rondeurs de son corps formaient un territoire familier, je n'avais pas l'habitude de l'ampleur de mon propre ventre ; contraint de m'avouer non sans tristesse que mon gain de poids n'était pas un détail négligeable, je refusais néanmoins qu'il devienne un obstacle, et, à l'aube naissante, nous nous séparâmes sur de nombreux baisers. Je sombrai dans un sommeil épuisé, et le matin survint beaucoup trop tôt.

Si j'avais été en état d'inventer un prétexte, je m'en serais servi pour passer une autre nuit à la ferme ; en l'occurrence, la fille de cuisine me prépara un énorme petit déjeuner et me fit des adieux très affectueux. Je ne tenais pas à l'humilier en la traitant comme une prostituée ordinaire, aussi glissai-je quelque argent sous mon assiette où elle le trouverait en débarrassant la table. Je pris congé des propriétaires en les remerciant chaudement de leur hospitalité, et le fermier me répéta la mise en garde de ma compagne nocturne sur les bandits de grand chemin ; je lui promis de me montrer prudent puis j'enfourchai Siraltier et repris la route avec une opinion de moi-même très différente de celle de la veille. En exécutant le signe de blocage sur la sous-ventrière, je me vis soudain comme un voyageur aventureux qui faisait l'expérience de l'autonomie ; j'en éprouvai comme une ivresse qui me changeait agréablement de la gêne que me procurait ma corpulence lors du trajet en bateau.

La journée s'écoula vite. Je ne prêtai guère attention à la route ni au paysage, plongé dans mes souvenirs de la nuit précédente ; je tirais, je le confesse, autant de plaisir à imaginer le récit que je ferais à Rory et aux autres de mes ébats avec la fille de ferme qu'à me les rappeler. En début d'après-midi, j'atteignis la ville que mon père avait désignée comme mon étape suivante ; il restait plusieurs heures de jour mais je décidai d'y passer la nuit, d'abord à cause des brigands contre lesquels on m'avait mis en garde par deux fois mais aussi parce que je n'avais guère dormi la veille. Je trouvai une auberge qui me parut convenable, m'y restaurai puis me retirai dans ma chambre où je dormis jusqu'au soir ; je m'occupai ensuite en mettant mon journal à jour mais, cela terminé, je ne sus plus que faire. J'avais envie de revivre une aventure semblable à celle de la nuit précédente.

Je descendis dans la salle commune en vue de faire des rencontres, d'entendre de la musique, de participer à une conversation animée, mais je ne trouvai que quelques clients qui avalaient de la mauvaise bière à grandes rasades et un patron revêche qui souhaitait manifestement que ses visiteurs dépensent davantage d'argent ou aillent encombrer quelqu'un d'autre. J'espérais à demi tomber sur une fille de petite vertu en train de nettoyer les tables, comme on en voyait dans les revues légères du pauvre Caleb, mais il n'y avait pas un seul individu du sexe faible dans les parages. Je sortis alors me promener dans la bourgade, mais, devant les rues désertes, je changeai d'avis ; je regagnai l'auberge où, après trois bières, je remontai dans ma chambre et m'endormis.

Les jours suivants, mon voyage se déroula sans incident ; mon père avait évalué avec exactitude la distance que Siraltier pouvait couvrir du matin au soir. Une nuit, je logeai dans une hôtellerie où plusieurs femmes à l'évidence prostituées se prélassaient dans la taverne ; je rassemblai mon courage pour aborder la plus jeune, créature frêle au visage auréolé de boucles blondes, vêtue d'une robe rose dont le col large s'ornait de plumes. Me croyant spirituel, je lui demandai si ses aigrettes ne la chatouillaient pas.

Elle me toisa puis répondit tout de go : « Deux piécettes d'argent ; ta chambre. »

Je restai décontenancé. Dans toutes les histoires que racontait Trist ou que j'avais lues dans les revues de Caleb, les prostituées se montraient coquettes et flattaient les hommes, et je m'attendais à une conversation, même minime. « Tout de suite ? » fis-je, interloqué, et elle se leva aussitôt.

Dès lors, je ne pus que la conduire chez moi. Elle exigea que je la paie d'avance et fourra l'argent dans le devant de sa robe. Je déboutonnais mon pantalon quand elle m'empoigna par les bras, me fit reculer jusqu'au lit et m'obligea à me coucher sur le dos. « N'espère pas que je me mette en dessous ; lourd comme tu es, tu me briserais les côtes ! »

Sur ces mots, elle retroussa ses jupes jusqu'à la taille pour découvrir sa nudité puis m'enfourcha comme un cheval et me finit promptement. Alors elle se releva, s'écarta et, debout près du lit, laissa retomber sa robe en la secouant. Je me redressai sur le lit, mon pantalon aux chevilles, tandis qu'elle se dirigeait vers la porte.

« Où vas-tu ? » demandai-je, un peu égaré.

Elle me lança un regard intrigué. « Je retourne au boulot – à moins que tu n'aies encore deux pièces d'argent à dépenser ? »

Elle prit mon silence hésitant pour une dénégation et reprit avec un petit sourire narquois : « C'est bien ce que je pensais ; en général, les gros sont les plus pingres. » Et, sans un mot de plus, elle sortit. Je restai les yeux fixés sur la porte, abasourdi et insulté, puis je me laissai retomber sur le lit en songeant soudain que je venais d'apprendre la différence entre une fille de cuisine très câline et une véritable prostituée. Saisi de violents remords, je me sentis sali et, avant de m'endormir ce soir-là, je résolus de ne plus m'approcher des putains de bas étage ; je me répétai sévèrement que, quasiment fiancé, je me devais d'éviter les maladies pour le bien de Carsina. Néanmoins, j'étais content d'avoir acquis un peu d'expérience dans ce domaine essentiel.

Plus je progressais vers l'est, plus le pays devenait sauvage. Dans la dernière partie de mon voyage, je pénétrai véritablement dans les terres du Centre et suivis la Route du roi qui courait parallèlement au fleuve ; sa qualité de construction variait fortement d'une section à l'autre. Des relais devaient s'y succéder à intervalles réguliers pour fournir de l'eau fraîche, des vivres et un abri aux messagers royaux ; certains avaient grandi jusqu'à former des hameaux, mais la plupart se résumaient à un petit bâtiment mal construit qui n'avait guère à offrir au voyageur ordinaire. Le pire se réduisait à une cabane de guingois dont le toit menaçait de s'effondrer à tout moment. J'appris à remplir mes outres et à prévoir un repas pour le midi quand je quittais mon logement le matin.

Un jour, je dépassai une longue colonne de prisonniers en route vers l'est. Au lieu de subir la flagellation ou de perdre une main pour leurs crimes, ces hommes condamnés aux travaux forcés œuvreraient à rapprocher la Route du roi de la Barrière ; leur peine accomplie, ils recevraient un lopin de terre qui leur donnerait l'occasion de commencer une nouvelle vie. Ainsi, en une seule opération, le roi offrait une seconde chance aux criminels, avançait la construction de sa route et peuplait les nouvelles régions de l'est. Pourtant, les hommes enchaînés que je vis n'avaient pas l'air de se réjouir de leur future existence, et leurs épouses accompagnées de leurs enfants, dans des chariots tirés par des mulets en queue de colonne, paraissaient encore plus lugubres ; elles avaient le visage et les vêtements couverts de poussière, et j'entendis plusieurs nourrissons pleurer en passant près d'eux au trot. Je n'oublierai jamais un petit garçon assis à l'arrière d'un chariot, dont la tête ballottait misérablement au rythme des cahots. Devant son regard morne, je songeai : « Cet enfant est proche de la mort. » Puis un frisson d'horreur me parcourut et je me demandai d'où je tirais cette idée ; je poursuivis ma route.

Mon uniforme de l'Ecole, je l'avoue à regret, souffrait de ma corpulence : sur ma poitrine, les fils de mes boutons étaient tendus à craquer, et les coutures menaçaient de lâcher aux épaules et aux cuisses. Pour finir, je le pliai du mieux possible, le fourrai dans mes paniers déjà pleins, et je ne portai plus que mes vêtements ordinaires, beaucoup plus amples et confortables pour un tel voyage. Je devais reconnaître que j'avais pris du poids, et davantage que je ne le croyais. J'avais faim, car la monte creuse l'appétit, mais je me réjouissais en même temps des maigres rations dont je devais me contenter : assurément, j'aurais retrouvé ma sveltesse et ma forme quand j'arriverais à la maison.

3

Le Fuseau-qui-danse

Plus je m'enfonçais dans le Centre, plus le paysage me devenait familier ; je reconnaissais les prairies, les plateaux, l'odeur fraîche du fleuve le matin et le cri des gelinottes des armoises ; je savais le nom de chaque plante, de chaque oiseau ; même la poussière avait un goût qui m'évoquait des souvenirs. Siraltier aussi paraissait sentir l'écurie car il avançait avec plus d'ardeur.

Un jour, en milieu de matinée, je me trouvai face à un choix inattendu et tirai les rênes : un panneau de bois grossier appuyé à un cairn au bord de la route annonçait en lettres maladroites : « Fuseau-qui-danse ». Les caractères gauchement tracés trahissaient l'œuvre d'une main qui copie des formes plutôt qu'elle n'écrit. Une piste vaguement carrossable partait de la route et disparaissait au sommet d'une légère éminence ; sa destination se cachait derrière cet horizon.

Je délibérai un moment ; le détour m'éloignait de l'itinéraire prévu et j'ignorais à quelle distance il risquait de m'emmener ; toutefois, je me rappelais que mon père m'avait promis de me montrer un jour les monuments des Nomades, or le Fuseau-qui-danse en faisait partie. J'eus soudain le sentiment que cette visite m'était due. Je serrai les rênes à Siraltier et nous quittâmes la route.

La piste ne portait guère d'ornières mais elle avait vu passer assez de véhicules pour qu'on pût la suivre sans difficulté. Arrivé en haut de la colline, je découvris en contrebas une combe agréable dont le fond tapissé d'arbres indiquait la présence d'un cours d'eau. Le chemin descendait obliquement vers le bosquet avant d'y pénétrer.

Siraltier renifla l'eau, accéléra l'allure, et je ne le retins pas. Au bord du ruisseau, je le laissai boire son content, m'agenouillai pour me désaltérer aussi puis, une fois rafraîchi, me remis en selle et repris ma route. La piste courait brièvement le long du ru avant de le franchir. J'écartai de mon esprit toute inquiétude sur le temps que je perdais : une fébrilité inexplicable s'emparait peu à peu de moi et je me sentais contraint de continuer de l'avant.

Nous suivîmes la piste qui remontait le long de l'autre versant et débouchait, passé une crête rocheuse, sur un plateau dénudé. Un peu plus loin s'ouvrait brusquement un large ravin, comme si un dieu courroucé avait fendu la terre avec une monstrueuse hache. Le chemin y plongeait et descendait, escarpé, jusqu'au fond lointain. Je tirai les rênes pour contempler l'étrange et prodigieux paysage.

Les flancs de l'abîme présentaient des couches de pierre colorée blanc étincelant, rouge et orange sombres, et jusqu'à des bleus crépusculaires ; au fond se dessinait une ville sans toits dont les murs usés par les intempéries ne se dressaient plus qu'à hauteur de genou ou sous forme d'éboulis. Quelle guerre ou quelle catastrophe ancienne l'avait-elle rasée ? Le Fuseau-qui-danse des Nomades dominait le ravin et réduisait à rien les ruines qui s'étendaient à sa base. Nul récit n'aurait pu me préparer au choc que je ressentis en voyant l'immense pilier incliné selon un angle impossible. Un frisson me parcourut devant ce spectacle.

Le Fuseau tenait son nom de l'instrument dont on se sert pour filer la laine et, de fait, il évoquait une baguette aux extrémités effilées, mais d'une taille si monumentale qu'il défiait toute comparaison. Taillé dans une pierre rouge striée de blanc, il s'élevait d'un côté très loin au-dessus du fond du ravin tandis que, de l'autre, il s'enfonçait dans une profonde dépression dans le sol, comme s'il se forait un lit dans la roche. Les bandes blanches en spirale ajoutées aux vibrations de l'air surchauffé créaient l'illusion que le Fuseau tournait vraiment sur lui-même en projetant une longue ombre noire sur le sol.

Un seul bâtiment avait survécu à la destruction de la ville : une tour dont un escalier montait le long des flancs pour s'arrêter juste en dessous du monument de pierre incliné, près de son extrémité la plus haute. Comment le Fuseau tenait-il ainsi sans s'écrouler ? Cela me dépassait ; assis sur mon cheval, un sourire béat aux lèvres, je savourais le tour que me jouaient mes yeux, avec l'impression qu'à tout instant sa rotation allait ralentir et qu'il allait hésiter, vaciller puis tomber enfin.

Mais non : il tournait toujours. Comme je m'engageais dans la descente escarpée qui menait au fond de la faille, je constatai avec étonnement que l'illusion perdurait, et, absorbé par ce spectacle, je faillis ne pas voir la petite habitation bâtie dans l'ombre du Fuseau, au bord de la dépression où se logeait la base effilée de la hampe gigantesque. Alors que les ruines alentour étaient de pierre et de glaise, la chaumine délabrée, plus récente, présentait des murs en planches grossièrement équarries, grisées par les intempéries. On l'eût dite abandonnée, si bien que j'éprouvai une certaine surprise quand un homme en sortit, en s'essuyant la bouche avec une serviette comme si j'interrompais son repas.

Alors que je m'approchais, il se tourna et jeta le carré de tissu à une Nomade qui l'avait suivi et m'observait. Elle l'attrapa au vol et, sur un signe de son maître, rentra dans l'abri relatif de la maison. Je me trouvais encore loin de lui quand il me lança : « Alors, vous venez voir le Fuseau ? »

Je jugeai la question stupide : pour quelle autre raison emprunterait-on la piste qui menait jusque-là ? Je n'avais pas envie de crier, aussi continuai-je d'avancer sans répondre L'homme ne parut pas s'en émouvoir.

« C'est une merveille de construction primitive. Pour un centier seulement, monsieur, je vous en fais faire le tour et je vous raconte son histoire extraordinaire ! On vient l'admirer de tous les coins du monde, et aujourd'hui vous rejoindrez les rangs de ceux qui peuvent dire : "J'ai vu de mes propres yeux le Fuseau-qui-danse et j'ai gravi les marches de la tour du Fuseau." »

On eût cru entendre un aboyeur de foire, et Siraltier le considérait avec méfiance. Quand je tirai les rênes, l'homme m'adressa un large sourire ; il portait des vêtements propres mais fatigués : un pantalon ample rapiécé aux genoux, des sandales élimées à ses grands pieds poussiéreux et une chemise par-dessus son pantalon, serrée à la taille par une ceinture tissée aux teintes vives. Il parlait parfaitement ma langue, il avait les traits gerniens, mais sa tenue, son attitude et les breloques dont il se parait étaient nomades ; un métis, donc. La répulsion et la pitié me saisirent, mais surtout l'agacement. Par sa taille et l'improbabilité de son existence, le Fuseau m'inspirait une révérence quasi mystique ; majestueux, unique, il suscitait en moi une élévation de l'âme que je ne pouvais nier, et je voulais le contempler en paix, sans boniments oiseux pour me distraire.

L'homme voulut prendre la têtière de ma monture pour la tenir pendant que je mettais pied à terre. Cet imbécile ne savait-il donc pas reconnaître un cheval de la cavalla ? Siraltier, dressé à réagir à une pareille attaque, se cabra et pivota en un seul mouvement fluide ; en retombant, il fit cinq ou six pas pour s'écarter de l'« ennemi ». Je lui serrai promptement la bride avant qu'il eût le temps de décocher une violente ruade au métis puis je descendis de ma selle, laissai tomber les rênes, et il resta docilement immobile. Je me tournai vers l'homme en pensant le trouver effrayé.

Mais non : il affichait toujours son sourire obséquieux. Il haussa les épaules et leva les mains en un geste exagéré de stupéfaction. « Ah, quelle monture, quelle fière créature ! Je vous envie votre chance !

— Merci », répondis-je avec raideur. Il me mettait mal à l'aise et j'aurais voulu me trouver loin de lui. Ses traits typiquement gerniens s'opposaient à ses manières nomades. Il employait le vocabulaire d'un homme instruit et l'on percevait à peine l'accent guttural des Plaines dans sa façon de s'exprimer, mais il s'affichait devant moi avec des sandales usées, des vêtements qui ne valaient guère mieux que des haillons, tandis que sa femme nomade nous observait dans l'ombre de l'entrée de leur cahute. Le contraste me gênait. L'homme s'approcha de moi et se lança dans un monologue parfaitement rodé.

« Vous avez sans doute déjà entendu parler du légendaire Fuseau-qui-danse, le plus énigmatique des cinq monuments du Centre, et vous voici enfin venu admirer ce prodige d'ingénierie antique ! Vous vous demandez sûrement comment les précurseurs des Nomades ont pu fabriquer cette merveille avec leurs outils rudimentaires ; comment conserve-t-elle son équilibre sans tomber ? Comment crée-t-elle l'illusion du mouvement quand on la regarde de loin ? Et vous vous interrogez certainement sur la signification que possédait cette stupéfiante réalisation aux yeux de ses concepteurs.

» Eh bien, vous n'êtes pas le seul à vous poser ces questions, monsieur ! Erudits, philosophes et ingénieurs y ont tous réfléchi tour à tour, venus d'Esquet et même de la lointaine Burrie, et moi, qui partage l'héritage à la fois des Plaines et de la Gernie, j'ai eu le plaisir de les assister, comme j'aurai celui de vous éclairer pour la modique somme d'un centier ! »

Son discours volubile me rappelait les boniments racoleurs des aboyeurs qui vantaient leurs phénomènes de foire lors de la Nuit noire à Tharès-la-Vieille ; le souvenir de cette soirée puis des événements qui s'en étaient suivis me submergea soudain, et je repoussai la main tendue de l'homme en m'écartant de lui. Il tressaillit à ce contact, pourtant sans brutalité.

« Je viens voir une formation rocheuse due sans doute en grande partie aux forces de la nature et dont les mystères tiennent aux seuls embellissements de votre peuple, dis-je. Je n'ai pas besoin de payer pour contempler ce que j'ai devant les yeux ! Restez à l'écart, je vous prie. »

L'espace d'un instant, il plissa les paupières et je crus qu'il allait m'insulter, puis ses yeux s'agrandirent et, à ma grande surprise, il haussa de nouveau les épaules avec application ; il indiqua du geste la pierre colossale et s'inclina légèrement. « Comme il vous plaira, monsieur. » Il me salua encore une fois et s'éloigna à reculons. Je le regardai s'en aller, perplexe car je n'avais perçu nulle ironie ni grossièreté dans ses propos.

Mais, comme il se détournait de moi, j'aperçus soudain le vrai motif de son désintérêt ; un chariot descendait la piste roide en couinant, débâché comme pour une sortie de vacances mais pourvu d'une banne jaune vif tendue au-dessus des passagers. Sur une banderole peinte au flanc du véhicule, on lisait en lettres capitales : « Admirez l'extraordinaire Fuseau-qui-danse ! ». Une dizaine de personnes de tous âges avait pris place sur les bancs capitonnés, et les dames tenaient des ombrelles pour se protéger du soleil du printemps. En voyant mon guide se hâter vers le chariot, je saisis mon erreur : je n'avais pas compris qu'il gagnait sa vie en faisant commerce de ses connaissances. A présent que sa vraie proie arrivait, il m'abandonnait pour une prise plus grosse. Ma foi, cela me convenait parfaitement ; je tournai le dos aux nouveaux venus et reportai mon attention sur le Fuseau.

Il dépassait largement en taille et en masse tous les bâtiments que j'avais jamais vus. Je levai les yeux vers sa haute corne puis le parcourus du regard jusqu'à sa base ; apparemment, il s'effilait en une pointe qui touchait le sol. Je m'avançai jusqu'au bord de la dépression qui l'accueillait : entre les flancs escarpés de la cuvette, l'extrémité du Fuseau se perdait dans une ombre obscure comme une plume géante dans un encrier. La structure présentait une inclinaison à un angle aigu et ne touchait pas le pourtour de la fosse, apparemment soutenue par un système d'assemblage dissimulé au fond. Cela allait à l'encontre de tous mes instincts d'ingénieur : comment un ancrage aussi réduit pouvait-il supporter ce poids ? Même de plus près, l'illusion d'une rotation persistait.

Je restai un moment le cou tendu à étudier l'extrémité du Fuseau dans les ombres de la dépression. De loin, la pointe paraissait fine par rapport au corps gigantesque mais elle avait en réalité des dimensions substantielles : là où elle disparaissait à la vue dans les profondeurs de la cuvette qu'on eût dite creusée par la masse tournoyante, le cylindre présentait un diamètre similaire à celui de la base de la tour. Le Fuseau ne tournait certainement pas ; dans le cas contraire, le frottement de l'extrémité contre la roche eût produit un raclement assourdissant, semblable à celui d'un pilon et d'un mortier colossaux. Pourtant, mes yeux crédules persistaient à me montrer le Fuseau en train de tourner. Je secouai la tête pour me défaire de cette illusion d'optique et tâchai de me concentrer sur la véritable énigme : comment tenait-il ? Etant donné sa masse et son angle d'inclinaison, pourquoi n'était-il pas tombé depuis longtemps ?

A mon arrivée, j'avais eu la conviction qu'un examen rapproché me révélerait l'artifice, mais à présent, au plus près de la base où je pouvais me tenir sans choir dans la vaste fosse, je demeurais toujours aussi perplexe. Je décidai de me rendre jusqu'à la tour et de gravir l'escalier jusqu'au sommet, juste en dessous de la pointe supérieure ; apparemment, je me trouverais alors si près du Fuseau que je devrais pouvoir le toucher pour me prouver qu'il ne tournait pas. Cette visite devait à l'origine rester un bref détour, mais je n'y songeais plus : je voulais satisfaire ma curiosité à tout prix. De l'œil, je cherchais le meilleur itinéraire dans le paysage accidenté, et je repérai aussitôt un sentier indistinct sur la terre rocailleuse : à l'évidence, d'autres avaient partagé mon ambition avant moi. Je savais pouvoir laisser seul Siraltier ; je m'engageai sur le chemin.

Il passait sous le Fuseau, et je m'avançai non sans trembler dans l'ombre gigantesque. Le jour parut s'obscurcir et je pourrais jurer que je sentis une brise glacée, née de la rotation du monstrueux cylindre, m'effleurer la joue ; moins par mes tympans qu'au plus profond de ma poitrine, je percevais le grondement grave de l'éternelle giration. J'eus l'impression que le vent spectral me frôlait le sommet du crâne, et je me rappelai avec angoisse la façon dont la femme-arbre me caressait. Je quittai l'ombre et ces étranges impressions avec soulagement, même si le ciel me paraissait soudain trop éclatant et le soleil trop dur.

Le sentier tournait et virait entre les murs éboulés et les rues enfoncées de la ville en ruine. Les chicots des maisons accréditaient l'affirmation du guide métis selon laquelle le Fuseau existait par la main de l'homme, car certains étaient bâtis dans la même pierre rougeâtre et portaient encore des motifs singuliers, spirales et damiers déformés à la fois étranges et familiers. Je ralentis le pas en commençant à distinguer des visages sournois révélés par l'érosion des murs inclinés ; des bouches grandes ouvertes aux crocs aujourd'hui émoussés, des mains sculptées réduites à des pattes courtaudes, des femmes voluptueuses devenues sous l'action du vent des êtres asexués attiraient mon regard.

J'escaladai un angle de mur, parcourus des yeux les alentours, et j'eus l'impression d'avoir à portée de la main la logique de ces ruines, de ces toits effondrés. Je sautai à terre et repris mon chemin au milieu de... de quoi ? D'un temple et de son agglomération ? D'un village ? D'un cimetière antique ? Je l'ignorais, mais tout avait été détruit ; seuls restaient le Fuseau et sa tour qui dominaient les vestiges rongés par le temps. Comment un peuple qui n'avait à sa disposition que des outils de pierre, d'os et de bronze avait-il pu réaliser une aussi monumentale création ? Fugitivement, j'envisageai de donner un centier au guide pour voir s'il avait une réponse crédible à cette question.

Parvenu au pied de la tour, je fis deux constatations ; d'abord, elle était en beaucoup moins bon état qu'elle n'en avait l'air de loin ; ensuite, il ne s'agissait pas d'un bâtiment au sens où on l'entend généralement, mais d'une colonne pleine autour de laquelle s'enroulait un escalier. Impossible d'y pénétrer : on ne pouvait atteindre son sommet que par les marches extérieures. On avait dressé une barrière grossière à l'aide de cordes et de piquets devant les premiers degrés comme pour en interdire l'ascension ; je n'y prêtai nulle attention. Les marches présentaient une arête émoussée et une partie centrale déprimée sous le passage des pas et des ans ; des mosaïques avaient décoré jadis le pilier central, et il en subsistait des vestiges : un œil et une bouche à l'expression lubrique, une patte aux griffes sorties, un enfant aux joues rondes, les yeux clos, extatique. Je gravissais l'escalier en spirale avec l'impression vertigineuse d'une situation familière mais sans pouvoir me rappeler avoir jamais vécu une expérience similaire. Sur la mosaïque, ici un croas noir et rouge dont il ne restait que la tête ouvrait un large bec, là un arbre dressait ses bras vers le ciel, le visage tourné vers le soleil. J'avais grimpé une dizaine de degrés quand je me rendis compte qu'un arbre n'avait ni bras ni visage. Il y avait aussi des graffitis, sempiternelle proclamation d'une présence ou d'un amour, anciens pour certains mais récents pour la plupart.

J'avais pensé me fatiguer durant la montée : il faisait chaud, le soleil tapait dur et je déplaçais une carcasse plus lourde que jamais ; pourtant j'éprouvais une sorte d'exaltation à me trouver si haut sans rien entre moi et une chute à pic sur le roc au pied de la tour. A chacun de mes pas, la musique du Fuseau tournoyant s'amplifiait, sa vibration résonnait dans mes os et je sentais le vent de sa rotation sur mon visage. Je percevais même un parfum étrange créé, je le savais, par sa giration, une odeur chaude, délicieuse, semblable à celle d'épices grillées. Je levai les yeux vers le Fuseau et je distinguai parfaitement la pierre striée qui le constituait ; peut-être ne bougeait-elle pas, mais une couche d'air trouble ou de brume la recouvrait, et elle tournait bel et bien. Je ne puis décrire la fascination ni le ravissement que cette découverte suscita en moi.

La tour s'achevait en une plate-forme aux dimensions d'une petite pièce, ceinte d'un mur bas qu'une fissure avait ébréché et l'érosion réduit à une crête accidentée haute comme le genou. Je me rendis au centre du replat et levai les yeux vers la pointe au-dessus de moi. Malgré ma haute taille, elle restait hors de mon atteinte, et j'en conçus de la perplexité : pourquoi avoir bâti cet escalier, permettre de s'approcher de cette prodigieuse réalisation mais interdire de la toucher ? Cela ne rimait à rien. Je sentais sur mon visage le vent chaud, épicé, de son tournoiement.

Je pris un moment pour contempler la vue. La ville en ruine se lovait au fond du ravin ; les visiteurs, descendus de leur chariot, entouraient le métis et l'écoutaient avec respect. Je voyais qu'il leur parlait mais je n'entendais que le vrombissement doux du Fuseau. Je le regardai à nouveau, soudain certain qu'il y avait une raison à ma présence sur la tour. Je levai lentement la main au-dessus de ma tête.

« Ne le touchez pas », fit une voix toute proche.

Je sursautai, me retournai et me trouvai face à la Nomade que j'avais vue devant la maison du guide, ou à une femme qui lui ressemblait fort. Elle avait dû me suivre ; je me renfrognai : je n'avais nulle envie de compagnie. Je restai la main tendue en l'air.

« Pourquoi ? » demandai-je.

Elle s'avança, inclina légèrement la tête et me regarda comme si elle pensait me reconnaître. Avec un sourire, elle répondit sur le ton de la plaisanterie : « Les vieux disent qu'il est dangereux de toucher le Fuseau ; on se prend dans le fil et on se fait emporter... »

Mes doigts effleurèrent la couche tournoyante, et mes sens m'affirmèrent qu'il s'agissait de brume ; mais tout à coup je sentis la surface rugueuse de la pierre sous ma paume. Arraché à mon corps, je m'envolai.

J'ai vu des femmes filer la laine ; j'ai vu le rouet attraper les bourres et les étirer pour former un fil. C'est ce qui m'arriva. Je perdis ma forme humaine ; mon esprit, mon essence, je ne sais, fut aspiré, étiré puis enroulé autour de l'immense Fuseau qui me tordit tout en me tendant à l'extrême. Mince comme un fil, je m'allongeai en spirale autour de lui, ma conscience immergée dans la magie du Fuseau – et, dans cette immersion, je m'éveillai à mon autre moi.

Il savait à quoi servait le Fuseau : il attirait les fils de magie éparpillés dans le monde et les réunissait en un seul brin ; il concentrait la magie. Mon double connaissait aussi le but de la tour : elle donnait accès à la magie rassemblée. D'ici, un Nomade de pouvoir, un magicien de la pierre opérait des prodiges. Ce cylindre tournoyant était le cœur de la magie des Plaines, le puits auquel puisaient non seulement les Kidonas mais tous les Nomades, et je l'avais découvert. L'autre moi que je refoulais jusque-là jaillit soudain, saisit la magie et s'extasia de sa profusion ; il en ingéra une partie, mais son organisme avait ses limites. Quant au reste, ma foi, maintenant qu'il en connaissait la source, plus aucun Nomade ne pourrait la lancer contre les significations des montagnes, j'y veillerais. Toute la magie qu'ils avaient récoltée se trouvait au bout de mes doigts. J'éclatai d'un rire triomphant ; j'allais détruire..

Je bandai mes muscles en m'efforçant d'agripper ce que je ne voyais pas, mais j'avais affaire à trop forte partie. Je fus rejeté dans mon corps avec un choc aussi violent que si on m'avait précipité sur un dallage de pierre.

« ... aux limites du pouvoir absolu. On ne s'engage pas dans ce voyage sans préparation. » La Nomade achevait sa phrase avec un sourire qui disait qu'il s'agissait seulement d'une sotte superstition.

Je vacillai puis mes genoux ployèrent. Je réussis à préserver en partie ma dignité en m'asseyant sur mes talons au lieu de m'affaler à plat ventre. Je vis que mes mains reposaient sur des motifs à demi effacés du pavage. La femme plissa le front puis me demanda, avec plus d'effroi que de sollicitude « Vous êtes malade ?

— Je ne crois pas », répondis-je. Je respirai profondément et je perçus soudain une voix qui s'approchait ; elle s'exprimait d'un ton magistral. J'avais le vertige mais, malgré ma répugnance, je tournai la tête ; le guide gravissait lentement les marches. Il avait coiffé un chapeau de paille qui lui prêtait une dignité comique. Derrière lui venait une troupe de curieux, les courageux qui avaient tenté l'ascension. Une jeune femme se protégeait du soleil avec son ombrelle, deux autres se rafraîchissaient de leurs éventails. Il n'y avait que deux hommes dans le groupe, et ils paraissaient venus pour escorter ces demoiselles plus que par intérêt pour la vue. Une dizaine d'enfants suivaient les adultes ; les filles s'efforçaient d'imiter leurs aînées, mais les garçons manifestaient les signes universels d'ennui propre à leur sexe : ils se poussaient, se bousculaient pour arriver les premiers sur la plate-forme, singeaient les poses et les commentaires du guide derrière son dos.

« Je recommande à tous d'observer la plus grande prudence et de ne pas s'approcher du bord ; le mur n'est pas solide. Et, pour répondre à votre question, mademoiselle, l'escalier compte quatre cent trente-deux marches. A présent, regardez le Fuseau proprement dit, je vous prie ; d'ici, vous en avez la meilleure vue et vous pouvez constater que l'illusion du mouvement provient des stries de la roche. A si courte distance, naturellement, l'illusion se dissipe et l'on se rend compte que le cylindre ne bouge pas. »

Toujours accroupi, je levai les yeux vers le Fuseau. « Et pourtant, il tourne », murmurai-je. Epouvanté, j'entendis ma propre voix comme si elle me parvenait de très loin. « Pour moi, il tourne. » Malgré mes efforts pour m'éclaircir la gorge, je m'exprimais comme Epinie lors de ses transes médiumniques. L'autre moi se démenait pour prendre l'ascendant ; je le refoulai avec difficulté.

« Vous n'êtes pas bien, monsieur », déclara la Nomade haut et fort, manifestement dans le but d'informer les autres de mon état. « Vous devriez vous en aller. »

Je la regardai, abasourdi. Je m'attendais à ce qu'elle me presse de prendre du repos ou m'offre de l'eau, mais elle m'observait avec méfiance, les paupières plissées. Je fermai un instant les yeux.

« J'ignore si j'y parviendrai », dis-je. J'avais été sur le point d'accomplir un acte de la plus haute importance et je n'arrivais pas à retrouver mes repères. Mon pouls battait à mes oreilles. Je me relevai en chancelant puis parcourus du regard le sommet de la tour en clignant les yeux. J'avais eu l'impression qu'il ne s'écoulait qu'un instant, mais les visiteurs ne se trouvaient plus là où je les avais vus la dernière fois : le guide avait achevé son exposé et, le doigt tendu vers la vallée, répondait aux questions d'un jeune homme à l'air pénétré ; ses compagnons se tenaient près de lui et contemplaient le vaste panorama. Deux des jeunes femmes avaient ouvert des carnets à croquis ; la dame à l'ombrelle travaillait sur un chevalet que son cavalier avait apporté ; elle avait déjà terminé son dessin au crayon et commencé à le colorer à l'aquarelle. L'homme derrière elle admirait son talent. Une femme plus âgée avait rassemblé les fillettes autour d'elle pour réviser les moments forts de la visite ; serviable, un jeune garçon tenait une feuille de papier appliquée sur un bloc de pierre orné d'un bas-relief dont une solide matrone prenait un frottis au charbon. Le guide délaissa son groupe pour se diriger vers moi.

La Nomade ne m'avait pas quitté. « Que m'arrive-t-il ? » lui demandai-je. Elle plissa le front d'un air perplexe puis haussa les épaules et resta près de moi comme si elle surveillait un prisonnier.

Le guide s'approcha, un sourire cagot sur les lèvres. « Eh bien ? Avez-vous satisfait votre curiosité, monsieur ? Il a fallu des vents tout à fait extraordinaires pour sculpter ce prodigieux Fuseau, n'est-ce pas ? »

Son ironie était fondée, ce qui explique peut-être la colère qui m'envahit. « Je m'en vais », déclarai-je. Je me détournais quand je sentis le vertige me saisir ; le sol se mit à danser sous mes pieds. « Est-ce un tremblement de terre ? » demandai-je avec affolement ; dans le même temps, je songeai que la commotion se produisait en moi, non hors de moi. Je portai les mains à mes tempes en levant vers le guide et la Nomade un regard trouble ; ils me le rendirent d'un air effrayé.

Un terrible couinement, semblable à celui d'un essieu mal graissé, me déchirait les tympans. Je parcourus la tour des yeux en quête de sa source et, à ma grande horreur, je vis trois des garçons réunis au centre de la plate-forme ; deux d'entre eux soulevaient le troisième qui, ainsi soutenu, atteignait le corps du Fuseau. Il avait sorti un couteau et appliqué la lame sur la pierre pour y tracer une ligne. Le disciple de la femme-arbre me poignit d'épouvante : libérer brutalement toute magie représentait un immense danger.

« Arrêtez ! » criai-je. Contre tout bon sens, je m'attendais à voir le jeune étourdi emporté par la rotation du Fuseau. « Ne faites pas ça ! Cessez tout de suite ! » Le fer arrachait la magie à la pierre en grands lambeaux qui battaient follement et pouvaient voler n'importe où, faire n'importe quoi. Leurs coups m'assourdissaient, m'étourdissaient, alors que les gens qui m'entouraient n'éprouvaient apparemment rien.

Le garçon me regarda froidement et déclara d'un ton hautain : « Vous n'êtes pas mon père. Occupez-vous de vos affaires. »

Il avait écarté sa lame de la pierre et, à cet instant, le bruit avait cessé. Il posa de nouveau son couteau sur la roche et le crissement reprit, plus fort et plus aigu à mesure qu'il appuyait. Je me plaquai les mains sur les oreilles en réprimant un cri violent. Un ruban de fumée éthérée s'élevait du point où le métal frottait sur la pierre, mais l'enfant ne paraissait pas y prêter attention.

« Arrêtez ! braillai-je. Vous ne savez pas ce que vous faites, espèce d'imbécile ! »

Tous les membres du groupe me regardaient fixement. De mon côté, j'ignorais comment ils pouvaient rester insensibles au hurlement suraigu du Fuseau ; des vagues de vertige me submergeaient. Le bourdonnement du cylindre, si constant et si uniforme que je l'entendais à peine, variait à présent au contact de la lame qui ralentissait sa rotation. « Mais dites-lui donc d'arrêter ! Ne voyez-vous pas ce qu'il fait ? Ne sentez-vous pas ce qu'il détruit ? » Mon moi dissimulé m'avertissait que la magie s'effilochait autour de moi, et j'en sentais les lambeaux m'entailler la peau en se dispersant, comme autant de vives coupures exécutées à l'aide d'un couteau affûté comme un rasoir. Le processus me mettait en danger ; il menaçait de me dépouiller de toute la magie que j'avais engrangée à grand-peine.

« Faites-le cesser ou c'est moi qui l'y obligerai ! » Pure bravade : les variations de la magie me déstabilisaient, et la réalité elle-même paraissait inconstante et irrégulière. Je ne me sentais même pas la force d'écraser une mouche ; néanmoins, je me dirigeai vers le jeune sot qui aiguisait sa lame sur une antique magie.

Ma démarche titubante devait me donner l'air d'un dément ; les femmes avaient porté leurs mains à leur bouche, horrifiées. Les deux garçons qui soutenaient le vandale reculèrent, et l'un d'eux lâcha la jambe qu'il tenait ; un jeune homme s'avança comme pour protéger l'enfant, et seule la matrone interrompit son frottis pour ajouter sa voix à mes protestations. « Cesse tout de suite, petit voyou ! Je t'ai amené ici pour t'enseigner la culture primitive, non pour que tu la détruises ! Cesse d'abîmer ce monument ! Ton père en entendra parler ! »

Elle laissa tomber son charbon et se dirigea vers le garçon. Dans son dos, son assistant leva les yeux au ciel d'un air las.

Boudeur, l'enfant jeta son couteau par terre avec une si grande violence qu'il rebondit. « Je ne faisais rien de mal ! Je gravais juste mes initiales, c'est tout. Quelle histoire pour un bête caillou à rayures ! Vous croyez que j'allais le faire tomber ? » Il tourna vers moi un regard furieux. « Vous êtes content, le gros ? Vous avez eu ce que vous vouliez ! Moi, je n'avais même pas demandé à participer à cette stupide sortie pour voir cette saleté de rocher !

— Jarde, où sont passées tes manières ? intervint sèchement la matrone. Quel que soit l'état mental de ce monsieur, il reste ton aîné et tu lui dois le respect. En outre, je t'ai déjà dit ce que je pensais de cette manie de graver tes initiales partout : c'est un manque de déférence. Si tu ne sais pas te tenir et si Ret et Breg n'ont rien de mieux à faire que t'aider à faire des sottises, je crois qu'il est grand temps que nous partions ! Mesdemoiselles, messieurs, ramassez vos affaires et suivez-moi ; j'espérais mieux de cette sortie, mais peut-être préférez-vous demeurer assis en classe à étudier dans vos livres plutôt que voir le monde de vos propres yeux. J'y songerai la prochaine fois que j'envisagerai de vous emmener à l'extérieur. »

Les élèves poussèrent des exclamations plaintives et des protestations consternées mais elle resta inflexible. Le guide m'adressa un regard mauvais : à l'évidence, j'avais ruiné sa journée. Les autres visiteurs refermaient leurs carnets de croquis et repliaient le chevalet ; je surpris de leur part des coups d'œil obliques et inquiets : ils paraissaient me croire fou, et le guide semblait partager leur opinion. Je m'en moquais. Le garçon ramassa son couteau puis m'adressa un geste grossier avant de rejoindre ses compagnons près de l'escalier. Comme à l'aller, le guide les accompagna en leur recommandant sans cesse de descendre prudemment et de se tenir à l'intérieur des marches. Au bout d'un moment, je pris conscience que je me trouvais seul au sommet de la tour en compagnie de la Nomade. J'avais l'impression de flotter entre le rêve et l'état de veille. Que s'était-il passé ?

« Le Fuseau tourne », dis-je à la femme. J'avais besoin de la voir acquiescer.

Elle eut un rictus de dégoût. « Vous êtes un fou, répondit-elle, un fou gras et stupide. Vous avez fait fuir nos clients. Vous croyez qu'il passe des chariots de visiteurs tous les jours ? Non, une fois par mois peut-être, et vous avez gâché leur plaisir avec vos hurlements et vos menaces. A votre avis, que vont-ils raconter à leurs amis ? Plus personne ne voudra venir voir le Fuseau. Vous avez détruit notre gagne-pain. Allez-vous-en ; emmenez votre folie ailleurs.

— Mais... ne sentez-vous pas qu'il tourne ? Levez la main, vous percevrez le vent de sa rotation. Et n'entendez-vous donc rien ? Ne captez-vous pas l'odeur de la magie ? »

Elle plissa les yeux, méfiante, puis lança un coup d'œil oblique au Fuseau et reporta son regard sur moi. « Ai-je l'air d'une sauvage ignorante ? fit-elle avec hargne. Me croyez-vous stupide parce que je suis nomade ? Le Fuseau ne tourne pas ; il n'a jamais tourné. De loin, il en donne l'impression, mais il a toujours été immobile, immobile et inerte.

— Non ; il tourne. » J'avais besoin que l'on confirme mon expérience. « Pour moi, il tourne et, quand je l'ai touché, il s'est produit ce dont vous m'aviez averti : il m'a soulevé du sol et... »

Une brusque colère se peignit sur ses traits et elle leva la main comme pour me gifler. « NON ! Rien ne s'est passé. Je ne l'ai jamais vu tourner et vous ne pouvez pas le voir tourner, Gernien ! C'est une légende. Ceux qui prétendent le contraire sont des imbéciles et ceux qui affirment avoir été enlevés sont des menteurs ! Des menteurs ! Allez-vous-en ! Partez d'ici ! Vous n'avez pas le droit de dire que vous le voyez tourner ! Il n'a jamais tourné pour moi alors que je viens des Plaines ! Menteur ! Menteur ! »

Jamais je n'avais vu une femme perdre à ce point son sang-froid. Elle avait crispé les poings et elle postillonnait en hurlant.

« Je m'en vais, dis-je. Je pars tout de suite. »

La descente de l'escalier me parut interminable. Les mollets perclus de crampes, je faillis tomber à deux reprises et, la deuxième fois, je m'arrachai la peau des mains en me retenant au mur. J'avais le vertige et l'estomac au bord des lèvres ; j'éprouvais aussi de la colère. Je me savais sain d'esprit et la façon dont on m'avait traité m'emplissait de rancœur ; mais fallait-il en blâmer l'aveuglement de ceux qui m'entouraient ou la magie étrangère qui m'avait pollué et s'était emparée de moi ? Où s'arrêtait la réalité, où commençait l'illusion ?

Pour le moment, la lutte que je menais contre mon autre moi pour la domination de mon esprit avait cessé, mais je n'en tirais guère de réconfort. Lors de notre dernier affrontement, j'avais réussi à l'écarter, à l'étiqueter comme « autre » que moi. Cette séparation n'existait plus ; infiltré en moi, il avait envahi jusqu'aux zones les plus résistantes de ma formation militaire. La femme-arbre avait volontairement choisi ces morceaux de moi-même lorsqu'elle avait empoigné mes cheveux et dérobé une partie de ma conscience. J'observai prudemment cette portion, comme si j'entrouvrais une boîte pour examiner un aspic, et ce que je vis m'emplit à la fois de fascination et de répulsion. Là se trouvaient les petits bouts de moi-même qui m'avaient manqué pendant ma première année à l'Ecole ; c'était mon double qui m'avait permis de me venger de façon mesquine des fils de nouveaux nobles. D'une violente fierté, intrépide, téméraire, il faisait preuve aussi d'une opiniâtreté absolue accompagnée d'une absence totale de pitié dans la poursuite de ses buts pour son peuple. Le plus effrayant était que sa loyauté allait, non à la Gernie, mais aux Ocellions. J'avais cru l'avoir intégré mais je me demandais à présent s'il n'absorbait pas plutôt mes connaissances et mes souvenirs pour s'en servir à ses propres fins. Il obéissait à un objectif en venant au Fuseau, un objectif dont j'ignorais tout.

Je jugeai soudain que je devais partir sans plus attendre.

Le guide avait apparemment calmé ses clients pendant la descente. En suivant le chemin qui traversait l'antique ville, je constatai que l'enseignante et ses élèves s'étaient dispersés dans les ruines ; l'artiste au chevalet s'absorbait dans son travail tandis qu'une de ses compagnes, son carnet à croquis sur les genoux, dessinait la troisième femme, assise dans une pose artistique près d'un mur éboulé. Je supportai stoïquement leurs coups d'œil en passant près d'elles. Je ne pouvais me défaire du sentiment que je laissais une tâche inachevée, mais je savais que cette impression appartenait à mon double. Dessous, lui, voulait seulement quitter ce ravin.

Comme j'arrivais à la base du Fuseau et de la maison décrépite qui s'y dressait, je revis le guide ; adossé dans l'ombre contre le mur de sa lamentable demeure, il me regardait approcher. Manifestement, il débattait avec lui-même pour savoir s'il allait m'interpeller ou me laisser passer sans m'adresser la parole. Ses coups d'œil furtifs me disaient que ma « folie » lui inspirait à la fois du dégoût et de la crainte.

J'entendis des voix ; en passant près de la dépression où le Fuseau reposait, immobile ou non, je jetai un regard par-dessus le bord et je vis les trois garçons. Deux d'entre eux tenaient Jarde par les chevilles tandis qu'à plat ventre dans la pente il jouait de nouveau du couteau ; de larges lettres proclamaient déjà sa présence, et il ajoutait le nom de Ret. Très occupés, ils ne se rendirent pas compte que je les observais. Je me tournai vers le guide et nos regards se croisèrent ; il était blême de peur. Je lui souris.

« Si mes illustres ancêtres avaient créé ce monument, je le protégerais contre les vandales », dis-je au métis d'un ton ironique.

Il plissa les yeux mais, avant qu'il eût le temps de répondre, un des garçons glapit : « C'est le gros fou ! Jarde, remonte vite ! » Simultanément et avec un sens de la solidarité tout relatif, il lâcha la jambe qu'il tenait et prit la fuite pour échapper à ma prétendue démence. Jarde, que seul Breg retenait désormais, se sentit glisser soudain et poussa un hurlement d'effroi. Il se mit à battre des bras en cherchant en vain une prise sur la surface lisse tandis que Breg, pris au dépourvu par la désertion de Ret, tombait à genoux au bord de la dépression. « Je vais lâcher ! » cria-t-il avec désespoir. J'entendis un bruit de tissu qui se déchire et vis le pantalon de Jarde commencer à craquer.

Je fis deux enjambées, me jetai à genoux et saisis Jarde par les mollets ; il poussa un cri suraigu et se mit à ruer, manifestement convaincu que je voulais l'arracher à la poigne de son ami pour le laisser plonger la tête la première dans le puits du Fuseau. Il se trompait : je le ramenai jusqu'au bord du trou, mais, persuadé de ma malveillance, il tenta de me donner un coup de couteau. Son insolence me fit bouillir. j'attrapai son poignet que j'abattis brutalement sur le sol rocheux ; son arme s'envola, après quoi je sortis l'enfant de la cuvette, le lâchai puis m'efforçai de me relever. La magie chantait, triomphante, dans mon sang. Un événement était en train de se produire, un événement immense que je n'avais pas voulu mais dont je portais néanmoins la responsabilité. En moi, le magicien des forêts éclata d'un rire fou, victorieux, puis se retira de nouveau sous les frondaisons obscures de mon esprit. De quoi se réjouissait-il ainsi ?

Je compris soudain.

Alors que les autres visiteurs se précipitaient vers moi et que Jarde courait en pleurant se réfugier auprès de son enseignante, je vis le couteau glisser dans la dépression vers les profondeurs inconnues de son centre ; la pente s'accentua et il dévala de plus en plus vite sur la pierre polie. Quand il disparut dans l'ombre noire, mon cœur manqua un battement.

Le métis m'avait pris la main pour la serrer en se répandant en excuses et en remerciements bafouillants. Quel sot ! J'entendis Ret crier au groupe qui s'assemblait : « Non, tout va bien ! Il ne voulait pas faire de mal à Jarde, il l'a sauvé ! Jarde a failli tomber dans le trou et il l'en a sorti. » L'intéressé sanglotait comme un petit enfant, accroché à sa préceptrice. Apparemment, moi seul entendais le terrible bruit de meule au bord du monde : la lame du couteau s'était coincée sous l'extrémité du Fuseau, tout au fond du puits qu'il avait foré au cours des siècles. L'énorme énergie de la magie en rotation se heurtait au fer du canif ; le cylindre ralentit dans un monstrueux crissement puis cessa de tourner. Je sentis le pouvoir s'embrouiller, s'enchevêtrer, bloqué par une petite lame de fer. Je tombai de nouveau à genoux et pressai mon front sur le bord de pierre de la fosse. J'avais la même impression qu'en assistant à la mort du magicien du vent mais cette fois je ne pouvais me prétendre innocent. Qu'avais-je fait ? A quoi m'avait utilisé la magie de la forêt ?

J'entendis le guide déclarer : « Mieux vaut le laisser tranquille ; je crois qu'il a envie de rester seul. »

Et puis tout bruit cessa. Comme le rude baiser d'une tempête de sable, la magie jusque-là enchaînée des Nomades se libéra brutalement et s'éparpilla. L'espace d'un éclair de ma vie, le monde devint noir et immobile. Le pouvoir brut écorcha mes sens et m'engloutit ; je m'efforçai de me redresser, de lever les bras pour me protéger.

Quand le temps reprit son cours, je m'aperçus que j'avais à nouveau du retard sur le reste de mon environnement. Le guide avait rassemblé ses visiteurs et les ramenait à leur chariot. Plusieurs d'entre eux me jetaient des regards par-dessus leur épaule puis secouaient la tête en échangeant des propos avec leurs voisins. Le garçon au couteau avait déjà pris place sur un banc ; Ret glissa quelques mots à l'oreille de Breg et tous deux éclatèrent de rire. Jarde avait failli mourir, mais ce n'était déjà plus pour eux qu'un sujet de plaisanterie ; ils n'avaient aucune idée de ce qui venait de se passer.

L'éclair de colère qui jaillit en moi s'éteignit avant même que j'en sentisse la chaleur. Le soleil avait sûrement dû se déplacer dans le ciel. Je secouai la tête et laissai retomber mes poings crispés le long de mes flancs ; j'avais mal aux bras et mes ongles avaient imprimé de profondes marques rouges dans mes paumes. J'ignorais depuis combien de temps je me tenais ainsi immobile. Qu'avait fait mon double ocellion ? Le Fuseau-qui-danse ne dansait plus ; la magie des Nomades était rompue. Je retournai auprès de Siraltier et j'eus le plus grand mal à monter sur son dos. Accroché au pommeau de ma selle, je le lançai au grand trot et m'enfuis. Le conducteur du chariot m'invectiva quand je doublai son attelage sur la piste escarpée ; je n'y prêtai nulle attention.

Arrivé à la route, j'avais à peu près recouvré mes esprits, et plus je m'éloignais du Fuseau, plus mes idées s'éclaircissaient. En moi, le magicien des forêts cessa de rire et se tint tranquille.

Le soir tombait mais je poussai Siraltier à poursuivre dans le crépuscule pour rattraper le temps que mon détour irréfléchi m'avait fait perdre. Je regrettais d'avoir dévié de mon itinéraire et je m'efforçais de refouler dans les ténèbres ce que j'avais découvert, mais en vain. Alors que je changeais de position sur ma selle, je la sentis glisser. Je tirai doucement les rênes et mis pied à terre avec prudence, comme si je risquais de me briser à tout instant. Avec un sentiment d'ineffable tristesse, je resserrai la sous-ventrière de ma monture.

C'était la première fois de ma vie que je m'y voyais contraint.

Il faisait nuit noire quand j'atteignis la ville. Je trouvai une auberge qui accepta de me fournir une chambre et, comme j'en avais pris l'habitude, je notai soigneusement dans mon journal les incidents de la journée avant de m'endormir, puis je me relus, le front plissé. Tenais-je vraiment à entacher de ces réflexions échevelées le premier volume de mon journal de fils militaire ? Je me rassurai en songeant que mon devoir m'obligeait à noter tout ce que j'observais.

Les jours suivants, je ne m'écartai plus du trajet prévu par mon père et fixai mes pensées sur la vie toute tracée qui m'attendait, sur le mariage de mon frère, mes retrouvailles avec Carsina, mes études à l'Ecole, mon service dans la cavalla et mon union ultérieure avec ma fiancée. Mon père avait préparé mon avenir avait autant de précision que mon voyage de retour à la maison, et je n'avais pas de temps à perdre avec des illusions, à me demander où finissait ma réalité et où commençait celle d'un autre ; je refusais de m'interroger sur la magie des Plaines et sur un sort de blocage qui ne paraissait plus opérer : chacun savait que la magie des Nomades s'affaiblissait et je n'avais aucune raison de me reprocher sa disparition. Avec la destruction du Fuseau, mon double avait paru s'apaiser ; j'osais espérer ne plus jamais entendre parler de lui. Je m'exerçai à m'en persuader au point de vivre et d'agir avec cette certitude ancrée dans l'esprit.

On décrit souvent le Centre comme une région absolument plate, mais en réalité elle ondule avec une grâce subtile ; ainsi, les arbres et l'enceinte de la propriété de mon père me restèrent dissimulés jusqu'au moment où je parvins au sommet d'une côte douce dans un virage et découvris tout à coup ma maison. La demeure de mon père se dressait sur une colline aux flancs peu inclinés qui dominait la route ; en l'observant, je la trouvai plus petite et d'aspect plus rustique qu'à mon départ. Maintenant que j'avais vu à quoi ressemblaient les grandes résidences de l'ouest, je me rendais compte que celle de mon père n'offrait qu'une pâle imitation de leur magnificence ; je constatais aussi qu'elle reproduisait l'architecture de celle de mon oncle. On y avait apporté des améliorations depuis mon entrée à l'Ecole : on avait épandu sur l'allée du gravier tiré du fleuve et on l'avait bordée de jeunes chênes guère plus hauts qu'un manche de pelle ; un jour, grands et majestueux, ils formeraient une double haie superbe pour accueillir les visiteurs, mais, pour le moment, ils avaient l'air tristes et maigrelets, exposés à la poussière et au vent de la plaine ; au pied de chacun se dessinait un anneau de terre humide, et je me demandai combien il faudrait d'années d'arrosage quotidien avant que leurs racines s'enfoncent assez pour leur permettre de subsister seuls. Cette façon de copier notre foyer ancestral m'apparut soudain comme l'expression d'un sentimentalisme un peu ridicule.

Néanmoins, j'étais chez moi ; j'étais arrivé. Un instant, l'idée folle me traversa l'esprit de passer mon chemin, de poursuivre vers l'est jusqu'aux montagnes ; j'imaginai de grands arbres, la fraîcheur bienfaisante des sous-bois, des oiseaux qui chantaient dans les fourrés ombreux. Puis, de son propre chef, Siraltier quitta la route au petit galop. Nous étions chez nous ! Nous soulevâmes la poussière sur toute la longue allée qui menait de la Route du roi jusqu'à la porte d'entrée de mon père ; là, je tirai les rênes d'un geste plein de panache tandis que les chiens de la maison tournaient autour de nous en aboyant, en remuant la queue, et qu'un palefrenier venait voir ce qui les excitait ainsi. Je ne le connaissais pas, aussi ne m'offusquai-je pas quand il me demanda : « Avez-vous perdu votre chemin, monsieur ?

— Non ; je suis Jamère Burvelle, un des fils de la maison, de retour de l'Ecole de cavalerie. Veuillez vous occuper de Siraltier et veiller à ce qu'on le soigne comme il faut ; nous avons fait une longue route, lui et moi. »

Il me regarda bouche bée mais je lui tendis les rênes sans me soucier de sa stupéfaction. « Ah ! Et faites monter le contenu des paniers de bât dans ma chambre, je vous prie », ajoutai-je en gravissant les marches du perron. J'entrai dans la maison et criai : « Mère ! Père ! C'est Jamère ! Je suis arrivé. Posse, Elisi, Yaril ! Il y a quelqu'un ? »

La première, ma mère sortit du salon de couture. Elle me contempla un moment, les yeux écarquillés, puis, son ouvrage entre les mains, elle parcourut le couloir à pas pressés et se jeta dans mes bras en disant : « Ah, Jamère, quel bonheur de te revoir ! Mais quelle poussière ! Je vais te faire préparer un bain tout de suite. Oh, mon fils, si tu savais comme je suis contente de t'avoir de nouveau à la maison, sain et sauf !

— Moi aussi, mère, plus que je ne saurais l'exprimer ! »

Le reste de ma famille était arrivé sur ces entrefaites. Mon père et Posse gardèrent l'air abasourdi même quand je me dirigeai à grands pas vers eux en souriant. Mon frère me serra la main mais mon père demeura immobile et me demanda d'un ton impérieux : « Qu'est-ce que cette tenue ? Tu ressembles à un colporteur ! Pourquoi ne portes-tu pas ton uniforme ?

— Hélas, il a besoin de quelques reprises. J'espère que mère pourra le remettre en état pour le mariage de Posse. Elisi, Yaril, vous ne me connaissez donc plus ? Vous ne me dites même pas bonjour ?

— Bonjour, Jamère ; bienvenue à la maison. » Elisi parlait avec raideur en évitant mon regard, comme si j'avais commis quelque impair et qu'elle ne sût comment y réagir.

« Mais tu es énorme ! s'exclama Yaril avec sa délicatesse coutumière. Qu'as-tu donc mangé dans ton école ? Tu as la figure aussi large que la pleine lune ! Et quelle crasse ! Moi qui m'imaginais te voir arriver resplendissant dans ton uniforme ! J'ai failli ne pas te reconnaître. »

Je ris jaune et pensai que mon père allait la réprimander, mais je l'entendis murmurer « ... de la bouche des enfants », puis, à haute voix, il déclara : « Tu as fait un long voyage, Jamère. Je ne t'attendais pas avant quelques heures, mais je pense que tu trouveras ta chambre prête, avec de l'eau pour tes ablutions. Une fois lavé et changé, passe à mon cabinet de travail, je te prie. »

Je fis un dernier essai. « Je suis très heureux de vous voir, père ; je me réjouis de revenir à la maison.

— Je n'en doute pas, Jamère. Bien, retrouve-moi dans quelques minutes. » Je sentais de la contrainte dans sa voix, ainsi qu'une note impérieuse : à l'évidence, il souhaitait que j'obéisse sur-le-champ. Je m'exécutai : toute ma vie, j'avais eu l'habitude de me plier à ses ordres et à son autorité sans les remettre en cause. Pourtant, alors que je me débarbouillais, j'éprouvai soudain à son égard un sentiment que je ne connaissais pas : la rancœur. Je ne lui en voulais pas seulement de son attitude dirigiste mais aussi du déplaisir évident que je lui inspirais. Je venais de rentrer chez nous ; n'aurait-il pas pu au moins réprimer sa contrariété le temps de me serrer la main et de me souhaiter la bienvenue ? Devais-je retomber aussitôt sous sa complète domination ? Je songeai à l'itinéraire qu'il m'avait fixé pour mon retour et le vis tout à coup comme un instrument destiné non à m'aider mais à m'opprimer. Me faisait-il confiance, oui ou non, pour avancer dans la vie ?

Ma colère fit place à une exaspération plus grande encore quand je tâchai de trouver des vêtements à ma taille. En partant pour l'Ecole, j'avais vidé ma chambre ; ma mère, toujours attentive à ces détails, avait rangé deux vieilles chemises et un pantalon de Posse dans mon placard afin que j'aie de quoi m'habiller en attendant qu'on lave et repasse ma tenue de voyage. Je les enfilai : j'avais l'air ridicule dans le pantalon, trop court et tellement étroit que je devais laisser déborder mon ventre par-dessus la ceinture ; quant aux chemises, elles me boudinaient. Je les ôtai puis les jetai rageusement par terre avant de renfiler mes vêtements de voyage ; hélas, le miroir m'apprit qu'ils m'allaient mal et qu'ils étaient en plus très sales. Le fond de mon pantalon paraissait prêt à craquer aux coutures, et je ne pouvais plus fermer ma chemise déjà déchirée aux épaules.

« Bon, me dis-je, eh bien, si je dois avoir l'air bouffon, qu'au moins je paraisse propre. » Je ramassai les vêtements de Posse, m'en habillai, ôtai le plus gros de la poussière de mes bottes à l'aide d'un chiffon puis descendis les escaliers. Il n'y avait pas un bruit dans la maison ; ma mère et mes sœurs avaient disparu ; je n'entendais même pas leurs voix. Je frappai à la porte du bureau de mon père et entrai. Il se tenait devant la fenêtre, dos à la pièce ; mon frère Posse se trouvait là aussi ; il me lança un regard puis détourna les yeux, manifestement mal à l'aise. Mon père ne dit rien.

Je finis par rompre le silence. « Vous désiriez me voir dans votre cabinet, père ? »

Il ne bougea pas et se tut. Quand il répondit enfin, on eût cru qu'il s'adressait aux arbres du jardin. « Le mariage de ton frère a lieu dans moins de quatre jours, déclara-t-il d'un ton grave. Comment penses-tu réparer en si peu de temps ce qu'ont accompli en six mois ton indolence et ta gloutonnerie ? As-tu pensé à quelqu'un d'autre qu'à toi-même en laissant ton ventre prendre les proportions d'une barrique ? Tiens-tu à humilier toute ta famille en apparaissant à une fête dans un tel état ? J'ai honte de songer que tu as osé te présenter ainsi à l'Ecole, à mon frère et à tous ceux qui connaissaient ton nom au cours de ton trajet de retour. Par le dieu de bonté, Jamère, comment as-tu pu te laisser aller à ce point ? J'ai envoyé à l'Ecole un jeune homme en parfaite santé, robuste, physiquement prêt pour l'armée et le commandement, et voici ce qui me revient moins d'un an plus tard ! »

Ses paroles me lapidaient, et il ne me laissait pas le loisir de répondre. Quand il se tourna enfin vers moi, je constatai que son calme n'était qu'apparent : il avait le visage empourpré et des veines saillantes battaient sur ses tempes. Je risquai un regard en direction de mon frère : blanc comme un linge, il observait une immobilité totale comme un petit animal qui espère ne pas attirer l'attention d'un prédateur.

Face à la fureur de mon père, j'ignorais comment me défendre. J'éprouvais de la honte et des remords devant ma corpulence mais, en toute honnêteté, je ne me rappelais pas avoir mangé à l'excès depuis le début de mon voyage et je n'eusse pas qualifié mon allure d'indolente. Je dis la vérité . « Je ne me l'explique pas, père ; je ne sais pas pourquoi j'ai pris tant de poids. »

La colère qui brillait dans ses yeux devint plus acérée encore. « Vraiment ? Dans ce cas, peut-être un jeûne de trois jours te remettra-t-il en mémoire une évidence des plus élémentaires : si on mange trop, on grossit, Jamère ; si on paresse toute la journée comme un lézard, on grossit. Si on ne se goinfre pas et qu'on exerce ses muscles, on reste en forme et bon pour le service. »

Il prit une grande inspiration, à l'évidence pour se calmer, et poursuivit d'un ton plus posé : « Tu me déçois, Jamère, non seulement parce que tu t'es laissé aller mais, pire encore, parce que tu tentes d'en réfuter la responsabilité. Je dois me rappeler ton enfance ; peut-être suis-je fautif ; peut-être aurais-je dû attendre, avant de t'envoyer à l'Ecole, que tu sois plus mûr, plus capable de te maîtriser. Enfin... » Il soupira, crispa les mâchoires un instant puis reprit : « Ce qui est fait est fait. Toutefois, je puis remédier à ta débâcle physique ; même si nous ne pouvons retourner complètement la situation en quatre jours, nous pouvons commencer à redresser la barre. Regarde-moi quand je te parle, Jamère. »

J'avais baissé les yeux ; je les relevai pour les planter dans les siens en m'efforçant de dissimuler ma colère. S'il la décela, il s'en moqua. « Ce ne sera pas une partie de plaisir, Jamère ; soumets-toi de ton plein gré, prouve-moi que tu demeures le fils que j'ai formé et en qui j'ai placé tant d'espoirs. Je n'ai que deux exigences : réduis ton alimentation et impose-toi de l'exercice. » Il s'interrompit, parut jauger les solutions qui s'offraient à lui puis hocha la tête. « Le sergent Duril dirige une équipe chargée d'épierrer une nouvelle pâture ; va t'y joindre sans plus attendre, et pas pour la superviser. Commence à me faire fondre cette panse ; pour aujourd'hui, ne consomme que de l'eau, et, demain, mange de manière aussi frugale que possible. Nous ferons ce que nous pourrons pour réduire un peu de cette graisse avant le mariage de ton frère. »

Il reporta son attention sur ce dernier. « Posse, accompagne-le aux écuries et procure-lui un mulet ; je ne veux pas qu'une de nos bonnes montures se rompe le dos à le transporter sur un terrain accidenté. Ensuite, conduis-le au nouveau champ de luzerne. »

J'intervins : « Je crois pouvoir trouver seul un mulet.

— Contente-toi d'obéir, Jamère. Fais-moi confiance : je sais ce qu'il te faut. » Encore une fois, il poussa un grand soupir puis il conclut sur la première note bienveillante que j'eusse entendue de sa part depuis mon arrivée : « Remets-toi entre mes mains, mon fils ; je sais ce que je fais. »

Et c'est ainsi qu'il me souhaita la bienvenue.

4

Le jeûne

Posse et moi nous rendîmes en silence sur le site des travaux. A plusieurs reprises, je me tournai vers mon frère mais il gardait les yeux fixés devant lui, le visage inexpressif ; sans doute lui inspirais-je la même déception qu'à mon père. Une fois arrivés, nous échangeâmes un salut de pure forme, puis il s'en alla, mon mulet à la bride, et je me joignis à mon équipe. Je ne reconnus aucun des quatre hommes et nous ne nous perdîmes pas en présentations ; je me mis simplement à la tâche à leurs côtés.

Le futur herbage s'étendait le long d'un ruisseau, sur un versant ensoleillé où ne poussait pour le moment qu'une rude prairie parsemée de céanothes. Des pierres jonchaient le sol, certaines à la surface, d'autres pointant à peine de la terre ; il fallait retirer les plus grosses avant qu'une charrue pût passer pour briser les mottes. J'avais vu nos ouvriers effectuer cette corvée mais jamais je n'avais eu à m'y atteler moi-même ; j'aurais dû avoir la résistance et la robustesse nécessaires, mais la vie à l'Ecole m'avait amolli, et, pendant la première heure où j'arrachai les blocs à leur nid puis les déposai dans le chariot, mes mains se couvrirent d'ampoules qui crevèrent aussitôt. Le travail était à la fois pénible et fastidieux.

Nous nous servions de barres de fer comme leviers pour extraire les plus gros spécimens de la terre ; il fallait ensuite les soulever, parfois à deux, puis les charger sur le long chariot de transport ; une fois le véhicule plein, l'attelage le menait jusqu'à la limite du champ où nous le déchargions pour former peu à peu un mur grossier qui marquait le périmètre de la pâture. Mes compagnons parlaient et riaient entre eux sans prêter attention à moi ; il ne s'agissait pas d'impolitesse de leur part : ils avaient sans doute jugé que je ne resterais pas longtemps, aussi ne voyaient-ils pas l'intérêt d'apprendre à me connaître.

Le sergent Duril supervisait les opérations. La première fois qu'il vint se rendre compte de l'avancement des travaux, il ne me remit pas, et je m'en réjouis ; la deuxième fois, il s'enquit du nombre de chariots de pierre que nous avions remplis depuis son dernier passage. Soudain, il me dévisagea puis sursauta.

« Vous, venez par ici », m'ordonna-t-il d'un ton brusque. Sans descendre de cheval, il s'éloigna du groupe, et je l'accompagnai à pied. Une fois assez loin pour qu'on ne nous entende pas, il tira les rênes et me regarda. « Jamère ? fit-il comme s'il n'en croyait pas ses yeux.

— Oui, c'est moi, répondis-je d'un ton plat, sur la défensive.

— Par le dieu de bonté, qu'est-ce que tu as fabriqué ?

— J'ai grossi », dis-je sans détour. J'en avais déjà assez de devoir m'expliquer – ou plutôt de ne pas parvenir à m'expliquer ; apparemment, nul n'acceptait de croire que ma corpulence ne devait rien à la paresse ni à la gourmandise. Je commençais moi-même à m'interroger : comment en étais-je arrivé là ?

« Je vois, oui, mais je n'ai jamais vu un jeune homme prendre du poids de cette façon ! Un peu de bide à cause d'un excès de bière, ça, oui, j'ai vu ça chez pas mal de soldats, mais toi tu es gras de partout ! De la figure, des bras, même des mollets ! »

Je n'y avais pas songé. J'aurais voulu m'examiner pour constater par moi-même s'il disait vrai mais une soudaine honte m'envahit ; je détournai les yeux et parcourus du regard la plaine qui deviendrait bientôt un pacage. Je me creusai la cervelle en quête d'une réponse et les seuls mots qui me vinrent furent ceux-ci : « Mon père m'a envoyé ici ; selon lui, travailler dur et manger peu me permettra de maigrir avant le mariage de Posse. »

Le sergent garda le silence pendant un temps qui me parut interminable puis il dit enfin : « Ma foi, on ne peut pas espérer de grands résultats en quelques jours, mais c'est l'intention qui compte. Tu as de la volonté, Jamère ; je n'aurais jamais imaginé que tu te laisserais aller à ce point-là mais je sais que, si tu décides de retrouver ta forme d'avant, tu y arriveras. »

Je ne sus que répondre, et, au bout de quelques instants, il conclut : « Bon, je dois terminer ma tournée des nouvelles équipes. Ton père affirme que, dans un an, il y aura de la luzerne et du trèfle partout ici ; on verra. »

Il talonna légèrement son cheval et s'éloigna. Je retournai auprès des hommes, qui avaient cessé leur labeur pour nous observer en train de parler, et me remis à extraire les pierres de la terre pour les entasser dans le chariot ; les ouvriers ne me posèrent pas de questions et je ne leur offris aucune explication.

Nous travaillâmes jusqu'à ce que Duril passât à nouveau et nous indiquât du geste la fin de la journée. Nous dûmes encore décharger notre cargaison sur le bord du terrain puis nous regagnâmes la résidence de mon père dans le chariot. Les autres se rendirent aux quartiers des journaliers tandis que je rentrais par la porte de service et montais dans ma chambre.

Je bénis ma mère à mon arrivée : elle m'avait fourni de l'eau et des serviettes, accompagnées de certains de mes vieux vêtements et d'une paire usagée de sandales de Nomade. En hâte, elle avait relâché autant qu'elle l'avait pu les coutures du pantalon et de la chemise. Je fis ma toilette et, quand je m'habillai, je constatai que, bien qu'à l'étroit, je me trouvais plus à mon aise et plus présentable que dans les frusques de Posse.

J'étais rentré tard et le reste de la famille prenait déjà le dîner ; je n'avais nulle envie de me joindre au repas et je me faufilai chez ma sœur Yaril.

Mon père répétait toujours qu'un militaire n'a pas les moyens de s'offrir le vice de la vanité, et, dans ma chambre, je n'avais qu'un miroir assez grand pour me permettre de me raser. Mes sœurs, en revanche, devaient toujours faire attention à leur apparence et disposaient chacune d'une glace en pied. Devant celle de Yaril, j'eus un choc.

Duril avait raison : le poids que j'avais pris se distribuait partout sur moi comme un épais glaçage sur un gâteau ; nulle partie de moi-même n'y avait échappé. Je ne m'étonnais plus des réactions étranges des miens. En regardant mon visage, j'eus la certitude qu'au lieu de fondre pendant mon trajet je m'étais encore empâté ; je n'avais pas cette tête dans le miroir de rasage à l'Ecole. J'avais désormais les joues rondes, mafflues, et le menton étayé de bourrelets ; mes yeux paraissaient plus petits, comme rapprochés, et mon cou plus court.

Le reste de ma personne m'horrifia encore davantage. J'avais les épaules et le dos arrondis de graisse, sans parler de ma poitrine ni de mon ventre, ou plutôt de ma panse qui commençait à tomber. Mes cuisses étaient lourdes, même mes mollets et mes chevilles paraissaient gonflés. Je me couvris la bouche d'une main épaisse et sentis des larmes veules me piquer les yeux. Dans quel état m'étais-je mis, et comment ? Je ne parvenais pas à comprendre l'image que me renvoyait le miroir. Depuis mon départ de Tharès-la-Vieille, j'avais chevauché tous les jours du matin au soir et mangé en quantité tout à fait ordinaire.

Avant de me mirer dans la glace, j'avais eu l'intention de descendre rejoindre ma famille à la table du dîner pour participer à la conversation ; je n'en avais plus la moindre envie. Ma transformation me faisait horreur et j'adhérais de tout cœur au régime que m'imposait mon père. Je gagnai l'office pour boire une chope d'eau ; un cuisinier et une aide me regardèrent fixement, surpris, puis détournèrent les yeux. Ils ne m'adressèrent pas la parole et je leur rendis la politesse ; la vue d'un seau de lait frais terrassa momentanément ma résolution et j'en pris une chope. Je la vidai goulûment sans satisfaire mon appétit mais me contraignis à n'avaler ensuite que de l'eau. Chope après chope, je m'efforçais de combler l'impression de vide que j'éprouvais dans l'estomac, mais j'avais la sensation que le liquide tombait dans un abîme sans fond. Quand je m'arrêtai enfin, incapable de boire une goutte de plus, je ne me sentais pas plus rempli. Je quittai la cuisine et remontai dans ma chambre.

Là, je m'assis au bord de mon lit, désœuvré. J'avais emporté toutes mes affaires à l'Ecole et il ne me restait guère que mes manuels et mon journal dans mes paniers de bât. Je me forçai à rédiger un paragraphe sur la journée écoulée, après quoi je ne trouvai plus nul refuge contre la faim qui me tenaillait ni l'image terrible de moi-même que j'avais vue dans le miroir.

J'avais beau fouiller mes souvenirs, je ne me rappelais aucun changement dans mes habitudes qui pût mener à un pareil résultat. Au réfectoire, je mangeais les mêmes rations que mes camarades et je marchais autant qu'eux. Comment avais-je pu enfler de manière aussi répugnante ? Il me vint soudain à l'esprit que je n'avais jamais vu Gord avaler plus que sa portion, et pourtant il n'avait jamais perdu sa corpulence ; la mienne persisterait-elle aussi ? Brusquement envahi par la peur, je refusai ce sort ; il me restait trois jours avant le mariage de Posse, trois jours avant l'arrivée de Carsina et de sa famille, trois jours pour rectifier mon aspect avant de me voir déshonoré devant tous nos amis. Je pris la ferme résolution qu'aucune bribe de nourriture ne franchirait mes lèvres durant cette période – et pourtant, que la faim me poignait !

Je me levai vivement, décidé à effectuer une promenade pour me distraire, et ce mouvement réveilla toutes les courbatures de mon dos et de mes jambes. Je serrai les dents et sortis.

N'ayant envie de voir personne, je m'arrêtai un moment dans le couloir, l'oreille tendue, pour m'assurer que Posse se trouvait dans le cabinet de travail avec mon père ; ce dernier parlait, et, si ces propos me demeurèrent inintelligibles, je ne pus me méprendre sur leur ton réprobateur. A l'évidence, mon frère avait droit à un sermon qui détaillait mes manquements envers la famille. Comme je passais à grands pas devant le salon de musique, j'entendis la harpe d'Elisi et me rappelai que ma mère et mes sœurs se réunissaient souvent dans cette pièce pour y égrener quelques notes ou lire de la poésie après le dîner. J'ouvris sans bruit la porte de devant et me glissai discrètement dans la nuit de Grandval.

Mon père avait créé un îlot d'arbres autour de sa demeure, une illusion, une façon de nous abuser pour nous faire croire que nous ne vivions pas à l'écart de la civilisation, sur l'étendue infinie de la prairie. Plus de cent arbres amoureusement soignés coupaient le vent et dissimulaient un panorama quasiment sans relief ; mon père avait même fait monter des canalisations depuis le fleuve afin d'alimenter un petit bassin orné d'une fontaine dans le jardin de mes sœurs. Le bruit léger des éclaboussures m'attira vers ce berceau de verdure.

Je suivis une allée de gravier qui me fit passer sous une arche en treillis ; j'avais participé à sa construction des années plus tôt et elle croulait aujourd'hui sous les plantes grimpantes. De petites lampes à verre tubulaire, pendues aux branches d'un saule doré, illuminaient la surface du bassin de leurs reflets d'argent. Je m'assis sur la margelle de pierre et scrutai l'eau noire pour voir si un des poissons ornementaux avait survécu.

« Tu comptes en pêcher un pour le manger ? »

Je me retournai, stupéfait. Jamais je n'avais entendu un ton aussi sarcastique et cruel dans la bouche de Yaril. Enfants, nous étions proches et, pendant mon séjour à l'Ecole, elle avait non seulement fidèlement correspondu avec moi mais aussi réussi à me transmettre les lettres de Carsina afin que nous puissions poursuivre une relation épistolaire en dehors du chaperonnage de nos parents. Installée sur un banc en fer forgé sous une charmante treille de chèvrefeuille soigneusement entretenue, elle avait échappé à mon attention car sa robe gorge-de-pigeon se fondait dans l'ombre. A présent, elle se penchait en avant et, dans la lumière, la colère durcissait ses traits. « Comment peux-tu nous infliger une telle humiliation ? Quelle honte je vais éprouver au mariage de Posse ! Et la pauvre Carsina ! Elle ne s'attendait certainement pas à voir son beau rêve tourner ainsi. Elle qui se réjouissait tant, qui ne tenait plus en place depuis deux semaines ! Elle avait même choisi la couleur de sa robe pour s'harmoniser avec celle de ton uniforme. Et, toi, tu reviens à la maison dans cet état !

— Ce n'est pas ma faute ! protestai-je.

— Ah ? Alors qui t'a gavé comme une oie, je serais curieuse de le savoir ?

— C'est... Je pense qu'il y a un rapport avec la peste ocellionne. » Les mots avaient jailli de ma bouche en même temps que l'idée surgissait dans mon esprit. A première vue, elle paraissait stupide : chacun savait que les malades infectés s'étiolaient. Mais, à l'instant où je l'énonçai, des souvenirs isolés s'imbriquèrent soudain pour former un motif accusateur : une conversation que j'avais surprise il y avait bien longtemps entre mon père et Posse, les propos glaçants de l'obèse, dans la tente aux phénomènes à Tharès-la-Vieille, qui se prétendait soldat de la cavalla avant que le fléau ne ruine sa carrière, même l'intérêt passionné du docteur Amicas pour mon accroissement de poids, tout cela prenait tout à coup une signification beaucoup plus sombre.

Mais il s'agissait là d'indices anodins comparés aux mots resurgis d'un de mes rêves. La femme-arbre avait encouragé mon double ocellion à se gorger de l'essence magique des mourants ; je me rappelai soudain comment je me voyais dans ce songe : le ventre proéminent et les jambes épaisses. La femme-arbre elle-même avait des proportions si énormes que, de mes bras, je n'arrivais pas à entourer ses amples courbes. A ce souvenir, je sentis une affreuse excitation m'envahir, et je la rejetai aussitôt mais non avant d'avoir entendu comme un murmure à mon oreille : « Mange, engraisse-toi de leur magie. » Je demeurai immobile, tous les sens aux aguets, mais je ne perçus que le gargouillis de la fontaine et le bruissement des feuilles dans la brise du soir, puis le grognement de dédain de ma sœur.

« Me prends-tu pour une idiote, Jamère ? J'ai peut-être dû demeurer ici à subir l'instruction d'une vieille sotte venue de Tharès pendant qu'on t'envoyait à la grande ville étudier dans ta belle école, mais je ne suis pas stupide. J'ai vu des hommes qui avaient contracté la peste ocellionne, et, à tous, il ne leur restait que la peau sur les os ! Voilà l'effet de la peste ; elle ne rend personne gras comme un porc !

— Je sais ce que je sais », dis-je d'un ton glacé. Il s'agissait d'une réponse que j'employais souvent lors de nos disputes d'enfants ; mais Yaril n'avait plus rien de l'innocente petite sœur aux cheveux blonds que j'avais quittée presque un an plus tôt, et l'affirmation d'un savoir supérieur ne suffisait plus à la réduire au silence.

Elle prit un air méprisant et répliqua : « Moi aussi, je sais ce que je sais ! Je sais que tu es gras comme un cochon et que tu vas tous nous humilier au mariage de Posse. Que pensera Remoire quand il me verra affublée d'un frère pareil ? Craindra-t-il qu'à mon tour j'enfle comme une outre ? J'attendais de cette cérémonie l'occasion de faire bonne impression sur ses parents pour qu'il puisse demander officiellement ma main, mais ils ne me verront même pas : ta masse m'éclipsera !

— Je n'ai pas eu mon mot à dire sur mon apparence, Yaril. Tu pourrais au moins songer un instant à ce que je ressens, moi. » Toute la rancœur que m'inspirait la dureté de mon père jaillissait sous forme de colère devant l'infantilisme de Yaril, uniquement préoccupée de sa dignité. « Gamine sans cœur ! Dans chacune de tes lettres, tu mendiais des cadeaux, et moi, bête comme je suis, je te les envoyais. Et aujourd'hui que je rentre à la maison après avoir failli mourir dans cette cité crasseuse, tu me prends de haut à cause de mon aspect. Bel accueil que vous m'avez réservé, tous autant que vous êtes ! La seule qui ait montré une once de compassion, c'est mère !

— Naturellement ! rétorqua-t-elle. Elle t'a toujours préféré aux autres ! Et, maintenant que tu as ruiné ta carrière de militaire, elle pourra te garder pour toujours auprès d'elle ! Carsina ne voudra plus de toi, gras comme un verrat, et, quand elle cherchera un autre parti, ses parents et elle m'enlèveront Remoire ! C'était lui qu'ils avaient d'abord choisi pour leur fille. Tu as tout gâché pour tout le monde, espèce de gros égoïste répugnant ! »

Et, sans même me laisser le temps de répondre, elle joua un atout typiquement féminin : elle éclata en larmes et s'enfuit dans le noir en sanglotant dans ses mains. « Yaril ! criai-je. Ne t'en va pas ! Reviens, Yaril ! »

Mais elle ne m'écouta pas, et je me retrouvai seul à côté du grotesque bassin à la construction duquel j'avais participé. A l'époque, j'y voyais un concept enchanteur ; aujourd'hui j'en constatais la folie : avec sa fontaine, il détonnait complètement avec la région. Une réalisation qui ne pouvait survivre qu'au prix d'un effort quotidien était un mensonge vain, un gaspillage et une insulte à la beauté de la véritable nature qui nous entourait. Ce que je regardais autrefois comme un sanctuaire ombragé au milieu des rudes plaines m'apparaissait désormais comme la satisfaction stupide d'un caprice égoïste.

Je me laissai tomber sur le banc de Yaril et me remémorai ses paroles. Furieuse, elle avait tiré ses meilleures cartouches pour me blesser ; mais n'y avait-il pas du vrai dans ce qu'elle disait ? Carsina demanderait-elle à son père de rompre son accord avec le mien ? J'aurais voulu m'en inquiéter mais, à cet instant, la faim me submergea et me laissa le cœur au bord des lèvres et privé d'émotion. Je me penchai sur mon ventre et l'enserrai dans mes bras comme j'eusse étreint non un ennemi mais un allié.

C'est dans cette posture dépourvue de dignité que j'entendis un pas léger dans l'allée. Je me redressai et me préparai au combat, mais, au lieu de Yaril, je vis ma mère arriver, une lanterne à la main pour se guider.

« Te voici, dit-elle en m'apercevant. Pourquoi n'être pas descendu dîner ? » Elle s'exprimait avec douceur.

« J'ai jugé préférable de rester à l'écart. » Je m'efforçais de prendre un ton enjoué. « Comme vous le voyez, j'ai peut-être abusé des dîners ces derniers temps.

— Ma foi, je ne nierai pas que ton aspect m'a surprise – mais ta présence m'a manqué. J'ai eu à peine le temps de te parler ; et puis... » Elle hésita puis reprit avec délicatesse « J'ai besoin que tu m'accompagnes à mon salon de couture. »

Je me levai, soulagé de me savoir une alliée. « Allez-vous rélargir mon uniforme pour le mettre à ma taille ? »

Elle sourit mais secoua la tête. « C'est impossible, Jamère, il n'y a pas assez de tissu à relâcher et, même dans le cas contraire, je n'obtiendrais pas un beau résultat. Non, mon fils ; mais j'ai plusieurs coupons d'un très joli tissu bleu et, si je demande aux couturières de s'y atteler dès ce soir, nous devrions obtenir quelque chose de présentable pour le mariage. »

L'accablement me saisit à l'idée que ma corpulence m'interdisait irrémédiablement d'enfiler mon uniforme, mais je redressai les épaules pour supporter la vérité. Présentable.. Avec l'aide de ma mère, je n'aurais pas l'air ridicule à la cérémonie. « Des couturières ? fis-je, toujours d'un ton enjoué. Depuis quand notre situation financière nous permet-elle d'employer des couturières ?

— Depuis que ton frère a décidé de se marier ; mais nous devons leur présence moins à notre prospérité qu'à la simple nécessité. J'en ai fait venir deux de l'ouest il y a deux mois, et je m'en félicite car, entre la confection de nouveaux rideaux, tentures, couvertures et draps pour l'appartement de ton frère, les vêtements de cérémonie pour toute la famille et les robes de bal pour tes sœurs, ma foi, Elisi, Yaril et moi n'aurions jamais réussi à tout achever dans un si bref délai tout en trouvant du temps pour les autres préparatifs ! »

Elle marchait devant moi d'un pas léger, sa petite lanterne à bout de bras. J'observai sa silhouette mince et me vis soudain monstrueux et difforme, comme un énorme animal traînant sa pesante carcasse derrière elle. Dans la maison silencieuse, nous suivîmes le couloir qui menait à son salon de couture , sans doute mon père et Posse s'entretenaient-ils maintenant à voix plus basse tandis qu'Elisi avait dû se coucher. J'envisageai un instant d'apprendre à ma mère que j'avais parlé avec Yaril et qu'elle était partie en pleurant, mais l'habitude de protéger ma petite sœur restait forte ; ma mère la réprimanderait de sa sortie nocturne et solitaire, or, même si j'en voulais à ma puînée, je ne tenais pas à la mettre dans un mauvais cas, et je me tus.

Je me sentis très mal à l'aise pendant tout le temps où ma mère prit mes mesures et les nota, les sourcils froncés ; je savais qu'elle s'efforçait de ne pas montrer son désarroi. Tandis qu'elle passait son ruban de couturière autour de ma taille, mon estomac émit un grondement sonore et elle fit un bond en arrière ; elle eut un rire nerveux puis se remit à la tâche Quand elle eut fini, elle déclara d'un air soucieux : « J'espère que j'ai assez de tissu bleu. »

Une crampe de faim m'élança soudain ; quand elle s'apaisa, je dis : « Carsina comptait particulièrement que je porterais mon uniforme pour le mariage.

— Et comment le saurais-tu donc ? » répondit-elle avec un sourire matois ; à mi-voix, elle ajouta : « Ne te fais pas d'illusion, Jamère ; en toute franchise, je crois que nous devrons te faire tailler un nouvel uniforme pour ton retour à l'Ecole

J'ignore comment tu as réussi à enfiler celui que tu as rapporté.

— Il m'allait lors de mon départ – enfin, il me serrait un peu mais je parvenais encore à le mettre. Mère, vraiment, j'ignore ce qui m'arrive. J'ai chevauché sans me ménager, je n'ai pas mangé plus que d'ordinaire, et pourtant, depuis que j'ai quitté l'Ecole, j'ai pris du poids.

— Tout vient de ces féculents qu'on vous sert ; j'ai entendu parler de ce genre d'établissements qui font des économies en fournissant une piètre alimentation aux élèves. On ne vous donne sans doute que des pommes de terre, du pain et... »

Je l'interrompis avec brusquerie : « Ce n'est pas la qualité des menus, mère ! Je ne grossis que depuis mon rétablissement de la peste ; je crois qu'il y a un rapport entre les deux. »

Elle se tut, et je sentis que j'avais fait preuve de grossièreté, même si je n'en avais pas l'intention. Avec douceur, elle me reprocha mon mensonge. « Jamère, tous les jeunes gens guéris de l'épidémie que j'ai pu voir n'ont plus que la peau sur les os. Non, je ne crois pas qu'on puisse rendre la maladie responsable de ton état ; en revanche, une longue convalescence comme celle que tu as connue, de nombreuses heures au lit sans rien à faire que lire et manger, voilà qui peut changer un homme. Je l'ai dit à ton père en le priant de se montrer moins dur avec toi ; je ne puis te promettre qu'il en tiendra compte, mais je le lui ai demandé. »

J'avais envie de lui hurler qu'elle ne m'écoutait pas. Je me maîtrisai non sans mal et répondis seulement : « Merci de plaider ma cause.

— Je l'ai toujours fait, tu le sais, murmura-t-elle. Et maintenant, quand tu auras terminé ton travail demain, lave-toi bien puis viens ici pour une séance d'essayage. J'aurai les couturières pour m'aider. »

Je pris une grande inspiration. Ma colère avait disparu, submergée par un noir mascaret d'abattement. « Je veillerai à me présenter propre et inoffensif, dis-je. Bonne nuit, mère. »

Elle se dressa sur la pointe des pieds pour me baiser la joue. « Ne perds pas espoir, mon fils. Tu as regardé la réalité en face, tu l'as acceptée, à présent tu peux changer ce qui ne va pas. Désormais, ta situation ne peut que s'améliorer.

— Oui, mère », répondis-je docilement avant de sortir. La faim me tordait si violemment l'estomac que j'en avais la nausée. Au lieu de remonter dans ma chambre, je me rendis à la cuisine, actionnai la pompe de l'évier jusqu'à ce qu'en coule de l'eau fraîche puis bus autant que je le pus ; je n'en tirai qu'un accablement accru.

Enfin je regagnai mon lit et tâchai de dormir jusqu'à l'aube. Je me trouvais avec le reste de l'équipe quand le chariot vint nous chercher, et j'entamai une nouvelle journée de labeur. L'inventaire de mon martyre : ampoules, courbatures, nausées et, sous-jacent à tout cela, un sentiment d'effarement et d'indignation devant l'injustice de l'existence.

Midi approchait et je titubais. Pendant que les autres déballaient leur déjeuner de pain et de viande, je dus m'éloigner : j'avais acquis un sens de l'odorat perçant et mon estomac me criait son vide ; j'avais envie de leur arracher leurs rations pour les dévorer. Même quand ils eurent fini de manger et que je revins boire ma part d'eau, j'eus du mal à me montrer poli. Je sentais la nourriture dans leur haleine tandis que nous ahanions pour soulever les plus grosses pierres, et je vivais un supplice.

Quand on nous fit enfin signe que la journée était finie, j'avais les jambes comme du coton et je laissai les autres effectuer le plus gros du dernier déchargement. J'éprouvai de la honte devant les regards qu'ils échangèrent. Je regagnai le chariot en chancelant et eus à peine la force de m'y hisser.

Arrivés à destination, mes compagnons prirent la direction de la ville ; pour ma part, je remontai l'allée d'une démarche mal assurée puis entrai par la porte de service et dus passer devant la cuisine. Elle exhalait des odeurs somptueuses : le maître queux avait commencé à préparer les gâteaux et les pains spéciaux pour le mariage. Je pressai le pas pour échapper à cette torture. Mon père ne m'avait pas ordonné un jeûne absolu ; je pouvais, je le savais, prendre un repas léger. Mais cette pensée me paraissait un aveu de faiblesse et la trahison de ma volonté de changer. Me priver quelque temps de nourriture ne me tuerait pas, et je retrouverais ma minceur d'autant plus vite.

L'escalier me parut interminable et raide, et, une fois dans ma chambre, je n'eus plus qu'une envie : me rouler en boule autour de mon malheureux estomac. Pourtant, je me gendarmai, entrai dans la baignoire basse qu'on m'avait préparée et me lavai debout. Avec mon poids, je transpirais beaucoup et la sueur s'incrustait dans tous les plis de ma chair ; si je l'y laissais trop longtemps, elle formait une trace d'irritation sensible comme une brûlure.

Les vieux vêtements de Posse, lessivés de frais et rélargis, m'attendaient ; sur ma peau humide, je les sentis étroits et mal ajustés. Mes cheveux ras d'élève de l'Ecole avaient commencé à repousser ; je les séchai d'une friction de serviette puis, soucieux de ne pas gêner ma mère, je me rasai avant de descendre au salon de couture.

Ma mère s'y trouvait en compagnie des deux petites mains. La dernière fois qu'on m'avait mesuré pour m'habiller, c'était le tailleur qui s'en chargeait, et j'avais un physique irréprochable. J'éprouvai une humiliation indicible à me dévêtir puis à rester immobile en sous-vêtements devant trois femmes pendant qu'elles plaçaient des pièces de tissu sur moi et les attachaient ensemble par des aiguilles. Une des couturières jeta un regard à mon ventre puis se tourna brièvement vers sa consœur et leva les yeux au ciel ; je sentis mes joues devenir brûlantes. Elles finirent d'assembler sur moi les parties de mon futur costume, reculèrent, se consultèrent comme des poules qui caquètent dans une basse-cour puis m'entourèrent à nouveau, déplacèrent des aiguilles, me firent opérer des demi-tours, lever les bras et les genoux. Ma mère avait choisi un tissu dont le bleu très foncé n'évoquait en rien le vert élégant de mon uniforme ; quand je me retirai derrière un paravent pour me rhabiller enfin, j'avais l'impression de toucher le fond.

Je gravis à nouveau les marches infinies qui conduisaient à ma chambre. Avec une résolution farouche, je refusai d'approcher de la table du dîner : je ne me croyais pas capable de résister aux merveilleux parfums des plats. Je me couchai.

Dans mon rêve, j'incarnais mon double et j'avais une faim de loup. Je songeais avec tristesse à tout le pouvoir perdu au Fuseau-qui-danse ; j'étais fier d'avoir arrêté sa rotation et supprimé la magie des Nomades mais je regrettais de n'avoir pas pu en absorber davantage. Dans ce songe étrange, sous l'exaltation du triomphe se cachait une faim taraudante d'aliments propres à nourrir ma magie. Quand je me réveillai à l'aube, j'éprouvais toujours une sensation de famine et un vague sentiment de victoire ; je comprenais la première mais le second m'inspirait une profonde honte. Je secouai la tête pour débarrasser mon cerveau de ces lambeaux et affrontai la journée.

Elle fut identique à la précédente, en plus misérable. Faible, l'esprit engourdi, j'arrivai en retard au chariot et il me fallut fournir un grand effort pour me hisser à l'arrière. De terribles crampes me tordaient l'estomac, un marteau cognait dans ma tête ; je croisai les bras sur mon ventre, me pliai en deux et restai ainsi avachi.

Quand nous parvînmes à la pâture et que notre transport s'arrêta, je sautai à la suite de mes compagnons – et mes genoux cédèrent. Je m'effondrai sous les éclats de rire de l'équipe, auxquels je me joignis tant bien que mal. Je me relevai en chancelant et pris ma barre à mine à l'arrière du chariot ; j'eus l'impression qu'elle pesait deux fois plus que la veille, néanmoins je me mis à la tâche. Je m'efforçai de l'enfoncer dans le sol dur au ras d'une pierre enfouie mais n'arrivai qu'à érafler la terre ; j'avais envie de hurler de rage.

Je ne me sentais nulle vigueur dans les bras, aussi me servis-je de mon poids, et la matinée passa ainsi, péniblement. Au bout de quelque temps, toutefois, je trouvai mon second souffle ; les tiraillements de mon estomac s'estompèrent un peu, mes muscles se réchauffèrent et je me consacrai à effectuer ma part de travail. Je m'écartai des hommes lorsqu'ils déballèrent leur déjeuner car mon odorat devenait une forme de torture particulière : mon nez me renseignait sur tout ce que mon palais n'avait pas le droit de goûter, et j'avais tant l'eau à la bouche que je croyais m'y noyer.

Je me répétais que j'avais déjà jeûné auparavant, et sur des périodes plus longues ; pendant mon séjour avec Dewara, j'avais peu mangé, néanmoins j'avais conservé une énergie tenace, et je ne m'expliquais pas que je souffre aujourd'hui si intensément alors que j'avais pu autrefois supporter les privations avec une parfaite maîtrise. Malgré moi, je parvins à une conclusion : j'avais perdu cette discipline intérieure à l'Ecole. De là, je dus accepter la supposition qui s'ensuivait logiquement : j'étais seul responsable de ce qui m'arrivait. Persister à prétendre que je n'y avais aucune part du fait que j'avais mangé uniquement ce qu'on me servait au réfectoire relevait de la pure bêtise. Mes camarades n'avaient pas pris de poids ? A l'évidence, ce qui leur suffisait était excessif pour moi. Pourquoi avais-je refusé de reconnaître ce fait avec tant d'entêtement ? Le médecin n'avait-il pas tenté de me le montrer du doigt en me demandant avec circonspection ce que je mangeais et en quelle quantité ? Pourquoi n'avais-je pas réagi et diminué mes rations ?

Mon père avait raison : je ne pouvais m'en prendre qu'à moi-même.

Curieusement, mes remords s'accompagnaient d'un étrange sentiment de soulagement ; j'avais trouvé une origine à mon état : moi-même. Soudain, je gouvernais à nouveau ma vie. Jusque-là, tant que je restais incapable de m'avouer ma faute, ma corpulence m'apparaissait comme une malédiction venue de l'extérieur, un effet sans cause. Je songeai à mon obstination à accuser la peste et secouai la tête avec un amusement amer : si j'avais vu juste, tous les élèves remis de la maladie auraient dû partager mon sort. Je pris une grande inspiration et sentis ma volonté s'affermir brusquement.

Mon jeûne s'achèverait au soir. Demain, je me lèverais et j'assisterais au mariage de mon frère ; j'affronterais l'humiliation que je ne devais qu'à moi-même et je m'imposerais une grande discipline quant à mon alimentation, non seulement en ce jour de fête mais durant tous les suivants. J'entendais retourner aminci à l'Ecole, et je me promettais que, l'été venu, je pourrais recoudre mes boutons d'uniforme à leur place d'origine.

Plein d'une résolution farouche, je repris le travail après la pause et ne me laissai pas une minute de répit. De nouvelles ampoules apparaissaient sur mes mains puis éclataient, et je m'en moquais ; je savourais les douleurs de mon dos et de mes bras, salut de ce corps rétif que je punissais par le labeur et la privation. Je chassais de ma conscience la faim qui me tordait l'estomac et poursuivais obstinément mes efforts. A la fin de la journée, mes jambes tremblaient littéralement de fatigue mais la fierté me submergeait : je tenais les rênes de ma vie. Je me changeais.

C'est dans cet état d'esprit que je rentrai à la maison, fis ma toilette et descendis pour une ultime séance d'essayage. Les couturières, à la fois épuisées et frénétiques, m'enfilèrent mon nouveau costume. Elles avaient apporté un miroir car elles mettaient aussi les dernières touches aux robes de mes sœurs. Ce que j'y vis m'épouvanta : je n'avais pas perdu une once de graisse depuis mon arrivée. Mes traits épais me vieillissaient et le bleu sombre me donnait l'air d'un homme d'âge mur et rassis. Je me tournai vers ma mère, mais elle consacrait toute son attention à ôter des points d'un vêtement rose et elle ne pouvait me rassurer. Je n'arrivais pas à me concentrer sur les couturières qui pinçaient, tiraient le tissu, y piquaient des aiguilles et y traçaient des lignes à l'aide de craies ; je restais les yeux fixés sur mon visage rond comme la pleine lune et ma carrure imposante. Je ne reconnaissais pas l'individu effondré qui me rendait mon regard.

Soudain, les deux femmes m'arrachèrent mes vêtements – ou peu s'en fallut – et me chassèrent du salon en m'ordonnant de revenir deux heures plus tard car Elisi attendait son tour. D'après leurs échanges, je compris qu'un col avait pris mauvaise tournure et qu'il faudrait de nombreux points pour le réajuster. Comme elles me poussaient vers la sortie, Elisi entra en trombe.

A pas lourds, je remontai dans ma chambre. Une heure plus tôt à peine, je me croyais maître de mon destin ; à présent, je devais affronter la réalité : le mariage aurait lieu le lendemain et Carsina ne trouverait pas un bel et fringant cavalier pour l'escorter ; non, elle me trouverait, moi et ma graisse. Je songeai à la fiancée de Gord qui paraissait l'adorer malgré son embonpoint, puis je songeai Carsina et je n'osai même pas espérer une réaction identique. Gord avait sans doute toujours été gros, et Cilima ne l'avait jamais vu autrement. Mais Carsina, elle, m'avait connu mince et bien découplé. Si mon apparence me faisait horreur, comment ne la répugnerait-elle pas aussi ?

La faim me donnait des vertiges. Ces trois jours sans manger, à travailler à corps perdu, n'avaient rien changé. Quelle injustice ! Je m'efforçai de ne pas penser aux plats somptueux qui mijotaient dans la cuisine ou refroidissaient dans la dépense. Le mariage devait avoir lieu chez la future épousée ; levés tôt, nous nous y rendrions en calèche pour la cérémonie. Toutefois, la fête qui suivrait, les danses, les chansons, tout cela se tiendrait à Grandval, et les buffets indispensables à ce genre d'occasion attendaient les invités dès à présent. A cette idée, mon estomac émit un grondement sonore et je dus avaler ma salive.

Je me retournai sur mon lit, face au mur. A l'heure dite, je me relevai pour retourner à l'essayage, et je m'en mordis les doigts : dans le couloir, je croisai Elisi qui s'enfuyait en larmes et jeta par-dessus son épaule : « Alors j'aurai l'air d'un épouvantail ! Voilà, il n'y a rien d'autre à dire : j'aurai l'air d'un épouvantail ! » Au passage, elle me lança d'un air mauvais : « J'espère que tu es content, Jamère ! Sans toi et ton ventre, le temps ne manquerait pas pour rajuster mon col ! »

A la fois perplexe et inquiet, j'entrai dans la pièce. Dans un angle, près de la fenêtre, ma mère sanglotait dans un mouchoir ; les deux couturières, les joues rouges, faisaient celles qui ne voyaient rien, penchées sur leur ouvrage ; elles cousaient diligemment, et leurs aiguilles scintillaient à la lumière des lampes. Je sentis dans l'air le calme tendu qui succède à une tempête. « Mère ? Allez-vous bien ? » demandai-je avec douceur.

Elle s'essuya les yeux en hâte. « Ah, les mariages ! Le mien s'annonçait aussi désastreux que celui d'aujourd'hui jusqu'au dernier moment, et puis tout s'est déroulé à la perfection. Tout se passera bien, j'en suis sûre, Jamère. Essaie donc ton costume.

— Elisi paraissait effondrée et, apparemment, elle m'en rendait responsable.

— Ah ! Oui. » Elle renifla puis, encore une fois, s'essuya précipitamment les yeux et se moucha. « Vois-tu, comme nous supposions que tu porterais ton uniforme, nous n'avions pas prévu de temps pour te fabriquer une tenue ; par conséquent, nous en avons moins eu pour travailler sur la robe d'Elisi, qui présente un modèle de col complexe, à la dernière mode. La dentelle dressée ne tient pas ; néanmoins, même sans cette fraise, l'ensemble rend très bien. Ta sœur est à cran, voilà tout ; au mariage, il y aura un jeune homme, Dervis Tollère, invité par la famille Porontë. Nous ne connaissons pas bien les Tollère, mais sa famille a fait une offre pour Elisi et, naturellement, elle se veut la plus belle pour se présenter à lui. »

Je hochai la tête tandis qu'elle me parlait longuement et avec force digressions de cet éventuel parti pour ma sœur et de la difficulté de raidir une fraise quand la dentelle était plus large que sur la commande et trop molle pour tenir droit. A mon grand regret, je dois avouer que toute l'affaire me paraissait d'une insipide futilité, mais j'avais assez de bon sens pour n'en rien dire ; à part moi, je songeais que, si ce jeune homme comptait faire sa demande en mariage en se fondant sur la rigidité de la dentelle qui ornait le cou d'Elisi, il faisait une bien piètre prise, mais là encore je m'abstins de toute remarque.

Ma mère parvint enfin au bout de ses explications, et, curieusement, elle parut soulagée de s'être épanchée sur moi de ses malheurs. Son exposé avait dû émouvoir les couturières car l'une d'elles se dressa soudain et déclara : « Permettez-moi d'essayer encore une fois de travailler cette dentelle. Si nous la doublons avec du tissu de la robe et l'imprégnons d'amidon, nous obtiendrons peut-être un joli effet et, avec de la chance, nous parviendrons à faire tenir cette maudite fraise. »

Je proposai d'emporter mon nouveau costume dans ma chambre, mais ma ruse échoua : je dus l'essayer encore une fois et, malgré le reflet triste et terne que me renvoyait le miroir, les trois femmes déclarèrent leur ouvrage « respectable pour une confection à si bref délai » ; là-dessus, elles me rendirent ma liberté.

5

Le mariage de Posse

NOUS NOUS LEVÂMES TOUS ALORS QUE LE CIEL grisaillait à peine. Les filles mangèrent dans leur chambre afin d'éviter de salir accidentellement leurs robes de voyage lors du petit déjeuner ; pour ma part, je me joignis à mon père et mes frères autour de la table de la salle à manger Je voyais Vanze pour la première fois depuis mon retour : le fils prêtre de notre famille n'était arrivé que la veille pour la cérémonie. Mon père et lui faisaient leur choix parmi les plats de la desserte quand j'entrai. Vanze avait grandi pendant son séjour au séminaire et, bien que le plus jeune, il nous dépassait tous.

« Comme tu as poussé ! » m'exclamai-je avec surprise.

Il se retourna et l'effarement se peignit sur son visage. « Toi aussi, mais pas en hauteur ! » répondit-il tout à trac, sur quoi mon père et mon frère aîné éclatèrent de rire. Je fis un effort pour apaiser mon amour-propre meurtri puis les imitai.

« Ça ne durera pas, promis-je. Je n'ai rien mangé depuis trois jours ; j'ai décidé de perdre ce poids aussi vite que je l'ai pris. »

Mon père secoua la tête d'un air lugubre. « Ça m'étonnerait, Jamère ; je regrette d'avoir à te le dire, mais tu ne me parais pas plus maigre d'une once ; je crois, hélas, qu'il te faudra davantage que trois jours de jeûne. Restaure-toi ce matin pour bien démarrer la journée ; je ne voudrais pas que tu t'évanouisses pendant le mariage de ton frère ! » Et tous éclatèrent de rire à nouveau.

Il avait raison mais ses paroles ne m'en blessaient pas moins. Toutefois, il s'exprimait d'un ton affable, l'humeur adoucie par les circonstances. Je ravalai ma rancœur et résolus de ne rien faire pour réveiller son mécontentement.

Il y avait sur la desserte des œufs, de la viande, du pain, des fruits et du lait ; à la vue et à l'odeur de ce banquet, la tête me tourna, et la discipline que j'avais décidé de m'imposer aurait pu me manquer si mon père n'avait pas surveillé d'un œil sévère chaque plat dont je me servais. J'avais les gestes furtifs d'un animal qui vole de la nourriture. Je posai une tartine grillée sur mon assiette, lançai un coup d'œil rapide à mon père et ajoutai deux petites saucisses ; je tendis la main vers les œufs brouillés, il fronça légèrement les sourcils, et je ne me servis qu'une infime ration. Je me risquai à encourir son courroux en prenant un dessert.

Dans les affres de l'indécision, je jetai enfin mon dévolu sur de la compote de pommes ; je crus tomber en pâmoison en humant le parfum des fruits chauds et gorgés de sucre. Je me remplis une chope de café noir brûlant et portai mon festin jusqu'à la table. J'avais envie de m'empiffrer, de sentir la consistance d'une énorme bouchée d'œufs et de saucisse épicée sur du pain grillé croquant et imbibé de beurre fondu ; mais je me contraignis à décomposer mon repas en petites portions et à les manger très lentement. Je remplis par deux fois ma chope de café dans l'espoir que le liquide me rassasierait ; hélas, quand j'eus nettoyé mon assiette de sa dernière miette, mon estomac criait encore bien haut son insatisfaction. Je poussai un long soupir puis écartai ma chaise de la table en me répétant que je ne mourrais pas de faim ; ces repas frugaux que je m'imposais dureraient seulement le temps que je retrouve mon état normal ; en outre, un grand repas suivrait la cérémonie de mariage, et je devrais y participer afin de ne pas offenser la famille de la mariée. Ces deux considérations me consolèrent.

Je levai les yeux et vis Posse et Vanze qui s'efforçaient de ne pas me regarder ; mon père, lui, me contemplait avec une aversion non dissimulée. « Si tu as fini, Jamère, peut-être pouvons-nous nous mettre en route ? »

J'avais fait durer mon repas sans songer que je retardais le départ. Le rouge de la honte me monta aux joues. « Oui, j'ai fini. » Et je sortis à leur suite, plein de dégoût pour moi-même et de rancœur à leur égard.

La voiture nous attendait, ornée de guirlandes ; ma mère et mes sœurs y avaient déjà pris place, chacune enveloppée d'une couverture pour empêcher la poussière de salir sa robe soigneusement apprêtée. Notre famille comptait sept membres et, même en temps normal, nous aurions été serrés ; aujourd'hui, avec les atours volumineux des femmes et ma propre corpulence, il ne fallait pas compter tenir tous dans le véhicule. Sans me laisser le temps d'en faire la proposition, mon père déclara : « Jamère, tu voyageras à côté du conducteur. »

Je grimpai sur le banc, humilié par les regards qui me suivaient. Je sentis se tendre les coutures de mon nouveau pantalon et formai le vœu fervent qu'elles ne craquent pas. Le cocher, vêtu tout de bleu vif pour l'occasion, garda les yeux fixés devant lui, comme si, en les posant sur moi, il risquait de partager mon indignité. Mon père et mes frères s'installèrent dans la voiture, on ferma les portières et nous partîmes enfin.

Il fallait une matinée pour se rendre au domaine Porontë. Pendant la plus grande partie du trajet, nous suivîmes la route qui courait le long du fleuve mais, pendant la dernière heure et demie, notre véhicule cahota sur une voie de moindre importance qui s'enfonçait en sinuant vers le cœur des terres de nos hôtes. Le seigneur Porontë avait érigé sa demeure au sommet d'un immense éperon rocheux qui jaillissait du sol ; elle dominait largement les plaines alentour et m'évoquait plus une citadelle que la résidence d'un gentilhomme. On disait qu'il devait encore de l'argent aux tailleurs de pierres et aux maçons venus de Cartème pour dresser les épaisses murailles de sa résidence. Il avait choisi pour devise « La pierre perdure » et l'avait fait graver dans l'arche qui encadrait l'entrée de son domaine.

Quand je repense à cette journée, mon esprit tend à regimber comme un cheval mal dressé. J'avais l'impression que chaque personne qui m'accueillait dissimulait mal son effarement devant mon apparence ; sire Porontë pinça les lèvres en me voyant comme s'il avait dans la bouche un poisson rouge agité et qu'il voulût l'empêcher de sortir ; son épouse porta la main à ses lèvres pour réprimer un éclat de rire puis elle prit congé en hâte sous prétexte d'aider la future épousée dans ses ultimes préparatifs. Je perçus la gêne de ma famille.

Un domestique nous conduisit à l'étage tandis que d'autres suivaient avec les bagages des dames. On nous avait alloué des pièces afin de nous rafraîchir après notre trajet et permettre à mes sœurs et à ma mère de revêtir leurs robes pour le mariage. La partie masculine de la famille fut prête beaucoup plus vite ; mon père et mes frères avaient hâte de se joindre à la fête, et je les suivis non sans anxiété.

Les Porontë jouissaient d'une salle de bal moins vaste que la nôtre, mais charmante néanmoins et, en l'occurrence, noire d'invités. Cette année, la mode était aux jupes très amples avec des superpositions de tissus qui présentaient un camaïeu d'une même couleur de base. Du haut des escaliers, j'avais l'impression de contempler un jardin dont les femmes figuraient de ravissantes fleurs de toutes les teintes. Quelques mois plus tôt, j'attendais avec impatience le moment de descendre ces degrés et de découvrir ma Carsina parmi ces corolles ; aujourd'hui, je redoutais celui où elle me verrait. A contrecœur, je m'engageai dans les marches. Mon père et mes frères se mêlèrent joyeusement à la foule, mais je ne les suivis pas et ne restai pas près d'eux tandis qu'ils allaient retrouver de vieux amis et renouaient avec des relations de la famille. Je ne leur reprochais pas de chercher à se dissocier de moi.

Tous ceux que je saluais réagissaient à mon physique avec embarras ; certains se plaquaient un sourire sur les lèvres et regardaient exclusivement mon visage, d'autres me parcouraient des yeux sans se cacher puis paraissaient se creuser la cervelle en quête d'un commentaire intelligent. Kase Remoire partit d'un grand éclat de rire et me demanda d'un ton enjoué si la cavalla avait nourri mon cheval aussi bien que moi. Les moqueries déguisées en plaisanteries de connivence revenaient le plus souvent parmi les hommes que je connaissais ; je me forçai tout d'abord à sourire, voire à rire avec eux, puis je finis par battre en retraite.

Je cherchai une zone de calme dans la salle. On avait décoré de guirlandes florales plusieurs grands treillis ornementaux pour en encadrer l'autel familial où le couple devait prononcer ses vœux, et l'on avait placé quelques chaises dans l'angle de l'alcôve ainsi formée. J'en accaparai une promptement, et nul ne m'approcha, encore moins ne m'aborda. La journée se révélait très différente du retour triomphant que j'avais imaginé. Dire que j'avais osé me représenter Carsina près de moi pendant que j'évoquais pour mes amis mes études et ma vie à Tharès-la-Vieille ! Depuis mon recoin, je pouvais observer discrètement la foule. Mon père, à la fois affable et empreint de noblesse, savourait visiblement la journée ; lui et sire Porontë, inséparables, se déplaçaient parmi les invités et les saluaient tour à tour. Ils formaient un duo impressionnant, et leur alliance par le mariage à venir assiérait leur puissance dans le Centre. Ils paradaient comme si c'était leur couple que l'on fêtait et non celui de leurs enfants.

Comme tout futur marié, Posse avait le trac et devait supporter les piques et les plaisanteries de ses amis. Ils l'avaient acculé près de l'entrée du jardin et, d'après les grands éclats de rire qui montaient de leur groupe, je devinais la crudité de leurs commentaires. Vanze, mon frère prêtre, avait l'air d'un poisson hors de l'eau. Ses études au séminaire l'avaient accoutumé à fréquenter des intellects plus relevés que la majorité de ceux de ce domaine frontalier. Il avait apporté son livre des Saintes Ecritures, car il devait assister à l'échange des vœux des nouveaux mariés, et il s'y accrochait comme à une planche de salut. Il parlait peu et souriait beaucoup ; il devait déjà compter les jours qui lui restaient avant de regagner l'atmosphère distinguée de son monastère. Sans doute y avait-il vécu si longtemps qu'il s'y sentait plus chez lui que dans la demeure familiale.

Je le comprenais ; moi aussi, j'avais la nostalgie de l'Ecole.

Au bout de quelque temps, je me surpris à étudier d'un œil neuf le physique des gens qui m'entouraient. J'avais toujours accepté l'idée qu'avec l'âge les individus forcissent ; je n'avais jamais regardé avec dédain une femme dont des années de maternité avaient alourdi la poitrine et arrondi le ventre ; quant aux hommes mûrs, je trouvais que leur corpulence leur donnait un air digne. Aujourd'hui, j'observais les uns et les autres et m'efforçais de déterminer qui était plus gros ou plus maigre que moi ; je finis par conclure que mon embonpoint n'aurait rien eu de choquant chez un homme approchant des quarante ans et qu'on s'en offusquait uniquement à cause de ma jeunesse. Parmi les invités de mon sexe et de mon âge, certains arboraient un ventre déjà imposant, mais pas ces bras ni ces jambes enrobés de graisse qui me donnaient l'air indolent et paresseux – impression erronée car, sous cette couche adipeuse, j'avais conservé ma musculature d'antan. Je surveillais avec angoisse l'escalier qui menait aux étages supérieurs : j'attendais avec impatience l'apparition de Carsina mais je redoutais l'expression qui se peindrait sur son visage devant mon apparence. Malgré mon inquiétude, quand je la vis en haut des marches, je me dressai d'un bond comme un chien à l'annonce d'une promenade. On eût dit une vision : comme elle me l'avait promis, elle portait une robe d'un vert clair et délicat surjetée d'une jupe de la même teinte, mais plus soutenue, avec un ourlet d'un troisième vert, plus sombre, de la nuance exacte de mon uniforme de l'Ecole. L'ensemble donnait un effet à la fois pudique et provocant, car son haut col de dentelle blanche mettait en valeur la finesse de sa gorge pâle. Ma sœur Yaril l'accompagnait ; le simple fait de changer de tenue avait transformé l'enfant en femme : elle arborait une robe d'un turquoise somptueux et un chignon où s'entremêlait à ses cheveux dorés un complexe entrelacs de fils d'or et de rubans turquoise ; la coupe de son vêtement soulignait sa taille de guêpe et la courbe douce de ses hanches et de sa poitrine. Malgré l'irritation que j'éprouvais encore envers elle, je me sentis fier de sa beauté. Toutes les femmes avaient au poignet un bracelet muni de grelots pour la cérémonie de mariage.

Kase Remoire surgit comme par magie au pied de l'escalier ; à sa façon de regarder ma sœur et Carsina, on eût dit un chien devant un étal de boucher laissé sans surveillance. Le cœur de Yaril battait pour lui mais nos parents n'avaient encore fait part d'aucune promesse officielle de fiançailles. Une bouffée d'indignation m'envahit devant l'audace avec laquelle il dévorait ma sœur des yeux. Je fis deux pas puis m'arrêtai lâchement ; un an plus tôt, ma seule présence lui eût rappelé de respecter notre famille sans que j'eusse besoin de proférer aucune menace ; aujourd'hui, si j'allais me placer à côté d'elle pour défendre son honneur, je craignais que ma corpulence ne me donnât l'air pompeux et ridicule plutôt que protecteur. Je fis halte là où le treillis fleuri me cachait encore.

J'aurais dû me douter que ma sœur aurait prévenu Carsina que je n'étais plus le beau militaire élancé qu'elle avait vu partir à l'Ecole l'automne précédent. Les deux jeunes filles firent une pause stratégique à la moitié des marches. Yaril se rendait certainement compte que Kase la dévorait des yeux, et je jugeai impudique de sa part de lui donner ainsi l'occasion de la dévisager. Quant à Carsina, elle parcourait du regard la foule des invités à ma recherche ; ma sœur se pencha vers elle pour lui glisser quelques mots à l'oreille, un sourire narquois sur sa jolie bouche, et je devinai aussitôt la nature de ses propos : je ne serais pas difficile à repérer dans la cohue. Carsina répondit par un sourire hésitant ; elle voulait croire que ma sœur la taquinait mais redoutait qu'elle ne dît la vérité.

L'espoir se figea en moi et une âpre détermination prit sa place : j'allais affronter mon destin et en finir une fois pour toutes. Je quittai ma cachette et fendis la foule jusqu'au pied des marches. A l'instant où Carsina me vit, l'horreur et l'incrédulité lui écarquillèrent les yeux ; elle agrippa ma sœur par le bras et lui souffla quelques mots, sur quoi Yaril secoua la tête, compatissante et révulsée. Involontairement, Carsina recula d'une marche avant de se maîtriser, puis toutes deux reprirent leur descente, ma fiancée avec un masque inexpressif sur le visage mais les yeux emplis de désespoir.

Comme je m'approchais, il me sembla percevoir la colère qui émanait d'elle. Je m'inclinai gravement. « Carsina, Yaril, vous êtes ravissantes.

— Merci, Jamère. » Carsina s'exprimait avec une politesse glacée.

« Plus que ravissantes, à mon avis ! » Kase me contourna pour se tenir à côté de ma sœur. « Aussi magnifiques que des fleurs ; n'importe quel homme aurait du mal à décider laquelle est la plus belle. » Son sourire les englobait toutes deux. « Me permettrez-vous de vous escorter jusqu'à l'alcôve de l'autel ? La cérémonie va débuter. »

Carsina se tourna vers lui, radieuse, tandis qu'une ombre de contrariété passait sur les traits de Yaril ; elle m'adressa un regard empreint de fureur puis s'empara en hâte du bras droit de Kase. Ma fiancée passa promptement à côté de moi pour prendre le gauche. Le jeune homme éclata d'un rire ravi, et Carsina leva vers lui un sourire espiègle ; Yaril avait la mine plus sombre. « Je vais susciter la jalousie de tous les hommes de la salle au cours des minutes à venir ! lança Kase.

— Certainement », fis-je entre haut et bas en espérant une réaction de Carsina, mais en vain. Le trio s'en alla majestueusement vers l'autel. Le gros de la foule s'y dirigeait aussi et je suivis le mouvement, accablé. Je pris soudain conscience de mon expression renfrognée, redressai les épaules et plaquai un sourire affable sur mes lèvres : j'assistais au mariage de mon frère ; pas question de laisser ma déception personnelle gâcher la fête pour quiconque. Aussi, au lieu d'accompagner le trio ou de tenter de m'y joindre, optai-je pour une place assez proche de celle d'Elisi pour qu'on me reconnût comme son frère mais assez éloignée pour ne pas la mettre dans l'embarras. Elle fit celle qui ne me voyait pas. Un jeune homme accompagné d'un couple plus âgé, sans doute ses parents, se tenait non loin d'elle ; s'agissait-il de l'éventuel prétendant dont avait parlé ma mère ?

Nous nous réunîmes tous devant l'autel ; le silence se fit dans l'assemblée. Vanze entra en compagnie d'un prêtre que je ne connaissais pas ; ce dernier portait une lanterne, la lumière du dieu de bonté, et mon frère un grand bassin d'argent, symbole de la fin des sacrifices de sang. Autrefois, Posse aurait dû présider à l'immolation d'un taureau, d'une chèvre et d'un chat, puis lui et sa future épouse se soumettre à trois coups de fouet rituels pour signifier leur acceptation de souffrir l'un pour l'autre. La religion éclairée du dieu de bonté avait changé tout cela. Les anciens dieux exigeaient qu'on paie tout serment en monnaie de sang ou de douleur, et je me réjouissais de savoir cette époque révolue.

Posse et mes parents s'approchèrent de l'autel pour recevoir l'engagement de Cécile. Elle fit une entrée majestueuse en haut de l'escalier dans lequel elle s'avança lentement au son des grelots d'argent. Les manches de sa robe bleue et verte tombaient quasiment jusqu'au sol et sa traîne brodée s'étendait à plusieurs pas derrière elle. Toutes les femmes présentes avaient le poignet ceint d'un bracelet qu'elles levèrent au-dessus de leur tête et dont elles firent carillonner joyeusement les minuscules clochettes pendant que la future épousée descendait les marches. Ses parents qui la suivaient tenaient un grand panier ; quand ils traversèrent la foule, les invités se précipitèrent pour y jeter des poignées sonnantes de pièces afin de souhaiter prospérité au jeune couple. Dans notre milieu, il s'agissait d'une tradition charmante ; dans les classes populaires, ces dons pouvaient permettre aux nouveaux mariés de s'acheter une chèvre ou quelques poules et leur fournir vraiment le socle d'une future aisance financière.

Posse et Cécile avaient choisi un rituel simple pour leur cérémonie. Comme la chaleur du jour montait, je n'étais sûrement pas le seul invité à me réjouir de n'avoir pas à rester debout trop longtemps.

Les pères échangèrent des serments d'amitié et de loyauté puis les mères jurèrent de s'apporter mutuellement leur soutien, de s'entraider et d'éviter les commérages. Je les écoutai sans un battement de cils mais, quand Cécile et Posse prononcèrent leurs promesses de loyauté, de confiance et de fidélité, ma gorge se serra et des larmes me piquèrent les yeux. Avais-je envie de pleurer parce que Carsina avait trahi notre amour naissant ou parce qu'elle avait égratigné mon amour-propre ? Je l'ignorais. Avec une brusque colère, je songeai que j'aurais dû partager ce moment avec elle, qu'il aurait dû rester un souvenir à chérir durant toutes nos années de vie commune ; au lieu de cela, il demeurerait toujours pour moi le jour où elle m'avait abandonné. Je serrai les dents, plaquai sur mes lèvres un sourire crispé puis, alors que j'essuyais une larme, je me dis que ceux qui m'observaient y verraient une larme de joie devant le bonheur de mon frère.

Posse et Cécile partagèrent le petit gâteau aux herbes amères puis celui au miel, plus imposant, qui représentaient les épreuves et les satisfactions qui les attendaient dans leur vie commune ; ils tournèrent alors le dos à l'autel et levèrent leurs mains jointes. Les témoins assemblés éclatèrent en cris joyeux et en félicitations tandis que, sur l'estrade, l'orchestre se mettait à jouer ; une mélodie à la fois solennelle et enlevée s'éleva, les invités dégagèrent la piste et formèrent un cercle autour de Cécile et Posse. Mon frère n'avait jamais été bon danseur ; il avait donc dû s'entraîner longuement pour parvenir à l'excellente performance dont il nous régala. Il ne marcha pas une seule fois sur la traîne de son épouse et, à la fin de la danse, il la prit dans ses bras et l'emporta dans un tourbillon qui fit tournoyer autour d'eux ses longues manches et sa traîne, au grand ravissement des spectateurs. Un faux pas aurait suffi à jeter le couple à terre, mais Posse parvint à reposer son épouse au sol sans la faire tomber, bien qu'elle vacillât, étourdie. Rougissant et riant, ils s'inclinèrent sous les applaudissements.

On passa ensuite à la partie la plus importante de la cérémonie, non seulement pour les nouveaux mariés mais aussi pour leurs deux familles. Mon père et sire Porontë brisèrent les sceaux des parchemins de félicitations envoyés par le roi Troven ; comme tout le monde s'y attendait, ils annonçaient un octroi considérable de terres à chacun, afin de « célébrer l'heureuse union de deux des familles aristocratiques les plus fidèles à la Couronne, avec le souhait affectionné que leurs maisons continueront à prospérer ». La surface allouée aux Burvelle augmentait notre propriété d'un tiers ; mon père irradiait la satisfaction, et il me semblait l'entendre calculer mentalement la superficie totale qu'il obtiendrait du roi lorsqu'il marierait ses quatre autres enfants. Je me rendis compte soudain que le roi conservait ainsi la loyauté des nouveaux nobles, en encourageant les alliances entre elles.

« Je vous en prie, venez danser et vous restaurer avec nous ! » lança Cécile aux invités, qui s'exécutèrent aussitôt dans un concert d'applaudissements. On ouvrit grand les portes de la salle à manger adjacente où s'étendaient d'immenses tables ; malgré la distance, je sentis brusquement les arômes savoureux des pains frais, des viandes rôties et des tartes aux fruits. Dans notre région, un mariage était l'occasion d'une fête qui durait toute la journée : quand les invités devaient parcourir un long chemin pour un tel événement, l'hôte s'efforçait de le rendre mémorable, et l'on bavarderait, on danserait et on mangerait jusque tard dans la nuit chez les Porontë tandis que les domestiques ne cesseraient de regarnir les tables. Nombre de convives passeraient la nuit sur place puis se déplaceraient jusque chez nous pour une nouvelle journée de divertissement et de bonne chère. Il n'y avait pas si longtemps, j'attendais cette occasion avec impatience et prévoyais différents moyens de me retrouver seul avec Carsina ; j'imaginais même de lui voler un baiser ou deux. Aujourd'hui, je redoutais plusieurs jours de tourments. Mon estomac poussa soudain un grondement pressant ; je l'écoutai avec horreur, comme si un monstre avait pris ses quartiers dans ma chair et exigeait que je le nourrisse. Je m'efforçai de me persuader que ma tristesse me coupait l'appétit, mais mon ventre affirmait le contraire, et voir Kase Remoire mener Carsina sur la piste de danse ne faisait qu'accentuer la sensation de vide que j'éprouvais. Je m'aperçus que je mourais de faim au point d'en trembler. Jamais mon odorat ne m'avait paru aussi développé ; de ma place, je percevais que l'oie de prairie avait été rôtie avec de la sauge et de l'oignon, et qu'on avait préparé l'agneau à la manière des Nomades, frotté de rave d'ache et cuit à l'étouffée dans une cocotte. Je dus faire appel à toute ma force d'âme pour contourner la piste de danse au lieu de la traverser en jouant des coudes pour atteindre le buffet.

En chemin, je repérai mon père qui s'entretenait avec celui de Carsina. Sire Grenaltère riait à une réplique de son interlocuteur ; tous deux paraissaient d'excellente humeur et en parfaite harmonie, et je m'efforçai de passer sans me faire remarquer. Mais, comme Grenaltère reprenait son souffle après son accès de gaieté, nos regards se croisèrent, et la courtoisie me contraignit à le saluer. Je m'arrêtai et m'inclinai ;

comme je m'approchais, il s'exclama sans discrétion : « Par le dieu de bonté, Burvelle, est-ce bien Jamère ?

— Hélas, oui », répondit mon père d'un ton égal ; son expression disait clairement que j'avais commis une gaffe en attirant l'attention sur moi. Il se força à sourire. « Je crois que le médecin de l'Ecole a exagéré en voulant le remplumer après l'épidémie ; mais cet excès de poids disparaîtra bientôt si j'ai mon mot à dire dans l'affaire. »

Que pouvais-je faire, sinon afficher un sourire penaud et acquiescer à ces propos ? « Très bientôt, monsieur », renchéris-je. Puis j'ajoutai un mensonge éhonté : « Le médecin m'a dit qu'une prise de poids comme la mienne s'observait parfois chez les survivants de la peste et que je devais m'estimer heureux d'avoir emprunté cette voie plutôt que voir mes muscles fondre et toute énergie m'abandonner.

— Ma foi... ce médecin doit savoir de quoi il parle. Néanmoins, ce changement d'apparence n'en demeure pas moins ahurissant, Jamère, vous vous en rendez sûrement compte. » Sire Grenaltère paraissait vouloir à tout prix m'obliger à reconnaître l'horreur de ma métamorphose.

« En effet, monsieur. Par bonheur, comme je l'ai dit, ce n'est que provisoire.

— Eh bien, sans doute faut-il rendre grâces au dieu de bonté de votre excellente santé sans nous préoccuper du reste pour le moment.

— Oui, monsieur. Je le remercie chaque matin de me réveiller en vie : on voit cela comme un miracle quand on a survécu à l'épidémie.

— La situation était-elle donc si terrible dans la capitale ? »

Avec un soulagement indigne, j'horrifiai le malheureux par le sinistre récit de ces jours tragiques. Quand j'évoquai les morts entassés comme du bois de stère dans le parc enneigé de l'Ecole, je pris conscience que j'avais aussi capté l'attention de mon père ; alors je parlai avec un chagrin non feint de mes camarades dont la constitution, trop amoindrie, leur interdisait désormais le métier des armes, sans parler de la poursuite d'une carrière à l'Ecole. Je conclus par ces mots . « Vous comprendrez donc que, malgré mon aspect disgracieux, je me réjouisse d'être sorti de cette épreuve avec un avenir intact. En outre, maintenant que le colonel Rébine dirige à nouveau notre institution, j'attends de reprendre mes études avec plus de plaisir et d'impatience que jamais.

— Quelle histoire ! Et a-t-on découvert le fils de chien pervers qui a introduit la peste à Tharès-la-Vieille ? » Le père de Carsina était totalement captivé par mon récit.

Je secouai la tête. « On soupçonne des Ocellions qui se donnaient en spectacle à la fête de la Nuit noire.

— Comment ? » Horrifié, il regarda mon père. « Etiez-vous au courant qu'on autorisait des Ocellions à se rendre dans l'ouest ?

— Il fallait s'attendre à ce qu'on tente un jour ou l'autre d'en faire entrer dans la capitale, répondit son interlocuteur d'un ton fataliste. Et, pour couronner le tout, l'un d'eux était une femelle ; d'après la correspondance que j'entretiens avec des autorités de l'Ecole, elle a probablement joué le rôle de vecteur premier de la maladie.

— Non ! » s'exclama le père de Carsina d'un air atterré, puis il se tourna soudain vers moi avec une lueur nouvelle dans l'œil, comme s'il venait de résoudre une équation et que la conclusion l'épouvantait. Il me considéra d'un air méfiant : comment avais-je contracté le mal tant redouté ? Il ne dit rien mais la question se lisait sans mal sur ses traits, et j'y répondis précipitamment.

« Il existe d'autres moyens de transmission que les rapports sexuels ; je le sais car je collabore avec le docteur Amicas qui étudie les aspects particuliers de mon cas. Certains de mes camarades, je dois le reconnaître, ont attrapé la peste à travers des relations avec une prostituée ocellionne, mais je n'en faisais pas partie, pas plus, par exemple, que le jeune fils de l'ancien commandant de notre institution ; en outre, ma propre cousine Epinie a été contaminée.

— A-t-elle péri ? » Je me rendis compte que mon auditoire avait considérablement augmenté ; la question venait d'une femme d'âge moyen, vêtue d'une robe d'un rose criard et malencontreux.

« Non, madame, par bonheur. Elle n'a souffert que d'une atteinte bénigne et en a guéri sans séquelles. Hélas, je ne puis en dire autant du jeune nouveau noble qu'elle a épousé : monsieur Kester a dû quitter l'Ecole. Il entend se remettre assez pour y retourner mais beaucoup considèrent sa carrière militaire comme brisée. »

Des commentaires fusèrent de toutes parts.

« J'ai servi avec Kester ! Il doit s'agir de son fils. Quelle pitié ! Qui d'autre a succombé à la peste dans les rangs de la nouvelle aristocratie ?

— Comment votre cousine a-t-elle échappé à la maladie ? Quelles herbes a-t-elle consommées ? Ma Dorota se trouve à Guetis avec son mari et ses deux petits enfants. Le mal n'a pas encore frappé chez eux mais elle craint que ce ne soit qu'une question de temps. » L'angoisse perçait dans la voix de la matrone qui s'approchait de moi.

Mais j'entendis surtout la remarque que fit le père de Carsina au mien. « Epinie Burvelle... la fille aînée de votre frère, n'est-ce pas ? Elle a épousé le fils militaire d'un nouveau noble sans espoir de carrière ? Il me semblait pourtant, à ce que vous disiez, que votre frère projetait de la marier au fils héritier d'une famille de l'ancienne aristocratie ? »

Mon père eut un petit rire forcé qui se voulait indulgent je compris alors que j'en avais trop dit. « Bah, vous connaissez les jeunes d'aujourd'hui, Grenaltère, surtout ceux de la capitale ! Ils manifestent peu de respect pour les projets de leurs parents ; et puis, en temps d'épidémie, on autorise ce qu'on aurait refusé d'ordinaire, comme certains soldats qui, face au combat, commettent des actes qu'ils regarderaient comme excessivement téméraires en toute autre circonstance

— Téméraires... C'est vrai ; j'ai parfois observé de ces comportements », concéda Grenaltère. L'air absent, il calculait visiblement les avantages et les inconvénients de son alliance avec notre famille comme l'eût fait un comptable, et tout à coup les propos d'Epinie qui refusait d'être vendue comme épouse au plus offrant ne me parurent plus aussi exagérés. A l'évidence, mon gain de poids constituait un mauvais point dans la transaction mais, bien plus grave, les Burvelle de Tharès-la-Vieille n'avaient pas écoulé leur fille auprès d'une famille de l'ancienne noblesse. Les relations et les mariages avaient-ils donc un si grand poids politique et social ? Je sus aussitôt que la réponse était affirmative.

« Eh bien ? » fit la matrone d'un ton pressant et angoissé, et, d'un bond, mon esprit revint à sa question.

— Boire beaucoup d'eau et se reposer, voilà l'essentiel du traitement, hélas ; j'aimerais pouvoir me montrer plus précis. Le docteur Amicas a fait de la prévention de la peste son domaine de recherches privilégié ; étant donné la passion qui l'anime, si quelqu'un doit trouver des solutions concrètes pour protéger les familles, ce sera lui.

— Et quels autres nouveaux nobles ont péri ? » répéta l'homme. Je le reconnaissais mais n'arrivais pas à me rappeler son nom. Issu, non de la nouvelle aristocratie, mais du rang dont il avait gravi les échelons avec grand succès, il avait suivi Grenaltère lorsque celui-ci avait pris sa retraite, comme les soldats qui avaient servi mon père se réunissaient autour de lui à la fin de leur carrière ; je me rendis soudain compte qu'un homme comme lui devait fonder tous ses espoirs sur l'ascension de la nouvelle noblesse : les aristocrates de souche et leurs fils héritiers n'avaient sans doute guère de respect pour un officier sorti du rang alors que les seigneurs des batailles qui l'avaient directement commandé reconnaissaient sa valeur – et, s'ils arrivaient au pouvoir, cette reconnaissance s'étendrait peut-être à ses propres fils militaires.

A contrecœur, je fis la liste de ceux qui avaient succombé à la peste et de ceux dont elle avait gravement compromis la santé. Quand j'annonçai Trist Vissomme dans cette dernière catégorie, j'entendis avec étonnement un soupir général de compassion ; puis, quand je donnai l'identité de ceux qui avaient guéri sans dommage, je vis avec surprise les gens autour de moi échanger des regards soulagés en apprenant que Rory et Gord étaient indemnes. Ils ne connaissaient pas mes camarades mais ils avaient côtoyé leurs pères, et je perçus alors la force des liens qui les unissaient tous. Les aristocrates de souche avaient raison de redouter notre accroissement d'influence : le vrai pouvoir s'ancrait non chez les nouveaux nobles et leurs fils, prêts à suivre le roi en toutes circonstances, mais dans les rangs de l'armée investis d'un sentiment de fidélité et d'allégeance envers les seigneurs des batailles.

« Quelle tristesse, ce qui est arrivé à notre Ecole ! Quelle tragédie ! » Cette exclamation venait de sire Blène, toujours prompt à s'émouvoir, petit homme chauve qui sautillait sur la pointe des pieds quand il s'exprimait. « Nous avions besoin de ces jeunes officiers, avec ces rumeurs d'instabilité sur la frontière près de Rellit ; on dirait bien que ça risque de recommencer avec Canteterre ! » Il se tourna vers moi. « Ça ne vous plairait pas de manquer ça, n'est-ce pas, monsieur ? On prend vite du galon là où on se bat, vous le savez sûrement. »

Je restai égaré ; j'ignorais que des escarmouches nous opposaient à nouveau à Canteterre.

« Non, c'est à Guetis qu'il faut chercher la bonne occasion ! » Je ne connaissais pas celui qui intervenait ainsi. « Il y a deux ans que la Route du roi n'avance plus, sacrebleu ! Le régiment de Farlé y a remplacé celui de Brède mais, à ce que je sais, il ne se débrouille pas mieux ; toujours les mêmes problèmes : maladie, désertion et manquement au devoir ! Le roi n'accepte plus cette situation et il paraît qu'il envoie les cavaliers de Cait et les fantassins de Doril en renfort. Dommage pour Farlé ; c'était un de nos meilleurs régiments il y a encore quelques années à peine. On dit que Guetis a cet effet-là sur les troupes : les épidémies cassent le moral et rompent la chaîne de commandement. C'est Lièvrin qui tient les rênes là-bas – un bon second, à mon avis, mais a-t-il le caractère assez trempé pour mener une opération comme la Route du roi ? Ça reste à voir.

— Le colonel Lièvrin est un excellent officier ! lança un troisième interlocuteur d'un ton sec. Faites attention à ce que vous dites sur lui ; j'ai servi à ses côtés à la bataille de Delle. »

La conversation s'envenimait et mon père s'interposa vivement. « Messieurs, messieurs ! L'heure n'est pas aux histoires de guerre. Jamère, je te remercie au nom de tous ici des détails que tu nous as fournis, mais n'oublions pas que nous fêtons un mariage ! Certains d'entre vous, je n'en doute pas, préféreraient jouir de la piste de danse plutôt qu'écouter des récits de mort et d'épidémie – à moins que nos journées manquent tellement d'épreuves et de difficultés qu'il nous faille nous rabattre sur ces sinistres descriptions ? »

Cette question où perçait une discrète amertume lui valut un éclat de rire général : aux frontières de la civilisation, nous menions tous une existence plus dure qu'ailleurs dans le royaume.

« Célébrons la vie tant que nous en avons le loisir ! fit un des hommes. La mort et la maladie nous attendront toujours. » Et, sur ces sombres paroles, mon auditoire commença de se fragmenter. Certains se dirigèrent vers l'orchestre pour danser, d'autres vers le buffet ; Grenaltère s'éloigna d'un pas pressé. Je le suivis du coin de l'œil et le vis rejoindre son épouse et Carsina à une table où elles prenaient une collation ; il envoya sa fille dans un groupe d'autres jeunes filles puis saisit sa femme par le bras et l'entraîna dans un coin plus retiré. Je pensai deviner le sujet de leur conversation. Involontairement, je cherchai des yeux Kase Remoire et le trouvai dansant avec ma sœur. Elle paraissait au sommet du bonheur ; Remoire, fils héritier, était le premier choix des Grenaltère pour Carsina, venais-je, par mes propos sur l'épidémie, de saboter mes arrangements de mariage ? Et, dans ce cas, avais-je aussi détruit les rêves de Yaril ? Je me sentis soudain nauséeux.

Mon père ne m'offrit nulle consolation. « Tu devrais parler moins et davantage écouter, Jamère. Je ne m'étendrai pas sur ce sujet pour le moment mais je te suggère que, pour le restant de la journée, tu apprennes à te taire et à ne répondre que par des hochements de tête. Abstiens-toi de bavarder à tort et à travers. Je ne comprends pas pourquoi tu as jugé bon de divulguer ici des informations dont tu ne m'avais pas fait part au préalable. Désormais, si tu dois parler, contente-toi d'évoquer le bonheur et la bonne fortune de ton frère ; et, si tu dois tenir des propos pessimistes, tiens-t'en à déplorer la sécheresse actuelle ! »

Sur cette admonestation, il s'éloigna d'un pas furieux comme si je l'avais insulté. C'était peut-être le cas de son point de vue ; il devait toujours tout savoir avant tout le monde. Pour ma part, je bouillais. Il n'avait à en vouloir qu'à lui-même ; s'il m'avait laissé une chance de m'entretenir avec lui depuis mon retour, il aurait tout appris de ma bouche et pu me conseiller sur ce qu'il fallait taire. Il m'avait traité de façon injuste mais j'avais fait pire : j'avais stupidement crié sur les toits ce que je savais sans prendre le temps de me demander si c'était bien avisé. En outre, je regrettais d'avoir menti sur les déclarations du docteur Amicas ; j'avais la conviction de ne pas me tromper mais j'aurais préféré ne pas avoir cité le médecin pour donner plus de poids à mes propos, et je me sentais submergé de honte.

Accablé, je perdis soudain tout appétit ; choisir parmi les mets, garnir mon assiette puis m'installer à une table et parler de la pluie et du beau temps avec mes voisins me paraissait au-dessus de mes forces. Je me retournai vers la piste de danse ; l'orchestre jouait et Carsina tournoyait dans les bras d'un jeune homme que je ne reconnus pas : petit, la figure parsemée de taches de rousseur, il ne dansait pas bien – mais il n'était pas gros. Je demeurai pétrifié à les suivre des yeux tout en m'efforçant de ne pas les regarder. Il prononça quelques mots et elle éclata de rire. Une part perverse de moi-même me défia de rester dans la salle et de demander à Carsina de m'accorder la prochaine danse ; son inévitable refus ruinerait définitivement mes espoirs et mettrait fin à mon malheur.

Je me tins là, à la périphérie de la foule, et tour à tour affûtai mon courage puis le dénonçai comme de la témérité, l'affûtai à nouveau sous prétexte que Carsina m'était promise et que j'avais le droit de lui parler puis le perdis à nouveau... Jamais danse ne me parut plus interminable. Quand elle prit fin et que le cavalier de Carsina s'inclina puis s'écarta, je dus faire un effort surhumain pour m'approcher d'elle.

Elle me vit et s'enfuit.

Et, bêtement, je pressai le pas et coupai à travers la foule pour lui barrer la retraite. Quand elle comprit qu'elle ne m'échapperait pas, elle ralentit, et je m'arrêtai devant elle. « Carsina, je souhaitais danser avec vous et avoir l'occasion de vous parler, de vous expliquer ce qui m'arrive. »

Par un malencontreux hasard, l'orchestre se lança dans un air enlevé au lieu de la valse lente que j'espérais. Carsina nous sauva tous deux en répondant avec raideur : « Je me sens un peu lasse ; plus tard, peut-être.

— Mais nous pourrions tout de même parler ; voulez-vous que nous fassions un tour au jardin ?

— Sans chaperon, la bienséance nous l'interdit. »

J'eus un sourire désabusé. « Cela ne nous a pas arrêtés la dernière fois. »

Elle détourna le regard et poussa un soupir de dépit. « C'était la dernière fois, Jamère ; il y a eu des changements... évidents depuis. »

Piqué au vif, je répliquai : « Ce qui n'a pas changé, c'est que nous restons promis l'un à l'autre. Vous me devez au moins de me laisser le loisir de vous exposer ce que j'ai enduré...

— Je ne vous dois rien, monsieur ! » s'exclama-t-elle, furieuse. Son précédent cavalier réapparut brusquement avec deux verres de vin ; il m'adressa un regard réprobateur pour avoir forcé une dame à me répondre de façon aussi sévère.

Je lui retournai un coup d'œil menaçant. « Mademoiselle et moi avons une conversation. »

Je le dépassais d'une tête, mais il me crut sans doute mou à cause de mon poids. « Je n'ai pas eu l'impression d'entendre une conversation ; il me semblait plutôt que mademoiselle souhaitait que vous la laissiez en paix.

— Nous sommes fiancés ; j'ai le droit de... »

Carsina m'interrompit vivement : « Pas officiellement ! Et je souhaite en effet que vous me laissiez en paix.

— Vous voyez, monsieur, mademoiselle est lasse de votre compagnie ; montrez-vous courtois et laissez-la se retirer. » Et il s'interposa courageusement entre nous. Il avait un long cou et le nez parsemé de taches de son ; j'aurais pu le casser en deux comme une brindille. Mais je regardai Carsina par-dessus sa tête.

« Peut-être devrait-elle se conduire en véritable dame et m'écouter, répondis-je d'un ton égal.

— Insinueriez-vous que je ne suis pas une dame ? fit-elle, outrée. Monsieur Burvelle, vous m'insultez. Mon père en entendra parler ! »

La colère bouillait dans mon sang et résonnait à mes oreilles ; la fureur s'empara de moi et les mots jaillirent, venus je ne savais d'où : « Et vous, vous avez feint de ne pas me voir, vous m'avez fui et ainsi insulté à trois reprises aujourd'hui ; cette fois-ci, ce sera la dernière. Un jour viendra, Carsina, où vous vous traînerez à genoux devant moi et me supplierez de pardonner la façon dont vous m'avez traité. »

Elle resta bouche bée ; la stupéfaction lui donnait une expression à la fois enfantine et commune. Son visage perdit tout charme sous la rage qui l'envahit ; j'en avais trop dit, j'avais parlé trop durement. Je n'aurais pas pu avoir une conduite plus maladroite, plus inconvenante au mariage de mon frère.

Carsina devint écarlate puis, à ma grande horreur, ses yeux s'emplirent de larmes. Son cavalier à taches de son leva vers moi un regard indigné. « Çà, monsieur, j'exige que...

— Dans ce cas, faites-le vous-même », le coupai-je, sur quoi je m'éloignai, le menton haut. Mais un obèse a du mal à se déplacer avec toute la majesté voulue, et je m'efforçai en vain de composer mon expression. Notre scène n'avait guère eu de témoins, du moins me le répétais-je ; nous n'avions crié ni l'un ni l'autre. Un coup d'œil derrière moi me permit de constater que Carsina avait disparu ; mais mon soulagement se dissipa quand je la vis monter en hâte les escaliers, le visage dans les mains. Ma propre sœur la suivait, et plusieurs femmes se retournèrent sur leur passage. En me traitant de tous les noms, je me demandai d'où m'étaient venues la rage qui m'avait saisi et les paroles ignobles que j'avais proférées.

J'aurais dû choisir de garder mon accablement et mon pitoyable espoir, me dis-je, furieux. De la salle de bal, je passai sur le balcon et, de là, je descendis les marches qui conduisaient au jardin. Il y faisait encore plus chaud qu'à l'intérieur ; la sécheresse jaunissait les buissons fleuris, et les jeunes arbres maigrelets ne projetaient quasiment aucune ombre. Mon col m'étranglait, ma veste m'étouffait. Comment avais-je pu me montrer aussi stupide ? Pourquoi avais-je voulu cette confrontation ? J'aurais dû laisser Carsina tranquille ; la prochaine fois, elle aurait retrouvé un homme mince, rien ne se serait produit d'irrattrapable, et elle se serait simplement reproché de m'avoir évité. A présent, mes paroles se dresseraient toujours entre nous. Je me demandai avec inquiétude si elle avait cherché refuge auprès de sa mère ; ma sœur l'accompagnait déjà. Laquelle aurait la pire influence en ce qui me concernait ?

Une haie dense derrière laquelle montait le bruit d'une fontaine offrait la promesse d'une retraite plus ombragée. A cause de la mauvaise conception du parc, je dus marcher quelque temps puis suivre un tournant de la haie avant de découvrir un petit portail, fermé mais non verrouillé. Je pénétrai dans le second jardin.

Là, on avait dépensé sans compter, et je m'étonnai de ne pas trouver la place bondée d'invités. Une allée pavée me conduisit par une spirale sinueuse vers le cœur du clos. Malgré la canicule qui durait depuis une semaine, les parterres foisonnaient de fleurs, les abeilles bourdonnaient parmi les roses pompon et se disputaient le nectar des hauts épis des lavandes. Le parfum des corolles et les arômes des herbes imprégnaient l'air immobile. Je longeai un bassin ornemental ; des nénuphars y ouvraient leurs pétales jaunes et charnus, et des poissons s'y changeaient d'ombres en éclairs brillants en passant sous leurs larges feuilles. Plus loin se dressait un colombier bâti à la semblance d'une petite chaumière pittoresque dont les nombreux occupants lissaient leur plumage en roucoulant ; ils prenaient le soleil dans la volière attachée à leur abri. Je m'arrêtai un moment, apaisé par les doux bruits qui m'entouraient, puis je suivis à nouveau les méandres du chemin qui menait à la fontaine centrale dont j'entendais les éclaboussures musicales.

Je n'y parvins pas. Une odeur pestilentielle frappa soudain mes narines, si forte que je faillis vomir, et je détournai le regard en même temps que je me couvrais de la main le nez et la bouche, incapable d'en croire mes yeux. L'autel était en marbre blanc mais du sang et de la fiente d'oiseau en souillaient le dessus ; une tige de bronze formait une arche au-dessus de l'autel, et il en pendait une sorte de lustre qui aurait pu être ravissant si ses bras ne s'étaient achevés non par des lampes, mais par des crocs sur chacun desquels on avait empalé une tourterelle. Au milieu de l'autel gisait un oiseau éventré, les entrailles répandues pour y lire l'avenir ; des traces de doigts sanglants maculaient ses plumes blanches. Un croas noir et blanc se tenait perché au sommet de l'arche de bronze ; à son bec pendait une guirlande d'intestins. Des mouches et des guêpes tournoyaient avec un bourdonnement sonore autour des cadavres d'oiseaux. Le tableau était monstrueux. Une des tourterelles mortes avait le plumage presque uniformément rouge, et ses entrailles sortaient de son anus déchiqueté par les oiseaux charognards. Comme je restais abasourdi devant ce spectacle, une goutte de sang visqueux éclaboussa l'autel.

Cette macabre mise en scène datait du jour même.

Une autre pensée, tout aussi glaçante, me vint : l'autel et le lustre aux crochets étaient installés à demeure. Porontë et les siens rendaient un culte aux anciens dieux de façon régulière, et j'avais devant moi une offrande de mariage ; selon toute vraisemblance, la femme de mon frère, sa mère et ses sœurs avaient sacrifié ces oiseaux pour célébrer les épousailles de Cécile.

Je croyais avoir touché le fond de l'horreur mais, alors que je contemplais le spectacle, pétrifié, l'impensable se produisit : un oiseau bougea brusquement sur son crochet. Ses ailes se mirent à s'agiter spasmodiquement, et le mouvement fit tourner légèrement le macabre carrousel. L'animal découvrit un œil terne et le fixa sur moi tout en ouvrant et en refermant le bec sans qu'un son s'en échappe.

Je ne pus le supporter.

Je dus me dresser sur la pointe des pieds pour l'atteindre, le bras tendu au risque de faire craquer les coutures de mes épaules. Je me haussai d'un sursaut, le saisis par une aile et tirai l'horrible manège vers moi. Quand je pus attraper l'oiseau à deux mains, je le désempalai avec l'intention de mettre fin à son supplice en lui tordant le cou, mais, avant que j'en eusse le temps, une ultime convulsion l'agita et il retomba inerte dans mes paumes. Je m'écartai de l'autel et contemplai mon pitoyable trophée. La colère que j'éprouvais à l'égard de Carsina se mua en fureur devant l'injustice de cette mort et de cette souffrance. Pourquoi cette petite créature devait-elle mourir sacrifiée en célébration d'un mariage ? Cette vie menue n'avait-elle donc aucune importance pour ces gens ? Elle ne connaîtrait jamais d'autre existence. « Tu n'aurais pas dû mourir. » Mon sang battait violemment dans mes veines, épaissi de rage. « Quelle cruauté de t'avoir tué ! A quelle famille mon frère nous a-t-il alliés ? »

L'oiseau ouvrit les yeux ; je faillis le lâcher de saisissement. Il secoua la tête puis déploya ses ailes. Je le laissai alors choir pour de bon, et, alors qu'il tombait, il se mit à battre frénétiquement des ailes ; l'une d'elles m'effleura tandis qu'il s'envolait, et il disparut dans le ciel en un clin d'œil. De petites plumes duveteuses de son cou restèrent collées à mes doigts ; j'agitai les mains, et elles s'éloignèrent en flottant dans l'air comme de minuscules fantômes. Je ne comprenais pas ce qui s'était passé. Je regardai l'horrible carrousel aux oiseaux morts puis le sang qui maculait ma paume ; avec répulsion, je l'essuyai sur le tissu sombre de mon pantalon. Comment l'animal avait-il pu survivre ?

Je restai trop longtemps perdu dans mes réflexions. Dans un buisson proche, un croas se mit subitement à pousser des craillements sonores ; il déploya ses ailes noir et blanc et ouvrit son bec rouge dans une attitude menaçante. Des caroncules orange pendaient à son cou déplumé ; charnues, elles tremblotaient comme des excroissances cancéreuses à chacun de ses cris.

Je reculai d'un pas mais il me défia encore de trois croassements aussitôt repris par quelques-uns de ses semblables perchés dans des arbres alentour. Tandis qu'ils donnaient ainsi l'alarme, je fis demi-tour et m'éloignai en hâte, l'esprit en ébullition ; entendre des histoires sur les sacrifices qu'exigeait le culte des anciens dieux était une chose, voir de ses propres yeux l'arbre aux charognes dressé pour leur plaire en était une tout autre.

Posse connaissait-il les croyances de son épouse ?

Et mon père ? Et ma mère ?

En respirant par la bouche, je pressai le pas et ne m'arrêtai qu'arrivé aux parterres de lavande que butinaient les bourdons somnolents. Pour me calmer, je humai longuement leur parfum. J'étais en sueur ; j'avais entrevu un secret obscur qui m'emplissait d'un sinistre pressentiment.

« Monsieur, vous vous trouvez dans un jardin privé, réservé à la méditation et au repos de la famille. Il est exclu des festivités. »

La femme portait la solide tunique brune, le pantalon et les sandales des jardiniers ; un chapeau de paille à large bord la protégeait du soleil, et un panier avec un plantoir pendait à son bras.

Etait-elle chargée d'enterrer les oiseaux ? Non ; d'après ce que je savais de ces cérémonies, les cadavres devaient rester en offrande jusqu'à ce que les éléments et les charognards les réduisent à l'état de squelettes. Je soutins son regard en m'efforçant de le déchiffrer ; elle me sourit poliment.

« Je crois que je me suis égaré, dis-je. »

Elle tendit l'index. « Suivez l'allée jusqu'au portail ; refermez le loquet derrière vous, je vous prie, monsieur. »

Elle savait. Elle savait que je ne m'étais pas égaré, elle n'ignorait rien du sacrifice et elle se doutait que j'avais vu l'autel. Elle me parcourut des yeux puis jugea manifestement que je ne présentais pas de danger.

« Merci de m'avoir aidé à retrouver mon chemin, répondis-je.

— A votre service, monsieur. »

Quelle courtoisie ! J'en avais la chair de poule. Je m'éloignai en tâchant de ne pas donner l'impression que je m'enfuyais. Au portail, je regardai par-dessus mon épaule : la femme m'avait suivi discrètement pour s'assurer que je ne revenais pas sur mes pas. Je levai la main et l'agitai d'un geste ridicule, comme pour lui dire au revoir. Elle se détourna en hâte. Je quittai le clos et fermai le portail derrière moi.

Mon premier élan, infantile, fut de courir trouver mon père pour lui rapporter ce que j'avais vu, et, si Posse et Cécile n'avaient pas échangé leurs vœux, peut-être y aurais-je cédé. Mais l'union avait déjà eu lieu, et mon père et ma mère avaient prêté des serments qui les liaient aux parents de Cécile. Il était trop tard pour les empêcher d'allier notre famille respectable au paganisme des Porontë. Je retraversai lentement le jardin en direction de la terrasse et jugeai préférable de me taire en attendant l'occasion d'aviser en privé mon père de ce que je savais. En tant que chef de notre maison, il déciderait de ce qu'il convenait de faire. Ce que j'avais vu lui suffirait-il pour contacter le Haut Temple de Tharès-la-Vieille et demander l'annulation du mariage ? Cécile et ses parents avaient pris le dieu de bonté à témoin de leurs serments ; les offrandes du jardin signifiaient-elles qu'ils ne se sentaient pas liés par ces promesses ? Avaient-ils affiché des sourires de façade et prononcé des formules vides ?

Sur la terrasse, on se reposait, on bavardait, et les femmes agitaient leurs éventails pour chasser la chaleur croissante du jour. Un sourire plaqué sur les lèvres, j'évitai de croiser le regard de quiconque, et nul ne m'adressa la parole.

L'orchestre jouait toujours dans la salle de bal et l'on dansait toujours sur la piste. Je me convainquis enfin qu'il ne servait à rien de ruminer l'affreuse scène que j'avais vue et qu'il valait mieux l'effacer de mon esprit en attendant de la soumettre au jugement de mon père. Les couples qui tournoyaient formaient un ravissant tableau, et j'avais retrouvé quasiment tout mon calme lorsque Carsina, apparemment tout à fait remise de notre entrevue, passa en coup de vent près de moi, une fois de plus dans les bras de Kase Remoire. Je me détournai et me rendis dans la salle à manger.

Le brouhaha des conversations y était presque aussi fort que la musique dans la pièce voisine. Des domestiques s'affairaient à remplacer les plats vides, à remplir les verres, à servir les invités, à emporter les assiettes sales et à disposer des couverts propres. Les arômes culinaires m'assaillirent ; mon estomac fit un bond de carpe et ma faim devint une douleur aiguë qui me remonta le long de la gorge. Je restai un instant immobile à ravaler ma salive. Le petit déjeuner prudent que j'avais pris le matin n'avait nullement adouci l'insulte que mes journées de jeûne avaient infligée à mon organisme, et j'avais l'impression d'être capable de nettoyer à moi tout seul une table garnie.

Les gens circulaient entre les tables et, tout en bavardant, se servaient d'un fruit ici, d'une friandise là, d'une pâtisserie un peu plus loin. Je ne pouvais pas me faire confiance, je le savais, aussi m'installai-je sur une chaise sans personne à proximité puis j'attendis qu'un domestique me remarque enfin, ce qui me parut une éternité. « Puis-je vous apporter quelque chose, monsieur, ou préférez-vous faire votre choix vous-même ? »

J'avalai ma salive puis dus prendre une grande inspiration ; le vide qui occupait mon ventre m'élançait douloureusement. « Pourriez-vous me donner une petite part de viande, un morceau de pain et peut-être un verre de vin ? »

Il sursauta comme si je lui avais jeté de l'eau glacée à la figure. « Rien d'autre, monsieur ? demanda-t-il avec sollicitude. Ou bien voulez-vous que je vous apporte une sélection de mets ? » Il me parcourait des yeux comme s'il jugeait ma requête incongrue.

« De la viande, du pain et un verre de vin, rien de plus ; ça me suffira, assurai-je.

— Eh bien, si vous êtes sûr... Seulement de la viande, du pain et du vin ?

— Exactement. Merci. »

Il s'éloigna rapidement et je le vis appeler un sous-fifre auquel il me désigna du doigt en lui transmettant ma commande. L'autre me regarda et ses yeux s'agrandirent ; puis il eut un large sourire, s'inclina obséquieusement et s'en alla en hâte. Je pris conscience que j'avais les doigts crispés sur le bord de la table et croisai les mains sur mes genoux. Manger ! J'en avais tellement besoin que j'en tremblais. L'urgence de ma faim et l'intensité avec laquelle je percevais les odeurs m'effrayèrent, et je me demandai soudain si ce terrible appétit était naturel. Malgré mon jeûne, mes vêtements me serraient toujours davantage ; comment pouvais-je grossir alors que je ne mangeais pas ? Un épouvantable soupçon me vint alors : subissais-je les effets de l'intrusion de la femme-arbre dans mon existence ? Je revis l'image de mon « autre moi » dans son monde, pansu et les jambes épaisses ; en le réintégrant en moi, avais-je aussi inscrit ces attributs dans ma chair ?

C'était impossible. Je ne croyais pas en la magie, je refusais obstinément d'y croire, comme un soldat gravement blessé refuse de croire à l'amputation qui l'attend. J'adressai une prière au dieu de bonté : *Si c'est de magie que je souffre, enlevez-la de moi ; sauvez-moi d'elle, extirpez-la de ma vie !*

J'avais vu tourner le Fuseau-qui-danse ; il m'avait emporté puis j'avais assisté à son immobilisation. Ne croyais-je pas à ces événements ? Je songeai à la sous-ventrière de Siraltier qui s'était détendue. Toutefois, en moi, l'homme moderne et rationnel s'interrogeait : ne me trompais-je pas moi-même ? Mon poids excessif ne pouvait-il expliquer le relâchement de la sangle ? Si l'arrêt de la rotation du Fuseau signait la fin de la magie des Plaines, tous les hommes de la cavalla n'en seraient-ils pas affectés ?

Je résolus de demander au sergent Duril s'il n'avait pas eu de problèmes avec ses boucles de sangle dernièrement, puis je poussai un soupir : je n'aurais pas le courage de l'affronter pour l'interroger. J'avais déçu mon vieux mentor et, par certains côtés, cela constituait plus un échec personnel que les désillusions de mon père. Et quand allait donc arriver ce que j'avais commandé à manger ? La faim m'envahissait à nouveau et chassait toute autre pensée de mon esprit.

Cependant s'approchèrent de ma table, non le domestique, mais mes parents. Je ne les avais pas vus entrer dans la salle. Mon père prit la chaise voisine de la mienne et ma mère la suivante. Je me rassurai en voyant leur expression : apparemment, ils n'avaient pas encore eu vent de mon affrontement avec Carsina. Un employé de maison les suivait avec leurs assiettes garnies ; quand il les disposa devant eux, de somptueux parfums flottèrent jusqu'à mes narines et je crus m'évanouir.

Mon père se pencha pour me chuchoter d'un ton agacé : « N'en fais pas trop, Jamère ; tu dois manger au moins un peu pour montrer que tu apprécies la chère préparée pour le mariage. En restant assis au buffet sans rien devant toi, tu donnes l'impression de réprouver cette union, et tu insultes notre hôte. D'ailleurs, le dieu de bonté nous préserve, le voici avec son épouse. »

Ils n'auraient pas pu plus mal choisir leur moment. Sire et dame Porontë ne venaient pas dîner ; ils déambulaient seulement de table en table, saluaient les invités qui les félicitaient et les complimentaient de la réception. Ils s'approchèrent de nous en souriant, alors que je mourais littéralement de faim à leur banquet. J'aurais voulu disparaître dans un trou de souris.

Dame Porontë s'arrêta près de nous, le visage affable, puis prit l'air perplexe en remarquant l'absence d'assiette devant moi. Comme si elle s'adressait à un enfant, elle me demanda d'un ton enjôleur : « N'avez-vous donc rien trouvé qui vous tente, Jamère ? Peut-être puis-je vous faire préparer quelque chose par le cuisinier ?

— Oh, je vous remercie infiniment, mais non, dame Porontë ! Tout était si appétissant et sentait si bon que j'ai préféré ne pas choisir moi-même ; je pense que le domestique ne va plus tarder. »

Et survint alors l'ultime coup porté à ma dignité et à l'orgueil de mon père : le serviteur arriva en effet, mais avec un plat dans chaque main – non deux assiettes, mais deux plats garnis à en déborder. Sur l'un, on avait entassé des viandes de toutes sortes, du jambon, un demi-poulet fumé, des tranches de bœuf si fines qu'on eût dit des volants plissés, des côtelettes d'agneau fondant, chacune surmontée d'une cuillerée tremblotante de gelée à la menthe, et un pâté en croûte aux épices ; sur l'autre se trouvait l'exact opposé du simple morceau de pain que j'avais demandé : deux croissants, un petit pain au lait, deux gaufres, des tranches de pain de seigle dont la couleur sombre contrastait avec celle, plus claire, de son cousin au blé, et des boulettes de pâte servies sur une louchée d'onctueux jus de viande. Avec le sourire triomphant de celui qui vient d'accomplir un grand exploit, le domestique disposa les plats devant moi puis s'inclina, très satisfait de lui-même. « N'ayez crainte, monsieur, je sais comment il convient de servir un homme tel que vous ; ainsi que vous l'avez commandé, rien que de la viande et du pain. Je vous apporte tout de suite votre vin, monsieur. » Il s'inclina derechef et m'abandonna, cerné par les victuailles.

Tout en contemplant l'amoncellement culinaire d'un air effaré, je devinais l'horreur de mon père devant cette exhibition éhontée de ma gourmandise. Abasourdie, mon hôtesse s'efforçait d'arborer un air ravi. Le pire était que je me savais capable de consommer tout, jusqu'à la dernière miette, avec le plus grand plaisir. J'en avais tant l'eau à la bouche que je dus avaler ma salive à plusieurs reprises avant de pouvoir parler. « Il y en a beaucoup trop ; je n'avais demandé qu'un peu de viande et de pain. »

Mais le serviteur avait déjà disparu. Je ne parvenais pas à détacher mon regard des plats et je savais que nul autour de la table ne me croyait.

« Voyons, nous fêtons un mariage ! fit enfin dame Porontë. Et un mariage se célèbre par l'abondance ! »

Elle n'avait assurément que d'excellentes intentions ; elle me voyait sans doute gêné de posséder un appétit aussi mal discipliné et de manifester une telle gloutonnerie à sa table et ne cherchait qu'à me mettre à l'aise, mais elle me plaçait en réalité dans une position sociale très singulière : à présent, si je ne mangeais qu'une petite portion des plats, ne donnerais-je pas l'impression que je dédaignais son hospitalité ou que je jugeais son cuisinier sans talent ? Je ne savais plus que faire.

« Tous ces mets me paraissent absolument merveilleux, surtout après l'ordinaire de l'Ecole », dis-je sans bien savoir où j'allais. Je ne pris pas ma fourchette. J'aurais voulu que ceux qui m'entouraient disparaissent comme par magie : je ne me sentais pas capable de manger devant eux. Mais je ne pouvais non plus refuser de goûter aux plats.

Comme s'il lisait dans mes pensées, mon père déclara d'un ton glacé : « Je t'en prie, Jamère, ne te gêne pas à cause de nous ; profite de cet alléchant buffet.

— Mais oui, faites donc ! » renchérit notre hôte. Je me tournai brièvement vers lui mais ne pus déchiffrer son expression.

« Votre domestique s'est montré trop généreux, repris-je, hésitant. Il m'a servi beaucoup plus que je ne lui en demandais. » Puis, craignant d'apparaître discourtois, j'ajoutai : « Mais il pensait sûrement me faire plaisir. » Je pris mes couverts et jetai un coup d'œil à mes parents. Ma mère tâchait de sourire comme si de rien n'était ; elle coupa un petit morceau de viande sur son assiette et le mangea.

Je piquai une des boulettes qui nageaient dans le jus de viande et la portai à ma bouche. Un mets digne des dieux ! La pâte fine et fondante s'entourait d'une couche extérieure amollie par la sauce savoureuse. Je reconnus un goût de céleri émincé, d'oignon attendri ainsi que l'arôme d'une feuille de laurier délicatement mijotée dans le jus de viande épaissi. Jamais je n'avais eu tant conscience des sensations que procure l'acte de manger ; il ne s'agissait pas seulement des goûts ni des odeurs, mais du léger salé du jambon opposé au contraste du pâté en croûte épicé avec la brioche qui l'entourait. On avait préparé le croissant au beurre, et j'en sentais le feuilleté comme une pluie délicate de flocons de neige sur ma langue. On avait laissé longuement saigner le poulet de grain avant de le mettre à rôtir au-dessus d'un feu à épaisse fumée afin de le parfumer et de préserver l'humidité de la chair. Le pain de seigle avait une consistance délicieuse, à la fois tendre et dense ; je l'accompagnai de vin, et le domestique vint remplir mon assiette. Je mangeai.

Je mangeai comme jamais auparavant. Je perdis toute conscience de mes voisins et du tourbillon de la fête, je ne songeai plus à ce que pouvait penser mon père ou éprouver ma mère, je ne me souciai pas que Carsina pût venir à passer et s'horrifier de mon appétit : je mangeai, et je n'ai jamais oublié le bonheur intense de cet exquis repas au sortir d'un long jeûne. Absorbé dans un plaisir profondément charnel, je remplis mes réserves avec une immense satisfaction sans prêter attention à rien d'autre. J'ignore combien de temps il me fallut pour vider les deux plats et s'il y eut des conversations autour de moi pendant cette période. A un moment donné, sire et dame Porontë échangèrent une plaisanterie avec mes parents puis allèrent se mêler aux autres invités ; je m'en aperçus à peine, l'âme consumée par le plaisir simple et absolu de manger.

Je ne redevins sensible à la réalité qu'une fois les deux plats vides. Mon père, assis près de moi, observait un silence de pierre ; ma mère souriait et lui tenait des propos insipides dans le vain espoir de préserver l'image d'un couple en pleine conversation. Ma ceinture me serrait. En moi, la gêne le disputait à l'envie pressante de me lever pour me rendre à la table des confiseries : malgré ce que je venais de consommer, je salivais encore à l'arôme de vanille tiède et sucrée qui flottait dans l'air et au parfum des petites pâtisseries fourrées aux fraises aigrelettes.

« As-tu terminé, Jamère ? » Mon père avait posé la question si doucement qu'un autre l'aurait crue empreinte de bienveillance.

« Je ne sais pas ce qui m'a pris, dis-je, penaud.

— Ça s'appelle la goinfrerie », répondit-il durement. Il maîtrisait parfaitement son expression ; tout en s'adressant à moi à voix basse, il parcourut la salle des yeux puis salua de la tête une connaissance avant de me regarder à nouveau, toujours souriant. « Jamais tu ne m'as fait aussi honte. Détestes-tu donc ton frère ? Cherches-tu à m'humilier ? Que veux-tu, Jamère ? Echapper à ton devoir militaire ? Crois-moi, tu n'y parviendras pas. Je trouverai toujours le moyen de t'obliger à suivre la voie que t'a tracée le destin. » Il tourna la tête et adressa un signe de la main à une autre de ses relations. « Je te préviens : si tu refuses de prendre soin de toi, tant physiquement que moralement, de gagner un poste d'officier par tes études et d'épouser une demoiselle de la noblesse, eh bien, tu pourras t'engager comme simple fantassin. Mais tu t'engageras, Jamère ; tu t'engageras. »

Seuls ma mère et moi pouvions percevoir le venin qui perçait dans sa voix. Elle avait les yeux très grands et le teint blême ; je me rendis compte soudain qu'elle craignait mon père et qu'en cet instant sa peur atteignait son paroxysme. Il lui jeta un bref regard. « Prenez congé, madame, et quittez cette scène si elle vous met mal à l'aise ; je vous y autorise. »

Elle obéit avec une expression d'excuse à mon intention. Les yeux empreints d'angoisse, elle se plaqua néanmoins un sourire ravi sur les lèvres, se leva et nous fit un petit signe de la main, comme si elle regrettait de devoir nous abandonner un moment, puis elle traversa rapidement la salle et sortit.

Je me forçai moi aussi à sourire tout en maudissant la peur insidieuse que m'inspirait mon père. « Je vous ai dit la vérité, père : j'avais demandé au domestique de m'apporter seulement un peu de pain et de viande. Mais, une fois devant cette abondance de nourriture, alors que dame Porontë se trouvait là, que pouvais-je faire ? Dédaigner le festin qu'ils partageaient avec nous ? Prétendre que rien ne me convenait et renvoyer les plats ? Ce domestique m'a placé en porte à faux et je me suis efforcé de me tirer du mieux possible de ce mauvais pas. Qu'aurais-je dû faire, dites-moi ?

— Si tu avais pris sur toi de te servir un repas frugal au lieu d'attendre qu'on te l'apporte comme un fils héritier de l'ancienne noblesse, rien ne serait arrivé.

— Si j'avais eu le don de prescience, je n'y aurais pas manqué », répliquai-je sèchement. Dans le silence abasourdi qui suivit ma réponse, je me demandai d'où elle m'était venue.

De stupéfaction, le sourire de mon père s'effaça brusquement. Je fus tenté de voir un éclair de respect dans ses yeux avant qu'il ne les étrécisse ; il prit une inspiration comme pour parler puis poussa un grognement de mépris. « Ce n'est ni le lieu ni l'heure, mais je te promets que je te demanderai des comptes là-dessus. Pour le reste de la journée, évite de parler et ne mange rien. Il ne s'agit pas d'une suggestion, Jamère, mais d'un ordre. M'as-tu bien compris ? »

Une dizaine de réponses me vinrent à l'esprit, mais seulement après que j'eus acquiescé sèchement de la tête, qu'il eut écarté sa chaise et m'eut quitté. Les deux plats vides posés sur la table me reprochaient ma gourmandise. Il restait une gorgée de vin dans mon verre ; je songeai avec amertume que mon père ne m'avait pas interdit de boire, et je le finis.

Le soir venu, quand je remontai sur le banc à côté du conducteur de notre voiture pour le trajet de retour, j'étais plus imbibé d'eau-de-vie qu'un fruit en conserve ; mais, naturellement, on considérait ce comportement comme acceptable et civilisé de la part d'un fils militaire. Nul ne m'en fit même reproche.

6

Correspondances

JE M'EFFORÇAI DE RESTER INVISIBLE pendant les journées de fête qui s'ensuivirent chez nous, mais je n'eus pas la partie facile : je devais participer aux dîners et, dans une maison pleine d'invités, il m'était difficile d'éviter toute rencontre. L'aspect le plus désagréable de cette période provenait de la présence des Grenaltère, qui séjournaient chez nous, car ma sœur Yaril et Carsina me rabrouaient en toute occasion : si j'entrais dans une pièce où elles se trouvaient, elles en sortaient aussitôt avec une expression de dédain. J'en bouillais d'exaspération, d'autant plus qu'elles ne me laissaient jamais la possibilité de leur rendre la pareille. J'avais beau me répéter que vouloir assener mon indifférence à Carsina était un comportement infantile, au fond de mon cœur je brûlais de la blesser autant qu'elle avait meurtri mon amour-propre. Je me rabattais sur mon journal de fils militaire où je décrivais avec une précision impitoyable chacune de nos interactions.

Posse et Cécile avaient déjà entrepris leur voyage de noces : ils devaient descendre la Téfa jusqu'à Tharès-la-Vieille, où le frère de mon père donnerait une réception en leur honneur ; la jeune épousée avait deux tantes et trois oncles dans la capitale, à l'inspection desquels Posse devrait se soumettre pendant plusieurs semaines avant que les nouveaux mariés ne reviennent s'installer dans les appartements prévus pour eux dans notre résidence familiale. Je les plaignais de devoir commencer leur vie commune sous le toit de mon père : à coup sûr, il ne leur accorderait guère d'intimité et encore moins d'autonomie.

Entre lui et moi, la guerre était désormais déclarée. Il se montra poli avec moi tant que des invités restèrent chez nous mais, dès leur départ, il ne dissimula plus son mécontentement. Le soir même, alors que la paix aurait dû régner dans la maison, il m'assena comme autant de coups de fouet la liste de mes manquements en tant que fils sans jamais me laisser le loisir de m'expliquer. Au bout de quelque temps, je puisai un calme glacial dans des tréfonds que j'ignorais posséder et je refusai de lui donner aucune réponse. Il finit par me renvoyer, furieux, et je regagnai directement ma chambre où je passai la plus grande partie de la nuit à regarder le plafond, bouillant de rage. Il voulait me voir à ses pieds comme un chiot qu'on vient de punir et se moquait de ce que je pouvais dire pour ma défense ? Parfait ! Il n'entendrait strictement rien de ma part.

Dès lors, notre conflit se déroula dans le silence. J'évitais la compagnie de mon père ; quand ma mère voulait bavarder avec moi, je parlais de l'Ecole, de mes enseignants, de mes amis et de la famille de mon oncle, mais je me taisais sur mon embonpoint et l'hostilité qui m'opposait à mon père. Seul, je retrouvais mes retraites d'autrefois le long du fleuve et je pêchais. Je comptais les jours qui me séparaient de la fin de ces « vacances » et de mon retour à mes études.

L'animosité glacée entre mon père et moi le rendait irritable avec toute la famille. Elisi cherchait refuge dans sa musique et ses livres, Yaril avait souvent les yeux rougis à force de pleurer : mon père l'avait sévèrement réprimandée d'avoir joué les « coquettes éhontées » avec Kase Remoire. A l'évidence, il n'y avait pas eu d'offre de mariage entre les deux familles, et, libre de tout engagement, Kase avait dansé, dîné et bavardé avec nombre de jeunes filles éligibles lors du mariage de Posse. A mon avis, il suivait simplement sa pente naturelle, mais Yaril m'en tenait pour responsable. J'aurais pu me venger en rapportant à mon père que je l'avais vue embrasser Remoire avant mon entrée à l'Ecole mais, malgré ma colère et ma peine, je savais qu'elle aurait à supporter des conséquences bien plus lourdes que n'en méritait sa sottise ; en outre, en taisant ce secret, j'égratignais un peu plus mon père. Il croyait tout savoir sur sa famille et la manière de diriger la vie de ses enfants mais, en réalité, il ne nous connaissait pas du tout.

Vanze passa quelques jours à rendre visite à des amis de la région puis, quand il fut temps pour lui de regagner le séminaire, je pris un moment pour lui faire mes adieux en privé et lui exprimer mes vœux de succès. Nous avions déjà vécu si longtemps séparés que je ne trouvai pas grand-chose de plus à lui dire ; nous étions deux étrangers que seuls unissaient les liens du sang.

Ma mère avait espéré que je passerais au moins encore une semaine à la maison mais, trois jours après le départ des derniers invités, je n'avais plus qu'une hâte : retourner à l'Ecole. Elle avait repris les chutes qui restaient de mes tenues militaires d'origine et, à grand-peine, avait réussi à élargir mon pantalon et ma veste. Nettoyé, brossé, mon uniforme paraissait en parfait état ou quasiment. Elle l'empaqueta soigneusement dans un emballage de papier fort qu'elle ferma par une ficelle, puis m'avisa de ne pas le porter pendant mon voyage de retour afin d'avoir un costume propre et ajusté pour reprendre mes cours. Sa sollicitude m'émut. Alors qu'elle me tendait le colis et que je rassemblais mon courage pour lui révéler mon intention de partir dès le lendemain matin, un des employés de mon père se présenta, venant de Port-Burvelle, avec un paquet de courrier plus volumineux que d'ordinaire. Comme toujours, ma mère entreprit de faire le tri dans la correspondance, et je la regardai sans rien dire en attendant l'occasion propice pour lui parler.

« Une lettre de l'Ecole pour ton père – sans doute encore une invitation à donner une conférence. Ah ! Voici deux, non, trois billets pour toi ; on a biffé l'adresse de l'Ecole et on te les a envoyés ici au lieu de les garder sur place ; curieux ! Ces enveloppes-ci doivent contenir des invitations à l'intention de Posse et Cécile pour leur retour de voyage de noces. Ah, et une lettre de Carsina pour Yaril ! Elles s'écrivent beaucoup depuis quelques mois. »

Je ne lui prêtais plus qu'une oreille distraite depuis qu'elle m'avait tendu mon courrier. La première enveloppe était en papier d'excellente qualité, gorge-de-pigeon, mais je restai surtout frappé par le nom de l'expéditeur : Caulder Stiet. Il m'écrivait de Villeneuve : il vivait donc chez son oncle chercheur. Aveuglé par l'orgueil, son père avait rejeté son fils militaire que la peste avait réduit à l'ombre de lui-même, tant physiquement que moralement. Bien que l'enfant jouât les mouches du coche auprès de tous les élèves de la nouvelle noblesse qui, moi le premier, le considéraient comme un véritable fléau, je n'en méprisais pas moins le colonel Stiet de sa décision ; il avait littéralement donné son fils à son frère puîné pour qu'il en fasse un érudit au lieu d'un soldat. Quelle immoralité ! Je secouai la tête et m'intéressai à mes deux autres lettres.

L'une venait d'Epinie, l'autre de Spic ; je trouvai curieux qu'ils m'écrivent séparément : en général, ma cousine me favorisait d'une longue missive à laquelle son époux ajoutait un simple post-scriptum. J'examinai les enveloppes ; toutes trois avaient été adressées à l'Ecole, où on les avait fait suivre jusque chez moi. Je fronçai les sourcils : pourquoi Rory se fatiguait-il à me transmettre mon courrier ? Je n'allais pas tarder à rentrer.

Poussé par la curiosité, j'ouvris d'abord la lettre de Caulder. Il n'avait pas fait de progrès en calligraphie. Dans son billet très court et très poli, il me disait que son oncle étudiait les pierres et s'intéressait beaucoup à celle que je lui avais donnée ; aurais-je la bonté de leur envoyer une carte détaillée de la région où je l'avais trouvée ? Il m'en serait extrêmement obligé et demeurait mon très dévoué Caulder Stiet. Le front plissé, je me demandai à quel jeu ou à quelle méchante farce j'avais affaire ; nous nous étions séparés en termes courtois mais je n'avais aucune confiance en ce petit fouineur et ne me sentais guère enclin à lui rendre service. J'aurais volontiers jeté sa missive si elle n'en avait renfermé une seconde, de la main de son oncle, rédigée avec grand soin sur un papier très onéreux, dans laquelle il m'expliquait qu'il se livrait à l'étude de la géologie et des minéraux, et que ma pierre présentait un mélange d'éléments tout à fait passionnant. Si je voulais bien accéder à la requête de Caulder, il me serait très reconnaissant du temps et des efforts que cela me demanderait. Je mis la lettre de côté avec un grognement agacé. Je ne devais rien à Caulder et encore moins à son oncle ; je ne la jetai pas au panier uniquement parce que le colonel Stiet et ma tante Daraline étaient amis : si je me montrais grossier, cela risquait de retomber sur mon oncle Sefert, envers lequel j'avais une dette de courtoisie. Bien ; je répondrais à Caulder, mais plus tard.

J'ouvris ensuite la lettre de Spic. Les premières phrases m'emplirent d'effroi.

La peste ocellionne est arrivée à Font-Amère. Epinie va très mal et je crains pour sa vie.

Les feuilles m'échappèrent des mains et tombèrent par terre. Le cœur battant la chamade, je saisis la lettre d'Epinie et l'ouvris fébrilement. Je reconnus aussitôt son écriture, peut-être un peu plus griffonnée que d'habitude, et lus les premières lignes.

J'espère que la missive de Spic ne t'a pas trop inquiété. L'eau des sources a opéré de véritables miracles

Les mains toujours tremblantes, je ramassai les feuilles éparses de la lettre de Spic puis me rendis au salon avec mon courrier. J'ouvris les rideaux, pris place dans un fauteuil, disposai les enveloppes sur une table basse et entrepris de les ranger chronologiquement. La lettre de Spic était arrivée à l'Ecole plusieurs jours avant celle d'Epinie, mais on les avait postées ensemble. Soulagé de mes pires craintes, je m'assis pour les lire dans l'ordre.

Spic m'exposait des nouvelles terribles, et même la missive d'Epinie qui prouvait qu'elle avait survécu ne parvenait pas à les éclipser. Il ignorait comment la peste avait pu parvenir jusqu'à leur petit bourg de Font-Amère : nul n'avait signalé d'Ocellions dans la région, ni même de personnes malades. Pour sa part, il avait continué à se remettre du mal, lentement mais régulièrement, avec des crises de fièvre et des suées nocturnes de temps en temps, et il croyait avoir laissé l'horrible fléau loin derrière lui à Tharès-la-Vieille. Un petit groupe de Nomades installés près de Font-Amère avait succombé le premier ; la peste avait ravagé leur petite communauté, vite réduite de dix-sept familles à sept seulement, et, avant que quiconque eût le temps d'identifier le fléau, il s'était propagé. Deux des sœurs de Spic avaient été contaminées ; Epinie avait tenu à les soigner en affirmant qu'ayant survécu à la peste elle y avait sans doute acquis une immunité. Elle se trompait. A la date où Spic m'avait envoyé sa lettre, ses sœurs et son épouse se trouvaient au plus mal et l'on n'espérait pas qu'elles se rétablissent. Il assistait sa mère qui s'efforçait de pourvoir à leurs besoins, mais il craignait qu'elle ne s'épuise et ne succombe au mal à son tour. Il tâchait de s'occuper d'Epinie aussi fidèlement qu'elle l'avait choyé pendant sa maladie.

Quelle terrible ironie que le mal qui a contribué à nous rapprocher risque à présent de nous séparer à jamais ! Il m'a été très pénible d'écrire à son père pour le mettre au courant de son déclin. Je te le dis sans mentir, Jamère : si elle meurt, la meilleure part de moi-même mourra aussi ; je ne pense pas que j'aurai le courage de continuer sans elle. Dans un ultime effort pour la sauver ainsi que mes sœurs, nous allons recourir à des pratiques qui, selon ma mère, « relèvent quasiment de la superstition » : je vais les emmener toutes les trois aux fameuses sources amères et à leurs eaux prétendument curatives. Prie pour nous.

Sa lettre s'achevait là.

J'écartai sa missive déchirante pour me jeter avidement sur celle d'Epinie. Elle écrivait dans son style habituel, décousu et très agaçant pour qui, comme moi, voulait simplement savoir comment chacun se portait ; néanmoins, je fis un effort pour la lire lentement et avec attention.

Mon cher cousin,

J'espère que la missive de Spic ne t'a pas trop inquiété. L'eau des sources a opéré de véritables miracles. J'avais déjà contracté la peste par le passé, bien que sous une forme plus bénigne, et, de ce fait, je me rendais compte peut-être plus clairement que quiconque de la gravité de mon état. Mon cousin, je ne pensais pas survivre ! Je ne me rappelle pas le trajet en chariot jusqu'aux sources ni même la première fois où l'on m'y a immergée ; il paraît que Spic m'a portée dans ses bras jusque dans l'eau ; là, il a posé sa main sur ma bouche, pincé mes narines puis m'a entraînée avec lui sous la surface, où nous sommes restés aussi longtemps qu'il a pu retenir sa respiration. En ressortant, il a administré le même traitement à chacune de ses sœurs. D'autres personnes du domaine qui nous avaient accompagnés l'ont imité.

On a ensuite dressé le camp, monté des lits pliants sous le vaste ciel bleu et transformé la prairie qui borde les sources en infirmerie de plein air. Le premier soir où j'ai repris connaissance, j'ai déjà constaté une amélioration de mon état ; néanmoins, je me suis montrée une patiente difficile et têtue, et le pauvre Spic a dû me maintenir couchée de force et m'obliger à boire une grande quantité d'eau des sources. Ah, quel goût épouvantable et quelle odeur pire encore ! Ma fièvre n'était pas complètement tombée ; j'ai insulté ce malheureux Spic et j'ai griffé son cher visage en remerciement de ses efforts, puis j'ai sombré à nouveau dans le sommeil – mais un sommeil profond, un vrai sommeil. A mon réveil, déjà beaucoup mieux, j'ai exigé d'apprendre le nom de celle qui l'avait ainsi griffé, afin de me venger d'elle ! Je me suis sentie toute penaude quand j'ai entendu la réponse !

Nous avons bivouaqué près des sources presque une semaine ; chaque jour, nous nous forcions à boire leur eau détestable et nous nous en servions pour faire quasiment toute la cuisine. Quand j'ai pris conscience du bien qu'elle me faisait, j'ai exigé de Spic qu'il partage le même traitement. Jamère, tu n'imagines pas le changement qui s'est alors opéré en lui ! Je n'irai pas jusqu'à dire qu'il a retrouvé toute sa vigueur d'antan, mais il a commencé à manger de meilleur appétit, à marcher d'un pas plus assuré et surtout, en ce qui me concerne, ses yeux ont retrouvé leur éclat et il rit plus souvent. Il parle déjà de retourner à l'Ecole, de reprendre ses études et sa carrière. Ah, pourvu qu'il puisse réaliser ce rêve !

Et maintenant il faut que je te dise...

« Qu'est-ce que ça signifie ? » Le hurlement de fureur et de détresse mêlées que poussa mon père détourna mon attention de la lettre d'Epinie. Je levai les yeux et le vis qui me regardait d'un œil noir dans l'encadrement de la porte du salon. Il fonça sur moi comme un cheval de combat en pleine charge ; dans une main, il tenait une grande enveloppe frappée du sceau de l'Ecole, dans l'autre plusieurs feuillets qu'il me brandit sous le nez. Il avait le visage empourpré de colère, les veines saillaient à ses tempes, et je n'aurais pas été étonné de lui voir de l'écume aux lèvres quand il reprit : « Explique-moi ceci ! Essaie donc de te justifier, espèce de petit vaurien !

— Si vous me laissiez voir ce dont il s'agit, j'y parviendrais peut-être », dis-je. Naturellement, bien que ce ne fût nullement mon intention, ma réponse sonna comme une impertinence.

De rage, il leva la main comme pour me gifler. Je me forçai à ne pas fléchir et à le regarder dans les yeux, la tête droite, en attendant le coup. Mais, avec un grondement exaspéré, il me jeta une lettre entre les mains. Je réussis à la rattraper avant qu'elle ne tombe au sol ; elle portait l'en-tête de l'Ecole mais n'émanait pas du colonel Rébine : je reconnus l'écriture du docteur Amicas. Il avait inscrit en haut de la page, au centre et en grandes lettres « Réforme honorable pour raisons médicales ». J'en restai bouche bée.

« Qu'as-tu fait ? Toutes ces années d'instruction avec les meilleurs enseignants que j'ai pu te trouver ! Toutes ces années à m'efforcer de t'imprégner de valeurs, à t'apprendre l'honneur ! Pourquoi, Jamère ? Pourquoi ? Où ai-je péché ? »

J'avais du mal à lire pendant qu'il tempêtait ainsi. Je parcourus la feuille du regard, et des phrases me sautèrent aux yeux : *Des séquelles de sa maladie... peu probable qu'aucun traitement opère... risque d'empirer avec le temps... incapable d'exécuter les tâches normales d'un officier de la cavalla... éviction de l'Ecole royale de cavalerie... ne pourra sans doute jamais servir de façon satisfaisante dans aucune branche de l'armée à aucun niveau...*

Et, en bas de page, la signature que je connaissais bien et qui me condamnait à une existence inutile, à la charge de mon frère et sous le poids du mépris de mon père. Je me rassis lentement, le document entre les mains. Le bourdonnement dans mes oreilles fit resurgir le souvenir incongru du Fuseau et de sa danse sans fin ; j'avais la bouche sèche et ne pouvais prononcer un mot. Mon père n'avait pas ce problème ; il continuait de flétrir sans ménagement mon irresponsabilité, mon laisser-aller, ma stupidité, mon égoïsme et mon irréflexion. Je me remis soudain à respirer et me rappelai comment on articule.

« Je ne comprends pas, père ; franchement, je ne comprends pas.

— Il s'agit de la fin de ta carrière, imbécile ! De ton avenir qui n'existe plus et de l'humiliation de ta famille ! Une réforme médicale pour cause d'embonpoint excessif : voilà de quoi il s'agit ! Maudit sois-tu, Jamère ! Maudit sois-tu. Tu n'as même pas réussi à échouer avec dignité. Perdre ta carrière parce que tu n'as pas pu t'empêcher de te goinfrer ! Que nous as-tu fait ? Que penseront de moi mes anciens camarades quand je leur enverrai un fils militaire pareil ? »

Il se tut enfin ; ses mains tremblaient, crispées sur le reste de mon dossier. Il prenait mon renvoi comme un échec personnel, une atteinte à son amour-propre, à sa dignité, à l'honneur de sa famille. Il ne songeait pas un instant à mes sentiments. Debout près de la fenêtre, dos à moi, il lut rapidement les papiers qu'il tenait, les feuilles penchées vers la lumière. Je l'entendis pousser un petit grognement comme s'il venait de recevoir un coup, puis, un peu plus tard, il eut une sorte de hoquet de surprise. Il se retourna vers moi, les documents toujours tendus devant lui. « Répugnant ! s'exclama-t-il vivement. Je pouvais redouter bien des conduites ignobles de la part d'un fils, mais ça ! Ça !

— Je ne comprends pas », répétai-je stupidement. Pourquoi le médecin ne m'avait-il rien dit avant mon départ ? Dans un éclair d'espoir fou, je me demandai si je n'étais pas victime d'une erreur, si Amicas n'avait pas rédigé cette décharge au plus fort de ma maladie ; mais un coup d'œil à la date de la lettre réduisit ce rêve à néant. Le bon docteur l'avait signée plusieurs jours après que j'avais quitté l'Ecole. « C'est incompréhensible, fis-je, plus à part moi qu'à l'intention de mon père.

— Vraiment ? Eh bien, c'est expliqué ici noir sur blanc ! Lis toi-même ! » Il quitta la fenêtre et, tout en se dirigeant vers la porte d'un pas furieux, il me jeta les papiers à la figure, geste qui ne lui procura nulle satisfaction car aucun ne m'atteint : ils tombèrent en voletant autour de lui. La petite bourrasque de la porte qu'il claqua violemment derrière lui les agita légèrement. Je me penchai pour les ramasser avec un grognement d'effort : mon ventre me gênait et la ceinture de mon pantalon m'étranglait la taille. Le front plissé, je rassemblai laborieusement les feuilles et constatai qu'il s'agissait du compte rendu de nos séances avec le docteur Amicas et de tout mon dossier de l'Ecole, y compris médical.

Je déposai le tout sur la table et entrepris d'y faire le tri. Curieux : tous ces documents traitaient de moi, de ma santé et de mes résultats, or, pour la plupart, je ne les avais jamais vus. Je découvris ainsi une copie de la missive accusatrice que le colonel Stiet avait envoyée à mon père à la suite de l'incident avec l'élève-lieutenant Tibre, puis, à ma grande surprise, une lettre de recommandation du capitaine Hure où il disait que je manifestais une indépendance de réflexion exceptionnelle dans ses cours de génie et de dessin technologique, et laissait entendre que je servirais au mieux la cavalla royale en tant qu'éclaireur à la frontière. Etait-ce cela qui avait mis mon père dans tous ses états ? Je continuai à parcourir les papiers et trouvai mes relevés d'examens : je n'avais que des notes exemplaires, assurément à la hauteur de ses attentes ; mais, naturellement, je n'espérais pas qu'il le reconnaîtrait.

Mon dossier médical se révéla épais ; je n'avais pas imaginé que le docteur Amicas m'étudiait avec tant de soin. Il avait tenu un journal de ma maladie, d'abord avec pléthore de détails puis, à partir du quatrième jour, alors que les élèves tombaient comme des mouches, victimes de la peste, ses annotations se réduisaient à : « Fièvre persiste. Essayé de lui faire boire de l'eau mentholée pour abaisser sa température. » A la fin du dossier, je trouvai des notes sur mon rétablissement, puis d'autres qui suivaient l'accroissement de mon poids et de ma corpulence, avec diagramme à l'appui : la courbe montait de façon indéniable. La colère de mon père venait-elle de là ? Il le savait désormais, j'avais menti en affirmant que le médecin pensait mon obésité passagère. Confronté à l'évidence, je sentis soudain l'accablement me saisir : la courbe n'hésitait pas, et elle grimpait depuis que ma fièvre était tombée. Le médecin s'y attendait-il ? Jusqu'à quand se poursuivrait cette ascension ? Combien de temps pouvait-elle humainement continuer ?

Parmi les dernières feuilles, je découvris ce qui me damnait aux yeux de mon père. Le document n'était pas de la main du docteur Amicas ; mon nom ainsi qu'une date figuraient en tête de la feuille ; en dessous, une série de questions qui éveillaient des échos étrangement familiers dans mes souvenirs. Sous chacune d'elles, un assistant avait noté ma réponse.

Avez-vous participé à la Nuit noire de Tharès-la-Vieille ?

Oui.

Y avez-vous bu ou mangé ?

Oui.

Qu'avez-vous mangé ? Qu'avez-vous bu ?

Pommes de terre, marrons, brochette. L'élève nie avoir bu.

Y avez-vous rencontré des Ocellions ?

Oui.

L'élève insiste particulièrement sur une Ocellionne. « Magnifique. »

Avez-vous eu des contacts de quelque sorte que ce soit avec un ou plusieurs Ocellions cette nuit-là ?

Elève évasif.

Vos contacts ont-ils compris des relations sexuelles ?

L'élève nie. Poursuite de l'interrogatoire. Elève évasif. Il reconnaît finalement un contact sexuel.

Abasourdi, je lus et relus les mots qui me condamnaient. C'était faux ! Je n'avais rien fait ; je n'avais pas eu de rapport sexuel avec une Ocellionne durant la Nuit noire et je n'avais assurément rien avoué de tel à l'assistant. Je me le rappelais vaguement, silhouette sombre découpée sur l'éclat trop vif d'une fenêtre ; il me harcelait pour que je réponde alors que j'avais la gorge sèche, la bouche pâteuse et que la migraine me martelait la tête.

« Oui ou non, monsieur ? Dites oui ou non ; avez-vous eu un contact sexuel avec une Ocellionne ? »

Pour qu'il me laisse tranquille, j'avais répondu, mais je ne savais plus quoi. De toute façon, je n'avais jamais entretenu de rapport sexuel avec une Ocellionne – du moins dans ma vraie vie ; je n'avais couché avec la femme-arbre que dans mes rêves de fièvre, et il ne s'agissait que d'illusions.

Enfin, c'est ce qu'il me semblait.

Je secouai la tête. J'avais de plus en plus de mal à délimiter l'exacte frontière entre ma véritable existence et les étranges phénomènes dont je faisais l'expérience depuis que Dewara le Kidona m'avait exposé à la magie des Plaines. Dans sa transe médiumnique, Epinie m'avait confirmé que j'avais bel et bien subi une séparation en deux personnalités, dont l'une séjournait dans un autre monde ; j'avais accepté de la croire parce que je pensais cette dichotomie révolue. J'avais recouvré la partie de moi-même que j'avais perdue et l'avais réintégrée en moi ; je supposais que ma moitié ocellionne se fondrait à ma vraie individualité et que leurs contradictions cesseraient de m'incommoder.

Mais, de façon récurrente, ce double étrange faisait intrusion dans ma vie sous des aspects de plus en plus destructeurs pour moi. Je l'avais reconnu alors que je gisais allongé aux côtés de la fille de ferme, et il avait triomphé au Fuseau-qui-danse. C'était ce Jamère-là, me semblait-il, ce « Fils-de-soldat » dont Carsina avait fait les frais de la colère intransigeante ; j'avais identifié sa présence à la rage qui battait dans mon sang ; il avait eu le courage de libérer la tourterelle du crochet sacrificiel, et je le percevais encore chaque fois que je trouvais les mots pour contrer mon père depuis le mariage. Son influence ne m'assagissait pas, mais il avait la capacité de rassembler mon courage, voire ma témérité, pour m'inciter brusquement à m'affirmer. Au contraire de moi, il adorait l'affrontement. Je secouai la tête ; en cela, il était plus le fils de mon père que moi. Toutefois, je devais le reconnaître, il m'avait fourni des intuitions précieuses en certaines occasions. Il partageait ma conscience la première fois où j'avais vu une vraie forêt lors de mon trajet vers Tharès-la-Vieille, et j'avais ressenti sa colère devant le spectacle des oiseaux sacrifiés pendant le mariage de Posse. Dans les moments de calme, sa vision de la nature remplaçait la mienne ; un arbre qui se balançait au vent, un oiseau qui chantait, et, pendant le bref instant que durait son influence, ces perceptions se mêlaient à mon être d'une façon que le fils de mon père ne comprenait pas. Je ne niais plus l'existence de mon double ocellion mais je m'efforçais de l'empêcher de prendre les rênes de mon existence quotidienne.

Cependant, je ne pouvais méconnaître mon changement d'apparence ni l'exclure de ma réalité de tous les jours ; en tant qu'élément de ma « vraie » vie, il m'apparaissait incongru. Les rigueurs de mon trajet de retour et le jeûne que j'avais observé auraient dû me faire perdre du poids ; mais non : j'avais encore grossi. Avais-je contracté la peste parce que j'avais rêvé de rapports charnels avec une Ocellionne ? Devais-je mon obésité à la maladie ? Si tel était le cas, je ne pouvais plus nier que la magie envahissait désormais toutes les facettes de mon existence. L'espace d'un vertigineux instant, je vis la magie régnant sans partage sur mon destin.

Je reculai devant ce précipice, terrifié par cette perspective. Pour quelle raison étais-je victime de ce sort ? Comme si j'exécutais une démonstration mathématique, je remontai jusqu'aux prémices des changements qui s'opéraient en moi, jusqu'au point où ma route avait dévié de l'avenir qu'on m'avait promis pour s'engager dans le présent cauchemardesque que je vivais, et je vis alors à quel moment j'avais perdu la maîtrise de mon existence. Aussitôt, je connus l'identité du coupable.

Mon père.

Je sentis les remords qui me rongeaient s'immobiliser, tout comme le Fuseau-qui-danse avait cessé de tourner. Cette seule pensée qui désignait le responsable jetait une lumière complètement nouvelle sur les événements que j'avais vécus depuis mon expérience avec Dewara. « Ce n'était pas ma faute », dis-je tout bas, et ces mots me firent l'effet d'un baume apaisant sur une blessure brûlante. Je regardai la porte du salon ; mon père l'avait refermée derrière lui. Mû par une impulsion puérile, je m'adressai néanmoins à lui : « Ce n'était pas ma faute, père, mais la vôtre ; c est vous qui m'avez mis sur ce chemin. »

Ma satisfaction d'avoir trouvé quelqu'un à accuser fut de courte durée : rejeter le blâme sur mon père ne résolvait rien. Abattu, je me laissai aller contre mon dossier. Peu importait qui m'avait placé dans cette situation : je m'y trouvais, un point, c'est tout. Je contemplais mon corps disgracieux qui remplissait le fauteuil ; la taille de mon pantalon s'enfonçait dans mon ventre. Avec un soupir puis un grognement d'effort, je la repoussai jusqu'en dessous de ma bedaine. J'avais vu des soldats âgés et ventrus laisser déborder ainsi leur panse à bière par-dessus leur ceinture, et je comprenais maintenant pourquoi : c'était plus confortable.

Je me redressai sur mon siège et rassemblai les pièces de mon dossier. En m'efforçant de les replacer dans l'enveloppe, je découvris une nouvelle lettre entre deux feuilles. Je la tirai à moi.

Elle m'était adressée, de la main du docteur Amicas. Dans un accès de rage infantile, je la jetai par terre. Que pouvait-il m'infliger de pire que la déchéance qu'il m'avait imposée ?

Mais, après l'avoir longuement regardée sans bouger, je me penchai non sans mal, la ramassai et l'ouvris.

Il commençait par « Cher Jamère » ; non « Monsieur Jamère ». Seulement « Jamère ». Je serrai les dents un moment puis poursuivis ma lecture.

A mon grand regret, j'ai dû obéir à ce que me dictait la nécessité. Je vous en prie, songez que vous faites l'objet d'une réforme honorable, sans rien d'infamant. J'imagine néanmoins qu'en cet instant vous me détestez, à moins qu'au cours des semaines passées depuis notre dernière entrevue vous n'ayez accepté le fait que votre organisme se comporte de façon extrêmement anormale et que vous souffrez d'un mal invalidant dont vous devrez apprendre à vous arranger. Il s'agit hélas d'un défaut rédhibitoire en ce qui concerne l'armée.

Vous avez su accepter que vos camarades dont la peste a brisé la santé doivent renoncer à leur espoir de devenir officiers de la cavalla ; je vous demande à présent de voir votre propre affliction sous le même jour. Vous êtes tout aussi inapte au service qu'Espirek Kester.

Aujourd'hui, vous croyez peut-être que votre vie est finie ou qu'elle ne vaut plus la peine d'être vécue ; j'implore le dieu de bonté de vous donner la force de voir qu'il existe d'autres voies dignes d'intérêt à emprunter. J'ai pu constater votre intelligence ; la mettre en pratique n'exige pas toujours un physique irréprochable. Tâchez de vous dire que vous pouvez encore mener une existence utile et appliquez votre volonté à y parvenir.

Il ne m'a pas été facile de prendre cette décision. Vous me saurez gré, je le souhaite, de l'avoir retardée le plus longtemps possible en espérant contre tout espoir que mon diagnostic se révélerait erroné. Mes recherches et mes lectures m'ont conduit à découvrir trois autres cas qui, bien qu'étudiés de façon succincte, indiquent que votre réaction à la peste constitue un phénomène rare mais non unique.

Vous n'y éprouvez sûrement aucune inclination à l'instant où vous me lisez, mais je vous conjure de rester en contact avec moi ; l'occasion s'offre à vous de transformer votre infortune en bénéfice pour la science médicale. Si vous acceptiez de noter chaque semaine votre gain de poids et de corpulence en parallèle avec votre consommation de nourriture, et vouliez bien m'envoyer ces relevés tous les deux mois, votre apport serait d'une grande utilité pour mon étude de la peste et de ses manifestations symptomatiques après le stade de la maladie proprement dite. En cela, vous pourriez servir votre roi et l'armée car, j'en ai la conviction, les plus petites bribes de renseignements que nous réunissons sur ce fléau deviendront les munitions qui nous serviront à le vaincre.

Dans la lumière du dieu de bonté,

Dr Jakib Amicas.

Je repliai soigneusement la lettre alors que je n'avais qu'une envie : la déchirer en petits morceaux. Quel toupet ! Anéantir mes espoirs puis me proposer d'employer mon temps à soutenir ses ambitions en lui détaillant, courbes à l'appui, mon malheur ! A gestes très lents, méticuleux, je remis en ordre les lettres et les documents puis les glissai à nouveau dans leur enveloppe. Quand j'eus fini, je contemplai le paquet, cercueil de mes rêves.

Je ne parvins pas à terminer la lettre d'Epinie, qui se perdait dans des descriptions sans fin de sa nouvelle vie avec Spic. Elle aimait s'occuper des poules et ramasser les œufs tièdes dans la paille. Tant mieux ; je m'en réjouissais pour elle : au moins, elle avait encore un avenir devant elle, même s'il se passait au milieu des poules. Je pris la liasse de papiers, quittai le salon et gravis à pas lents l'escalier qui menait à ma chambre.

Les jours suivants, j'errai comme un fantôme dans ma maison natale, perdu dans un tunnel sans fin de noir désespoir. Cette existence faite de tâches répétitives et dépourvues d'intérêt dépeignait parfaitement mon avenir, et je n'avais rien d'autre à espérer. Je me cachais de mon père, et mes sœurs se faisaient un devoir de m'aider à les éviter. Un jour, comme je croisais Yaril dans un couloir, une expression de dégoût lui tordit la bouche et la colère envahit son regard ; je la dévisageai, horrifié : jamais elle n'avait autant ressemblé à mon père. Ostensiblement, elle écarta ses jupes de moi et pressa le pas pour entrer dans la salle de musique ; elle claqua la porte derrière elle.

J'eus envie de l'acculer dos au mur et de lui demander depuis quand je m'étais transformé en individu répugnant et infréquentable. Pendant notre enfance, je lui passais tous ses caprices et la protégeais souvent du courroux paternel ; sa trahison me blessait plus qu'aucune autre. Je fis deux pas vers la porte.

« Jamère. »

Surpris par la voix douce de ma mère, je pivotai sur place.

« Laisse-la tranquille, Jamère », poursuivit-elle dans un murmure.

Dans un élan irraisonné, je retournai ma rage contre elle. « Elle se conduit comme si elle prenait mon poids pour une insulte personnelle, sans penser un instant à la souffrance qu'il m'inflige ni à ce que j'ai perdu à cause de lui. Croit-elle que je le fais exprès ? Croyez-vous vraiment que mon apparence me plaît ? »

Emporté, j'avais fini par crier. Néanmoins, ma mère répondit à mi-voix. « Non, Jamère, je ne le crois pas. » Elle planta ses yeux gris dans les miens, petite mais droite comme un i, dans la posture qu'elle adoptait lorsqu'elle affrontait mon père. A cette idée, ma colère s'enfuit de moi comme l'eau d'une outre trouée et j'éprouvai une sensation plus que de vide : d'impuissance, d'humiliation devant l'humeur à laquelle je m'étais laissé aller.

Elle dut le percevoir. « Viens, Jamère ; allons parler un peu au calme. »

Je hochai lourdement la tête et lui emboîtai le pas.

Evitant le salon de musique et celui où Elisi étudiait de la poésie, elle me conduisit dans une petite salle de prière adjacente à la partie de la chapelle familiale réservée aux femmes. Je gardais un vif souvenir de cette pièce, même si je n'y avais plus pénétré depuis mon enfance, à l'époque où je me trouvais sous la garde exclusive de ma mère.

Elle n'avait pas changé : un banc de pierre en forme de demi-cercle faisait face au mur de méditation ; à une extrémité du banc, un petit brasero toujours entretenu brûlait sans fumée ; à l'autre dormait un bassin d'eau placide. Une peinture représentant les bienfaits du dieu de bonté couvrait le mur de méditation, dont les niches accueillaient les offrandes d'encens ; dans deux d'entre elles, des bâtons brasillaient déjà, dont l'un, vert sombre et parfumé à la menthe, parvenait à son terme dans une niche décorée comme un panier de moisson, offrande pour de bonnes récoltes. Un gros cône noir quasiment consumé diffusait une fragrance anisée dans l'alcôve dédiée à la bonne santé, près de la tête d'un enfant.

Avec l'efficacité d'une femme habituée à tenir une maison, ma mère saisit le bloc d'encens anisé à l'aide d'une paire de pinces noires dévolue à cette tâche et le transporta jusqu'au bassin ; il siffla quand elle le plongea dans l'eau, puis elle observa un moment de silence révérencieux pendant qu'il tombait lentement au fond du bac. Elle prit un chiffon blanc sur une pile de tissus soigneusement pliés et s'en servit pour nettoyer méticuleusement la niche.

« Choisis la prochaine offrande, Jamère », me dit-elle pardessus son épaule ; elle souriait et je faillis lui rendre son sourire : enfant, je me disputais toujours avec mes sœurs pour avoir le privilège de choisir. J'avais oublié à quel point j'y attachais de l'importance.

Il y avait un meuble spécial dont les cent petits tiroirs contenaient chacun un encens d'un parfum particulier. Devant sa façade aux sculptures complexes, je réfléchis à celui sur lequel j'allais jeter mon dévolu, puis demandai soudain : « Pourquoi une offrande pour la bonne santé ? Qui est malade ? »

Elle parut surprise. « Mais... pour toi, naturellement ; afin que tu guérisses de ce que tu t'es... de ce qui t'arrive. »

Je la regardai sans savoir si je devais m'émouvoir de sa sollicitude ou m'agacer de sa confiance en des prières et de ridicules offrandes parfumées pour m'aider. Je pris soudain conscience que je jugeais en effet ses offrandes ridicules , c'était de la comédie, de la religion confite dans l'habitude, un sacrifice qui nous coûtait si peu qu'il n'avait plus de valeur. Une question me vint alors : en quoi faire brûler un bloc de poudre végétale mêlée à de l'huile pouvait-il intéresser le dieu de bonté ? Quelle divinité maquignonne et imbécile adorions-nous, qui dispensait ses bienfaits en échange d'un peu de fumée ? J'eus tout à coup l'impression que ma vie oscillait sur des fondations érodées ; je n'aurais même pas su dire quand j'avais cessé d'avoir foi en ces petits gestes ; elle avait disparu, voilà tout. La protection du dieu de bonté se dressait naguère entre les ténèbres et moi, mais ce que je prenais pour une muraille n'était qu'un rideau de dentelle.

La commode aux multiples casiers, sculptée avec minutie, dorée, laquée, avait autrefois à mes yeux l'aspect d'un coffre lumineux et plein de mystère. « Ce n'est qu'un meuble, dis-je tout haut. Un ensemble de tiroirs remplis de blocs d'encens. Mère, rien là-dedans ne peut me sauver ; j'ignore par quel remède guérir mon mal. Si je le connaissais, je n'hésiterais pas un instant à l'employer ; j'accepterais même d'immoler des animaux si j'y voyais une solution. La famille de Cécile

Porontë le fait. » Je n'en avais encore jamais parlé à personne ; depuis le mariage, je n'avais éprouvé aucune envie d'en discuter avec mon père.

Ma mère pâlit puis elle me reprit avec circonspection : « Cécile est une Burvelle aujourd'hui, Jamère. Elle s'appelle Cécile Burvelle. » Elle me contourna et ouvrit le tiroir à sauge – la sauge pour la sagesse. Elle prit une brique d'encens verdâtre, grosse comme le poing, et la porta au brasero rituel ; en le tenant à l'aide de pinces d'argent, elle le posa sur les braises endormies sur lesquelles, courbée, elle souffla pour les ranimer. Une mince volute de fumée odorante s'éleva, et un coin du bloc de sauge s'éveilla au baiser rouge des braises. Sans me regarder, ma mère transporta l'encens jusqu'à la niche dédiée à la bonne santé où elle le déposa avec précaution.

Elle resta un moment immobile, en prière. Par habitude, j'eus envie de me joindre à elle, et je regrettai soudain de ne pas en être capable, l'âme sèche et vide de foi. Nulle parole de louange ni de supplication ne me venait ; je n'éprouvais que du désespoir. Quand ma mère se détourna de la fresque, je lui demandai : « Vous saviez que les Porontë adorent les anciens dieux, n'est-ce pas ? Père le sait-il ? »

Elle secoua la tête avec impatience. J'ignore si elle répondait à ma question ou si elle l'écartait. « Cécile fait partie désormais de notre famille, déclara-t-elle. Ses actes passés ne comptent plus ; elle priera le dieu de bonté avec nous tous les sixdi, et ses enfants feront de même.

— Avez-vous vu les oiseaux sacrifiés ? fis-je brusquement. Avez-vous vu ce carrousel macabre dans leur jardin ? »

Elle fit la moue en s'asseyant sur le banc qu'elle tapota ensuite pour me faire signe de prendre place à ses côtés. J'obéis à contrecœur et elle dit à mi-voix : « Ils m'ont conviée au sacrifice. La mère de Cécile nous a envoyé une invitation, à tes sœurs et à moi ; elle avait pris soin de voiler ses propos, mais je les ai compris à demi-mot, et nous sommes arrivées trop tard – exprès. » Elle se tut un instant puis reprit avec conviction : « Ne t'inquiète pas de cela, Jamère. Je ne crois pas qu'ils adorent vraiment les anciens dieux ; il s'agit plutôt d'une tradition, d'une convenance familiale à respecter, non d'une véritable croyance. Les femmes de leur famille ont toujours fait de telles offrandes, et Cécile a offert le Présent de la mariée à Orandula, le dieu des équilibres. Les oiseaux sont sacrifiés au croas charognard, incarnation d'Orandula ; on tue ses créatures et on les lui offre pour nourrir ses semblables ; là réside l'équilibre. Celle qui accomplit le sacrifice espère ne perdre aucun enfant ni à la naissance ni au berceau.

— Echanger des oiseaux morts contre des enfants vivants vous paraît-il logique ? » demandai-je. Puis j'ajoutai avec rudesse : « Trouvez-vous raisonnable de faire brûler un bloc d'encens pour obliger le dieu de bonté à exaucer nos désirs ? »

Elle leva vers moi un regard étrange. « Voilà de curieuses questions pour un fils militaire, Jamère ; mais peut-être les poses-tu parce que tu es né pour devenir soldat. Tu appliques la logique de l'homme à une divinité, or notre raison et nos règles ne peuvent contenir le dieu de bonté, mon fils ; au contraire, ce sont les siennes qui nous renferment. Nous ne sommes pas des dieux et nous ignorons ce qui leur plaît. Les Saintes Ecritures nous ont été données afin que nous adorions le dieu de bonté comme il lui agrée au lieu de lui faire des offrandes propres à plaire à un homme. Pour ma part, je m'en réjouis ; imagine une divinité qui agirait comme les humains : qu'exigerait-elle d'une nouvelle épousée en échange d'enfants à venir ? Quel prix pourrait-elle te demander comme récompense pour te rendre ta beauté perdue ? Serais-tu prêt à le payer ? »

Elle s'efforçait de me pousser à réfléchir, mais ses derniers mots me piquèrent au vif. « Ma beauté ? Ma beauté perdue ? Je ne vous parle pas de vanité, mère ! Je suis emprisonné dans cette énorme enveloppe sans pouvoir rien y changer malgré tous mes efforts. Je ne puis enfiler mes bottes ni quitter mon lit sans qu'elle m'embarrasse. Comment pouvez-vous vous croire capable d'imaginer ce que j'éprouve à me retrouver captif de ma propre chair ? »

Elle se tut quelques instants puis un mince sourire étira ses lèvres. « Tu ne te souviens pas de l'époque où j'attendais Vanze et Yaril ; tu étais trop petit. Tu ne te rappelles peut-être même pas à quoi je ressemblais avant la naissance de mes deux derniers enfants. » Elle leva les bras comme pour m'inviter à la contempler. Je la regardai puis détournai aussitôt les yeux. Le temps et les grossesses l'avaient empâtée, mais c'était ma mère et elle en avait l'apparence. Il me semblait me remémorer vaguement une femme plus jeune à la silhouette plus fine qui me pourchassait en riant dans le jardin nouvellement planté, lors de nos premières années à Grandval. Et je gardais le souvenir de l'époque où elle attendait Yaril, surtout la lourdeur de sa démarche et ses chevilles enflées.

« Mais ça n'a rien à voir ! répliquai-je. Changer avec le temps fait partie de la vie, mais ce qui m'arrive n'a rien de naturel. J'ai l'impression d'avoir enfilé un déguisement de la Nuit noire et de ne pas pouvoir l'enlever. Vous ne voyez plus que mon aspect, tous autant que vous êtes, père, Yaril et même vous, et vous en oubliez qu'à l'intérieur je reste Jamère ! Seul mon physique a changé, mais on me traite comme si je n'étais rien d'autre que ces couches de graisse qui m'emprisonnent ! »

Ma mère garda le silence quelques instants. « Tu as l'air très en colère contre nous, Jamère.

— Evidemment ! Qui réagirait autrement à ma place ? »

Encore une fois, elle se tut quelques secondes avant de déclarer d'un ton patient : « Peut-être devrais-tu diriger ta colère contre ton véritable ennemi afin de consolider ta volonté de te reprendre en main.

— Ma volonté ? » Mon exaspération s'embrasa de nouveau. « Mère, la volonté n'a rien à y voir ! Je m'impose une discipline sans faille, je travaille du matin au soir, je mange moins que pendant mon enfance, et je continue néanmoins à grossir. Père vous a-t-il parlé de la lettre du docteur Amicas ? Le praticien pense que cette prise de poids anormale résulte de la peste ; dans ce cas, qu'y puis-je ? Si j'avais survécu à la petite vérole, nul ne me reprocherait d'avoir le visage grêlé ; si la peste ocellionne m'avait laissé tremblant et décharné, on ferait preuve de compassion envers moi ; or je souffre moi aussi des séquelles d'une maladie mais on m'en méprise. » Quel accablement de découvrir que ma mère elle-même ne comprenait pas ce que je vivais ! J'avais espéré que mon père expliquerait mon surpoids comme un problème médical à ma famille et aux parents de Carsina, mais il n'avait rien dit à personne. Rien d'étonnant à ce que Yaril ne me manifeste nulle commisération. Si ma mère, ma plus ancienne et indéfectible alliée, m'abandonnait, je me retrouverais seul face à mon destin.

Elle me dépouilla de son dernier soutien en s'adressant à moi comme si j'avais sept ans et que je fusse sous le coup d'une illusion manifeste.

« Jamère, je t'ai vu à table au mariage de Posse ; comment peux-tu prétendre manger moins qu'un enfant ? Ce que tu as dévoré aurait suffi à n'importe qui pour une semaine.

— Mais... » J'avais l'impression qu'elle m'avait coupé le souffle d'un coup de poing dans la poitrine. Son regard posé me transperçait avec douceur.

« J'ignore ce qui t'est arrivé à l'Ecole, mon fils, mais il ne sert à rien de t'en cacher derrière une enceinte de graisse. Je ne sais rien de la lettre du médecin à ton père, mais j'ai vu ta façon de manger et je sais qu'elle peut induire un excès de poids comme le tien.

— Vous ne croyez tout de même pas que je bâfre ainsi à tous les repas ! »

Elle garda son calme. « Ne crie pas, mon fils ; je suis ta mère. Pourquoi te dissimulerais-tu de nous chaque fois que nous passons à table sinon parce que tu as honte de ta gourmandise ? Et tu as raison ; je prends cette honte pour un signe positif. Mais, au lieu de chercher à voiler ta faiblesse, tu dois la maîtriser, mon chéri. »

Je me dressai brusquement de toute ma taille et, pour la première fois de ma vie, je vis de la peur sur le visage que ma mère levait vers moi. Elle savait que je pouvais l'écraser.

J'articulai nettement chaque mot : « Je ne suis pas un goinfre, mère. Je n'ai rien fait pour mériter ce sort ; mon état relève de la médecine, et votre piètre opinion de moi me blesse et m'insulte. »

Avec toute la dignité qui me restait, je fis demi-tour et m'éloignai.

« Jamère ! »

Il y avait des années qu'elle n'avait plus prononcé mon prénom sur ce ton ; son inflexion eut sur ma hargne l'effet du fer sur la magie. Malgré que j'en eusse, je me retournai vers elle. Ses yeux brillaient de larmes et de colère à la fois.

« Tout à l'heure, tu as dit que rien dans cette pièce ne pouvait te sauver. Tu te trompes. Tu es mon fils et je te sauverai, moi ! J'ignore ce qui provoque ce changement chez toi mais je m'y opposerai ; je ne reculerai pas, je ne m'enfuirai pas et je ne renoncerai pas. Je suis ta mère et, tant que je vivrai, il en restera ainsi. Aie confiance en moi, mon fils ; moi, je crois en toi et je ne te laisserai pas détruire ta vie. Détourne-toi de moi aussi souvent que tu le voudras, tu me trouveras toujours à tes côtés. Je ne t'abandonnerai pas, je te le jure, mon fils. »

Je la regardai. Elle se tenait droite comme une épée et, malgré les larmes qui roulaient sur ses joues, sa force irradiait d'elle. Je voulais croire qu'elle pouvait me sauver ; combien de fois, pendant mon enfance, elle était venue se placer entre son époux et moi pour me protéger de la colère de mon père ! Véritable boussole de ma vie, elle avait toujours su me guider et affermir mon pas. Je ne pouvais lui faire qu'une réponse. « Je ferai un effort, mère. » Et je m'en allai en la laissant avec sa fumée, son encens et son dieu de bonté.

En quittant la pièce, je me savais plus seul que jamais. En dépit des bonnes intentions de ma mère, je devrais mener sans l'aide de personne mon combat pour reprendre possession de ma vie. Elle m'avait donné le jour, elle ne manquait pas de force, mais la magie infectait mon sang et, elle aurait beau s'y opposer, elle ne parviendrait pas à me guérir. La magie s'était emparée de moi et il me faudrait la combattre seul. Je me rendis dans ma chambre.

Je n'y trouvai rien pour me consoler. Mon courrier m'attendait toujours sur mon bureau ; j'aurais voulu m'asseoir pour y répondre, mais je n'avais pas le cœur de m'y atteler. Mon lit gémit quand je m'allongeai ; je parcourus du regard les murs nus, les meubles sans fioritures et l'unique fenêtre. La pièce avait toujours été austère, dotée du strict nécessaire en matière de confort, destinée à former un enfant à la sévérité de la vie militaire ; à présent, j'y voyais une cellule de prison où je passerais le restant de mes jours. Chaque soir, je me coucherais seul, chaque matin je me lèverais pour obéir aux ordres de mon père, et, à sa mort, je devrais me plier à l'autorité de Posse. Que pouvais-je espérer d'autre ? Dans un éclair d'infantilité, je songeai à m'enfuir ; je me vis sur Siraltier, lancé au grand galop vers l'est, vers la fin de la Route du roi et les montagnes qui s'élevaient au-delà. L'enthousiasme m'envahit et, l'espace d'un instant, j'envisageai sérieusement de m'en aller dans le courant de la nuit ; ce projet fou faisait cogner mon cœur dans ma poitrine. Puis le bon sens me revint et je m'étonnai de cet élan ridicule. Non, pas question de renoncer tout de suite à mon rêve. Tant que je pourrais compter sur la confiance de ma mère, je resterais, je résisterais à la magie et m'efforcerais de reprendre les rênes de ma vie. Sur cette résolution, je fermai les yeux et, sans le vouloir, sombrai dans un profond sommeil.

Je ne rêvai pas. La conscience qui m'imprégnait n'avait pas plus de rapport avec le songe que l'état de veille avec le sommeil. La magie fermentait en moi comme la levure dans la pâte à pain ; je la sentais s'animer, grandir, enfler dans mes veines ; elle tirait des forces de mon organisme, tourbillonnait dans ma chair, puisait dans les réserves qu'elle avait accumulées en cas de besoin. Avec une inquiétude croissante, je me rendis compte que ces sensations ne m'étaient pas inconnues ; la magie avait déjà levé la tête en moi et elle avait opéré. Qu'avait-elle fait, à mon insu et sans mon consentement ? Je me remémorai le jeune homme à bord de la janque et sa chute après notre altercation ; et il ne s'agissait là que d'un cas parmi d'autres.

Le pouvoir accumulé faisait quelque chose.

Les langues que je parlais ne possédaient pas de termes pour le décrire. Mon corps pouvait-il crier un mot en silence ? La magie pouvait-elle, alors qu'elle résidait ailleurs que dans le monde physique, donner un ordre par mon biais si bien que, quelque part, son désir se réalisait ? C'était en tout cas l'impression que j'avais. Je sentais vaguement qu'un événement s'était mis en branle, un premier événement qui déclencherait toute une succession de réactions. Sa tâche achevée, la magie retomba et redevint calme comme un lac en moi ; une vague de fatigue me submergea et je sombrai dans un sommeil épuisé.

A mon réveil, le soleil avait disparu derrière l'horizon. J'avais dormi toute la fin de la journée. Je me levai sans bruit et descendis l'escalier à pas de loup. J'entendis la voix stridente de mon père dans son étude ; comme Posse ne se trouvait pas à la maison, je me demandai qui il admonestait ainsi. Peu après, je perçus la voix douce de ma mère qui lui répondait. Ah ! Je passai rapidement cette porte puis celle de la salle de musique où Elisi jouait un air mélancolique sur sa harpe. Le jeune homme, au mariage de Posse, n'avait pas fait d'offre sur elle ; en portais-je la responsabilité ? Un miasme de malheur baignait la maison et j'en étais la source. J'arrivai à la porte et sortis dans la nuit.

Je m'aventurai dans le jardin familier plongé dans la pénombre et finis par m'asseoir sur un banc. Je ne savais où aller ni quoi faire ; le bac cessait ses transbordements le soir, je ne pouvais donc traverser le fleuve pour gagner Port-Burvelle, et j'avais lu depuis longtemps la plupart des livres de la bibliothèque familiale. Je n'avais pas de projets, pas d'amis chez qui me rendre. J'y voyais un avant-goût du reste de ma vie : je passerais mes journées à des tâches manuelles dans la propriété puis mes nuits à errer sans but ; je serais une ombre dans ma maison d'enfance, un fils accessoire, inutile, et rien de plus.

Je secouai la tête pour en chasser cette mélancolie ridicule. Je rajustai mon pantalon, quittai le jardin et me rendis aux communs. Mon père avait fait construire un bâtiment réservé aux domestiques mâles, séparé du corps de la maison, dont ma mère se plaignait qu'il ressemblât plus à une caserne qu'à un logement pour la domesticité. Elle avait raison, et mon père l'avait fait exprès, j'en avais la conviction. Sur un côté, une porte donnait sur un long dortoir pour les saisonniers ; sur l'autre façade s'ouvraient les appartements des couples mariés et les chambres des travailleurs résidents. Je me dirigeai vers la porte du sergent Duril ; curieusement, malgré toutes les années où il m'avait dispensé son enseignement, je n'y avais frappé que cinq ou six fois.

J'hésitai un instant. En dépit de tout ce que je savais de l'homme qui m'avait tout appris, il restait de nombreuses zones d'ombre : était-il seulement éveillé ? A moins qu'il ne se trouve à Port-Burvelle ? Finalement, je me traitai de sot et de lâche, et je toquai fermement.

Silence derrière la porte. Enfin j'entendis une chaise racler le sol puis des pas approcher ; l'huis s'ouvrit et la lumière d'une lampe se déversa dans la nuit. Duril haussa les sourcils à ma vue. « Jamère, c'est bien toi ? Qu'est-ce qui t'amène ? »

Il était en maillot de corps et en pantalon, sans ses bottes : il s'apprêtait à se coucher. Je me rendis compte que je le dépassais en taille ; je n'en avais pas pris conscience jusque-là, trop habitué à le voir à cheval. Il n'avait pas son chapeau et sa large tonsure au sommet de son crâne me surprit. J'évitai de la regarder tandis que lui évitait de regarder mon ventre. Je m'efforçai de trouver un sujet de conversation autre que l'affreuse solitude que j'éprouvais et mon accablement à l'idée de ne jamais retourner à l'Ecole.

« La boucle de votre sous-ventrière s'est-elle dégrafée ces derniers temps ? » lui demandai-je.

Il plissa les yeux une seconde, puis je vis sa mâchoire tomber comme si la réalité venait de lui sauter aux yeux. « Entre, Jamère », dit-il en s'écartant.

Sa chambre lui ressemblait tout à fait. Un fourneau ventru trônait dans un angle, mais, en cette saison, nul feu n'y brûlait ; un fusil gisait, démonté, sur la table ; il avait une bibliothèque mais, au lieu de livres, elle contenait son bric-à-brac de tous les jours. Des cailloux de forme ou de couleur intéressante se mêlaient à des remèdes bon marché contre les douleurs du dos et des pieds, une sculpture de grenouille porte-bonheur côtoyait un gros coquillage et une chouette empaillée, et une chemise capitonnée en mal de raccommodage attendait à côté d'une bobine de fil. Par une porte ouverte, j'entrevis son lit parfaitement fait dans la pièce voisine. Une chambre nue digne d'une existence nue, me dis-je avant de froncer le nez en m'apercevant qu'elle avait plus de caractère que la mienne. Je m'imaginai à la place du sergent Duril, bien des années dans l'avenir, sans épouse, sans enfants, chargé d'instruire un fils militaire qui ne serait pas le mien, perdu dans ma solitude.

A nous deux, nous encombrions la pièce, et ma corpulence m'inspira plus que jamais un sentiment de gêne. « Assieds-toi », me dit-il, et il tira une chaise de la table. J'y pris place en l'éprouvant avec circonspection avant de lui confier tout mon poids ; le sergent saisit l'autre et se lança dans la conversation sans embarras aucun.

« Ma boucle s'est défaite trois fois ce mois-ci ; et hier, alors que j'aidais les gars de l'équipe à extraire des blocs de rocher, le nœud d'une corde a lâché alors que je l'avais fixée moi-même avec le signe de blocage, j'en suis certain. Autant que je me rappelle, ça ne m'était jamais arrivé. Comme je vieillis, j'ai pensé que j'avais oublié de faire le signe ou que je le faisais mal, bref, pas de quoi fouetter un chat. Mais tu as l'air d'y attacher de l'importance ; pourquoi ? Ta sangle ne tient plus ces temps-ci ? »

J'acquiesçai de la tête. « Depuis que le Fuseau-qui-danse a cessé de danser. Je crois que la magie des Plaines n'opère plus, sergent ; et je crois aussi que ceci (je me frappai la poitrine du plat de la main puis désignai mon ventre) en est le résultat. »

Il plissa le front. « Tu es devenu gros à cause de la magie. » Il articula soigneusement comme pour s'assurer qu'il m'avait bien compris.

Enoncée aussi platement, la justification paraissait plus que ridicule : on avait l'impression d'entendre la mauvaise excuse d'un enfant qui s'exclame : « Regarde ce que tu m'as fait faire ! » quand ses cubes s'effondrent. Je baissai les yeux vers la table en regrettant ma visite et ma question stupide. « Ça n'a pas d'importance, dis-je, et je me levai.

— Rassieds-toi. » Il ne me donnait pas un ordre mais il ne s'agissait pas non plus d'une simple invitation. Il me regarda dans les yeux. « Une explication, même absurde, vaut peut-être mieux qu'aucune, or je n'ai rien d'autre pour le moment. Et j'aimerais bien savoir ce que tu entends quand tu dis que le Fuseau a cessé de danser. »

Je repris place lentement sur ma chaise. Cet incident ou un autre, il fallait bien commencer quelque part. « Avez-vous déjà vu le Fuseau-qui-danse ? »

Il haussa les épaules en s'asseyant de l'autre côté de la table. Il prit un chiffon et entreprit de nettoyer les pièces de son fusil. « Deux fois. Il a de la gueule, non ?

— Avez-vous eu le sentiment qu'il tournait ?

— Ça, oui ! Enfin, non, je n'ai pas cru qu'il tournait quand je l'ai vu, mais il en donnait sacrément l'impression de loin.

— Je m'en suis approché au plus près et mes yeux m'affirmaient toujours qu'il tournait. Et puis un petit crétin armé d'un couteau et de l'envie de graver ses initiales l'a arrêté. »

Je m'attendais à un haussement d'épaules, voire un éclat de rire incrédule, mais le sergent acquiesça seulement de la tête. « Le fer, oui... Le fer avait le pouvoir de l'arrêter. Mais quel rapport avec ma boucle ?

— Je ne sais pas exactement. Il m'a semblé que... bref, si le fer avait bloqué la rotation du Fuseau, la magie des Plaines avait pu disparaître aussi. »

Il tressaillit légèrement, déconcerté, puis il se passa la langue sur les lèvres et me demanda d'un ton circonspect : « Jamère, que sais-tu vraiment ? »

Je restai un moment sans répondre. Enfin, je dis : « Tout a commencé avec Dewara. »

Il hocha la tête. « Ça ne m'étonne pas. Continue. » Et, pour la première fois, je confiai à quelqu'un l'histoire complète de ma capture par la magie des Plaines, l'impact qu'elle avait eu sur moi à l'Ecole, la peste, la période où j'avais cru m'être libéré de ce pouvoir qui me parasitait, et enfin le Fuseau qui m'avait emporté et qui m'avait montré la puissance qu'il renfermait avant qu'un enfant mal élevé et un autre moi-même sur lequel je n'avais nulle autorité ne mettent un terme à la danse du Fuseau.

Duril savait écouter ; il ne posa pas de questions et ponctua seulement mon récit d'interjections aux moments forts puis prit l'air impressionné quand je lui décrivis la séance de spiritisme avec Epinie ; mais surtout il ne parut pas croire un seul instant que je mentais.

Il ne m'interrompit qu'une fois, lorsque je parlai de la Danse de la Poussière durant le carnaval de la Nuit noire. « Ta main s'est levée et elle a donné le signal ? C'est toi qui as déclenché l'attaque ? »

Je courbai la tête, honteux, mais refusai de déformer la vérité. « Oui, c'est moi – ou du moins ma moitié ocellionne. J'ai du mal à l'expliquer.

— Ah, Jamère, servir d'arme contre son propre peuple ! C'est terrible, mon garçon, bien plus que je ne le craignais. Si tu as raison, il faut y mettre un terme, ou tu risques de provoquer notre chute à tous. »

L'entendre énoncer la véritable ampleur de ma forfaiture me laissa pétrifié ; je vis soudain un avenir horrible où chacun savait que j'avais trahi la Gernie, volontairement ou non, cela n'avait nulle importance au regard d'une telle perfidie.

Duril se pencha et me tapota la main de l'index. « Achève ton histoire, Jamère ; ensuite, on réfléchira à ce qu'on peut faire. »

Quand j'eus fini, il hocha de nouveau la tête et se laissa aller contre le dossier de sa chaise. « J'ai en effet entendu parler de ces sorciers ocellions, les gros ; ils les appellent les Opulents – ou les Opulentes, je suppose, encore que je n'aie jamais eu vent d'un sorcier de l'autre sexe. Un gars qui avait passé le plus clair de sa carrière à Guetis m'a raconté qu'il en avait vu un ; d'après lui, le magicien pesait autant qu'un cheval et il en était fier comme tout. A ce que m'a dit le soldat, un Opulent est rempli de magie et c'est pour ça qu'il est si gros. »

Je réfléchis. « L'Homme le plus gros du monde, dans la tente aux phénomènes, prétendait devoir son obésité à la peste ocellionne ; et le médecin de l'Ecole, le docteur Amicas, dit que prendre du poids comme je le fais constitue un effet secondaire rare mais non inconnu. Alors quel rapport pourrait-il y avoir avec la magie ? »

Le sergent Duril haussa les épaules. « C'est quoi, la magie, d'abord ? Tu la comprends, toi ? Moi non. Je sais, j'ai vu des trucs impossibles à expliquer d'une façon qui tienne debout ou qu'on puisse prouver, et voilà peut-être pourquoi je les décris comme de la magie. Prends le sort de blocage, par exemple ; j'ignore comment il marche et pourquoi ; tout ce que je sais, c'est que, pendant des années, il a fonctionné et très bien fonctionné. Ces derniers temps, il opère moins bien, et tu as peut-être raison : la magie est rompue. Peut-être. Ou alors je ne mets plus la même force qu'autrefois à serrer mes sangles, ou encore elles ont vieilli et se sont usées. On peut trouver mille explications à ce phénomène, Jamère, ou se contenter de dire : « C'était de la magie et elle ne marche plus » ; tu pourrais peut-être aussi aller trouver quelqu'un qui croit en la magie, qui pense en connaître le fonctionnement, et lui poser la question. »

Il parut évoquer cette dernière possibilité comme une vraie suggestion. « Qui ça ? » demandai-je.

Il croisa les bras sur la table. « Tout a commencé avec Dewara, non ?

— Ah ! » Je me laissai aller contre le dossier de ma chaise ; elle émit un grincement inquiétant, et je me redressai. « Inutile d'essayer de le retrouver. Mon père y a passé des mois après que le Kidona m'a renvoyé chez moi en charpie ; soit personne de son peuple ne savait où il se cachait, soit nul ne voulait le révéler. Mon père a offert des récompenses, brandi des menaces, mais nul n'a parlé.

— Je connais peut-être une autre façon de poser des questions, dit Duril. Parfois, ce n'est pas avec l'argent qu'on achète le mieux ; il faut quelquefois proposer davantage.

— Quoi, par exemple ? » fis-je, surpris, mais il secoua la tête avec un sourire en coin, ravi d'en savoir plus que moi. Rétrospectivement, je pense que le vieux sous-officier avait adoré me dispenser son enseignement ; un vieux militaire comme lui ne devait guère goûter de superviser des hommes chargés d'épierrer un champ. « Laisse-moi tenter quelques approches, Jamère ; je te préviendrai si je réussis. »

J'acquiesçai de la tête sans oser espérer. « Merci de m'avoir écouté, sergent Duril ; je crois que personne d'autre ne m'aurait cru.

— Bah, parfois, le rôle de confident, c'est flatteur. Et, tu sais, Jamère, je n'ai pas dit que je croyais un mot de ton histoire. Reconnais qu'elle est quand même sacrément tirée par les cheveux.

— Mais...

— Et je n'ai pas dit non plus que je n'y croyais pas. » Il secoua la tête en souriant de mon égarement. « Ecoute-moi, Jamère : il n'y a pas qu'une seule manière de voir le monde ; voilà à quoi je voulais en venir avec la magie. Nous, on y voit un pouvoir mystérieux ; quelqu'un d'autre y verra peut-être un phénomène aussi naturel que la pluie, et c'est notre technologie qui lui paraîtra de la magie parce qu'elle ne rentre pas dans le cadre de son univers. Tu saisis ce que je veux te faire comprendre ?

— Pas vraiment, mais j'essaie. » J'eus un sourire timide. « Je suis prêt à tout essayer ; la seule autre option qui me vienne à l'esprit consiste à sauter sur Siraltier et à m'enfuir vers l'est, vers les montagnes. »

Il eut un petit rire ironique. « T'enfuir vers les montagnes ? Et ensuite ? Non, Jamère, ne fais pas l'enfant. Reste ici et continue à lutter ; laisse-moi aussi tenter deux ou trois idées de mon côté. En attendant, si tu veux un conseil, fais ce que dit ton père ; sors, travaille, montre-lui que tu es toujours Jamère si tu peux. Evite de le mettre encore plus en rogne. A sa façon, c'est quelqu'un de juste ; bats-toi selon la manière qu'il t'impose et, si ça ne marche pas, il reconnaîtra peut-être que ce n'est pas ta faute.

— Vous avez sans doute raison.

— Bien sûr, tu le sais bien. »

Je le regardai et acquiesçai lentement de la tête. Dans ses yeux brillait une étincelle nouvelle, une flamme résolue. Je lui avais peut-être rendu autant service en venant le voir que lui en acceptant de m'écouter.

Je le remerciai et nous en restâmes là pour ce soir.

7

Dewara

Quand mon père décida d'informer tout le monde de mon échec, je m'en rendis compte aussitôt. Lorsque je descendis le lendemain matin aux cuisines manger un morceau, les domestiques savaient manifestement ma disgrâce ; jusque-là, ils me traitaient avec une déférence mêlée de perplexité : j'étais un des fils de la maison et, si je préférais me restaurer à l'office plutôt qu'avec les miens, cela ne regardait que moi. Ce jour-là, je perçus une diminution de mon statut, comme si on leur avait donné l'autorisation de me dédaigner ; je me sentis dans la peau d'un chien errant qui s'est introduit discrètement dans la maison en espérant voler quelques bribes de nourriture. Nul ne me proposa de garnir mon assiette ; je dus me servir moi-même tout en m'écartant pour laisser passer les serviteurs qui ne me voyaient soudain plus.

J'appris par leurs bavardages que mon frère et son épouse devaient rentrer le soir même, qu'on donnerait un dîner en leur honneur et que des invités viendraient peut-être le lendemain. Nul n'avait pris la peine de m'en prévenir ; cette exclusion de la famille me fit l'effet d'un coup de poignard.

Je quittai la maison le plus vite possible ; je pris une canne à pêche dans l'appentis et me rendis au fleuve. J'amorçai pour les grosses carpes, dont certaines atteignent la taille d'un porc, et, chaque fois que j'en ferrais une, je la ramenais sur la berge à grand ahan puis la relâchais. Je ne cherchais pas à prendre du poisson ce jour-là mais seulement à me mesurer physiquement à un adversaire et à le vaincre. Au bout de quelque temps, toutefois, cette occupation cessa de me distraire ; le soleil m'accablait et la faim me gagnait. Je retournai à la résidence de mon père.

J'aurais voulu rentrer discrètement mais il me guettait sans doute car, à l'instant où je franchis la porte, il apparut à celle de son étude. « Jamère, je dois te parler », dit-il sèchement.

Il s'attendait à ce que je le suive dans son bureau, mais mon entêtement ocellion prit le dessus et je ne bougeai pas. « Oui, père ? Que voulez-vous de moi ? »

Sa bouche se durcit et la colère étincela dans son regard. « Parfait, Jamère ; je puis aussi bien te le dire ici. Ta mère m'a fait part du conte à dormir debout que tu lui as présenté. » Il secoua la tête. « Est-ce là la meilleure excuse que tu as réussi à inventer ? Te moquer de ton dieu parce que tu as réduit ton avenir à néant ? Maintenant que tu as mis fin à toutes tes perspectives de carrière et que tu ne peux plus retourner à l'Ecole, tu t'imagines que nous avons le devoir de subvenir à tes besoins jusqu'à la fin de tes jours ? Je te préviens, je ne donnerai pas le gîte ni le couvert à un parasite. Le médecin te juge incapable de servir dans l'armée du roi dans ton état présent, mais j'ai bien l'intention de le changer, cet état, tout en t'obligeant à fournir un travail utile avant de t'envoyer t'enrôler comme simple fantassin. Tu ne deviendras jamais officier, mais je ne t'aiderai pas à contrecarrer le destin qu'a tracé pour toi le dieu de bonté. »

Je levai la main pour l'interrompre et le regardai dans les yeux. « Indiquez-moi simplement quelles tâches vous voulez que j'accomplisse ; épargnez-moi un sermon que vous m'avez déjà infligé. »

Sa surprise ne dura qu'un instant ; il se reprit aussitôt pour énumérer une liste de corvées rebutantes, toutes pénibles physiquement et dont la plupart requéraient la manipulation de terre, d'excréments ou de sang. Une résidence seigneuriale s'apparente à une ferme sous bien des aspects, et ce genre de besognes y abonde mais, jusque-là, il les confiait toujours à des saisonniers ; à présent, il m'en chargeait, non parce qu'il me jugeait à même de les exécuter convenablement, je le savais pertinemment, mais parce qu'il les trouvait répugnantes et supposait que je partagerais cet avis. Je perdis alors quasiment tout le respect que j'avais encore pour lui : toutes ces valeurs dont il m'avait bourré le crâne, jetées aux orties par pur dépit ! Sans rien laisser paraître de mes pensées, j'acquiesçai gravement de la tête et promis de me mettre au travail Pour ma première tâche, je dus me procurer une pelle, un chariot de ferme, et déplacer un énorme tas de fumier ; cela ne me dérangeait pas, et, en accord avec le conseil du sergent Duril, j'y occupai mon après-midi. Quand j'estimai mon ouvrage suffisant pour la journée, je l'abandonnai et me rendis au bord du fleuve, près d'un haut-fond ; d'épais taillis interdisaient l'accès à la berge, sauf par une piste ouverte par les cerfs qui venaient y boire. A cet endroit, l'eau coulait plus lentement et se réchauffait au soleil. Je me dévêtis, m'avançai dans le courant et me nettoyai de ma sueur et de ma crasse Enfant, je venais souvent nager dans cette cachette, mais j'éprouvais aujourd'hui, malgré mon isolement, une impression étrange à me tenir nu sous le soleil : je me rendis compte que j'avais honte de mon corps et que je redoutais qu'on me voie. Le poids accru que je portais ne me posait pas seulement des problèmes vestimentaires : mes pieds souffraient d'avoir à soutenir ma masse, je transpirais davantage et sentais plus fort au sortir d'une journée de travail physique, et mes habits m'irritaient souvent. Néanmoins, après m'être copieusement arrosé de la tête aux pieds, je pris plaisir à m'allonger dans l'eau et à sentir le contraste entre sa fraîcheur et la chaleur du soleil sur mon corps. Quand je sortis enfin du courant, je m'assis sur un rocher et laissai la brise tiède me sécher avant de me rhabiller ; j'avais retrouvé une certaine paix de l'esprit.

Je grappillai un dîner aux cuisines au grand agacement du personnel présent, surchargé de travail ce soir-là, car il fallait servir un souper recherché à ma famille et à sa nouvelle fille. Comment mon père réagirait-il si je faisais irruption dans la salle à manger avec ma tenue grossière et mal ajustée pour m'asseoir à table ? De toute manière, je n'y avais sans doute pas de place réservée. J'avalai un repas frugal dans un coin des cuisines puis sortis.

Ce modèle devint ma routine quotidienne : je me levais, choisissais une corvée sur la liste de mon père et trimais toute la journée. Il cherchait à m'humilier, mais je puisais une curieuse satisfaction dans l'accomplissement de ces besognes : par mon labeur, je lui prouverais que mon obésité était la conséquence magique de la peste, ou bien je recouvrerais ma minceur et parviendrais peut-être à retrouver ma place à l'Ecole. Chaque jour, je m'efforçais d'épuiser mon organisme, d'aller au-delà du travail que me donnait mon père. Quand la colère ou l'humiliation me tenaillaient, je les repoussais résolument en me répétant que j'agissais exactement comme il le fallait. Je mangeais de façon frugale et m'exerçais régulièrement – et mon corps y répondait, bien que différemment de ce que j'espérais : sous la graisse, mes bras et mes jambes s'épaississaient d'une musculature nouvelle, je gagnais en vigueur et je parvenais à soulever des charges que je n'aurais jamais pu décoller du sol auparavant.

Mais d'autres problèmes se posaient à moi. Habitué à ma minceur et à ma souplesse de naguère, j'avais du mal à commander à cette lourde enveloppe ; je devais prévoir mes mouvements et mes corvées à l'avance. Pourtant, aussi curieux que cela puisse paraître, je tirais de cette situation la satisfaction de mettre en pratique ce que j'avais appris en ingénierie ; quand mon père me confia la construction d'un mur de pierre pour enclore une porcherie, je m'y pris comme pour établir une fortification : je nivelai le terrain, vérifiai la parfaite horizontalité de la première rangée de pierres et fis mon enceinte plus épaisse à la base qu'au sommet. Mon plaisir aurait été plus grand si j'avais eu d'autres compliments que les miens et ceux du croas qui passa la journée à m'observer ; mon père prenait rarement la peine de venir se rendre compte de ce que j'avais accompli : il m'avait relégué dans la liste des mauvais investissements, au même titre que les pêchers victimes de la cloque et des insectes. Posse ne faisait aucun effort pour me voir et je lui rendais la politesse. J'étais devenu invisible aux yeux des miens. Je disais encore bonjour à ma mère lorsque je la croisais, mais je n'adressais plus la parole à mes sœurs et, de leur côté, elles se taisaient à mon approche. Je réussis à me convaincre que cela ne me dérangeait pas.

Cette existence simple où je me levais, travaillais et me couchais contenait en elle-même une sorte de paix ; le labeur physique que j'effectuais chaque jour était beaucoup moins exigeant que mes études à l'Ecole. D'autres que moi vivaient-ils ainsi sans jamais voir plus loin que le lendemain et l'exacte répétition des activités de la veille ? J'avoue que j'éprouvais une étrange attirance pour une vie aussi dépouillée.

Une semaine passa sans que j'aie de nouvelles du sergent Duril, aussi me rendis-je chez lui un après-midi. Quand il ouvrit la porte, il déclara tout de go : « Tu ne m'avais pas dit qu'on t'avait flanqué à la porte de l'Ecole parce que tu étais trop gros ! » J'ignorais s'il s'offusquait de cette décision ou s'il m'en voulait de lui avoir caché ce détail.

Je répondis avec calme : « En effet, parce que c'est faux. »

Il attendit que je poursuive sans me quitter du regard.

« Le docteur Amicas m'a réformé pour raisons médicales ; on ne m'a pas jeté dehors. Il a jugé que, dans mon état actuel, je ne pouvais pas servir comme officier de cavalla ; si je réussis à retrouver mon poids et ma forme d'origine, je pourrai reprendre mes études. » Je n'en avais aucune certitude, mais je devais me raccrocher à cet espoir sous peine de sombrer dans un accablement sans fond.

Duril s'écarta et me fit signe d'entrer. Par cette belle journée ensoleillée, il faisait étouffant chez lui malgré la porte entrebâillée. Je m'assis à sa table.

Lentement, il prit place en face de moi puis déclara : « J'ai été très fier quand tu es entré à l'Ecole. Ça comptait beaucoup pour moi de te savoir là-bas, au milieu des autres, avec autant de connaissances que tous ces gandins de la ville, grâce à ce que je t'avais appris. »

J'en restai pantois ; je n'avais jamais songé que ma réussite scolaire pourrait représenter une victoire personnelle pour le sergent Duril. « Je regrette, fis-je à mi-voix. J'avais d'excellents résultats avant cette catastrophe ; mais, une fois que j'aurai redressé la situation et repris mes études, vous pourrez être fier de moi, je vous le promets. »

Comme s'il avait ouvert une vanne par son premier aveu, il dit soudain : « Tu ne m'as jamais écrit ; j'espérais un peu une lettre de ta part. »

Ma surprise s'accrut encore. « Mais je croyais que vous ne saviez pas lire ! m'exclamai-je avant de me reprocher ma rudesse.

— J'aurais pu demander à quelqu'un de me la lire », rétorqua-t-il avec aigreur. Il se tut un instant. « Moi, je t'ai écrit quand j'ai appris que tu avais attrapé la peste et failli mourir.

— Je sais. J'ai reçu votre mot juste avant de rentrer à la maison. Merci.

— De rien », répondit-il d'un ton gourmé. Il détourna le regard et reprit : « Je n'ai pas d'instruction, Jamère ; je ne suis même pas un vrai fils militaire, né pour la carrière, je ne te l'ai jamais caché. Ce que je sais du métier des armes, je l'ai appris sur le tas, à la dure, et j'ai fait de mon mieux pour te l'enseigner. Je voulais que tu deviennes un officier qui connaisse la vie des soldats, pas un de ceux qui restent peinards dans leur tente et qui donnent des ordres qu'ils ne seraient pas capables d'exécuter eux-mêmes ; un qui ait l'expérience de plusieurs jours sans eau ni pour lui ni pour son cheval, qui ait vécu en soldat, dans la sueur et la crasse, pour faire un bon officier. »

Et encore un que j'avais déçu ! L'accablement me saisit mais je m'efforçai de n'en laisser rien paraître. « Vous n'avez pas perdu votre temps, sergent ; je n'ai pas l'intention de renoncer à ma carrière. Même si je dois m'engager comme simple soldat et gravir les échelons un à un, je suis décidé à la poursuivre. » Alors que je prononçais ces paroles, je m'étonnai du profond écho qu'elles éveillaient en moi.

Il pencha la tête. « Ma foi, je ne peux sans doute pas en demander plus, Jamère. » Il sourit soudain, l'air content de lui. « Et tu ne peux pas non plus me demander davantage que ce que j'ai à te donner. Ça te dit, une balade au crépuscule ?

— Je n'ai rien contre. Où allons-nous ? »

Son sourire s'élargit. « Tu verras. » Il se rendit dans sa chambre et en ressortit avec des fontes bien pleines sur l'épaule. J'aurais voulu m'enquérir de ce qu'elles contenaient mais, je le savais, il se réjouissait à l'avance de me délivrer ses révélations au compte-gouttes, et je me tus.

Je n'avais pas monté Siraltier depuis plusieurs jours. Toujours prêt à l'action, il tendit la bouche vers le mors, pressé de se mettre en route. Duril se dirigea vers un hongre couleur de glaise ; tandis que nous sellions nos montures dans l'enclos, nous échangeâmes un regard puis fîmes ensemble le signe de blocage sur nos boucles de sangle. Ce rite, je le craignais, allait vite se vider de son sens et n'avoir pas plus d'efficacité que les glands que certains soldats portaient pour augmenter leurs chances de trouver un abri à l'ombre à la fin de la journée. Nous enfourchâmes nos chevaux, le sergent prit la tête et je le suivis.

Arrivés à la route du fleuve, nous l'empruntâmes sur une courte distance, vers l'est, avant que Duril ne s'engage sur une piste poussiéreuse et creusée d'ornières. Nous gravîmes une petite éminence et, au sommet, j'aperçus au loin le village bejawi. Une crête rocheuse l'abritait tant bien que mal des vents incessants de la prairie ; des buissons poussaient sous la protection de cette barrière, et même quelques arbres. Mon père avait choisi l'emplacement pour cette raison et dessiné lui-même les plans du hameau ; ses hommes avaient bâti la dizaine de maisons alignées en deux rangées rectilignes qu'entouraient aujourd'hui deux fois plus de tentes traditionnelles. « C'est là que nous allons ? Au village bejawi ? »

Duril me regarda et acquiesça de la tête.

« Pourquoi ?

— Pour parler à des Kidonas.

— Chez les Bejawis ? Que font-ils là-bas ? Les deux peuplades sont ennemies depuis toujours ; et puis les Kidonas n'habitent pas des maisons : si les Bejawis sont établis ici, c'est parce que mon père leur en a construit et qu'ils n'avaient nulle part ailleurs où aller.

— Et quelle réussite, non ? » fit Duril avec une ironie discrète.

Je compris ce qu'il sous-entendait mais je n'en restai pas moins choqué de l'entendre tenir des propos un tant soit peu négatifs sur mon père.

A l'époque qui avait précédé l'expansion gernienne, les Nomades se déplaçaient sur les Plaines en fonction des saisons, et les diverses tribus subsistaient par des moyens différents : certaines élevaient des moutons ou des chèvres, d'autres suivaient les migrations des troupeaux de cerfs qui habitaient les plateaux et les prairies, en complétant le produit de leur chasse par des légumes tirés des potagers qu'elles plantaient une saison et récoltaient une suivante, et quelques-unes bâtissaient des habitations de boue le long du fleuve sans se préoccuper de leur courte durée de vie. Il n'existait que peu de villes chez les Nomades, du moins identifiables comme telles par les Gerniens. Ils construisaient quelques monuments, à l'instar du Fuseau-qui-danse, avaient des points de rendez-vous où ils se rassemblaient chaque année pour échanger des marchandises et négocier des mariages et des trêves, mais, la plus grande partie de l'année, ils parcouraient les Plaines ; aussi les Gerniens considéraient-ils ces territoires comme déserts, sans propriétaire et à peine utilisés par les peuplades migrantes qui les sillonnaient selon des trajets séculaires ; ces terres, prêtes à la colonisation, n'attendaient que la mise à profit de leur plein potentiel. Mais les Nomades avaient sans doute un autre point de vue sur la question.

Nos Bejawis « domestiqués », comme les désignait mon père, représentaient une expérience en grande partie ratée. Il n'avait que de bonnes intentions : quand il avait décidé de les sauver, il ne restait quasiment plus de la tribu que des femmes, des enfants et des vieillards. Les Bejawis étaient des bergers, et l'on n'avait pas trouvé de moyen plus rapide pour les soumettre que d'abattre leurs troupeaux et une génération de leurs hommes ; privés de leurs moyens de subsistance, ils avaient dû recourir au vol et à la mendicité. Quand mon père les avait pris sous son aile, tous n'avaient pas accepté de renoncer à leur mode de vie ancestral en échange de ce qu'il leur offrait, et il avait gagné les réticents à sa proposition par la promesse que jamais ils ne mourraient de faim. Il leur avait fait construire un village, composé de deux rangées de chaumines simples et solides, et donner deux attelages de bœufs, une charrue et des semences pour une moisson.

Deux semaines plus tard, ils avaient mangé les bœufs et la plus grande partie des semences. Alors il leur procura des chèvres, avec de bien meilleurs résultats ; peut-être ces animaux leur rappelaient-ils les antilopes laineuses qu'ils gardaient autrefois, créatures désormais éteintes, massacrées durant les combats incessants qui nous opposaient aux Bejawis. Les enfants menaient les chèvres aux pâtures le matin et les ramenaient le soir ; elles fournissaient au village de la viande, de la peau et du lait. La dernière fois que j'avais abordé le sujet avec mon père, il avait reconnu devoir encore compléter leur approvisionnement, mais il avait aussi souligné que certaines des femmes apprenaient à fabriquer du fromage et qu'elles pourraient le vendre, du moins l'espérait-il. Mais, dans d'autres domaines, son succès se révélait moins brillant : les Bejawis n'avaient aucune tradition de sédentarité et avaient l'habitude de se déplacer quand la terre se lassait d'eux.

Le « village » empestait, et sa puanteur imprégnait l'air chaud et immobile ; les petites chaumines proprettes que mon père avait fait ériger avec tant de fierté n'étaient plus aujourd'hui que des cahutes décrépites. Les Bejawis n'avaient aucune notion de la façon de les entretenir et, après s'en être servis plusieurs saisons sans ménagement ils avaient repris leurs tentes et dressé un village de peaux autour des rangées de maisons. Rebuts et détritus, que les Nomades laissaient traditionnellement aux bons soins des charognards et des éléments, s'amoncelaient entre les chaumières en ruine ou dans des fosses miasmatiques. Les enfants jouaient dans les rues encombrées d'immondices, les cheveux emmêlés, le visage dartreux, les mains sales ; devenus adultes, les garçons restaient rarement, et trop souvent, une fois assez développées pour passer pour des femmes, les filles allaient à Coude-Frannier travailler comme prostituées. Elles revenaient au village avec leurs rejetons sang-mêlé quand la dure existence d'une putain de casernement avait terni le bref éclat de leur beauté. Aucune nouvelle construction ne s'était ajoutée au village qu'avait bâti mon père : magasin, école, rien qui offrît aux habitants mieux que des gîtes où se restaurer et dormir. Dans ce hameau, les gens attendaient sans savoir ce qu'ils attendaient.

Pourtant les Bejawis n'étaient ni irréfléchis ni stupides, et ils se montraient même propres quand ils suivaient leurs traditions ; mais le sort leur avait porté un rude coup et ils n'avaient pas encore réussi à s'en remettre. Je me demandai s'ils y parviendraient un jour ou s'ils finiraient par disparaître en ne laissant de leur passé qu'une légende ; c'était naguère un peuple fier, renommé pour sa beauté et son artisanat.

J'avais lu des descriptions écrites par Darsio, marchand qui pratiquait le troc avec les Nomades avant l'expansion du royaume de Gernie, et elles m'avaient toujours fait regretter de n'avoir pas vécu à cette époque. La représentation qu'il donnait des Bejawis dans leurs amples robes blanches, assis sur leurs montures rapides à la tête de leur peuple tandis que les femmes, les enfants et les aînés les suivaient, certains menant les troupeaux, d'autres sur les traîneaux des sables tirés par de solides bêtes de trait, tout cela avait pour moi l'attrait d'une épopée. Les femmes fabriquaient des perles à partir de bois pétrifié et des bijoux que Darsio recherchait particulièrement. Elles créaient de délicates amulettes porte-bonheur à l'aide d'os et de plumes d'oiseau ; chaque jeune fille en âge de se marier arborait un véritable manteau de perles, d'ornements et de grelots, et certains, écrivait Darsio, se transmettaient de génération en génération. Il ajoutait que les enfants présentaient des traits d'une beauté remarquable, ouverts et hardis, qu'ils riaient facilement et que les gens les traitaient comme le trésor de la tribu. Les Bejawis élevaient une antilope curieuse, massive, appréciée pour l'épais duvet qui poussait sous son pelage pour l'hiver et qu'elle perdait au printemps ; cette laine légère mais chaude formait la base de tous les tissages bejawis à l'époque de Darsio. La première fois que j'avais visité le village en compagnie de mon père, j'avais à l'esprit cette image romantique ; j'en étais reparti déçu et tenaillé par un curieux sentiment de honte. Je ne tenais nullement à y retourner, mais le sergent Duril avait piqué ma curiosité en affirmant que des Kidonas s'y trouvaient : je savais que les Bejawis leur portaient une haine et un mépris qui avaient traversé les générations.

Toute créature a son prédateur ; les Bejawis avaient les Kidonas. Ceux-ci n'élevaient pas de bétail, ne cultivaient pas la terre, ne chassaient pas : ils pillaient. Depuis toujours, ils attaquaient les caravanes de commerce et les villages d'été, ou s'introduisaient dans les campements et volaient ce dont ils avaient besoin dans le bétail, la volaille ou dans les tentes. Leur tradition leur en conférait le droit. Ils se déplaçaient constamment sur leurs taldis, créatures ventrues aux pattes rayées qui n'empruntaient guère de leur beauté aux chevaux, mais encore moins de leurs faiblesses.

Dewara appartenait à leur tribu. Du doigt, je touchai la double arête qui me barrait le pavillon de l'oreille, souvenir cicatrisé des entailles qu'il m'avait infligées en punition de ma désobéissance. Il avait commencé par m'affamer, me brutaliser, puis, opérant une volte-face qui me laissait encore perplexe, il s'était soudain montré amical et avait cherché à m'initier à la culture et à la religion de son peuple ; à l'aide d'une drogue, il m'avait conduit dans une transe chamanique durant laquelle j'avais fait la connaissance de la femme-arbre. Ce voyage spirituel avait changé ma vie et déformé ma vision de la réalité. Tout cela, je le devais à mon père : il espérait non pas tant que je deviendrais l'élève de Dewara, mais que les mauvais traitements du Kidona finiraient par m'obliger à lui faire front et à prendre seul mes décisions.

On peut considérer qu'il avait atteint son but, mais pas ainsi qu'il s'y attendait ni d'aucune façon qui pût me donner confiance en moi ni m'apporter une vie satisfaisante.

J'avais acquis une profonde compréhension de la pensée kidona avant que Dewara et moi nous séparions. Son peuple obéissait à une morale singulière où l'on tenait en haute estime le voleur astucieux et où le maladroit ne pouvait espérer l'aide de personne contre la colère de ses victimes. Dewara manifestait un grand respect envers quiconque pouvait le battre et un profond mépris pour ceux qu'il pouvait dominer ; les Kidonas regardaient l'homme prospère comme béni par leurs étranges divinités, si bien qu'ils ne disputaient jamais l'opinion des riches, tandis qu'ils considéraient les pauvres, même bienveillants ou pétris d'expérience, comme des sots dédaignés par les dieux. Malgré leurs croyances faussées, ou peut-être à cause d'elles, les Kidonas formaient un peuple coriace, inventif et d'une brutale efficacité ; même si Dewara avait ruiné ma vie, je l'admirais malgré moi, comme on peut admirer un fauve exceptionnellement habile sans y mêler aucun élément d'affection ni de confiance.

Le sergent Duril n'avait pas encore répondu à ma question la plus importante ; je la lui posai à nouveau : « Que font des Kidonas au village bejawi ? »

Il s'éclaircit la gorge. « Ton père n'a pas dû t'en parler. Il s'est produit un incident assez moche pendant que tu étais à l'Ecole ; un peu après ton départ, du bétail a commencé à disparaître de certaines fermes du coin. Au début, on a cru à des loups revenus sur le territoire, mais quelqu'un a fait remarquer que des loups, ça laisse des carcasses, et qu'on n'en avait pas trouvé une seule. Alors on a accusé les Bejawis à cause de problèmes qu'on avait eus avec eux avant, mais rien ne montrait qu'ils avaient plus de viande que d'habitude.

» Bref, quand on y a vu un peu plus clair, on a compris que les Kidonas nous jouaient encore un de leurs vieux tours : une bande, qui campait hors de vue des zones habitées, lançait des attaques sur les bêtes et les parcelles cultivées. Ils se sont enhardis et ils ont prélevé une dizaine de poulains de l'année sur un troupeau qui appartenait à la garnison de Coude-Frannier. Ça n'a pas plu au commandant, qui a envoyé des hommes chercher les Kidonas et leur donner une leçon. » Le sergent s'exprimait d'un ton léger mais son visage était sombre. « Les soldats de Coude-Frannier... Eh bien, tu sais comment ils sont ; tu connais le poste. Ils ne vont jamais au feu, ils se la coulent douce – mais les bleus, ça les démange, et, quand on leur fournit un motif de tomber sur le dos de quelqu'un, ils y vont franchement, comme s'ils voulaient prouver qu'ils sont des durs comme les vrais soldats de la frontière. Donc, ils y sont allés franchement avec la bande de pillards kidonas quand ils les ont retrouvés : ils ont tué tout le monde, les vieux, les jeunes, les enfants, tous sauf ceux qui tétaient encore leur mère. Tu imagines le ramdam dans les autres groupes de Kidonas qui traînaient dans le coin, surtout quand on a appris que celui que nos hommes avaient massacré n'avait pas volé le bétail : il l'avait acheté aux pillards. On se retrouvait donc avec des Kidonas « innocents » décimés par nos soldats, et d'autres Kidonas dans la région au bord du soulèvement.

— Pourquoi ne leur avoir pas simplement offert de l'argent ? Les Kidonas n'éprouvent aucune honte à accepter des espèces en échange du sang versé. »

Duril hocha la tête. « C'est ce qu'on a fait ; mais on s'est retrouvés avec les femmes et les marmots orphelins sur les bras. Tu connais les Kidonas : la tête près du bonnet et sans pitié ; les survivants n'avaient plus rien pour vivre, plus de taldis, plus de moutons, et toutes leurs tentes avaient brûlé. Les autres Kidonas les regardaient comme une charge dont ils ne voulaient pas s'encombrer, mais ils ne voulaient pas non plus les voir mourir de faim. Alors on a trouvé un compromis ; ton père a dit que le commandant de Coude-Frannier pouvait les installer ici, au village, à condition de leur fournir de quoi les abriter, de quoi manger, et deux taldis pour les aider à se remettre en selle. » Il secoua la tête. « Installer des Kidonas dans un village ! Ça leur va comme des bretelles à un lapin. »

Je distinguais sans mal les maisons et les tentes des Bejawis des abris des Kidonas ; il n'y avait plus un seul village mais deux, contraints à la cohabitation. Entre eux, on avait littéralement tracé une ligne de démarcation sous la forme d'un muret de pierres et de détritus qui signalait la limite entre la zone bejawi et les quatre tentes militaires fournies aux survivants kidonas. A notre approche, un jeune Bejawi se leva ; âgé d'environ quatorze ans, il portait un vêtement qui évoquait une chemise de nuit sale et un chapeau mou en poil de chèvre. Il fixa sur nous un œil clair et accusateur puis s'appuya sur un bâton et nous regarda en silence, le visage fermé. Quand Duril tira la bride de son cheval pour se diriger vers le secteur kidona, l'adolescent se rassit et feignit de se désintéresser de nous.

« Il y a toujours une sentinelle en faction ? demandai-je au sergent.

— M'étonnerait. A mon avis, on l'a posté là pour garder l'œil sur les Kidonas, pas sur nous. Mais je peux me tromper ; je ne viens jamais ici sauf quand j'y suis obligé ; je trouve ce coin attristant. »

Il avait raison. Nous longeâmes le muret d'immondices qui séparait les Kidonas du village bejawi et qui se voulait une insulte évidente. Tout aussi évidente était la misère des nouveaux venus ; les pleurs aigus des enfants se mêlaient dans l'air à l'odeur entêtante et organique des détritus. On avait planté leurs tentes avec une précision toute militaire ; j'en déduisis que les soldats avaient au moins dressé les abris pour les veuves et les orphelins. Il y avait deux feux pour la cuisine, l'un qui brûlait, l'autre qui couvait sous la cendre ; des bâtons érigés, tenus par de gros cailloux, formaient tant bien que mal une sorte d'étendage sur lequel séchaient deux couvertures. Une dizaine de femmes d'âge moyen étaient assises sur des bancs de fortune devant une des tentes ; l'une d'elle se balançait d'un côté et de l'autre en fredonnant une chanson ; trois autres déchiraient de vieux chiffons en longs rubans que l'une d'entre elles tressait ; je supposai qu'elles fabriquaient des tapis pour rendre plus confortable le sol dur des tentes. Les autres ne bougeaient pas, les mains vides. Plusieurs taldis, dont une jument gravide, paissaient l'herbe rare à la périphérie du camp.

Une volée d'enfants traînait autour des feux ; deux tout-petits braillaient, assis aux pieds d'une grand-mère qui paraissait ne prêter nulle attention à leurs cris. Trois fillettes de six ou sept ans jouaient avec des cailloux et des traits tracés dans la poussière ; elles avaient le visage sale, et leurs nattes l'aspect de cordes blondes hirsutes. Un garçon d'environ treize ans, assis tout seul, nous regardait approcher d'un œil noir ; je me demandai comment il avait survécu et ce qu'il allait devenir dans ce groupe de vieilles femmes et d'enfants.

Quand nous mîmes pied à terre, toute activité cessa. Duril ôta les fontes de sa monture et les jeta sur son épaule. « Suis-moi et pas un mot, me dit-il. Ne regarde personne. » J'obéis. Les Kidonas me dévisageaient, effarés par ma corpulence, et je sentais le rouge me monter lentement aux joues, mais je ne croisai le regard d'aucun d'entre eux. Duril s'arrêta devant la grand-mère et ses deux petits braillards puis déclara en jindobé, la langue du troc sur les Plaines : « J'apporte de la viande grasse. » Il posa les fontes par terre et les ouvrit ; il en tira une flèche de lard enveloppée dans du tissu à fromage et la lui tendit. Elle eut une crispation de la bouche qui lui emporta le menton, puis elle leva des yeux bleus fatigués et répondit : « Je n'ai rien pour la couper. »

Sans hésiter, Duril défit son ceinturon, en dégrafa l'étui qui contenait son poignard et l'offrit à la vieille femme. Elle resta un long moment à contempler le cadeau, comme si elle calculait ce qu'elle gagnait et ce qu'elle risquait de perdre en l'acceptant. Le jeune garçon s'était approché et observait l'échange avec grande attention ; il prononça quelques mots rapides en kidona, et elle répondit par un geste vif de la main, comme si elle écartait un moucheron importun. L'enfant afficha une expression furieuse mais se tut quand elle prit le poignard et l'étui des mains du sergent ; elle se tourna aussitôt et les tendit à sa voisine. « Coupe de la viande et fais-la cuire pour les petits », dit-elle, puis elle se leva avec un gémissement d'effort. Elle enjamba les deux enfants qui n'avaient pas cessé de pleurer, contourna le banc et pénétra dans la tente derrière elle. Nous la suivîmes.

C'était une tente militaire en toile grise, longue et large, aux parois droites. D'un côté, des couvertures de l'armée disposées au sol servaient de paillasses, de l'autre se trouvaient plusieurs barils de biscuits de campagne, un baquet de grains de maïs et une caisse de pommes de terre flétries et germées.

On voyait, arrangées avec soin à côté de ces dons, les reliques de leur vie passée : des marmites en étain et en cuivre s'entassaient à côté d'un alignement de jarres et d'assiettes en terre cuite, qui voisinaient elles-mêmes avec des couvertures pliées, ornées des motifs à rayures caractéristiques des tissages kidonas.

On avait découpé un rabat dans la paroi, maintenu fermé par un jeu de chevilles et de lanières de tissu cousues sur la toile. La vieille femme l'ouvrit et s'assit à côté du petit rectangle par où entraient la lumière et l'air frais. Au bout d'un moment, le sergent Duril prit place en face d'elle, et moi près de lui. « Tu l'as apporté ? » lui demanda-t-elle.

J'avais cru que le lard constituait son droit d'entrée mais, à l'évidence, il n'avait fait ce cadeau que pour la galerie. Il mit sa main dans sa chemise et en tira son portefeuille ; il l'ouvrit et en sortit un objet que je n'avais plus vu depuis mon enfance. Je ne l'avais eu sous les yeux qu'une seule fois, mais on n'oublie pas ce genre de choses. Duril tendit l'oreille noire et desséchée au creux de sa main ; sans hésitation, la vieille s'en empara.

Elle la tint à la lumière puis l'approcha de ses yeux pour l'examiner. Quand elle la renifla, j'eus une réaction de surprise mais tâchai de ne rien laisser paraître de mon dégoût. Je connaissais l'anecdote : jeune soldat, le sergent Duril, dans un élan de fureur, avait tranché l'oreille d'un guerrier qu'il venait de tuer et l'avait gardée comme trophée. C'était dans la même bataille qu'il avait perdu la moitié de sa propre oreille. Il m'avait dit un jour qu'il avait honte de son geste et le réparerait s'il le pouvait ; mais il ne pouvait la restituer au mort pour qu'il repose décemment, et il jugeait inconvenant de la jeter Peut-être avait-il enfin trouvé un moyen de s'en débarrasser La vieille femme la regarda, posée dans sa main, d'un air contemplatif puis elle eut un hochement de tête décidé, se leva et se rendit à l'entrée de la tente. Elle cria quelque chose, un nom, sans doute, et, lorsque arriva le jeune garçon, elle lui dit rapidement quelques mots ; il répondit, manifestement en désaccord, et elle le gifla, ce qui parut mettre un terme à sa rébellion. Il nous regarda.

« Je vous emmène », fit-il en jindobé, et il n'ajouta rien.

Le temps que nous nous mettions en selle, il avait enfourché un étalon taldi et sortait du camp, et nous dûmes presser nos montures pour le rattraper. Il ne se tourna pas pour s'assurer que nous le suivions et ne nous adressa pas la parole. Il se dirigea vers l'intérieur des terres, en direction de la région accidentée où les Plaines laissaient la place aux plateaux ; d'une pression des genoux, il avait lancé son taldi au galop. Empruntions-nous une piste ou un sentier ? Je n'aurais su le dire ; mais le garçon n'hésitait pas. Comme les ombres s'allongeaient, je commençai à m'interroger sur le bien-fondé de ce déplacement. « Où allons-nous ? demandai-je enfin au sergent Duril.

— Voir Dewara », répondit-il, laconique.

J'eus l'impression de recevoir un de ses cailloux dans la nuque lorsqu'il me tendait une embuscade pendant mon enfance. « Mais enfin ! Mon père a tout fait pour le retrouver après qu'il m'a ramené à la maison en charpie ; il n'y avait plus trace de lui, et les Kidonas disaient ignorer où il vivait et ce qu'il était devenu. »

Le sergent haussa les épaules. « Ils mentaient. A l'époque, Dewara passait pour un héros à cause de l'humiliation qu'il avait infligée au fils de ton père. Mais sa petite gloire a fané, et la chance de Dewara a tourné. La vieille, au camp, m'a cru quand je lui ai dit que je lui rendrais l'oreille de son frère si elle nous donnait Dewara. »

Je restai un moment sans rien dire, abasourdi. « Comment saviez-vous qu'il s'agissait de l'oreille de son frère ? fis-je enfin.

— Je n'en savais rien, mais c'était possible. Je l'ai laissée décider. »

A la suite du garçon, nous nous engageâmes dans un ravin encaissé, aux flancs escarpés, site parfait pour une embuscade, et je n'avançai qu'avec un point glacé entre les omoplates. Le taldi avait encore une bonne avance sur nous ; il emprunta un sentier étroit qui grimpait le long d'une paroi, et je dus retenir Siraltier pour suivre le hongre de Duril sur le chemin précaire. Notre mission m'apparaissait de plus en plus louche ; si l'enfant nous conduisait à un autre campement kidona, je ne donnais pas cher de notre peau. Mais le sergent Duril affichait une expression calme quoique vigilante, et je m'efforçai de l'imiter.

La piste prit un virage en épingle à cheveux, difficile à négocier pour nos chevaux, puis devint soudain horizontale. Nous étions parvenus sur une corniche étroite et longue qui saillait de la falaise. Dès que Duril et moi nous fûmes rangés, l'enfant fit opérer un demi-tour à son taldi et reprit sans un mot le chemin en sens inverse. Devant nous se dressait une tente rapiécée, une réserve de bois parfaitement rangée à côté d'elle ; une bouilloire noircie pendait d'un trépied placé au-dessus d'un feu qui ne dégageait nulle fumée. Je sentis l'odeur d'un lièvre en train de mijoter. Dewara, debout, nous regardait sans manifester de surprise ; il nous avait vus arriver : nul ne pouvait approcher de cette aire sans qu'il le sût aussitôt.

Le rude guerrier que j'avais connu avait bien changé. Ses vêtements étaient élimés et fripés, ourlés de poussière ; défraîchie, sa robe à manches longues descendait à peine en dessous de ses hanches, retenue à la taille par une lanière de cuir cru ; son pantalon marron avait blanchi aux genoux et s'effilochait aux chevilles. Son cou-de-cygne pendait à son flanc, mais le fourreau en cheveux avait l'air sale et usé. Lui-même avait vieilli, et mal vieilli. Quatre années avaient passé depuis notre dernière rencontre mais, à le voir, on eût cru qu'elle remontait à vingt ans : la cataracte embrumait ses yeux gris autrefois si perçants, son dos s'était voûté, il avait laissé pousser ses cheveux qui tombaient désormais sur ses épaules en maigres mèches blanc jaunâtre. Il se passa la langue sur les lèvres, et nous entrevîmes ses dents limées. Nulle peur ne s'affichait sur ses traits quand il m'accueillit par ces mots : « Alors, Fils-de-soldat, te revoici. Tu veux une nouvelle entaille à l'oreille, peut-être ? » Son ton de rodomont ne me trompa point ; même sa voix avait vieilli, et j'y percevais une amertume qui m'étonnait.

Le sergent Duril n'avait pas bougé de sa selle et ne disait mot. Je sentis qu'il me laissait le champ libre, mais j'ignorais comment me comporter. Le vieux guerrier kidona paraissait flétri et tout petit ; je me rappelai soudain que je le dépassais déjà la première fois que je l'avais vu et que, depuis, j'avais encore grandi. Mais il s'agissait là du souvenir que je gardais de lui dans ma « vraie » vie ; dans celui, nettement plus vif, de mon voyage onirique, je le voyais beaucoup plus grand que moi, avec la tête d'un faucon et des plumes aux bras, et je m'efforçais de concilier ces images avec celle de l'homme rabougri qui me regardait, les yeux plissés. Je crois que cette inadéquation m'empêcha de ressentir clairement aucune émotion.

Je mis pied à terre et m'approchai de lui. J'entendis le sergent Duril m'imiter ; il fit halte un pas derrière moi quand je m'arrêtai. Il me laissait mener mon combat à ma guise.

Dewara devait lever les yeux pour me regarder. Tant mieux. Je le toisai de tout mon haut et déclarai d'un ton sévère : « Je veux savoir ce que tu m'as fait, Dewara ; dis-moi tout, sans moquerie ni devinettes. Que s'est-il passé la nuit où tu as prétendu vouloir faire de moi un Kidona ? » Mon jindobé me revenait sans effort ; j'avais l'impression d'avoir effectué un bond en arrière dans le temps pour affronter celui qui m'avait maltraité, donné son amitié puis qui avait failli me tuer.

Il eut un sourire narquois qui découvrit ses dents pointues et brillantes de salive. « Regarde-toi, le gros ! Quel courage maintenant ! Et comme tu es grand ! Mais tu ne sais toujours rien et tu veux toujours devenir un Kidona, hein ? »

Je le dominais de toute ma taille et de toute ma corpulence, mais il n'avait encore pas peur de moi. Je fis appel à tout mon mépris. « Si tu es un Kidona, je ne veux pas devenir un Kidona. » Je puisai dans ma connaissance de son peuple pour rendre mes insultes plus cinglantes. « Regarde-toi toi-même : tu es pauvre ! Je ne vois pas de femmes ici, pas de taldis, pas de fumoir à viande. Les dieux te dédaignent. »

Manifestement, mes paroles le frappaient comme une grêle de pierres. Je sentis la honte s'éveiller en moi de m'en prendre ainsi à un homme dans sa situation, mais je la refoulai. Il n'était pas vaincu ; si je voulais lui arracher des réponses, je devais d'abord lui faire mordre la poussière.

De je ne sais quelle réserve de courage au fond de son âme, il tira un sourire moqueur et rétorqua : « Mais, moi, je reste un Kidona, et toi tu restes le jouet de la grand-mère obèse ! T'es-tu vu, tout gonflé de sa magie comme un abcès plein de pus ? Elle s'est emparée de toi et elle a fait de toi sa marionnette ! »

Piqué au vif, je répliquai sans réfléchir : « Sa marionnette ? Son jouet ? Non : j'ai réussi là où tu échouais ; j'ai traversé le pont et, grâce à la magie du fer de mon peuple, je l'ai éventrée. Je l'ai vaincue, vieillard ! J'ai accompli seul ce dont tu étais incapable même en te servant de moi. » Je pris une pose que je me rappelais de notre cohabitation forcée : je bombai le torse et levai le menton, comme lui lorsqu'il souhaitait exprimer sa supériorité sur moi. « J'ai toujours été plus fort que toi, Dewara ; même alors que je gisais inconscient devant toi, tu n'as pas osé me tuer. »

Je l'observais attentivement afin de repérer ses faiblesses dans cet échange de fanfaronnades. A l'ouest, le soleil mourait dans un pêle-mêle de rouges et de violets, et j'avais du mal à déchiffrer l'expression de Dewara dans la lumière déclinante. Peut-être une ombre d'incertitude passa-t-elle dans ses yeux, mais il l'effaça d'un coup d'effronterie. « J'aurais pu te tuer si je l'avais voulu, dit-il, hautain. Ç'aurait été comme écraser un oisillon dans son nid. J'y ai songé : tu ne me servais à rien. Tu prétends l'avoir tuée ? Eh bien, montre-m'en la preuve ! Tu te vantes comme un enfant ; quand je t'ai envoyé l'attaquer, tu es tombé comme un enfant. Je l'ai vu de mes propres yeux ! C'est la faiblesse de ton peuple qui t'a fait échouer, non ma magie kidona. Tu n'avais pas le cœur fort ; tu n'as pas eu la volonté d'accomplir ce qui devait être accompli. Si tu n'avais pas parlé à la gardienne, si tu avais foncé, si tu l'avais tuée comme je te l'ordonnais, nous aurions tous les deux une vie bien meilleure aujourd'hui. Mais non ! Avec toute ta sagesse, Fils-de-soldat, tu crois en savoir plus qu'un guerrier kidona. Tu regardes, tu penses : "Bah, rien qu'une vieille femme !", et alors tu parles, tu parles, tu parles, et pendant ce temps ses racines blanches comme des asticots s'enfoncent en toi. Admire-toi maintenant, semblable à un gros ver sorti de sous un tronc pourri. Tu ne seras jamais un guerrier et tu appartiendras toujours à la gardienne ; elle te gonflera de magie et, quand elle t'en aura rempli, tu obéiras à tous les ordres du pouvoir. Mais tu as peut-être déjà commencé ? La magie t'a-t-elle retourné contre ton peuple ? » Il éclata d'un rire triomphant et pointa un doigt déformé vers moi. « Regarde-toi ! Je n'avais pas besoin de te tuer ; mieux valait te laisser vivre. Réfléchis un peu : aurais-je pu trouver meilleure revanche contre ton père ? Gros plein de soupe ! Tu fais partie des Tachetés maintenant et tu ne seras jamais soldat. Ton père a planté du fer en moi pour tuer ma magie, mais il m'en restait assez pour donner son fils à mon autre ennemi ; il m'en restait assez pour opposer mes ennemis l'un à l'autre. Longtemps après ma mort, vous vous combattrez et vous entre-tuerez, et vos cadavres s'entasseront à mes pieds dans l'après-vie à laquelle je serai condamné. »

Je ne puis décrire l'effet qu'eurent sur moi ses paroles. Je m'attendais à ce qu'il prétende ignorer de quoi je parlais, non à ce qu'il reconnaisse avoir partagé, par je ne sais quel prodige, mon rêve ni se rappelle aussi clairement que moi la façon dont la femme-arbre s'était emparée de moi. Il venait de confirmer mes pires terreurs. Un froid effrayant m'envahit ;

je croisai les bras et les serrai sur ma poitrine de peur de me mettre à trembler. Mes dernières murailles s'écroulaient en moi, et j'avais l'impression qu'un flot de sang glacé s'épanchait dans mon ventre. Je crispais les mâchoires pour m'empêcher de claquer des dents tandis que mon cœur tonnait dans ma poitrine quand tout à coup, émergeant de ce tumulte, un calme noir, terrible, monta en moi, et je déclarai d'une voix douce que je reconnus à peine : « Tu as quand même perdu, Kidona. Tu as perdu face à elle et tu as perdu face à moi. Je suis allé à votre Fuseau-qui-danse et j'ai bloqué la voie du Fuseau avec le fer ; c'est moi qui ai détruit la magie des Plaines ; tu ne peux plus puiser en elle. J'ai fait de toi un vieillard. C'est terminé, Kidona, pour toujours ; tu te raccroches à des lambeaux, à des bouts de fil, mais le tissu n'existe plus. Et je viens te dire ce soir que c'est moi qui l'ai arraché aux tiens et qui vous ai laissés tremblants de froid dans le noir, moi, Fils-de-soldat du Peuple ! Regarde-moi, Dewara ; regarde la mort de ta magie et de tous tes semblables ! »

Les émotions se succédèrent si vite sur son visage que j'eus presque envie de rire : il ne comprit d'abord pas ce que je disais puis la lumière se fit soudain dans son esprit ; l'incrédulité envahit ses traits, et enfin il accepta la véracité de mes propos : j'avais détruit sa magie, et cela le tuait à son tour.

Son visage prit une effrayante teinte violacée et il émit un gargouillis étranglé.

Je ne le vis même pas dégainer son cou-de-cygne. Sottement, je n'avais jamais imaginé que nous puissions en venir aux mains. Malgré son âge, la rage lui rendait sa vigueur et sa vivacité ; la lame incurvée fendit l'air, et le bronze refléta l'écarlate du feu et du soleil couchant, comme déjà ensanglanté. Je reculai pour l'éviter et sentis le vent de son passage sur mon visage. Comme je tirais ma propre épée, Dewara, empourpré par l'effort, bondit en avant en mettant tout le poids de sa haine dans son arme aiguisée. La mienne avait à peine quitté son fourreau que la pointe de son cou-de-cygne s'enfonça dans mon ventre. Je sentis sa morsure cuisante, le tissu de ma chemise qui se déchirait et cédait sous la pression du métal, puis, bizarrement, plus rien. Je poussai un gémissement et lâchai mon épée pour porter mes mains à mon abdomen tandis qu'il retirait son arme. Je restai ainsi, les mains crispées sur ma blessure, le sang suintant entre mes doigts, pétrifié par la surprise et l'horreur. *Mourir ainsi ! C'est stupide !* me dis-je alors qu'il ramenait son arme en arrière pour me décapiter. Un rictus découvrait ses dents pointues et la fureur lui exorbitait les yeux. Mon père ne me pardonnerait jamais une fin aussi ignominieuse.

L'explosion qui retentit derrière moi et l'éclair qui l'accompagnait me firent sursauter ; l'impact de multiples balles dans la poitrine arrêta Dewara en plein mouvement. L'espace d'un instant, il demeura figé, pris entre son élan et la force contraire du plomb, puis il s'effondra comme une marionnette dont on a coupé les fils, et son cou-de-cygne sauta de sa main inerte quand elle toucha le sol. Avant même qu'il eût fini sa chute, je savais qu'il était mort.

Un moment passa qui parut durer un jour entier. L'odeur sulfureuse de la poudre imprégnait l'air. Trop d'événements s'étaient produits simultanément, et j'en restais paralysé, les mains crispées sur mon ventre, conscient qu'une telle plaie pouvait s'infecter et me tuer aussi sûrement que la décapitation. Mon esprit refusait de comprendre que j'étais blessé, tout comme il n'arrivait pas à comprendre que Dewara gisait mort à mes pieds. Je n'avais jamais vu personne se faire abattre ; au choc que représentait cette mort brutale s'ajoutait le fait que Dewara avait un statut particulier pour moi : il incarnait mes cauchemars les plus épouvantables. Il avait failli me tuer mais il m'avait aussi appris son savoir, il avait partagé avec moi ses vivres et son eau ; il avait constitué une figure importante de ma vie, et il entraînait dans la mort une part considérable de mon expérience. Il ne restait plus que moi pour me souvenir de ce que nous avions vécu ensemble – or j'allais peut-être mourir aussi. Mon sang chantait à mes oreilles.

Comme s'il se trouvait très loin, j'entendis vaguement le sergent Duril dire : « Eh bien, je n'y croyais pas trop au début, mais, finalement, je suis content de l'avoir emporté ; le boutiquier appelle ça une poivrière. On dirait que je l'ai bien assaisonné, non ? »

Il s'approcha du corps de Dewara, s'accroupit un instant pour l'examiner puis se releva avec un grognement d'effort et revint près de moi. « Il est mort. Tu vas bien, Jamère ? Il ne t'a pas blessé, n'est-ce pas ? »

Il tenait à la main un petit pistolet à plusieurs canons. J'avais entendu parler de ces armes mais je n'en avais jamais vu ; efficaces seulement à courte portée, elles tiraient plusieurs balles en même temps, ce qui augmentait les chances de toucher une cible même si on n'avait pas le temps de l'ajuster. Mon père y voyait une arme de lâche, un ustensile qu'une prostituée de luxe ou qu'un joueur professionnel porterait caché dans sa manche, et j'étais surpris que le sergent Duril en eût un en sa possession – surpris et très soulagé.

« Je ne sais pas », répondis-je. Je ne sentais guère de douleur, mais je savais que le traumatisme mental d'une blessure pouvait rendre insensible pendant quelques minutes. Je me détournai et fis quelques pas mal assurés en direction du feu tout en m'efforçant de déboutonner ma chemise. Je préférais m'isoler, être seul pour découvrir la gravité de mon état. Je défaisais le dernier bouton et j'ouvrais ma chemise à l'instant où Duril me rejoignit.

« Dieu de bonté, aie pitié de nous ! » fit-il à mi-voix ; il s'agissait plus d'une prière que d'une exclamation. Sans me laisser le temps de l'en empêcher, il se pencha pour palper la plaie. « Ah, grâces en soient rendues à tout ce qui est saint ! Ce n'est qu'une éraflure, Jamère ; tu n'as quasiment rien, à peine une entaille – il y avait du capitonnage, sauf ton respect. Ah, dieu de bonté, merci ! Qu'est-ce que j'aurais dit à ton père avant qu'il me tue ? »

Ses genoux parurent céder, et il s'assit lourdement à côté du feu de Dewara. Je me détournai, bizarrement gêné de n'être pas plus gravement touché. J'essuyai le sang de mes mains sur ma chemise puis, serrant les dents, je sondai la plaie du bout des doigts. Le sergent avait raison : je ne saignais plus qu'imperceptiblement ; à l'idée qu'une blessure aussi superficielle ait pu m'arrêter net et me faire lâcher mon épée, j'éprouvai une profonde humiliation. Quel beau fils militaire je faisais ! Pour mon tout premier vrai combat, un vieillard réussissait à me désarmer d'une simple égratignure au ventre ! En songeant à ma fière épée qui gisait dans la poussière, la honte m'envahit, et j'allai la chercher.

La lumière du jour baissait vite. Je finis par retrouver mon arme à tâtons, la remis au fourreau puis ramassai celle de Dewara. Un instant, j'eus l'envie puérile de la conserver comme trophée, mais aussitôt cet élan de vanité me répugna ; je n'avais même pas tué celui qui la portait. Je fis miroiter la lame de bronze luisante à la lueur du feu, et ce que je vis me mit le cœur au bord des lèvres : la pointe était couverte de sang sur une longueur d'au moins quatre doigts. Elle m'avait donc percé sur cette profondeur. De ma main libre, je palpai ma blessure ; non, je ne ressentais quasiment aucune douleur.

Cela ne tenait pas debout.

Je me rapprochai du feu afin d'observer le cou-de-cygne de plus près ; le sergent Duril s'était remis de sa frayeur, et il se leva. « Laisse ça ! fit-il sèchement. Ne touche plus à rien. Il faut redescendre avant qu'il fasse trop sombre. »

Et il s'éloigna. Debout près des flammes, je contemplais mon sang qui maculait l'arme ; je tentais de me persuader qu'il avait coulé sur la lame, mais je savais que je me mentais. Le cou-de-cygne m'avait perforé jusqu'aux entrailles – et ma chair s'était refermée après son retrait. L'arme me glissa de la main et tomba dans le feu. Je me détournai et m'en allai.

Je passai devant la dépouille de Dewara sans lui accorder un regard, et, quand Duril annonça : « On mènera les chevaux par la bride, au moins jusqu'à l'épingle à cheveux », je ne discutai pas et le suivis avec autant de confiance que dans mon enfance.

Je préférais ne pas songer à ce que nous laissions derrière nous. Ni l'adolescent ni la vieille femme n'avoueraient sans doute jamais à quiconque qu'ils avaient livré Dewara, et, même dans le cas contraire, même si on pouvait établir un lien entre nous et sa mort, il m'avait attaqué et Duril m'avait sauvé la vie. J'éprouvais un sentiment étrange à le laisser ainsi gisant à l'air libre, mais il m'aurait paru encore plus inconvenant d'emporter son cadavre pour l'enterrer ailleurs.

L'obscurité emplissait l'étroit ravin comme l'eau emplit un seau. « Tu peux monter ? me demanda le sergent Duril d'un ton bourru.

— Ça ira. Ce n'était qu'une égratignure. » J'hésitai puis me lançai : « Allez-vous rapporter cette affaire à mon père ?

— Je n'en parlerai à personne, et toi non plus.

— Oui, sergent », répondis-je, soulagé de lui laisser la décision. Arrivés au virage, nous nous mîmes en selle et nous poursuivîmes notre descente.

Nous suivîmes le ravin enténébré sans échanger un mot. Quand nous émergeâmes sur la plaine, nous repassâmes de la nuit au crépuscule ; les dernières lueurs du couchant éclaboussaient encore le paysage. Duril fit accélérer sa monture et je menai Siraltier à ses côtés.

Sans me regarder, il demanda : « Alors, tu as obtenu ce que tu voulais ?

— Oui et non. Dewara est mort ; ce n'est pas vraiment ce que je cherchais, mais il ne m'aurait sans doute pas laissé d'autre option une fois au courant de ce que j'avais fait. Néanmoins, je ne pense pas avoir résolu quoi que ce soit : je suis toujours obèse ; d'après Dewara, je reste sous la coupe de la femme-arbre. » Je secouai brusquement la tête. « On dirait une vieille légende biscornue qu'on raconte au coin du feu ; comment puis-je croire à une histoire aussi extraordinaire ? »

Le sergent se tut. Les yeux fixés devant moi, je songeai aux événements de la soirée. « Il savait, dis-je enfin ; Dewara savait ce que j'avais vécu dans mon rêve, or il ne pouvait le savoir qu'en s'y trouvant lui aussi. Pour lui, cet épisode avait autant de réalité que notre visite de ce soir. Selon ses croyances, la femme-arbre m'a réduit à l'état d'esclave grâce à sa magie et condamné à devenir... ça ! » J'avais du mal à contenir le dégoût que m'inspirait mon aspect. « A l'entendre, je resterai ainsi jusqu'à la fin de mes jours, et le sort me réserve peut-être des tours encore pires ; j'irai peut-être jusqu'à trahir le royaume de Gernie !

— Du calme, mon garçon ; ne te donne pas trop d'importance, fit Duril avec une légère inflexion à la fois acerbe et moqueuse qui me piqua au vif.

— Mais, si je refuse de le croire, si je prétends que la magie n'existe pas ou qu'elle n'a aucun empire sur moi, alors rien ne rime à rien ! Rien n'explique que je grossisse, et j'ai d'autant plus de mal à savoir comment combattre mon poids. Que dois-je faire, sergent ? Quelle position adopter ? Dois-je prendre la parole de Dewara pour argent comptant et baisser les bras parce que, de toute façon, ma magie se servira de moi comme elle l'entend, ou accepter la réalité de mon père, où j'ignore pourquoi je m'empâte ainsi et où, malgré mes efforts, je n'arrive à rien ?

— Arrêtons-nous une minute », dit-il. Il tira les rênes et je fis halte à côté de lui. Il mit pied à terre et resserra la sous-ventrière de son cheval. « Elle s'est relâchée pendant la descente », expliqua-t-il, puis il me regarda, les yeux plissés dans les dernières lueurs du couchant. « Ça ne m'était jamais arrivé, Jamère ; le sort de blocage empêchait la sangle de glisser. Et maintenant ça ne marche plus. Ça me suffit, comme preuve : la magie des Plaines disparaît. Tu vas peut-être trouver ça ridicule, mais je t'avoue que je le regrette.

— Je ne vous jugerai jamais ridicule, sergent. Mais voulez-vous dire que vous croyez en la magie ? Vous pensez que je suis allé je ne sais où avec Dewara, que cette femme-arbre m'a volé une partie de mon âme, et que je l'ai tuée après la lui avoir reprise ? Et vous pensez aussi que je dois ma corpulence, non à une déficience de ma part, mais à la magie ? »

Duril se remit en selle et, sans un mot, lança son hongre au trot ; je l'imitai et, peu après, nous avancions tous deux au petit galop. Avant que la nuit fût complètement tombée, nous rejoignîmes la route du fleuve. Nous ralentîmes l'allure dans le noir, et il me répondit enfin.

« Jamère, je ne sais pas comment t'expliquer ce que je crois. Le sixdi, je fais mes dévotions au dieu de bonté, tout comme toi ; mais, depuis trente ans, chaque fois que je selle mon cheval, j'exécute le signe de blocage sur la boucle de sa sous-ventrière. J'ai vu un magicien du vent à l'œuvre, et j'ai vu une balle projetée hors d'un fusil par de la poudre ; je ne comprends pas vraiment comment ça marche dans les deux cas. Je dois sans doute croire en ce qui opère le mieux au moment où ça se passe. J'ai l'impression que tout le monde est comme ça.

— Que vais-je faire, sergent ? »

Je n'attendais pas vraiment de réponse ; je restai saisi quand il déclara d'un ton sombre : « A mon avis, il faut prier tous les deux le dieu de bonté pour que tu trouves un moyen de retourner la magie contre elle-même. »

8

Jugement

Il faisait nuit noire quand le sergent Duril et moi parvînmes à la maison. Nous allâmes mettre nous-mêmes nos chevaux à l'écurie puis échangeâmes un « bonsoir » à mi-voix devant le bâtiment. « Nettoie ton éraflure avant de te coucher », me conseilla-t-il, et je promis de suivre cette recommandation. Une éraflure ! Je savais que Dewara avait enfoncé son cou-de-cygne profondément ; la blessure me faisait toujours mal, mais moins que mon fondement et mon dos à la suite de notre longue chevauchée. J'empruntai l'entrée de service et m'arrêtai dans la cuisine.

Une lampe solitaire y brûlait, la mèche baissée. La grande pièce où l'activité régnait habituellement était déserte et silencieuse ; on avait nettoyé la table à pétrir, rangé certains aliments dans des pots en terre et recouvert d'autres avec des linges propres ; l'air conservait la chaleur un peu étouffante des repas qu'on avait préparés pendant la journée. Le pain de la semaine reposait sur le comptoir en miches rondes dont montait un parfum céleste.

Mon père s'enorgueillissait du système hydraulique qui alimentait toute notre maison. On remplissait régulièrement d'eau puisée au fleuve une vaste citerne surélevée par rapport au bâtiment, et, par gravité, elle nous fournissait à boire et de quoi nous baigner. Les épais murs de pierre de la citerne maintenaient l'eau fraîche même en été ; j'en bus trois grandes chopes à la suite puis une quatrième plus lentement. Ensuite, je mouillai un linge pour nettoyer mon visage couvert de transpiration et de poussière et m'humecter la nuque. La journée avait été longue.

Je trempai soigneusement le torchon, l'essorai, puis ouvris prudemment ma chemise. Je montai la mèche pour avoir davantage de lumière : le sang avait imbibé le tissu et comme amidonné la ceinture de mon pantalon. Avec précaution, je passai le tissu mouillé sur mon ventre et ôtai le sang qui le maculait jusqu'à ce que n'apparaisse plus qu'une fine entaille longue comme un doigt. Je serrai les dents pour résister à la douleur à venir et appuyai sur les lèvres de la plaie.

Je n'eus pas mal ; je ne parvins même pas à la faire saigner. La pointe du cou-de-cygne avait pénétré profondément dans ma chair et pourtant je ne souffrais guère que d'une méchante griffure. Avais-je été le jouet de mon imagination ? Non, il y avait trop de sang. De l'index, je suivis la fente ; elle se referma comme par magie. Comme par magie.

La tête me tourna soudain ; je m'agrippai au bord de l'évier en attendant que l'étourdissement passe, puis, avec un luxe de prudence, je rinçai le tissu et regardai l'eau rougie s'évacuer par l'écoulement. J'essorai le linge et le suspendis à sécher sur le porte-torchons. Ma blessure avait guéri comme par magie, parce que c'était de la magie. Un pouvoir qui résidait en moi. Je songeai soudain au faciès violacé de Dewara et à son rictus ; les balles de plomb de Duril l'avaient-elles vraiment tué ou bien était-il déjà en train de mourir alors qu'il m'attaquait ? Je me rappelais encore mon cœur qui tonnait et mon sang qui bouillait à cet instant. J'examinai l'idée que j'eusse pu tuer Dewara par la magie, et elle ne me plut pas. Je respirai à fond afin de me calmer.

L'excursion et le poids des révélations qui s'en étaient suivis m'avaient donné une faim de loup. Je pris une miche de pain encore tiède, une jatte de beurre et déposai le tout sur la table, puis je remplis une chope de la bière bon marché que mon père achetait pour les domestiques et enfin m'assis avec un soupir. Pendant un moment, je restai sans bouger dans la pénombre en m'efforçant de mettre de l'ordre dans tout ce que j'avais appris.

Les propos de Dewara ne renfermaient rien de nouveau ils confirmaient seulement les craintes qui grandissaient en moi depuis quatre ans. Je n'avais pas pu reconnaître la vérité jusque-là parce qu'elle ne cadrait pas avec le mode de pensée gernien ; pour quelqu'un comme mon père, ce que j'avais vécu n'avait strictement aucune réalité, et, si je tentais de lui expliquer mon expérience, il me regarderait comme un menteur ou un fou. Qu'avais-je donc gagné ce soir ? Que m'apportait la mort de Dewara ? Duril avait entendu ce qu'il avait dit, et il me croyait. C'était au moins un bénéfice.

Je coupai l'entame de la miche, la beurrai puis croquai dedans. Le goût simple, familier du pain me rassura en cette période où mon univers m'apparaissait si déformé que je ne le reconnaissais plus. J'avalai la bouchée puis bus une longue gorgée de bière. Quand je la reposai, la chope heurta la table avec un petit bruit sourd et réconfortant dans la cuisine envahie de pénombre.

La magie appartenait au monde où la civilisation n'existait pas, arme inconstante et sans puissance de gens trop primitifs pour créer une technologie qui leur permette de dominer la nature par les machines et la science. Pour moi, la magie n'avait d'utilité que pour les tours de passe-passe ou de petites commodités, mais certainement pas à grande échelle ; les petits sorts et charmes que je connaissais étaient pratiques mais nullement indispensables, à l'instar du signe de blocage qui évitait simplement de devoir s'arrêter pour resserrer une sangle. Il ne fallait pas confondre ces piètres bricolages avec la vraie invention et la véritable technologie ; un système aussi simple qu'une poulie ou aussi complexe que les canalisations qui desservaient en eau toute notre maison relevait de l'authentique innovation. Ce genre de création hissait l'homme au-dessus de sa condition sordide et de son labeur quotidien.

Plongé dans mes réflexions, je me coupai une nouvelle tartine et la beurrai lentement. J'avais toujours vu la technologie vaincre la magie ; par sa seule présence, le fer pouvait l'anéantir. Des balles de ce métal avaient tué le magicien du vent, Dewara accusait mon père d'avoir détruit son pouvoir en le blessant d'une balle de fer, et j'avais vu de mes propres yeux un petit couteau d'acier immobiliser brusquement le Fuseau-qui-danse.

Alors, comment la magie pouvait-elle m'affecter ainsi ?

J'étais en contact avec du fer tous les jours de ma vie ; elle n'aurait donc dû avoir aucune influence sur moi. En outre, Gernien, j'adorais le dieu de bonté, et j'avais un sacré talent pour l'ingénierie. Seuls les Nomades, sous leurs tentes, croyaient en la magie. Je pris le couteau à pain, en examinai la lame puis l'appuyai à plat sur mon bras. Rien, ni brûlure, ni froid glacial, ni répulsion. Mécontent d'avoir seulement tenté l'expérience, j'employai le couteau selon son but d'origine et me coupai une nouvelle tartine. Ma chope de bière était vide , je la remplis.

Pour la première fois de ma vie, j'avais envie de me confier à un prêtre. La plupart, je le savais, rejetaient complètement tout usage de la magie : elle ne faisait pas partie des dons que le dieu de bonté accordait à ses adorateurs, et, par conséquent, les justes n'avaient pas à s'y intéresser. Ils ne niaient pas son existence : le ciel ne m'en avait pas alloué le don, voilà tout. Les Saintes Ecritures le disaient en toutes lettres. Mais alors que m'arrivait-il ? Je n'avais rien demandé ; comment la magie pouvait-elle s'emparer de moi ?

Aussitôt, je dus m'avouer que je l'avais peut-être demandée ; qu'attendais-je d'autre, cette nuit d'il y avait des années où j'avais suivi Dewara et franchi le précipice ? Il avait suscité en moi le désir de devenir kidona au point de me persuader de risquer ma vie sans réfléchir. Avais-je alors offensé le dieu de bonté ? Etais-je littéralement tombé au pouvoir de la magie à cette occasion-là ? Inopinément, l'image des oiseaux sacrifiés me vint à l'esprit. Les anciens dieux, du moins les légendes d'autrefois l'affirmaient, conféraient du pouvoir à ceux qui pratiquaient ces offrandes. Un frisson d'angoisse me parcourut, et la cuisine chaude et accueillante parut soudain s'assombrir et prendre un aspect inquiétant. Enfant, j'avais appris que ceux qui croyaient dans le dieu de bonté n'avaient pas à redouter les horreurs et la violence des anciens dieux ; avais-je perdu cette protection en m'avançant au-dessus de l'abîme ? L'image d'un croas me vint, les ailes déployées, le cou tendu vers moi, criaillant d'un air menaçant. J'avais dérangé l'offrande faite à Orandula, le dieu des équilibres qui gouvernait la vie et la mort, le bonheur et le malheur. L'avais-je offensé ? Etais-je vulnérable à lui désormais ? Saisi d'une peur superstitieuse, je sentis les poils se dresser sur mes bras, et je crus m'évanouir de frayeur quand une voix âpre m'interpella dans mon dos.

« Que fais-tu ? »

Je sursautai puis me retournai avec un sentiment de culpabilité. « Je mange un morceau, père ; je suis rentré tard et je ne voulais réveiller personne. »

Il traversa la cuisine à grandes enjambées. Je me vis soudain tel qu'il devait me voir : comme un gros rustaud courbé sur la table en train de s'empiffrer en cachette. La moitié de miche de pain, le couteau sale, la jatte de beurre entamée et la chope de bière peignaient le tableau d'une ripaille subreptice.

« Espèce de porc ! Non seulement goinfre mais menteur ! Tu évites ta famille, tu refuses de manger avec nous, et pour quoi ? Pour descendre ici la nuit et bâfrer ?

— Je n'ai pas bâfré, père. » Je me levai et me plaçai devant la table constellée de miettes comme un enfant qui cherche à dissimuler le vase qu'il a cassé. « Je n'ai pris que quelques tartinées beurrées. Le sergent Duril et moi avons fait une sortie à cheval qui a duré beaucoup plus longtemps que prévu, et je suis rentré affamé.

— C'est précisément le but de la manœuvre, crétin adipeux ! C'est l'objectif des corvées que je te donne : faire disparaître la graisse de ta carcasse de paresseux. Je n'arrive pas à y croire, Jamère ! Depuis quand et pourquoi tu es devenu ce... ce va-de-la-gueule insatiable et menteur, je ne me l'explique pas ! Ah, tu m'as bien mené en bateau ces derniers jours en évitant ostensiblement de te montrer à notre table ! J'ai parlé avec les cuisinières ; elles disaient que tu ne mangeais qu'une assiettée de nourriture puis que tu t'en allais. Je songeais : « Ma foi, il fait des efforts, il a recouvré un peu de discipline et il nous épargne sa présence à table pendant qu'il mange. Il travaille dur, il se nourrit de façon frugale, bientôt il aura redressé la barre. » Je ne comprenais pas que tu ne perdes pas de poids, mais je voulais y voir un effet de mon impatience ; j'envisageais même, le dieu de bonté me pardonne, d'user de mon influence pour te permettre de réintégrer l'Ecole une fois que tu aurais montré ta volonté de changer. Mais qu'est-ce que je découvre aujourd'hui ? La vérité ! Tu nous jouais la comédie à trimer toute la journée et à restreindre tes repas, mais, la nuit venue, tu te faufilais ici comme un voleur et tu faisais bombance ! Pourquoi ? Croyais-tu que je ne finirais pas par percer à jour tes manigances ? Me prends-tu pour un imbécile, Jamère ? »

Je me tenais à présent au garde-à-vous et je refrénais ma colère. « Non, père ; jamais, père.

— Alors quoi, Jamère ? Quoi ? As-tu entendu parler des récentes escarmouches avec les Canteterriens et des nouveaux affrontements avec certains Nomades ? Ils nous rendent responsables de cette satanée peste ocellionne et ils se soulèvent. En une période comme celle-ci, un bon officier peut promouvoir sa carrière ; mais toi, on dirait que tu fuis toutes les occasions ! Serais-tu lâche ? Aurais-tu peur de servir ton roi dans l'armée ? Tu n'es pas paresseux ; j'ai des rapports, tu accomplis ton travail chaque jour. Qu'est-ce donc, Jamère ? Dis-le-moi ! » Son incompréhension alimentait sa fureur. « Pourquoi cherches-tu à nous humilier ? » Il s'avança vers moi d'un air menaçant, les yeux plantés dans les miens ; il m'évoquait un chien qui tourne autour de son adversaire, les pattes raides, en quête de la meilleure position pour attaquer. Mes pensées se pourchassaient en cercles étroits : c'était mon père ; il se montrait injuste ; il portait, et non moi, la responsabilité de mes malheurs. Une question me pétrifiait, à laquelle je ne trouvais pas de réponse : s'il me frappait, allais-je accepter le coup ou le lui rendre ?

Il lut peut-être mon indécision dans mon regard, ou bien il sentit la fureur qui m'habitait et que je contenais à grand-peine ; en tout cas, il s'arrêta net ; j'entendis ses dents grincer, puis il dit : « La discipline doit venir de l'intérieur ; tu devrais le savoir aujourd'hui. Mais, comme tu ne l'as pas appris, je vais te l'imposer comme à un enfant gâté. Tu vas remonter dans ta chambre, Jamère, et tu y resteras. Tu n'en sortiras qu'avec ma permission, et je surveillerai ce que tu manges. Devant le dieu de bonté, je fais serment de te débarrasser de cette graisse.

— Nous pouvons essayer, répondis-je d'une voix monocorde, mais je ne pense pas que ça marchera, père. »

Il eut un grognement de dédain. « Ça marchera. Tu n'as jamais vu un prisonnier condamné au pain et à l'eau pendant deux mois ; tu n'imagines pas à quelle vitesse on peut maigrir.

— Sans doute pas, père ; si je grossissais par gloutonnerie ou négligence, ce traitement opérerait sûrement. Mais ce n'est pas le cas. » Je n'avais que la vérité à lui exposer. Sans réfléchir, je poursuivis : « Je l'ai déjà expliqué à mère, et je sais qu'elle vous l'a répété ; je sais aussi que vous avez cru que je lui avais menti. Je ne lui ai pas menti : ma corpulence provient d'une malédiction que m'a jetée une magicienne ocellionne, ou une divinité, je ne sais pas exactement. Mais c'est elle qui m'a mis dans cet état en s'emparant de moi pour sa magie. Et elle a pu s'emparer de moi parce que vous m'avez jeté dans la gueule du loup en me confiant à Dewara à l'âge de quinze ans afin qu'il me forme – et il m'a formé, croyez-moi ! Il m'a maltraité, affamé, et il a fini par me convaincre que, pour acquérir le statut de guerrier, je devais devenir aussi kidona que lui. » Je m'exprimais d'un ton accusateur ; mon père me regardait, les yeux écarquillés, la bouche entrouverte.

« Il m'a drogué à l'aide d'une substance qu'il a mise un soir dans notre feu de camp ; elle dégageait une épaisse fumée sucrâtre, et, lorsqu'il m'a dit de le suivre, j'ai obéi. J'ai sauté d'une falaise derrière lui et je me suis retrouvé dans un autre monde. Nous y avons voyagé des jours, voire des semaines ; arrivés à un pont précaire au-dessus d'un précipice sans fond, il m'a ordonné d'en combattre le gardien. C'est là que j'ai rencontré la femme-arbre. Mais je n'ai pas pu me résoudre à agresser une femme, j'ai sous-estimé l'adversaire qu'elle représentait ; du coup je me suis retrouvé à sa merci et sous son emprise. Et ceci, ce physique obèse, je le lui dois. Sous ces oripeaux, je reste le même qu'autrefois, avec les mêmes rêves et les mêmes ambitions. Je n'ai jamais cessé de vouloir entrer dans l'armée ; je m'efforce de réparer le tort qu'on m'a infligé. Ce soir, je me suis rendu dans un campement kidona pour trouver un moyen de me libérer de cette malédiction ; mais il n'en existe pas, ou du moins c'est ce que...

— Silence ! » hurla mon père. A mesure que je parlais, je l'avais vu blêmir, ses traits se durcir, et je l'avais cru horrifié du mal qu'il m'avait fait involontairement. Un instant, ses lèvres tremblèrent puis il demanda : « As-tu perdu la raison ? Est-ce de ça que tu souffres ? De démence ? Que sont ces fables sur la magie et Dewara ? Tu veux faire remonter ta goinfrerie à un incident qui s'est produit il y a des années et m'en rendre responsable ? Mais, Jamère, regarde-toi ! Regarde ton ventre, regarde le fatras que tu as laissé sur la table, et dis-moi dans les yeux que tu n'y es pour rien ! La magie ! Quelle sottise ! A moins que tu ne te sois si bien persuadé de son pouvoir sur toi qu'elle n'en ait vraiment acquis ? J'ai entendu parler de ce phénomène où des hommes, convaincus d'être victimes d'une malédiction, finissaient par en mourir. Est-ce le cas chez toi, Jamère ? Crois-tu réellement que la magie est responsable de ton obésité ? » Il s'exprimait d'un ton chargé de mépris.

J'inspirai profondément et serrai les poings, mais je n'arrivai pas à réprimer le tremblement de ma voix. « La magie existe, père ; nous en sommes témoins, vous et moi, nous nous en servons tous les deux ! Le sort de blocage que nous exécutons sur la boucle de sous-ventrière, le magicien du vent qui remontait le fleuve à contre-courant, et...

— Tais-toi, Jamère ! Le signe de blocage n'est qu'une superstition de soldats et une de nos traditions les plus ridicules. Tu y crois encore alors que tu es adulte ? Quant au magicien du vent, il s'agissait d'un Nomade, si bien qu'en effet il savait exercer son pitoyable petit pouvoir ; mais toute sa magie n'a pas pu le sauver, parce que nous bénéficions, nous, d'une part de notre technologie, d'autre part de notre foi dans le dieu de bonté, qui nous rendent beaucoup plus puissants. Fils, écoute-moi : la magie ne te fait pas grossir ; elle n'a aucun pouvoir sur toi ! Sois attentif, fais ce que je te dis, et je te le prouverai. »

Son ton s'était adouci à partir du moment où il avait prononcé le mot « fils », et je mourais d'envie d'acquiescer à ses propos, de lui rendre la responsabilité de ma vie, de rétablir une certaine paix entre nous, même si elle se fondait sur un mensonge.

Mais je ne le pouvais pas. Trouvais-je enfin en moi ce qu'il m'avait envoyé chercher auprès de Dewara, le courage de prendre seul mes décisions quand je savais que mon commandant disposait d'informations moins complètes que les miennes ?

« Je vous obéirai, père ; je ne sortirai pas de ma chambre et je mangerai uniquement ce que vous jugerez nécessaire.

S'il le faut pour vous démontrer que j'ai raison et vous tort, je m'y plierai. Mais, que vous le vouliez ou non, vous finirez sans doute par devoir reconnaître qu'en me confiant à Dewara vous avez déclenché la succession d'événements qui nous a menés à la situation actuelle. Si quelqu'un porte la responsabilité de ce que je suis devenu, c'est vous, père, et non moi. »

Il me gifla. S'il m'avait donné un coup de poing, je crois que je le lui aurais rendu ; mais il me traitait comme un enfant insolent, ce que je n'étais pas, je le savais, et je ne réagis donc pas. D'une voix tremblante – ce que je pris pour une petite victoire – il dit : « Oui, nous verrons qui de nous deux a raison. Monte dans ta chambre et n'en bouge pas, Jamère, avant que je ne t'y rejoigne. C'est un ordre. »

J'obéis, dans un esprit non de soumission mais de défi, décidé à le laisser diriger mon existence et à lui démontrer par là même qu'il se trompait. Je me rendis dans ma chambre, fermai la porte, puis, bouillant de colère, ôtai mes habits maculés de sang. *J'aurais dû les lui montrer !* me dis-je, furieux, avant de me rendre compte que les taches sur le tissu foncé auraient pu passer pour les traces de n'importe quel liquide sombre. Je soulevai ma panse et tirai violemment à l'endroit où se trouvait ma blessure en espérant à demi qu'elle se rouvrirait soudain et que je pourrais présenter à mon père le flot de sang comme preuve de mes récentes aventures. Mais il ne se passa rien ; on ne voyait même plus de marque. Quand j'appuyai avec l'index, je n'éprouvai qu'une vague douleur interne. A en croire mon organisme, il ne s'était rien passé. Un instant, j'envisageai de me lever pour aller voir Duril, mais, si je sortais de chez moi, mon père, vigilant, descendrait sans doute et m'accuserait de nouvelles sournoiseries. Je n'avais qu'un seul moyen réaliste de le convaincre de ma bonne foi : lui remettre les rênes de mon existence et le laisser constater qu'il n'arrivait pas à me faire maigrir. J'attendais l'épreuve non avec résignation mais avec ardeur, comme un individu agressif peut avoir soif d'une confrontation.

Je m'allongeai sur mon lit. En fermant les yeux, je me répétais que seule mon apparence avait subi des altérations, que ma personnalité restait la même, et que mon père devait être à la fois stupide et aveugle pour ne pas le voir ; mais, avant de sombrer dans le sommeil, je m'avouai que j'avais bel et bien changé. J'avais guéri d'une blessure potentiellement mortelle. Outre ma corpulence et mon aspect extérieur, mon caractère aussi se transformait ; le Jamère qui avait intégré l'Ecole n'aurait jamais osé tenir tête à son père comme je l'avais fait ce soir. Quelle ironie ! Mon père avait réussi à faire émerger le fils qu'il désirait, mais cela n'avait pas l'air de le réjouir.

Ainsi débuta la lutte qui vit s'affronter nos deux volontés. Le lendemain, je me réveillai tôt, comme toujours, m'habillai puis restai assis sur mon lit en me demandant ce qui m'attendait. Plusieurs heures plus tard, mon père entra, un homme de forte carrure sur les talons ; il s'adressa à lui sans me dire un mot. « Il passera la journée à couper du bois ; il a droit à trois pauses pour boire, mais il ne doit rien manger. Le soir, vous le reconduirez ici. »

L'homme plissa le front. « C'est tout ? Je dois veiller à ce qu'il coupe du bois, qu'il boive seulement trois fois et qu'il ne mange rien ? »

Sèchement, mon père répondit : « Oui, à moins que vous ne vous sentiez pas à la hauteur de la tâche, Narle. »

Le domestique se renfrogna. « J'y arriverai ; je pensais seulement que vous attendiez autre chose de moi.

— Non, rien d'autre. » Mon père fit demi-tour et sortit.

J'enfilai mes bottes et me levai. « Allons couper du bois. »

L'homme fronça tant les sourcils qu'ils saillirent sur des bourrelets. « Tu veux te mettre au boulot ? Je ne dois pas t'obliger, ni rien ?

— Je vous assure que je tiens autant que mon père à effectuer cette corvée. Allons-y.

— C'est ton... c'est votre père ? »

Je renonçai à discuter avec lui. « Je descends me mettre au travail », déclarai-je. Je passai la porte et il me suivit comme un toutou docile.

Je coupai du bois toute la journée. Nul ne m'adressa la parole ni ne m'accorda guère d'attention. Une fois, le sergent Duril s'approcha d'un pas flânant puis s'éloigna ; il voulait sans doute me faire part d'une nouvelle ou d'une idée, mais, devant mon gardien, je préférai feindre de ne pas m'apercevoir de sa présence. J'attrapai des ampoules aux mains, elles éclatèrent et laissèrent la chair à vif. Je savais que je n'avais le droit de boire que trois fois dans la journée, aussi me dominai-je en attendant que mon organisme crie sa soif, et à ce moment-là je me désaltérai longuement. A l'évidence, mon père n'avait pas fixé de limites à la quantité que je pouvais boire.

La corvée devait être assommante pour Narle : assis sur un billot, il me regardait, un chapeau à bord mou sur la tête ; à mesure que l'ombre du hangar à bois tournait, il la suivait en déplaçant son siège. Le bois que j'avais à couper se composait surtout de baliveaux que je tranchais facilement d'un seul coup et de troncs d'esponde, longs et lourds, récupérés dans le fleuve.

Au crépuscule, Narle me raccompagna jusqu'à ma chambre. En entrant, j'observai qu'on avait fixé sur ma porte, côté couloir, un nouveau loquet de belle taille ; on m'enfermerait donc la nuit afin de m'interdire toute visite nocturne des cuisines. *Merci, père.* Il faisait étouffant dans la pièce : la fenêtre était fermée, et un coup d'œil suffit à m'apprendre qu'on l'avait condamnée de l'extérieur. Mon père ne voulait prendre aucun risque, même pas celui que je saute du premier étage dans le jardin ; j'imaginais sans peine l'état de mes genoux et de mes chevilles après une telle chute.

Mon gardien ferma la porte, et je m'assis sur le lit en attendant le bruit du loquet glissant dans son logement ; mais je n'entendis que les pas de Narle qui s'éloignaient. La femme de chambre avait changé l'eau de ma cuvette ; je remarquai aussi sans plaisir qu'on avait apporté un pot de chambre. Je fis ma toilette avec soulagement, même si j'aurais préféré un bain dans un baquet, voire dans les hauts-fonds du fleuve.

Peu après, des pas résonnèrent dans l'escalier. On frappa à ma porte et, quand j'ouvris, mon père en personne entra, un plateau couvert d'un linge entre les mains. Sans me regarder – sans doute était-il un peu gêné du traitement qu'il m'infligeait –, il déclara : « Voici ton dîner », comme si j'avais pu m'y tromper. Une odeur de viande frappa mes narines, et je me mis aussitôt à saliver. Ma faim, que je tenais plus ou moins à l'écart de mes pensées en l'absence de nourriture, tournait à l'obsession en présence de quoi que ce soit de comestible, et je me réjouis que mon père dépose le plateau sans le découvrir : s'il m'avait montré ce qu'il cachait, je n'aurais sans doute pas été capable de prêter attention à ses propos.

Il dit d'un ton gourmé : « Tu comprends, j'espère, que j'agis dans ton intérêt, Jamère. Fais-moi confiance, et je te promets que, d'ici la fin de la semaine, tes vêtements seront devenus trop grands pour toi ; je te prouverai que ton obésité résulte de ta boulimie et non d'un quelconque “sortilège”.

— Très bien », fis-je ; par cette réponse, je confirmais que je l'avais entendu, non que j'adhérais à son point de vue. Il la jugea effrontée et sortit ; il claqua la porte et, cette fois, j'entendis le loquet se fermer. Parfait. Je m'attaquai aussitôt à mon repas.

Dans un sens, il se montrait juste : au lieu de me donner simplement de l'eau et du pain, il m'avait apporté une portion frugale des plats que les miens savouraient à la salle à manger, y compris un demi-verre de vin. Je me servis du linge comme serviette et m'interdis de manger le plus petit morceau avant d'avoir découpé méticuleusement tout ce qui se trouvait dans l'assiette en bouchées infimes. Alors seulement je m'attelai à mon dîner ; je pris chaque miette comme s'il s'agissait de la dernière et m'efforçai d'en apprécier le goût afin de me satisfaire de ces rations réduites. J'avais tranché la viande si finement qu'il n'en restait que de minuscules paquets de fibres , je les broyai entre mes molaires et les gardai en bouche jusqu'à ce que le goût se dissipe. Je mangeai les petits pois un par un en exprimant doucement leur pâte tendre de leur mince emballage et en savourant la différence de texture. Je mâchai interminablement le pain, ravi de découvrir que chaque petit cube devenait légèrement sucré s'il restait assez longtemps sur ma langue.

Mon père, peut-être poussé par quelque sentiment d'équité, m'avait même fourni une minuscule part de clafoutis qui renfermait trois griottes, que je mangeai par portions qui couvraient à peine l'extrémité des dents de ma fourchette. Avais-je jamais perçu si finement le contraste aigu entre le sucré et l'amer, senti avec tant de précision quelles parties de ma langue réagissaient à l'un ou à l'autre ? Ma privation se transformait en exercice d'exploration sensorielle.

Et, quand j'eus nettoyé l'assiette de la dernière bribe qui y collait encore, je dégustai le demi-verre de vin. J'y trempai mes lèvres sur lesquelles je passai ensuite ma langue ; je goûtai le nectar d'abord par mon haleine puis, goutte après goutte, je terminai le verre. Ce repas qui ne m'aurait pas demandé plus de quelques minutes à l'Ecole avait duré plus d'une heure dans l'intimité de ma chambre.

Qu'on ne s'y trompe pas : je n'étais pas rassasié. La faim ouvrait sa gueule vorace et rugissait en moi, insatisfaite. Si ma chambre avait renfermé quoi que ce soit d'autre de vaguement comestible, je l'aurais dévoré ; j'avais envie de volume, de grandes pallerées à mâcher et à avaler en énormes goulées. Si j'avais continué à songer à mon appétit, j'aurais fini par perdre la raison ; aussi fis-je l'effort de me rappeler que j'avais passé des jours entiers avec beaucoup moins à manger pendant ma formation auprès de Dewara. On me privait mais on ne m'affamait pas. Je remis les plats sur le plateau, recouvris le tout du linge et ouvris mes manuels scolaires auxquels je n'avais pas touché depuis longtemps.

Je me fixai une leçon dans chacun d'entre eux et m'y absorbai ; j'étudiai l'histoire militaire de la Gernie, sur laquelle je pris des notes, puis je me consacrai à un chapitre de mathématiques dont je fis chaque exercice avant de vérifier mes réponses avec soin, enfin je traduisis plusieurs pages de varnien tirées de *L'Art de la guerre* de Bellock.

Quand j'eus fini, je sortis mon journal personnel et y consignai ma journée sans dissimulation ni embellissement. Cela fait, j'éteignis ma lampe et me mis au lit dans ma petite chambre sans air.

Le lendemain, j'étais déjà debout et habillé quand mon gardien déverrouilla ma porte. Ce jour-là, je chaulai plusieurs annexes de la propriété ; le travail n'avait rien de pénible mais ne laissait aucun répit ; j'avais les épaules en feu et je n'arrivais pratiquement plus à refermer mes mains à vif sur le manche du balai. Néanmoins, je serrais les dents et m'acharnais. Une fois, je vis ma mère : sortie de la maison, elle se tenait à distance, sans rien dire, et me regardait besogner ; quand elle se rendit compte que je l'avais aperçue, elle leva la main comme pour m'implorer de comprendre qu'elle ne pouvait rien faire. J'acquiesçai de la tête et elle s'en alla. Je ne tenais pas à ce qu'elle se mêle d'une affaire qui ne regardait que mon père et moi.

Mon gardien m'autorisa un bain avant de me reconduire à ma cellule. L'air m'y parut plus croupi que jamais, car les odeurs de mon occupation s'y trouvaient enfermées. Ma soirée répéta point par point celle de la veille : mon père m'apporta lui-même un repas frugal que je dégustai d'une façon obsessionnelle, puis je me fixai de nouvelles tâches scolaires. Si, contre toute attente, le plan de mon père se révélait efficace et que je réussisse à retourner à l'Ecole, je ne voulais pas me retrouver à la traîne de mes condisciples. En moi, deux espérances contradictoires s'empoignaient : je désirais plus que tout reprendre le cours normal de mon existence, mais je souhaitais tout autant démontrer une fois pour toutes à mon père qu'il avait tort et moi raison. Je m'efforçais de me persuader que je trouverais mon compte dans les deux cas, mais je m'apercevais que le premier me souriait plus que le second.

Je ne me rappelle plus combien de jours s'écoulèrent ainsi, toujours selon le même schéma. Chaque sixdi, j'avais droit à un petit répit : mon père me libérait pour que je me joigne à ses prières et à celles de mon frère aîné puis il me ramenait à ma solitude pour un après-midi de méditation ; mais les autres jours suivaient le modèle du premier : je me levais, travaillais du matin au soir, retournais dans ma chambre où je prenais mon repas et faisais mes leçons. Mon père me changeait régulièrement de corvée ; le haut de mon corps se musclait, si bien que ma chemise me serrait encore davantage aux épaules ; quant à ma corpulence, si je me fiais aux crans de ma ceinture, elle ne diminuait pas. Mon gardien n'était pas bavard et je n'avais rien à lui dire.

Peu d'incidents marquèrent cette période de ma vie. Un soir, je demandai à mon père davantage de papier et d'encre ; sans doute étonné de constater que je poursuivais seul mes études, il se plia à ma requête et, en guise de récompense, je suppose, me remit une lettre d'Epinie et de Spic.

J'accueillis cet intermède avec bonheur. Dans sa missive, ma cousine m'apprenait qu'elle et son époux se remettaient bien de leur récente passe d'armes avec la peste ; la santé de Spic en particulier manifestait des signes d'amélioration par rapport à la dernière fois où ils m'avaient vu. Il retrouvait sa personnalité d'antan, pleine d'énergie et de projets. Du coup, hélas, il ne tenait plus en place et s'exaspérait de vivre aux crochets de son frère ; il nourrissait trop d'idées pour améliorer la propriété familiale, pour exécuter les travaux de façon efficace, et son frère et lui se querellaient souvent, ce qui rendait tout le monde malheureux. Epinie souhaitait qu'il existât un moyen de permettre à Spic de retourner à l'Ecole, mais cela représentait pour le moment une trop grande dépense, d'autant plus qu'elle-même devrait loger en ville pendant qu'il suivrait ses cours.

Elle me remerciait d'avoir fait lire à son père les lettres qu'elle m'avait envoyées. Après une absence de communication de plusieurs mois, ils correspondaient à présent de manière régulière ; sans le dire explicitement, elle laissait entendre que sa mère avait pu détourner certains de leurs échanges. Dame Burvelle se désintéressait apparemment de sa fille aînée et portait tous ses efforts sur Purissa qu'elle formait pour en faire un parti digne du tout jeune prince, ce qu'Epinie jugeait honteux et cruel ; mais elle avait aussi le sentiment d'avoir moins déçu son père qu'elle ne le craignait, et je percevais un grand soulagement derrière ses propos.

Je lui répondis longuement en lui décrivant mes tribulations par le menu, y compris l'affrontement avec Dewara – puis, jugeant extrêmement probable que mon père lise mon courrier avant de le poster, je déchirai ma lettre. Je la réécrivis sur un ton plus circonspect en annonçant que mon retour à l'Ecole se voyait retardé pour des raisons de santé que j'espérais régler rapidement ; je remplis la suite des deux pages de généralités sur la vie à la maison puis conclus en leur envoyant mes bons vœux, à elle et à Spic.

Sur ma lancée, je décidai de répondre à la lettre de Caulder et de son oncle. Je m'efforçai de décrire la région où j'avais « trouvé » la pierre que le gamin m'avait dérobée ; je gardais un vif souvenir des circonstances où elle était entrée en ma possession : alors que Dewara me ramenait chez moi en me traînant au sol, inconscient, elle s'était incrustée dans ma chair. J'allai jusqu'à exécuter un dessin grossier qui ne méritait pas le qualificatif de « carte » et le joignis à ma lettre. Sur cet ultime geste de courtoisie, accordé à contrecœur, je décidai de tirer un trait définitif sur Caulder et sa parentèle.

Les journées se succédaient, pleines de corvées pénibles et sans intérêt, mais cela ne me dérangeait pas : mon esprit s'en trouvait libre d'errer à sa guise. Ainsi, j'analysai de bout en bout ma « relation amoureuse » avec Carsina. Elle avait commencé de façon abrupte, le soir où mon père m'avait appris qu'on allait me la donner pour épouse ; et, du jour où je l'avais vue au mariage de Posse et où elle m'avait traité avec tant de dédain, je ne pouvais plus penser à elle qu'avec colère.

Je suis humain, et je nourrissais des rêves de revanche : je retrouvais ma minceur et j'écrasais à mon tour Carsina de mon mépris ; j'accomplissais un acte héroïque, extraordinaire, comme par exemple sauver sa mère d'une mort certaine alors qu'un lion de prairie l'attaquait, puis, quand son père m'offrait ce que je désirais en récompense de mon courage, je lui demandais froidement de me délier de ma promesse d'épouser sa fille sans cœur et superficielle.

Je me rejouai cent fois ces scènes jusqu'au moment où je dus m'avouer qu'elles ne me procureraient pas tant de plaisir si je n'étais pas décidé à posséder Carsina, non par amour, comme j'en pris conscience un jour entre deux pelletées de fumier, mais parce qu'elle faisait partie de l'avenir idéal que j'avais imaginé ; dans ce rêve doré, je sortais diplômé de l'Ecole, obtenais un bon poste avec grade de lieutenant, gravissais rapidement les échelons de la hiérarchie puis demandais en mariage la jeune fille de bonne famille qu'on m'avait promise. Toute modification de cet avenir lui faisait perdre de son éclat ; je ne me voyais pas substituer une autre femme à Carsina, pas davantage que poursuivre une carrière autre que militaire. Et, chaque fois que j'imaginais le père de Carsina annulant son accord avec le mien et donnant sa fille à Remoire, je bouillais de rage ; je ne supportais pas l'idée qu'ils puissent parler de moi en se moquant ou que Carsina remercie Remoire de lui avoir évité le sinistre destin de devenir mon épouse. Le coup qu'elle avait infligé à mon amour-propre avait tari tout amour ou affection que j'avais pu lui porter ; en revanche, il avait aiguisé ma volonté de la faire mienne. Parfois, je me demandais ce que ma cousine Epinie aurait dit d'une telle attitude.

Je trouvais contrariant que ma mère, mon frère ni mes sœurs ne fassent nul effort pour me voir ; je supposais que mon père leur avait interdit tout contact avec moi de crainte qu'émus ils ne m'apportent à manger. J'ignore depuis combien de temps durait mon épreuve quand mon gardien me demanda : « Alors, comme ça, votre père, il essaie de vous faire maigrir, hein ?

— On dirait, oui », répondis-je avec un grognement d'effort. Narle me surveillait tandis que j'entassais dans un chariot des pierres qui devaient servir à bâtir un mur.

« Vous n'avez pas l'air plus mince qu'au début. »

Je déposai un bloc particulièrement pesant dans le véhicule puis je repris mon souffle. J'avais la bouche sèche mais je ne voulais pas encore demander une de mes précieuses pauses pour me désaltérer. « C'est vrai », dis-je. Je retournai au tas me charger d'une nouvelle pierre.

« Allez, vous pouvez me le dire : à quel moment vous vous procurez à bouffer ?

— On m'apporte un repas par jour. » Mon père lui avait-il donné l'ordre de me poser la question ? Me faisait-il espionner à présent ? Je m'accroupis, fis rouler un autre bloc sur le côté puis le soulevai. Je me relevai avec un « han ! » et me dirigeai en crabe vers le chariot où je déposai ma cargaison. « Et un chargement de plus, dis-je, haletant.

— Ouais ; bon, amenez-vous. » Dans sa grande sagesse, Narle avait jugé que je tirerais plus de profit de marcher à côté du chariot que d'y monter et de me laisser transporter jusqu'au site de déchargement ; je n'avais pas discuté, peut-être parce qu'au fond de moi mon apparence me faisait horreur autant qu'elle répugnait à mon père et que je souhaitais la maltraiter le plus durement possible.

« Alors pourquoi vous maigrissez pas ? »

Un pied sur le chariot, il s'apprêtait à s'installer sur le siège. Sur un coup de tête, je lui révélai la vérité. « Je suis victime d'une malédiction ; on m'a condamné à rester obèse toute ma vie.

— Ah ! » fit-il, et il n'ajouta rien. Narle ne se montra guère plus ouvert par la suite mais, chaque jour ou presque, il tenta d'entamer la conversation ; j'appris ainsi qu'orphelin, abandonné dès la naissance, il ignorait l'identité de ses parents et le destin qu'il devait suivre ; il était venu dans l'est en quête d'une vie et il avait trouvé un poste chez mon père en passant à Port-Burvelle. Il gardait les porcs avant qu'on ne lui confie ma surveillance, me dit-il avec un petit rire, et je suppose qu'il percevait un côté amusant dans la situation. Il avait une bonne amie de l'autre côté du fleuve, fille d'un boutiquier dont il espérait obtenir la main lorsqu'il aurait assez d'argent ; comme le père n'avait pas de fils, peut-être un des siens pourrait-il reprendre le magasin à son compte et avoir une vraie place dans le monde. Il enviait ceux qui savaient à quoi les destinait leur naissance.

De temps en temps, il m'apportait des bribes de nouvelles. Je sus par lui que, du jour au lendemain, les Kidonas avaient disparu du village bejawi, comme l'avait constaté sur place le convoi de ravitaillement. Ils n'avaient même pas emporté les tentes ni les rations que leur avait fournies le poste de Coude-Frannier, ces ingrats de sauvages ! Narle me révéla aussi que les renforts de la garnison de Guetis devaient passer à Port-Burvelle d'un jour à l'autre. Un instant, mon cœur bondit au souvenir des régiments qui défilaient, en route vers leurs postes de l'est sauvage et inculte, et que j'observais, monté sur Siraltier, du haut d'une colline qui dominait le fleuve. Les rangs de chevaux, les hommes qui marchaient au pas cadencé, les chariots aux couleurs de leurs régiments, tout cela nous gratifiait du spectacle le plus splendide et le plus fastueux auquel on pût assister dans notre partie du monde. Mais, cette fois, je n'aurais pas le plaisir de regarder défiler les cavaliers de Cait ni les fantassins de Doril, et encore moins celui de souper avec les officiers s'ils faisaient halte à Port-Burvelle :

mon père, au contraire, s'efforcerait sans doute de me dissimuler à leurs regards.

De Narle encore, j'appris qu'une épidémie s'étendait à Coude-Frannier ; des familles pauvres, sûrement des sang-mêlé, en avaient été les premières atteintes. On disait qu'arrivées depuis peu, sans hygiène, elles avaient apporté la maladie dans la ville, et que ceux qui l'attrapaient tombaient comme des mouches, victimes de fièvre, de vomissements et aussi de diarrhée. Voilà ce qui se passait quand on vivait comme ça dans la crasse.

Un frisson glacé me parcourut l'échine. « Mon père est-il au courant qu'il y a une épidémie à Coude-Frannier ? »

Mon gardien haussa les épaules ; manifestement, il supposait que son employeur ne s'intéressait pas à ce genre de péripéties.

Ce soir-là, je fis les cent pas dans ma chambre en attendant que mon père m'apporte mon dîner. Quand il déverrouilla enfin le loquet et entra, je l'accueillis par ces mots : « La peste ocellionne se répand dans Coude-Frannier ; je crains que Port-Burvelle n'y succombe ensuite.

— Quoi ? » Il posa mon plateau avec un claquement furieux. Il ne prenait jamais bien les mauvaises nouvelles.

D'un ton grave, je lui révélai ce que je savais.

Il secoua la tête d'un air exaspéré. « Il peut s'agir d'une dizaine d'autres maladies, Jamère ; depuis quand as-tu cette attitude de vierge effarouchée ? Ces gens ont peut-être bu de l'eau croupie ou mangé de la viande avariée. Tu ferais mieux de t'occuper de ta remise en état plutôt qu'imaginer la mort et la tragédie à ta porte. La peste ocellionne ! Comment arriverait-elle jusqu'ici ? »

Puis il ajouta d'un ton glacé : « Tiens-toi droit ; je veux te regarder. »

Sans répondre, je me redressai comme au garde-à-vous et restai dans cette position pendant qu'il m'examinait en tournant lentement autour de moi. Quand il revint face à moi, il avait le visage empourpré. « Apparemment, tu n'as pas perdu une livre. Tu as soudoyé ton gardien, c'est ça ? Il t'apporte à manger ? Il n'y a pas d'autre explication. Comment l'as-tu corrompu, Jamère ? Tu lui as promis de l'argent ? Ou bien possèdes-tu des ressources que j'ignore ? »

La rage s'empara de moi, plus forte que la faim qui me griffait les flancs. « Je n'ai rien fait de tel ! Je m'en suis tenu strictement à notre marché : j'ai travaillé tous les jours comme vous me l'avez ordonné et j'ai mangé seulement ce que vous m'avez apporté, père. Je vous l'avais dit : mon embonpoint n'a rien à voir avec la gourmandise ni l'absence de discipline. C'est une malédiction ! Que faut-il pour vous en convaincre ? Ou bien êtes-vous incapable de reconnaître que vous avez tort et que vous portez la responsabilité de ma difformité ? »

Ses traits se tordirent de fureur. « Espèce d'ignorant superstitieux ! » Il reprit si brutalement mon plateau que le verre se renversa ; l'odeur piquante du vin frappa mes narines. Involontairement, je tendis les mains pour saisir le plateau et empêcher mon père de jeter le précieux repas. Avec un rugissement de rage, il l'écarta et le jeta contre le mur. Horrifié, je vis les plats se briser en répandant leur contenu par terre. Un gros éclat du verre se planta dans la sauce épaisse de la tourte à la viande puis tomba sur le côté sous son propre poids. Consterné, je me tournai vers mon père.

Un tic nerveux agitait son visage. Un instant, il s'efforça de se maîtriser, puis il lâcha la bride à sa colère. « Voilà ton dîner, Jamère ! Profites-en bien, parce que c'est le dernier que tu verras avant longtemps ! » Il prit une longue inspiration exaspérée. « Je croyais pouvoir te faire confiance pour adhérer à notre accord ! Quel aveuglement ! Il ne te reste plus une seule miette d'honneur ; tu es prêt à mentir, à tricher, à voler pour prouver tes ridicules allégations ! Et pourquoi ? Parce que tu tiens absolument à rejeter sur moi la responsabilité de ton échec ! Parce que tu refuses d'endosser tes propres erreurs. Tu as toujours voulu qu'on te prenne en charge et je crains que tu ne changes jamais ! Tu n'auras jamais aucune autorité sur personne, Jamère, parce que tu n'as aucune autorité sur toi-même !

» Mais je vais te montrer comment agit un vrai officier, les mesures qu'il prend pour tenir ses troupes parées au combat. Je ne te fais plus confiance ; tu resteras ici, dans ta chambre, et je surveillerai personnellement ton jeûne. Tu constateras qu'il n'y a nulle magie dans cette affaire, mais seulement ta goinfrerie et ton laisser-aller ! »

Il se tut, à bout de souffle. Immobile, je le regardais fixement. Le dieu de bonté me vienne en aide, je me rappelle que je devais me tenir à quatre pour ne pas me jeter à genoux sur le plancher et récupérer avidement la nourriture répandue. Comme s'il sentait où se portait vraiment mon attention, il montra du doigt ce qui restait de mon repas et gronda : « Et nettoie-moi ça ! »

Là-dessus, il sortit en claquant la porte, et je l'entendis fermer le loquet. Sachant qu'il ne pourrait pas me surprendre, je m'agenouillai aussitôt pour redresser le fond du verre où demeurait une gorgée de vin. L'assiette, intacte, avait protégé une partie de mon repas en se retournant ; je m'entaillai le doigt sur un bout de verre en saisissant la cuiller pour ramasser délicatement les morceaux de farce de la tourte et les replacer dans l'assiette ; par bonheur, la croûte en pâte feuilletée avait en grande partie conservé sa forme, et je pus la retourner d'un seul bloc. Les petits pains au carvi n'avaient pas souffert ; en revanche, le plat qui contenait ma ration de salade de fruits s'était brisé. Je l'examinai en tâchant de mettre en balance le risque d'avaler des éclats de verre et le parfum des morceaux charnus de fruits qui luisaient de sirop aux épices. Les mains tremblantes tant je me dominais, car les arômes capiteux me cernaient de toutes parts, je me contraignis à examiner soigneusement chaque bout de fruit avant de le mettre de côté. Cela fait, je plaçai ce que j'avais sauvé de mon repas sur le plateau que j'allai déposer sur mon bureau. Le spectacle de ce qui restait par terre m'était insupportable et je le dissimulai sous ma serviette couverte de taches ; puis je m'attaquai en hâte à mon repas. Quand, une heure plus tard, je terminai la dernière miette de pain, je poussai un soupir puis entrepris de nettoyer les aliments encore répandus au sol.

Alors que je m'agenouillais comme un pénitent devant les restes mêlés d'éclats de verre de ce qui aurait dû constituer mon repas, je réussis à m'avouer que la magie n'avait pas modifié que mon apparence : naguère, mon amour-propre m'aurait interdit de ramasser de la nourriture tombée par terre ; aujourd'hui, m'alimenter avait pris une importance qui dépassait largement la seule nécessité nutritionnelle. Même le plaisir que j'éprouvais à manger se trouvait relégué au second plan par un autre changement en moi, plus profond.

Je reconstruisais mon corps pour y abriter ma magie.

A l'instant où mon esprit formula cette pensée, j'en perçus la vérité : oui, j'étais gros – mais j'étais fort, plus fort que jamais. Et, au cours de mes journées de privation forcée et de labeur pénible, j'avais observé des modifications chez moi · mon organisme ne produisait plus que très peu de déchets, et le pot de chambre méprisé restait le plus souvent inutilisé. J'avais aussi remarqué une immobilité nouvelle, comme si, lorsque je m'asseyais pour étudier, mon corps accédait à un état de repos qui m'évoquait la sensation de suspension qu'on éprouve dans l'eau ou l'impression de flotter dans la dimension entre les mondes du sommeil et de l'éveil. J'avais le sentiment que mon fonctionnement interne était devenu d'une efficacité extraordinaire et que, lorsque je ne me servais pas de mes bras ou de mes jambes, j'entrais dans une stase qui dépassait la simple détente.

Je mouillai ma serviette avec ce qui restait d'eau dans ma cuvette, m'en servis pour nettoyer mon plancher puis la mis sur le plateau, avec les couverts et la vaisselle cassée, que je posai de côté.

Je dus faire appel à toute ma discipline pour m'astreindre à ma routine vespérale. J'étudiai les leçons que je m'étais fixées puis décrivis fidèlement l'incident dans mon journal ; en revanche, je ne couchai pas par écrit les questions qui tournaient dans ma tête : jusqu'où mon père irait-il pour démontrer qu'il avait raison ? Me laisserait-il mourir de faim ? Je ne le pensais pas, mais je n'en avais plus la certitude.

9

Peste

Je me réveillai le lendemain lorsque le soleil matinal de l'été pénétra par ma fenêtre et toucha ma peau, petit plaisir simple qui ne changeait jamais. Je fermai les yeux et m'en imprégnai l'âme.

Je me levai à mon heure habituelle ; comme toujours, je me débarbouillai, m'habillai et fis mon lit ; enfin je m'assis au bord et j'attendis de voir comment se passerait ma journée.

Y a-t-il activité plus fastidieuse ? Je m'efforçai de m'occuper, d'abord avec mon manuel d'histoire, ensuite, ma chaise près de la fenêtre, en observant la cour de la maison.

Je ne vis tout d'abord pas grand-chose pour me distraire. Un cavalier se présenta, envoyé par le conseil municipal de Port-Burvelle à en juger par son brassard ; il grimpa les marches de l'entrée quatre à quatre, mais son cheval resta dans la cour.

Peu après, mon père et mon frère sortirent en compagnie du messager ; mon père enfilait son manteau. On amena deux chevaux et le trio s'en alla au grand galop, spectacle qui anéantit mes espoirs de voir mon père ce matin-là. Je restai un moment sur ma chaise en me demandant si mon gardien viendrait me chercher, même si l'heure habituelle était passée, mais nul ne se présenta.

Au bout de quelque temps, l'ennui me saisit. La faim, compagne toujours présente, me tourmentait, et mes entrailles criaient toujours plus fort quand je n'avais rien pour m'occuper l'esprit. Je m'allongeai sur mon lit et me plongeai dans *L'Art de la guerre*, mais j'avais du mal avec le varnien de Bellock, dont le style me paraissait pompeux et guindé, et je finis par poser mon livre sur ma poitrine et fermer les yeux.

Je tâchai d'analyser ma situation. Nous jouions, avec mon père, à celui qui pisserait le plus loin ; y avait-il moyen de sortir de cette compétition futile ? Il me tenait pour ainsi dire prisonnier ; je pouvais profiter de son absence pour enfoncer la porte et m'enfuir. Toutefois, je renâclai non seulement devant la lâcheté d'un tel acte mais aussi devant la perspective qu'il confirmerait la piètre opinion que mon père avait de moi ; je réduirais à néant l'infime espoir qui me restait de retourner à l'Ecole et de retrouver l'avenir que j'attendais depuis toujours.

Je pris une grande inspiration et je sentis une résolution soudaine prendre forme en moi, dure et tranchante comme la lame d'une épée : je ne renoncerais pas ; je ne baisserais pas les yeux le premier. Tandis que j'expirais lentement l'air de mes poumons, je me détendis et je sombrai dans une immobilité plus profonde que le sommeil, où je savais pouvoir échapper à la faim. Pendant quelque temps, je demeurai en suspens dans un monde silencieux, noir et vide.

Comme en attente, je fus peu à peu imprégné d'une impression de paix. Mon autre moi, qui se tenait tranquille depuis des semaines, se réveilla, nullement inquiet de ce qui m'arrivait ; il acceptait les changements que je subissais, l'épaississement de ma chair, non avec calme, mais avec une joie tout à fait lucide. Encore une fois, j'inspirai lentement, et il se déploya comme une ombre dans mon corps ; il s'étendit dans mes bras et s'installa dans mes jambes. Il s'apitoya sur mon ventre vide mais se rallia à ma résolution : nous ne renoncerions pas.

Un frisson d'inquiétude me parcourut devant son contentement, puis je l'acceptai comme une part passive de moi-même ; quel mal pouvait-il me faire ? Avec un soupir, je retombai dans son immobilité et je rêvai d'une forêt paisible sous l'azur de l'été.

Quand je me réveillai, le soleil ne se trouvait plus devant ma fenêtre ; il ne faisait nullement sombre, mais le rectangle de lumière dorée qui m'inondait s'était déplacé. J'ouvris les yeux en battant lentement des paupières. Personne n'avait pénétré dans ma chambre ; mon odorat m'indiquait qu'il n'y avait rien à manger, seulement de l'eau à boire. Je me levai, vidai ma carafe d'une seule lampée, puis, sur une impulsion que je ne compris pas, je poussai mon lit à l'autre bout de la pièce pour le placer dans le rectangle de soleil. J'ôtai ma chemise et me rallongeai pour profiter de la chaude lumière sur ma peau. Je relâchai ma respiration et laissai encore une fois ma conscience s'enfoncer dans le monde confortable où régnait mon autre moi ; il m'y accueillit et m'offrit l'abri de rêves où des fleurs se tournaient vers le soleil, où des feuilles absorbaient la lumière, leurs stomates fermés afin de conserver leur humidité. La forêt m'attendait ; elle m'invitait à me fondre en elle. Ma respiration devint une brise imperceptible qui agitait à peine les frondaisons proches, les battements de mon cœur des coups de tambour lointains et irréguliers.

J'émergeai dans le noir en entendant le bruit du loquet qu'on déverrouillait. Je me redressai aussitôt, mis les pieds par terre et fus pris d'un brusque étourdissement ; avant que j'aie le temps de me remettre, un domestique entra avec un plateau. Il leva le chandelier qu'il portait, parcourut du regard ma chambre plongée dans la pénombre, les sourcils froncés, puis posa ses chandelles et le plateau sur mon bureau. « Votre dîner, monsieur. » Ces trois simples mots contenaient avec peine le mépris dont il les chargeait.

« Merci. Où est mon père ? »

L'air réprobateur, il se baissa pour ramasser le plateau que j'avais laissé par terre près de la porte et où j'avais entassé la vaisselle sale et brisée. C'était le serviteur typique, fluet, dégingandé, pâle comme un champignon ; il eut un reniflement sonore, comme si l'odeur de la nourriture rassise le dégoûtait.

« Sire Burvelle reçoit un invité ce soir ; il m'a chargé de vous apporter ce plateau. » Et il se détourna comme s'il était en dessous de sa dignité de parler avec moi.

Je m'interposai entre la porte et lui ; il se recroquevilla comme devant un ours en colère. Au moins, ma corpulence avait une utilité, ne fût-ce que pour intimider les domestiques. « Qui est l'invité de mon père ? demandai-je.

— Je ne crois pas que...

— Qui est l'invité de mon père ? » répétai-je en m'approchant d'un pas. Il recula en tenant le plateau comme un bouclier.

« Le docteur Renaud de Port-Burvelle », répondit-il précipitamment.

A la mention du praticien, je me rappelai le messager que j'avais vu le matin même, et une peur insistante naquit en moi. « Y a-t-il une épidémie à Port-Burvelle ? Est-ce la raison de la présence du docteur ?

— Mais enfin, je n'en sais rien ! Je n'ai pas à m'interroger sur les motifs de sire Burvelle à recevoir un invité à sa table.

— De quoi ont-ils parlé ?

— Je n'écoute pas les conversations du maître de maison ! » Outragé du sous-entendu, il me menaça de son plateau comme s'il voulait faire peur à un chien. « Hors de mon chemin ! J'ai du travail. »

Je ne bougeai pas ; je m'apercevais qu'il s'adressait à moi comme à un inférieur, un mendiant, non comme à un des fils de son maître. Un jour viendrait-il où tout le monde me traiterait avec si peu de respect ?

« Dites "S'il vous plaît, monsieur" », fis-je sans hausser le ton.

Il me foudroya du regard puis dut se rendre compte à mon expression qu'il commettait une erreur. Il passa la langue sur ses lèvres minces puis se réfugia dans une attitude compassée et déclara d'un ton guindé : « Si vous aviez la bonté de me laisser passer, monsieur, je pourrais retourner à mes tâches habituelles. »

J'acquiesçai de la tête. « Vous pouvez sortir. » Et je m'écartai. Il se précipita vers la porte et la franchit comme un rat en fuite ; il la claqua derrière lui, puis le loquet glissa dans son logement.

« Dites à mon père que je dois lui parler ce soir même ! » criai-je.

Je n'entendis pour toute réponse que le bruit de ses pas qui s'éloignaient. Je crispai les poings, quasiment certain qu'il ne transmettrait pas mon message. Voyais-je une menace là où il n'y en avait pas ? Tout pouvait se réduire à une coïncidence, mon gardien qui évoquait des malades à Coude-Frannier, le messager de ce matin, la visite du seul médecin de Port-Burvelle. Je m'efforçai de chasser mon inquiétude, mais en vain.

Toutefois, avant que mon agacement eût le temps de se muer en colère, mon odorat détourna mon attention : il avait relevé une odeur et, comme un chien sur une sente, je la suivis. Elle me mena au plateau posé sur mon bureau ; je soulevai la serviette qui recouvrait mon assiette.

Du pain. Une petite miche, creusée d'une croix au sommet, grosse comme mes deux poings, et, à côté d'elle, une carafe d'eau. L'espace d'un instant, je restai consterné, puis mes sens me détournèrent de ce qui était absent pour m'orienter vers ce qui était présent. La miche formait une butte dorée ; je la saisis et sentis à sa base une fine pellicule grasse, là où elle avait touché la poêle brûlante. Je la rompis, croustillante au-dehors, tendre et légèrement élastique à l'intérieur ; je humai le parfum du blé de l'été.

Je m'en fourrai un morceau dans la bouche ; le goût submergea toute pensée que je pouvais entretenir. Je percevais chaque élément qui composait le pain, le grain qui avait grandi sous notre soleil de Grandval, la petite tombée de sel, le levain qui l'avait fait gonfler, le fondant du beurre qui avait amolli la croûte ; je savourais l'ensemble et mes sens s'y abandonnaient. Je mangeais sans hâte, bouchée par bouchée, en ne m'interrompant que pour boire une gorgée d'eau fraîche et pure. Je sentais la nourriture entrer en moi et, que l'on me croie ou non, devenir partie intégrante de mon organisme.

Du pain et de l'eau. Mon père avait présenté ce régime comme une privation mais, tandis que je consommais la miche et buvais la carafe qui l'accompagnait, j'avais vraiment l'impression de n'avoir besoin de rien de plus. Lorsque je terminai l'eau et reposai ma chope, une profonde satisfaction m'inonda.

Je rangeai le plateau de côté puis sortis mon journal et mes manuels, décidé à me plier à mes tâches désormais familières. Mon père viendrait ou ne viendrait pas, selon son envie ; je n'y pouvais rien.

J'eus plus de mal que d'habitude à me tenir à mes devoirs ; je me forçai à terminer les exercices et les leçons que je m'étais fixés, mais, malgré ma sieste, la somnolence me gagnait, et je dus faire appel à toute ma discipline pour persévérer dans mon travail. Je passai ensuite à mon journal et y consignai avec franchise ma crainte que la maladie ne menace Grandval ; cela fait, je m'abandonnai à mon envie de dormir et allai droit à mon lit. Je m'agenouillai et, plus par habitude que par ferveur, récitai mes prières du soir ; je priai davantage pour Port-Burvelle que pour moi-même, car je ne savais plus si je croyais encore en la puissance du dieu de bonté ou si j'espérais seulement qu'il existait et m'entendrait implorer sa pitié. Je tirai ma couverture sur moi et fermai les yeux en me demandant en quoi je croyais désormais ; je songeai aux Porontë et à leur atroce carrousel d'oiseaux morts ou agonisants : leurs anciens dieux auraient-ils pu m'épargner le sort qui m'affligeait ? Et à quel prix ? Malgré ces sombres pensées, le sommeil me saisit et m'entraîna promptement dans ses abysses. Je ne rêvai pas.

La lumière du jour me réveilla. Je ne m'habillai pas ; si quelqu'un se présentait chez moi, il serait toujours temps de me lever. Je quittai mes draps le temps de pousser mon lit afin de le placer là où les premiers rayons du soleil l'illuminaient, puis je me recouchai et replongeai dans un état qui n'était pas le sommeil. Je sentais mon organisme qui conservait tout ce qu'il absorbait, aliments, eau, et préservait même l'énergie nécessaire à ma respiration ou à mes déplacements ; j'avais l'impression d'être un arbre immense qui se dressait, les branches nues, toute vie apparemment suspendue en attendant le retour du printemps.

Ce jour-là, je ne sortis de mon lit que pour le mouvoir afin qu'il reste toujours dans la lumière du soleil ; quand elle disparut enfin et que la pénombre se déversa dans ma chambre, le même serviteur que la veille frappa à ma porte et entra avec mon pain et mon eau. « Quelles nouvelles de Port-Burvelle ? demandai-je en me redressant sur mon lit.

— Il y a la maladie », jeta-t-il d'un ton brusque, puis, sans me laisser le temps de me lever, il ressortit et verrouilla la porte. L'espace d'un instant, je restai paralysé d'angoisse ; mes pires craintes étaient-elles en train de se réaliser ? Ou bien, comme l'avait dit mon père, ne s'agissait-il que d'une épidémie bénigne qui passerait comme un orage d'été ? J'allai à mon bureau, me restaurai puis me recouchai ; je me rendormis.

Le lendemain se déroula de manière identique en dehors d'un détail : le domestique ne vint pas le soir m'apporter mon repas. Une heure passa puis une autre. Finalement, je ravalai ma dignité et tapai à coups de poings sur la porte en criant. Peu après, j'entendis la voix d'une domestique dans le couloir. « S'il vous plaît, monsieur, il y en a qui essaient de dormir !

— Je n'ai rien eu à manger ni à boire aujourd'hui ! Apportez-moi quelque chose et je me tiendrai tranquille. »

Silence ; puis : « Je vais tâcher de trouver quelqu'un qui ait la clé, monsieur. Votre père a été absent toute la journée et n'a pas laissé d'instructions pour vous ; et, comme votre mère est malade, je ne peux pas m'adresser à elle. Je vais frapper à l'étude de votre père pour lui demander ses consignes. Soyez patient, je vous en prie, et ne faites pas de bruit. Je vais voir ce que je peux faire.

— Merci. Ma mère est malade ? »

Il n'y eut pas de réponse. Je criai : « Mademoiselle ! » mais en vain. Je m'assis et attendis son retour pendant que la nuit s'assombrissait. Elle ne revint pas. Je m'efforçai d'imaginer ce qui se passait dans la maison ; si ma mère, mal portante, se reposait dans l'autre aile, la majorité des domestiques devaient s'occuper d'elle. Où étaient Posse, Elisi et Yaril ? L'infection les avait-elle contaminés aussi ? Je m'inquiétai désormais plus pour ma mère que pour moi-même, et ma faim se réduisit à un vide immobile au fond de moi. Forcé à l'inaction, je retournai dans mon lit et me rendormis ; l'inertie qui gisait au fond de moi s'empara de tout mon être.

Une autre journée s'écoula lentement. Nul ne se présenta à ma chambre. Je déplaçai mon lit en suivant la course du soleil. A plusieurs reprises, je tapai à ma porte et appelai, mais nul ne répondit. J'éprouvais une curieuse absence d'énergie , j'avais du mal à me réveiller et plus encore à me mettre en action.

Le quatrième jour sans aucune nourriture, je commençai à m'agiter sous l'impulsion d'une inquiétude sourde : mon père irait-il vraiment jusqu'à me laisser mourir de faim ? J'appelai à la porte, mais je n'entendis même pas un bruit de pas. Je m'allongeai par terre et appuyai mon oreille sur le plancher , je perçus des voix très faibles. Par l'interstice entre la porte et le sol, je criai : « Mère ? Posse ? Quelqu'un ? » Je n'obtins nulle réponse. Je frappai le plancher, d'abord à coups de poings puis avec ma chaise. Rien. Par trois fois, je tentai d'employer mon poids encore considérable pour enfoncer la porte, mais elle ne céda pas. Après plusieurs jours sans nourriture, ces quelques efforts m'épuisèrent ; je bus l'eau qui restait au fond de ma cuvette de toilette et dormis.

Le cinquième jour, j'essayai de forcer ma porte à coups de poings, à coups d'épaule, et je finis par y casser ma chaise Elle ne bougea pas d'un pouce ; plaque épaisse d'esponde, l'arbre héraldique des Burvelle de l'est, elle se révélait à la hauteur du symbole qu'elle représentait : résistante et insensible à mes coups comme à mes cris. Je ramassai un pied de ma chaise et brisai une des vitres de ma fenêtre. J'appelai de nouveau mais rien ne bougea dans la cour ; le contraste entre le temps superbe qu'il faisait et l'absence d'activité me donna la chair de poule. Que se passait-il ?

Toutes sortes d'hypothèses me vinrent : mon père était tombé malade et nul ne pensait à s'occuper de moi ; ma famille, partie rendre visite à des relations, m'avait abandonné aux bons soins des domestiques, lesquels m'avaient oublié. Une idée plus sinistre frappait avec insistance à l'huis de mon esprit : tous les occupants de la résidence avaient succombé à la peste, éventualité d'autant plus terrifiante qu'elle n'avait rien d'impossible. J'envisageai de briser les vitres restantes puis le cadre de la fenêtre et de sauter, mais c'était du pavé qui m'attendait au bout d'une longue chute ; si je ne me tuais pas sur le coup, je risquais de me briser les jambes ou le dos et d'affronter une lente agonie. Non, j'étais bel et bien pris au piège comme un rat dans une boîte.

La brise du matin qui soufflait par la fenêtre apportait un peu d'humidité ; j'ouvris ma chemise et je sentis ma peau l'absorber, puis je m'assis et, d'une main mal assurée, rédigeai un des derniers comptes rendus que renfermerait sans doute mon journal. Enfin je m'allongeai sur mon lit et fermai les yeux pour affronter mon destin.

Deux jours au moins s'écoulèrent encore ; le temps perdait sa signification : mon double ocellion avait fusionné encore davantage avec moi, et je prêtais plus attention au retour cyclique de l'aube et du crépuscule qu'au passage des heures.

La faim me tenaillait de façon si constante qu'elle devenait un état normal, et je n'y pensais plus. Ma peau me paraissait plus épaisse quand je la touchais, plus proche de celle d'un fruit coriace que de celle d'un homme ; j'avais la bouche sèche, et plus encore le nez et les yeux ; par commodité, je gardais les paupières closes la plupart du temps. Peu à peu, je pris conscience d'un bruit, celui du loquet de ma porte qu'on agitait. Avais-je entendu quelqu'un m'appeler ? Etait-ce ce qui m'avait tiré du sommeil ? Le temps que je reprenne assez mes esprits pour tourner la tête, celui ou celle qui se trouvait dans le couloir avait passé son chemin. J'aurais voulu crier mais j'avais la gorge et la bouche trop sèches ; mon organisme m'interdisait tout effort qui risquait de n'aboutir qu'à un gaspillage d'énergie.

Du temps passa, puis je perçus des pas lents qui s'arrêtèrent devant ma porte ; il y eut un raclement puis un grincement suivi d'un bruit de bois qui cède, et j'entendis le loquet et le cadenas tomber par terre dans le couloir. Sans bouger, je regardais la porte, et je crus à un miracle quand elle pivota sur ses gonds. Un sergent Duril hagard et décharné s'encadra dans l'ouverture, un pied-de-biche à la main. « Jamère ? fit-il d'une voix rauque. Tu es vivant ? C'est possible ? »

Lourdement, je me redressai sur mon lit sous les yeux arrondis de Duril. Mes lèvres formèrent les mots « A boire » et je les sentis se fendre, desséchées ; il hocha la tête. « Allons à la cuisine », dit-il. Je me levai et le suivis avec raideur, en marchant comme un mannequin de bois. Dans le couloir, je perçus les premiers effluves de la maladie ; un terrifiant pressentiment monta en moi.

Nous ne parlions pas ; Duril avançait d'un pas hésitant, comme un homme à bout de forces, tandis que je m'efforçais de me rappeler comment plier les genoux. Mes chevilles me semblaient raides comme des bouts de bois et même mes hanches ne fonctionnaient qu'à contrecœur. Quand nous pénétrâmes dans la cuisine, je me rendis tout droit à l'évier sans guère remarquer le bric-à-brac qui s'entassait sur les tables, les tasses et les assiettes sales qui encombraient les baquets de vaisselle. Je me penchai et bus directement au robinet l'eau fraîche ; une fois désaltéré, je mis mes mains en coupe et m'aspergeai le visage, puis je passai la tête sous le robinet et laissai l'eau me tremper les cheveux et dégouliner sur ma nuque, puis je m'en frottai les avant-bras ; de grands lambeaux de peau morte s'en détachèrent, semblables à la mue d'un serpent. Enfin, je me baignai les yeux et, alors seulement, je pris conscience des dépôts secs qui encroûtaient mes paupières. Une fois suffisamment réhydraté, je fermai le robinet et me tournai vers le sergent Duril.

« C'est la peste, n'est-ce pas ? »

Il acquiesça de la tête en me considérant d'un air effaré. « Je n'ai jamais vu personne boire autant ; mais, d'un autre côté, je ne m'attendais pas à te retrouver en vie. J'étais malade comme un chien, Jamère, sinon je serais venu t'ouvrir plus tôt. Quand j'ai réussi à me traîner jusqu'à la maison pour voir comment allait ton père, je lui ai tout de suite demandé de tes nouvelles, mais il m'a regardé d'un air complètement vide. J'ai l'impression que le chagrin lui a fait perdre la tête, mon garçon.

— Où est-il ? » Tout en parlant, je fouillais la dépense ; tous les vivres frais avaient été consommés ou s'étaient avariés. Il ne restait rien dans l'armoire à pain et, pour la première fois de ma vie, je trouvai les grands fours éteints et froids. Seuls de vieux relents de cuisine flottaient encore dans l'air. Il me fallait absolument me procurer à manger. Depuis l'époque où mon père avait bâti la maison, la cuisine débordait de vivres ; il y avait toujours du pain, un plat en train de mijoter sur le fourneau et de mélanger ses arômes à ceux du café chaud et de la viande grillée. A présent, le silence avait remplacé les bavardages du personnel, les claquements secs des couteaux sur les planches à découper, les chocs cadencés de la pâte à pain pétrie par des mains industrieuses.

J'ignorais où l'on rangeait les affaires ; on m'avait toujours apporté mes plats à table, tout préparés, ou bien je les trouvais mis refroidir sur une étagère ou une desserte. J'ouvris des tiroirs et des armoires au hasard et n'y découvris que des couverts, des bols à mélanger, des serviettes pliées. Un sentiment de frustration effrayant grandit en moi : où y avait-il à manger ?

Je tombai sur les tonneaux de farine de blé, d'avoine et de froment, ce qui me mit dans une colère noire, car je ne pouvais m'en servir tels quels et je n'avais pas le temps de cuisiner : mon organisme exigeait de la nourriture sur-le-champ Pour finir, je dénichai quelques navets au fond d'un des casiers à légumes ; ils s'étaient flétris, mais je n'avais pas le temps de me montrer difficile. Je mordis dans une des raves violet et blanc.

A cet instant, Duril déclara : « J'ai trouvé ton père assis par terre devant la porte de ton frère. Posse est mort, Jamère ; ta mère et ta sœur aînée aussi. »

Je continuai à mâcher mon navet tandis que des sensations opposées me déchiraient. Dans mon cœur, l'abîme de douleur qui s'était soudain ouvert dépassait tout ce que j'avais jamais éprouvé ; j'avais perdu des camarades et des professeurs respectés lorsque la peste avait ravagé l'Ecole, et ces morts m'avaient profondément peiné et choqué. Mais apprendre que ma mère, Posse et Elisi avaient été rayés de mon existence, en un clin d'œil, me semblait-il, me paralysait l'esprit. Je pensais passer le reste de ma vie en leur compagnie ; devenu trop vieux pour servir mon roi, j'avais prévu de retourner chez Posse, de m'installer à ses côtés, de l'aider à élever son fils militaire, de voir Elisi devenir épouse et enfanter à son tour Disparue, ma mère, si douce, sur qui j'avais toujours pu compter, qui se faisait toujours mon avocate auprès de mon père Morts, tous morts !

Dans le même temps, la bouchée de rave submergeait mes papilles d'un plaisir aigu ; l'amidon du cœur prenait un goût doucement sucré en contraste avec la peau piquante, tandis que deux textures s'opposaient, celle, fibreuse, de l'extérieur, et le croquant de l'intérieur. Avaler une grosse bouchée de nourriture après de longues journées de privation était en soi extatique. Je me rendis compte soudain qu'en me restaurant, non seulement je consommais la vie mais je fêtais sa victoire : une fois de plus, j'avais survécu, et mon organisme s'en réjouissait alors que le deuil qui me frappait emplissait mes yeux de larmes.

Duril me regardait. « Tu ne comptes pas aller voir ton père ? » me demanda-t-il enfin.

Je secouai lentement la tête, et je répondis d'une voix grêle : « Laissez-moi un peu de temps, sergent. Il y a des jours que je n'ai rien mangé ni bu ; il faut que je reprenne des forces avant de l'affronter. »

Je vis une expression fugitive de réprobation passer sur ses traits, mais il ne discuta pas et attendit que je finisse les navets. Je lui proposai de les partager avec lui mais il déclina mon offre sans un mot. Je trouvai ensuite un pot de raisins secs que je dévorai, charnus et collants, à pleines poignées ; ils avaient un goût merveilleux. Pourtant, plus je me rassasiais, plus mon chagrin devenait vif.

L'impression de dualité me submergea de nouveau ; d'un côté, mon moi ocellion jouissait d'avoir survécu, de l'autre, Jamère venait de perdre la majeure partie de son univers. Je regardai Duril. « S'il vous plaît, dites-moi tout ce que vous savez. Je suis resté isolé pendant des jours, sans eau, sans nourriture, sans nouvelles.

— C'est ce que je vois, fit-il avec gravité. Il n'y a pas grand-chose à raconter malgré tout ce qui s'est passé. La maladie est venue de Coude-Frannier – enfin, je pense. C'est arrivé si vite ! Ton père et ton frère y sont allés se renseigner quand le docteur Renaud leur a envoyé un message qui parlait d'une famille en train de mourir ; ce qu'ils ont vu les a inquiétés et, à leur retour, ils ont mis la quarantaine en place.

Mais, le lendemain matin, c'était déjà trop tard. » Il secoua la tête. « Le mal s'est répandu comme l'éclair dans Port-Burvelle, puis il a sauté le fleuve on ne sait comment. Ton frère Posse l'a attrapé le jour suivant, puis ta mère en le soignant. Tous ceux qui restaient capables de se déplacer s'enfuyaient. J'ai fait ce que j'ai pu, Jamère ; j'ai mené les troupeaux aux pâtures et j'ai lâché les chevaux dans les champs ; je ne pouvais rien de plus pour eux. Je suis tombé malade juste après ta mère, alors j'ignore ce qui s'est passé jusqu'à aujourd'hui, où, quand j'ai compris que je n'allais pas mourir, en fin de compte, je me suis traîné hors de mon lit pour monter tant bien que mal jusqu'ici. J'ai vu quatre cadavres couverts d'un drap dans la cour ; je ne sais pas de qui il s'agit ni depuis combien de temps on les a déposés là. Il règne partout une puanteur épouvantable. Apparemment, tout le monde ou presque a fichu le camp – enfin, j'espère qu'on ne va retrouver personne mort dans son lit ou ailleurs. Je n'ai pas visité toutes les chambres ; je suis allé tout droit chez toi sans me douter que ton père t'avait enfermé. C'est un miracle que tu t'en sois tiré, un vrai miracle ! Qu'avais-tu à boire ou à manger ?

— Rien. »

Il prit l'air sceptique.

« Rien, répétai-je. Je n'ai rien avalé depuis des jours ! » Je secouai la tête devant sa mine dubitative et renonçai. « Je n'ai pas le temps de vous convaincre, Duril, mais je vous dis la vérité. La magie à laquelle m'a exposé Dewara est puissante. J'ai dormi beaucoup, et profondément, comme un ours en hibernation. Et je me sens toujours assez affamé pour dévorer un cheval ; pourtant...

— Pourtant tu n'as pas maigri du tout. Mais tu as un teint bizarre, noirâtre comme celui d'un mort.

— Je sais. » En réalité, j'avais seulement des doutes. Je me frottai l'avant-bras ; ma peau me parut étrange, épaisse et caoutchouteuse. Je m'efforçai d'écarter ces considérations de mes pensées. « Je dois aller voir mon père, Duril ; ensuite, il faudra que je suive votre conseil : visiter toutes les pièces de la maison pour voir ce que j'y trouve. »

Je frémis encore en me rappelant les mots par lesquels mon père m'accueillit. Assis sur une chaise à dos droit devant la porte de Posse, il tourna la tête vers moi en entendant mes pas.

« Toi ! Toujours vivant et toujours gras comme un verrat alors que Posse est mort ! Pourquoi ? Pourquoi le dieu de bonté t'a-t-il épargné pour me prendre Posse ? Pourquoi me traite-t-il ainsi ? »

Je n'avais nulle réponse à lui fournir et je n'en ai toujours pas. Il avait une mine affreuse, décharné, hagard, débraillé ; je décidai de ne pas tenir compte de ses paroles.

« Avez-vous été malade ? » demandai-je avec raideur. Il acquiesça lentement de la tête.

« Que dois-je faire, père ? »

Il se mordit la lèvre puis il se leva et son menton se mit à trembler comme celui d'un enfant effrayé. « Ils sont tous morts ! Tous ! » Un gémissement plaintif lui échappa et il fit quelques pas chancelants vers moi, mais c'était auprès de Duril, non de moi, qu'il cherchait du réconfort. Le vieux sergent le serra contre lui pendant qu'il pleurait à chaudes larmes. Je restai à part, exclu même de sa douleur.

« Et Yaril ? dis-je lorsqu'il reprit sa respiration et parut se calmer.

— Je ne sais pas ! » Il avait crié comme si je lui avais infligé une blessure. « Quand Elisi est tombée malade, j'ai craint de perdre tous mes enfants ; j'ai ordonné à Yaril et Cécile de s'en aller, de se rendre chez les Porontë. J'ai envoyé ma petite fille loin de chez elle quasiment seule ! Il ne restait plus de domestiques pour répondre à la cloche, et j'ai dû m'occuper de leur départ moi-même ; le dieu de bonté seul sait ce qu'elle est devenue ! Toutes sortes d'individus parcourent les routes en ce moment. Pourvu qu'elle soit arrivée saine et sauve, pourvu que les Porontë les aient accueillies ! » Et il éclata de nouveau en sanglots, puis, à ma grande horreur, il s'écroula lentement et demeura prostré au sol.

Je voulus l'aider à se relever mais il me repoussa d'une main sans vigueur, comme si mon contact lui répugnait. J'échangeai un regard avec le sergent Duril et laissai mon père pleurer tout son soûl. Quand il eut épuisé le peu d'énergie qui lui restait, je m'accroupis à nouveau pour le redresser ; je dus prendre appui sur un genou et mon ventre me gêna pour passer les mains sous lui, mais je m'étonnai d'avoir la force de le soulever sans difficulté.

Je le portai jusqu'au salon, Duril sur les talons ; je l'installai sur un divan et dis au sergent : « Allez à la cuisine, allumez le feu et préparez une grande casserole de gruau ; mon père a besoin de manger, tout comme vous, et un plat simple lui conviendra le mieux pour commencer, si je puis m'en référer à ma propre expérience de la peste.

— Et toi, que vas-tu faire ? » demanda Duril. Mon père avait fermé les yeux et ne bougeait plus. Le vieux sous-officier connaissait déjà ma réponse, je pense.

« Je dois me rendre chez ma mère et chez Elisi. »

Il eut une expression de soulagement coupable, et nous nous séparâmes.

Je revis parfois le reste de cette journée dans mes cauchemars. La grande maison avait toujours été mon foyer, mon refuge, et j'avais toujours regardé ses vastes chambres accueillantes, décorées selon le goût de ma mère, comme un havre de calme et de répit loin de l'agitation du monde. A présent, la mort y régnait.

Elle avait frappé les miens depuis plusieurs jours. Posse gisait raide dans son lit, sans doute le dernier à avoir succombé. Mon père avait tenté de le soigner, comme l'indiquait le tas de linges souillés par terre près de lui ; on avait étendu sur lui une couverture propre qu'on avait bordée, et l'on avait dissimulé son visage sous une serviette. Mon frère aîné qui m'avait toujours précédé dans la vie m'avait aussi précédé dans la mort ; le fils héritier de mon père n'était plus. Je ne me sentais pas capable de mesurer toute la portée de cette disparition et je ressortis sans bruit de la chambre.

Quelqu'un, Elisi sans doute, avait cousu à la hâte un linceul pour ma mère. J'aurais voulu lui donner un baiser d'adieu, mais l'air empestait tant dans la pièce fermée que j'eus à peine la force d'entrer. De grosses mouches se cognaient et bourdonnaient contre les vitres des fenêtres. Je préférai finalement laisser ma mère couverte et conserver intact le souvenir de sa solide beauté. Je me rappelai la dernière fois où je l'avais vue ; je l'avais saluée d'un simple hochement de tête puis j'avais poursuivi mon chemin comme si elle n'était déjà qu'un fantôme ; je regrette nombre de mes réactions dans ma vie, mais peu autant que cette marque d'indifférence. Je la laissai dans son suaire sans y toucher et me rendis dans la chambre d'Elisi.

Nous n'avions jamais été proches. A ma naissance, la famille avait accueilli non seulement un nouvel enfant mais un fils, et un fils militaire ; je l'avais supplantée dans de nombreux domaines, et nos relations s'en étaient toujours ressenties. Aujourd'hui que la mort l'avait emportée, ce fossé qui nous séparait ne pourrait plus jamais se refermer. La dernière fois où j'avais pénétré chez elle, je me trouvais dans une chambre d'enfant, où des poupées voisinaient sur les étagères avec des livres onéreux aux illustrations en couleurs. Les années l'avaient changée : des aquarelles de fleurs des champs, peintes de la main d'Elisi et encadrées, décoraient les murs, tandis que les poupées avaient disparu depuis longtemps. Les fleurs fraîches avaient pourri dans leurs jolis vases, et le cadavre d'Elisi gisait, tordu, sur le lit ; une ravissante courtepointe brodée d'oiseaux l'entourait, chiffonnée, comme si elle l'avait repoussée en se débattant. Elle était couchée sur le flanc, la bouche ouverte, ses doigts crispés comme des serres tendus vers une carafe vide posée sur sa table de nuit.

Les morceaux d'une tasse brisée s'écrasèrent sous mes bottes. Je quittai sa chambre, incapable pour le moment d'affronter son horrible trépas.

Prenant sur moi, je vérifiai toutes les chambres de la maison. Dans l'aile des communs, restaurée de frais, je découvris deux nouveaux corps et une servante maigre et frêle. « Tout le monde s'est enfui, me dit-elle d'une voix chevrotante. Le maître leur avait ordonné de rester, mais ils sont partis en douce pendant la nuit. Moi, j'ai obéi et j'ai fait ce que j'ai pu, monsieur ; j'ai aidé mademoiselle Elisi à s'occuper de sa mère jusqu'à la fin ; on cousait le linceul quand la fièvre m'a prise, alors mademoiselle Elisi m'a conseillé d'aller me mettre au lit, qu'elle finirait toute seule et qu'elle viendrait me rejoindre. Elle m'a dit de me soigner, alors j'ai obéi, mais elle n'est jamais venue.

— Vous avez bien agi, répondis-je d'un ton morne. Vous n'auriez pas pu la sauver ; vous avez fait ce que vous pouviez et nous vous en remercions ; vous serez récompensée de votre fidélité. Allez à la cuisine, le sergent Duril y prépare à manger ; restaurez-vous puis tâchez de remettre la maison en état dans la mesure de vos moyens. » J'hésitai puis ajoutai : « Occupez-vous de sire Burvelle du mieux possible ; la douleur l'accable.

— Oui, monsieur ; merci, monsieur. » Elle affichait un soulagement pitoyable de ce que je ne l'eusse pas condamnée ; elle partit d'un pas traînant exécuter les tâches que je lui avais confiées. Les chambres restantes montraient les signes d'un départ précipité ; ceux qui s'étaient enfuis avaient-ils réussi à se sauver ou bien avaient-ils seulement propagé le mal ?

Mon père avait dessiné lui-même les plans de notre maison et de notre propriété ; il n'avait rien omis dans sa conception d'une demeure qui devait servir à la famille pendant des générations, et il avait donc même prévu un cimetière ceint d'un mur de pierre, adjacent à une chapelle, ombragé par de grands arbres et décoré de parterres fleuris. Les symboles du dieu de bonté décoraient des niches aménagées dans le mur : le grenadier, la cruche qui ne se tarit jamais et le trousseau de clés, je les avais vus si souvent que je n'y prêtais plus attention. Le cimetière formait un cadre accueillant, aussi bien entretenu que le jardin de ma mère. Mon père m'avait dit une fois « Nous y reposerons tous un jour. »

Il n'avait pas prévu que ce jour arriverait si tôt ni que ses enfants mourraient avant lui. Je n'avais jamais connu que cinq tombes, chacune signalée par une pierre qui indiquait la dernière demeure de ceux qui avaient œuvré sous les ordres de mon père, d'abord comme soldats puis comme serviteurs, et achevé leur existence chez lui.

Je passai le reste de la journée à creuser : neuf tombes, quatre pour les malheureux qui gisaient dans la cour, deux pour les dépouilles que j'avais découvertes dans les communs, trois pour les miens.

La tâche était rude, et je m'étonnai de parvenir à la mener à bien étant donné les privations que j'avais endurées. La terre superficielle, cultivée, se révéla meuble, mais, à quelques pouces seulement de profondeur, je rencontrai le roc caractéristique de notre région ; je posai alors ma bêche et pris une pioche pour traverser cette strate et atteindre la couche argileuse en dessous. Je m'absorbai dans cette tâche simple avec soulagement. Je façonnai des parois verticales à chaque tombe et rejetai la terre assez loin pour qu'elle ne retombe pas sur moi ; un autre aurait peut-être creusé des fosses moins larges, mais je devais tenir compte de ma corpulence pour y travailler. D'abord rouillés, les muscles de mes bras et de mes jambes s'échauffèrent et se plaignirent beaucoup moins que je ne m'y attendais ; je prenais plaisir à savourer de nouveau le grand air et le soleil. Au bout de quelques minutes, j'ôtai ma chemise afin de libérer mes mouvements, non sans craindre qu'on me vît.

Epuisant, le labeur m'évitait de penser ; je pataugeais dans la terre comme l'ingénieur aux bottes crottées de boue que je voulais devenir naguère, et j'alignais mes tombes avec précision, en laissant entre elles un espace régulier où circuler. Quand mon esprit se remit à fonctionner, je restai à l'orée de la douleur et refusai de prendre la pleine mesure de mon malheur. Sans songer à mes proches qui m'avaient quitté, je me demandai où les domestiques avaient trouvé refuge, ou s'ils avaient emporté leur propre mort avec eux et péri en chemin ; de là, j'en vins à m'interroger sur le sort de Port-Burvelle. La petite communauté, de l'autre côté de la route du fleuve, faisait la fierté de mon père ; il avait établi les plans des rues et persuadé un aubergiste, un maréchal-ferrant et un marchand de s'y établir longtemps avant que quiconque eût perçu le potentiel économique d'un relais à cet emplacement. L'existence de la bourgade et notre vie confortable dans notre résidence étaient étroitement liées. Le silence régnait-il dans Port-Burvelle, les morts se décomposaient-ils chez eux ?

Epouvanté, je chassai cette image de mes pensées, mais je me surpris alors à songer à nos voisins propriétaires ; comment se portaient-ils ? Certains vivaient dans un isolement relatif, et j'espérai que nos gens, en fuyant la peste, ne l'avaient pas apportée chez eux.

Enfin, comme un cheval têtu qui tourne au bout d'une longe, j'en arrivai à Cécile et Yaril : avaient-elles atteint saines et sauves la résidence des Porontë ? Avaient-elles échappé à la peste ou l'avaient-elles introduite dans leur refuge ?

La rancœur m'avait fait m'éloigner de ma petite sœur, mais, quand je pensais à elle à présent, je ne voyais que l'enfant aux grands yeux empreints de confiance. Je m'aperçus d'un singulier phénomène à cette occasion : j'avais pu lui en vouloir de manière aussi féroce uniquement parce que j'avais la conviction qu'un jour nous nous excuserions l'un auprès de l'autre et retrouverions notre proximité d'antan ; je me permettais d'être furieux contre elle parce que, tout au fond de moi, j'avais la certitude absolue qu'elle m'aimait toujours autant que je l'aimais. Aujourd'hui, suffoqué d'une terrible bouffée de peine, je me demandais si elle avait succombé sans m'absoudre ni savoir que j'étais prêt à lui pardonner. Et, sur cette affreuse pensée, je jetai l'ultime pelletée de terre hors de la neuvième tombe. Seul, je transportai les dépouilles des domestiques, l'une après l'autre, jusqu'à leur dernière demeure et les déposai à côté des fosses qui devaient les accueillir. Je remis ma chemise pour cacher ma crasse et me rendis aux cuisines ; dans les odeurs merveilleuses du gruau qui mijotait et du pain en train de cuire, je trouvai le sergent Duril et la bonne qui bavardaient à mi-voix ; Nita – j'appris qu'elle s'appelait ainsi – avait sorti du sel et de la mélasse, accompagnés d'une motte de beurre tirée d'une cave froide dont j'ignorais l'existence, et elle avait mis plusieurs pâtons de pain à cuire dans les fours rallumés. Elle m'annonça qu'ils avaient donné à mon père une collation accompagnée de plusieurs verres d'alcool fort avant de l'installer dans le lit propre d'une des chambres d'amis, où il s'était endormi d'un sommeil épuisé.

A ma demande, ils se rendirent auprès des quatre corps que j'avais déplacés afin de les examiner une dernière fois et me dire leurs noms. Ils avaient à peine quitté la cuisine que je ne pus plus me contenir : je me servis une énorme soupière de gruau, y mis plusieurs gros morceaux de beurre à fondre puis arrosai le tout de mélasse. Enfin je m'assis et dévorai le mélange – brûlant, mais cela ne me découragea pas – à grandes cuillerées. Je remuai le gruau pour le refroidir ; le beurre jaune et onctueux s'incorpora à la masse grumeleuse, et la mélasse y forma des spirales d'un brun somptueux. A mesure que le plat perdait sa chaleur, je savourais ses saveurs subtiles et la sensation merveilleuse d'avaler de larges portions nourrissantes. Je me servis encore une fois et vidai la marmite, ajoutai de généreuses rations de beurre et de mélasse, et dévorai à nouveau.

Une théière fumait sur la table ; je m'en servis une tasse, la sucrai avec de la mélasse au point d'épaissir le liquide comme un sirop, et, quand je la bus d'un trait, je sentis la vie et la vigueur resurgir en moi. Je me servis une autre tasse et vidai la théière ; je remplis la bouilloire et la remis à chauffer. L'odeur du pain en train de cuire affolait mes sens.

Le retour de Duril et Nita me prit par surprise. Tout à mon festin, j'avais presque oublié leur existence et la tâche macabre à laquelle je m'étais attelé. Je terminai en hâte ma tasse de thé. Duril me regardait, comme pétrifié par l'effarement, et je pris soudain conscience du spectacle que je devais offrir, le visage et la chemise maculés de sueur et de terre, les mains et les ongles noirs de crasse, le tout dominé par ma carrure énorme. La soupière où restaient des traces de gruau se trouvait encore devant moi sur la table, le broc de mélasse à côté d'elle, vide. Par réflexe, je courbai les épaules pour paraître moins imposant.

« J'ai les noms, si tu veux les noter, dit le sergent d'un ton contraint.

— Merci ; il faudra les faire graver plus tard sur des pierres, mais, pour le présent, je crois qu'il vaut mieux enterrer leurs propriétaires. »

Il acquiesça gravement de la tête. J'allai chercher du papier et une plume dans l'étude de mon père ; quand je revins à la cuisine, Nita lavait la casserole de gruau. « Je t'accompagne », déclara Duril, et nous sortîmes ensemble.

Il ne disait mot, mais je sentais sa réprobation. Quand nous arrivâmes au cimetière, il énonça la liste des noms, et je notai soigneusement chacun d'eux avec les détails qu'il connaissait sur celui à qui il appartenait. Puis, comme si je plantais des oignons de tulipes, je plaçai un homme et trois femmes dans la terre. Duril m'aida de son mieux mais il manquait de force, et je ne manipulai pas, je le crains, ces restes mortels avec toute la délicatesse requise. Une fois l'ensevelissement terminé, nous retournâmes à la maison et, l'un après l'autre, je transportai jusqu'au cimetière les deux domestiques que j'avais trouvés dans leurs chambres, en me servant de leurs draps souillés comme linceuls. Les mouches avaient pondu dans l'un d'eux et les asticots grouillaient dans ses narines et aux coins de sa bouche ; le sergent Duril, pourtant aguerri à ce genre de spectacle, se détourna, et je dus contenir un haut-le-cœur quand je recouvris l'homme de son drap et l'y enveloppai. Tout en le transportant, je me demandai si nous parviendrions un jour à dissiper la puanteur de la mort qui imprégnait la maison.

Duril avait connu les deux serviteurs. Je notai leur nom puis les déposai chacun au fond d'une tombe, après quoi nous les recouvrîmes de terre ; j'effectuai le plus gros du travail tandis que Duril, avec sa pelle, sauvait les apparences plus qu'il ne m'apportait une aide efficace. La longue journée d'été s'acheminait vers le crépuscule quand nous achevâmes notre tâche. Nous nous tînmes devant les six monticules de terre claire et Duril, qui avait enterré nombre de ses camarades au cours de sa carrière, adressa une simple prière de soldat au dieu de bonté.

Une fois la cérémonie terminée, il tourna vers moi un regard interrogateur.

« Ça peut attendre demain, répondis-je à mi-voix. Ils gisent dans leurs chambres depuis des jours ; un de plus ne leur fera pas de mal – et peut-être mon père sera-t-il assez remis pour m'aider à leur offrir une inhumation dans les règles. » Je poussai un soupir. « Je descends au fleuve me laver. »

Il hocha la tête, et je le quittai là.

Le lendemain matin, mon père n'allait guère mieux. Il ne réagit pas quand je m'adressai à lui ; mal rasé, hirsute, vêtu de sa chemise de nuit, il ne fit même pas mine de se redresser dans son lit. A plusieurs reprises, je lui expliquai que je devais enterrer mère, Posse et Elisi, qu'il était indécent de les laisser dans leurs chambres, mais il ne me regarda même pas. Pour finir, désespérant d'obtenir son aide, je me chargeai seul de la triste tâche. Duril m'assista, mais la besogne n'en resta pas moins accablante et elle manqua de dignité. Je trouvai de la corde dans les écuries, ce qui nous permit de descendre les dépouilles au fond de leurs fosses avec un semblant de décence ; j'aurais voulu les placer dans de beaux cercueils, à défaut dans de simples boîtes en bois, mais l'atroce odeur de putréfaction me convainquit d'agir le plus vite possible. Les arbres qui entouraient notre petit cimetière abritaient toute une troupe de croas avides avant que j'en eusse fini ; perchés dans les branches, ils m'observaient, sémillants dans leur costume noir et blanc, avec leurs caroncules rouge sang qui pendaient de part et d'autre de leur bec. Je les savais attirés par l'odeur de charogne ; ce n'étaient que des bêtes, et elles ne faisaient pas la distinction entre la chair humaine et la chair animale. Néanmoins, je ne pouvais les regarder sans songer au jardin des Porontë et au sacrifice de mariage à Orandula, l'ancien dieu de l'équilibre. Lugubre, je m'interrogeai : que contrebalançaient ces morts ? Et cela lui plaisait-il ?

J'enterrai ma famille puis dis les prières qui voulurent bien me venir à l'esprit, prières enfantines et rassurantes que ma mère m'avait apprises quand j'étais tout petit. Le sergent Duril vint assister à côté de moi à ma méchante cérémonie, puis je rapportai ma pelle et ma pioche à l'appentis, les suspendis au mur et allai me laver les mains pour les débarrasser de la terre du cimetière.

Et c'est ainsi que s'acheva mon ancienne existence.

10

Fuite

MON PÈRE SE REMIT avec une douloureuse lenteur. Durant la semaine qui suivit les inhumations, il demeura quasiment sans réaction ; je me rendais quotidiennement à son chevet pour lui parler et lui rapporter ce qui se passait, mais il refusait de me regarder. Après avoir tenté à plusieurs reprises de me déplacer pour rester devant lui et constaté qu'il continuait de se détourner, je renonçai et me contentai, debout au pied de son lit, de lui rapporter le soir ce que j'avais fait pendant la journée, et, le matin, de lui présenter les problèmes que j'avais à régler. Puis je me taisais en attendant une réponse, toujours en vain ; je m'efforçais de ne pas m'en laisser affecter et de continuer comme si de rien n'était. La terrible tragédie qui frappait notre famille avait mis fin, me semblait-il, à la lutte qui opposait nos volontés ; des préoccupations plus immédiates exigeaient notre attention que savoir pourquoi j'étais obèse ou si je deviendrais un jour militaire.

Nita obtint avec mon père de meilleurs résultats que moi. Elle commença par prendre ses repas avec lui, le persuada de se raser et de se baigner, et finit par le rapatrier dans ses appartements. Rétrospectivement, je pense qu'il souffrait non seulement de la douleur due à la disparition de sa famille mais aussi d'une atteinte bénigne de peste ; plus tard, je devais découvrir qu'on était rarement victime d'une contamination grave par deux fois, mais que certains pouvaient attraper une forme atténuée du mal et subir des crises récurrentes au cours des années suivantes.

Quelle qu'en fût la raison, mon père resta invalide pendant un mois et, malgré ma propre peine, il me revint de gérer la propriété. Quel tourbillon d'activité ! Toutes sortes de problèmes requéraient mon attention immédiate, or je n'avais que peu d'effectifs pour y faire face ; les domestiques n'avaient pas fui très loin, certains chez des propriétaires voisins qui les avaient hébergés ou autorisés à s'installer dans des abris rudimentaires aux limites de leurs terrains, d'autres dans la nature. Ils revinrent peu à peu, la queue basse, à raison de quelques-uns par jour, jusqu'au moment où nous eûmes retrouvé les trois quarts de notre personnel. Je ne sus jamais ce qu'étaient devenus les manquants, s'ils avaient péri ou s'ils nous avaient simplement abandonnés.

J'écrivis au docteur Amicas pour lui faire part de mon expérience car, je le savais, il continuait de réunir tous les renseignements possibles sur la maladie ; j'émis l'hypothèse que les gens, en s'égaillant, avaient peut-être rompu la propagation de la peste mais que, par leur absence, ils se trouvaient à l'origine des décès rapides que nous avions connus, car les victimes n'avaient plus personne pour les soigner. J'avouai ignorer si le nombre des morts en avait été réduit, et j'ajoutai que je ne suggérais pas cette solution comme système de défense contre le mal : il me paraissait probable que, si les domestiques avaient pu s'enfuir dans d'autres villes, ils auraient accru les risques de contamination de grands centres de population.

Je devais non seulement me soucier des occupants de la propriété mais aussi du bétail et de la volaille ; la majorité de nos animaux avait réussi à survivre à l'extérieur, grâce à la prévoyance du sergent Duril qui les avait lâchés dans la nature, mais certaines de nos cultures avaient souffert de leurs attentions, et il fallut rattraper chaque bête pour l'enfermer dans son enclos ou son pré.

Pendant ces journées épuisantes, je ne cessai de penser à Yaril. J'aurais voulu me rendre en personne à la résidence des Porontë pour avoir des nouvelles de Cécile et de ma petite sœur, mais je n'osais pas quitter mon père ; pour finir, j'envoyai le sergent Duril dès qu'il fut en état de monter à cheval. Il emmena un oiseau messager qui, avant la fin du jour, revint avec une bague verte à la patte pour m'indiquer que ma sœur était vivante.

C'est de Coudre-Frannier que nous reçûmes les pires nouvelles. Les cavaliers de Cait et les fantassins de Doril avaient péri jusqu'au dernier ; deux jours après avoir traversé la ville, les hommes avaient commencé à tomber malades ; les officiers avaient ordonné une halte et monté un camp qui était devenu leur cimetière. La population de Coude-Frannier, trop occupée elle-même par le fléau, n'avait pu leur apporter aucun secours, et les voyageurs faisaient demi-tour en voyant les bannières jaunes qui signalaient une épidémie dans le camp. Quand enfin on vint à leur aide, il ne restait plus personne à sauver ; le commandant avait succombé à son bureau de campagne, la liste de ses morts inscrite dans son journal de fils militaire posé sous son coude. Les soldats avaient réussi à enterrer certains de leurs camarades ; on dressa un brasier funéraire pour les autres. « Si les officiers de Guetis comptaient sur de la main-d'œuvre supplémentaire cet été, il faudra qu'ils s'en passent, fit Duril d'un ton lugubre. J'ai l'impression que la Route du roi n'avancera pas beaucoup cette année. »

Je compatissais à tous ces malheurs, mais je m'inquiétais davantage de mes propres problèmes. Ainsi que je le craignais, la peste avait ravagé Port-Burvelle et, dès que j'en eus le temps, je m'y rendis. Je trouvai la bourgade en proie au chaos ; beaucoup d'habitants avaient péri et le conseil municipal avait laissé le champ libre à la racaille. Il y avait eu des actes de pillage et des violences à l'encontre de ceux qu'on soupçonnait d'avoir introduit la maladie dans la ville. Des familles entières avaient été détruites, et, à bout de ressources, même les honnêtes gens avaient dû se résoudre à voler des vivres, des couvertures et des objets de valeur dans les maisons des morts. Tout d'abord, je ne vis pas comment restaurer l'ordre.

Le sergent Duril, devenu de fait mon conseiller, haussa les épaules et dit : « Dans les moments durs, on se raccroche aux habitudes pour se rassurer, du gruau au petit déjeuner ou la même prière tous les soirs. Plus de la moitié des habitants ont été soldats un jour ou l'autre ; il faut les replacer sous commandement militaire le temps qu'ils se rappellent comment on mène seul sa vie. »

Je jugeai sa remarque pleine de bon sens et lui dis de choisir ses hommes. L'après-midi, je me rendis à Port-Burvelle avec Duril à mes côtés et sa troupe derrière lui. Au cœur du bourg, de mon ton le plus impérieux, j'appelai ce qui restait du conseil municipal à se rassembler devant moi dans la rue et j'annonçai sans détour que mon père avait confié à Duril la mission de désigner une dizaine de notables qu'il estimerait assez fiables pour représenter l'ordre. Je déclarai que, sous l'autorité de mon père, il imposerait à l'aide de sa patrouille la loi martiale, instaurerait un couvre-feu, condamnerait les maisons inoccupées, réquisitionnerait et rationnerait les vivres et emploierait comme fossoyeurs les fauteurs de troubles les plus jeunes. Duril fournirait le muscle tandis que je tiendrais les comptes : je promis qu'une fois la situation revenue à la normale ceux qui auraient coopéré se verraient remboursés des fournitures de première nécessité qu'on aurait saisies. Malgré ma corpulence disgracieuse, je m'efforçais de prendre une pose martiale afin de suggérer une autorité pourtant en grande partie imaginaire ; par ma présence, je laissais entendre que Duril en référerait à moi et moi à mon père, ce qui était vrai. Le conseil ignorait seulement que mon père regardait le mur et ne répondait pas quand je lui faisais mes comptes rendus.

L'artifice se révéla efficace, et il ne fallut que dix jours aux habitants du bourg pour recouvrer leur respect de la loi et prouver qu'ils étaient prêts à reprendre leur vie en main. Je fis savoir aux membres survivants du conseil municipal qu'ils pouvaient me présenter leurs éventuelles doléances et que, le cas échéant, j'ordonnerais au sergent Duril et à sa patrouille de faire appliquer les règles qu'ils jugeraient nécessaires pour le bon rétablissement de la ville. Je tirai une grande satisfaction de ce résultat ; je le savais, l'idée venait de Duril, qui avait en outre fourni la discipline de base ; mais je m'étais conduit en officier et en gentilhomme, et cela avait marché. Tout faraud, je voyais déjà mon père, une fois qu'il aurait repris ses sens, partageant ma fierté devant ma réussite.

Il ne s'agissait là que d'une des nombreuses tâches qui m'occupaient du matin au soir ; chaque jour, il y en avait des dizaines d'autres, apparemment triviales mais qui exigeaient mon attention immédiate et une prompte solution. Je croyais en savoir long sur la gestion de la propriété mais, lorsque la citerne se trouva vide, je me rappelai soudain qu'il fallait plusieurs hommes, un chariot, un attelage de chevaux et des barriques d'eau prélevée dans le fleuve pour la remplir chaque semaine. Dans le verger, de nombreux arbres fruitiers de l'année n'avaient pas été arrosés pendant l'épidémie ; j'assignai des jeunes gens à ce travail et parvins à sauver plus de la moitié des plantations du printemps ; je fis également réparer des clôtures que le bétail avait abattues.

Je dus me charger aussi de la triste tâche d'annoncer notre malheur à la famille et aux amis. J'écrivis à mon oncle, à Epinie et Spic, à d'autres parents encore, et je transmis la nouvelle aux propriétés de la région. J'envoyai au supérieur de l'ordre de Vanze une lettre à laquelle j'en joignis une autre, personnelle, à l'adresse de mon frère ; je reçus une réponse sèche où l'on m'expliquait que Vanze effectuait une retraite dans l'isolement et la méditation pour un mois, et qu'on lui apprendrait la nouvelle à son retour. Je poussai un soupir désolé pour mon petit frère puis je m'absorbai dans d'autres affaires pressantes. Une brève missive du docteur Amicas arriva, où il me présentait ses condoléances et me recommandait instamment de faire brûler draps, couvertures et toutes tentures des pièces où la peste avait frappé de crainte qu'ils ne recèlent encore des germes. Après avoir mis son conseil à exécution, je parcourus du regard la chambre nue de ma mère et mon cœur s'emplit de sombres pressentiments. L'odeur tenace de la mort imprégnait la maison, aussi donnai-je l'ordre qu'on la nettoie de fond en comble.

La plupart de nos gens, domestiques ou saisonniers, étaient revenus peu à peu, mais quelques-uns, importants pour le fonctionnement de la maison, avaient disparu, et je dus décider qui les remplacerait. Certains avaient souffert pendant l'épidémie et, bien qu'en voie de guérison, ils n'étaient pas encore en état de reprendre le collier. Sans réfléchir, je bombardai Nita à la tête de l'entretien de la maison et m'aperçus bientôt que, malgré son intelligence et sa loyauté envers nous, elle n'avait aucun talent pour éviter les heurts de fonctionnement ; hélas, j'ignorais comment la rétrograder sans l'insulter et qui mettre à sa place. Nous continuâmes donc ainsi, cahin-caha, sous sa houlette incertaine.

Je mis la main sur les clés et les livres de mon père, et je m'efforçai de tenir les comptes à jour tout en ne dépensant que le strict nécessaire ; la tâche se révélait ardue et je me demandais souvent comment un soldat comme lui réussissait à jongler avec les affaires propres à la noblesse. Je n'avais jamais imaginé qu'il y fallût tant de comptabilité ni la gestion d'autant de personnes. Chaque jour je priais le dieu de bonté pour que mon père se rétablisse et m'ôte ces fardeaux des épaules.

Deux semaines après l'enterrement de trois membres de ma famille, je jugeai que la maison avait retrouvé un fonctionnement assez normal pour me permettre d'aller chercher ma sœur Yaril chez les Porontë. Je commandai la voiture et refis le trajet qui, quelques mois plus tôt, nous avait conduits au mariage de mon frère ; aujourd'hui, j'allais rendre visite à sa veuve. J'avais enfilé mon plus beau costume, celui que ma mère m'avait confectionné pour la cérémonie ; il me serrait désagréablement aux entournures.

La peste avait épargné le domaine des Porontë, et il y régnait un air de normalité qui me parut étrange quand j'y arrivai : des hommes travaillaient dans les champs, le bétail paissait paisiblement, et le domestique en livrée qui m'ouvrit la porte m'accueillit avec un sourire gracieux. Toutefois, quand je traversai les salles de la résidence, pleines de fleurs et de musique lors de mon dernier passage, je les découvris en décor de deuil. Les parents de Cécile vinrent me retrouver dans leur salon ; je les remerciai solennellement d'avoir donné abri à ma sœur, et ils répondirent avec gêne qu'ils n'auraient pu faire moins pour Yaril en des circonstances aussi terribles.

J'avais prévu de ramener Cécile et Yaril à la maison, mais dame Porontë me supplia de laisser sa fille demeurer chez elle en attendant qu'elle ait surmonté le plus noir de sa douleur ; passer du bonheur des épousailles à l'horreur de la maladie et de la mort de son mari lui avait causé un choc violent que son tempérament sensible n'avait pas supporté. Après son arrivée, elle était restée alitée pendant des jours, et, aujourd'hui encore, ne se levait que quelques heures pendant la journée. Elle avait besoin de temps pour se remettre et trouver son chemin dans la vie de tristesse qui l'attendait. Mal à l'aise, je me demandai s'ils avaient l'intention de la laisser revenir un jour chez nous ; Cécile avait le devoir de s'installer chez son époux pour s'occuper de la gestion de la propriété, mais je n'avais pas le cœur de l'exiger. Je répondis que, lorsque mon père se sentirait mieux, ils pourraient tous se réunir pour choisir la meilleure solution.

J'étais déçu que Yaril ne fût pas venue m'accueillir, mais la mère de Cécile m'expliqua qu'ils lui avaient demandé de rester au jardin en attendant que « tous les problèmes soient réglés ». La question de Cécile tranchée, ils me laissèrent libre d'aller rejoindre ma sœur. Quand je la vis marchant seule dans l'allée sableuse entre des parterres d'herbes aromatiques soigneusement entretenus, si petite, si jeune dans sa robe de deuil bleu foncé, je me sentis fondre. « Yaril ? » fis-je à mi-voix, prêt à faire face à son dégoût.

Elle se retourna brusquement. Elle avait des cernes noirs sous les yeux et elle avait beaucoup maigri, mais, quand elle me vit, son visage s'éclaira et elle s'élança vers moi ; je m'apprêtais à la prendre dans mes bras et à la faire tournoyer comme autrefois, mais elle se plaqua contre moi et agrippa ma chemise à deux mains comme un petit écureuil qui s'efforce de grimper le long d'un arbre énorme. Je la serrai maladroitement sur mon cœur et, pendant un moment, nous nous tûmes ; je lui caressai les cheveux, lui tapotai le dos, et enfin elle leva vers moi des yeux baignés de larmes. « Elisi n'est pas morte, n'est-ce pas ? Dis-moi qu'on a fait erreur.

— Oh, Yaril ! » fis-je, et je n'eus pas besoin d'en dire davantage. Elle fourra de nouveau son visage contre ma poitrine, elle crispa les poings sur ma chemise, et des sanglots agitèrent ses épaules. Après une éternité, elle déclara : « Nous sommes seuls désormais, Jamère ; rien que toi et moi.

— Il nous reste père, répondis-je ; et Vanze. »

Elle rétorqua d'un ton empreint d'amertume . « Vanze appartient à son ordre aujourd'hui ; notre famille l'a donné au clergé. Quant à père, il ne s'est jamais intéressé à moi. Tu as eu droit à sa considération pendant quelque temps, tant que tu as bien voulu jouer au gentil fils militaire, mais à présent tu n'as plus aucune valeur à ses yeux, encore moins que moi. Non, Jamère, nous sommes bel et bien seuls – et si tu savais combien je regrette la façon dont je t'ai traité ! Je te demande pardon ; je croyais que Carsina et Remoire me rejetteraient si je prenais ta défense, et voilà pourquoi je t'ai abandonné, toi, mon propre frère. Ensuite, à la maison, si quelqu'un avait l'audace de dire du bien de toi, père se mettait en fureur. Mère et lui se disputaient sans cesse à cause de ça... Elle est morte Ils ne se disputeront plus jamais. »

J'aurais voulu lui dire que nous finirions par triompher des difficultés que nous affrontions ; j'avais la conviction qu'un jour nous connaîtrions une existence qui nous paraîtrait normale, routinière, voire ennuyeuse ; quelle perspective enchanteresse ! Je m'efforçai d'imaginer une époque où je ne croulerais pas tous les jours sous les problèmes et où je n'exsuderais pas le chagrin par tous les pores, mais je n'y parvins pas.

« Viens, dis-je finalement avec un soupir ; rentrons chez nous. » Je serrai sa main menue dans la mienne et l'emmenai faire nos adieux aux Porontë.

Et nous reprîmes notre existence. Malgré son jeune âge, Yaril en savait davantage que moi sur le fonctionnement interne de la maison et révéla une grande capacité à ordonner des mesures radicales en cas de nécessité. Avec diplomatie, elle réussit à démettre Nita de sa charge de responsable de l'entretien en lui confiant celle du bien-être de notre père, et elle la remplaça par une femme qui, au service de la famille depuis des années, connaissait toutes les ficelles de son nouveau poste. Je soupçonnai aussi ma sœur de profiter de l'occasion pour récompenser les servantes qui lui avaient manifesté de l'amitié au cours des ans et réprimander celles qui l'avaient traitée comme quantité négligeable. Je n'intervins pas, trop heureux de lui laisser la responsabilité de la maison : non seulement tout fonctionnait à peu près sans accroc grâce à elle, mais l'activité l'empêchait de songer à tout ce que nous avions perdu.

Yaril comprit très vite qu'il fallait retrouver des horaires réguliers, réinstaura aussitôt des repas pris à table à heure fixe et se chargea de conduire l'office du sixdi pour les femmes. Honteux, je suivis son exemple ; je n'avais même pas songé à endosser cette responsabilité, et, jusque-là, le service divin se réduisait à une négligente observation des formes. Je pris conscience que rendre grâces au dieu de bonté de nous avoir permis de survivre avait une grande importance quand je vis les hommes et les femmes de notre maison laisser couler des larmes qu'ils retenaient jusque-là ; je constatai que le cérémonial et les rites donnaient forme et sens à notre existence. Je me jurai de ne jamais l'oublier.

Concernant les repas, je me réjouis que Yaril tînt à ce que nous en revenions aux habitudes de naguère. Il y avait des années, me semblait-il, que je n'avais pas eu le plaisir de m'asseoir devant des plats soigneusement préparés où les goûts et les textures se complétaient, et les privations que j'avais subies me permettaient de les apprécier de façon beaucoup plus subtile que jamais auparavant. Je m'étais aperçu qu'on pouvait savourer des aliments aussi frustes que du pain et de l'eau, et désormais un mets bien apprêté me laissait à demi paralysé de jouissance ; une sauce classique me faisait frissonner de bonheur, un contraste de saveurs dans une salade ordinaire pouvait me plonger brusquement dans une béatitude rêveuse. Si je ne faisais pas attention à régler mon allure sur celle de Yaril, un déjeuner pouvait me prendre trois fois plus de temps à terminer qu'il ne lui en fallait. Parfois, je levais le nez de ma soupe et je la découvrais en train de me regarder avec un mélange d'amusement et d'inquiétude. Dans ces moments, j'éprouvais de la honte à me laisser entraîner par mes sens dans un univers à part ; Yaril et moi nous trouvions dans la même galère et nous devions travailler main dans la main pour bâtir la suite de notre existence.

En certaines occasions, j'avais l'impression de participer à une comédie élaborée. Chaque soir, j'escortais ma sœur à la salle à manger, je tirais sa chaise pour qu'elle s'assoie puis allais m'installer à ma place habituelle. Autour de nous, les sièges nous regardaient, pleins d'une absence béante. J'avais l'impression de me retrouver à l'époque où nous jouions à prendre le thé au jardin, où Elisi et Yaril tenaient toujours le rôle de grandes dames qui m'accueillaient solennellement à leurs réceptions. Ne restait-il vraiment plus que nous de toute la famille ? Après le dîner, quand nous nous réfugiions à la salle de musique, la harpe d'Elisi se dressait près de nous, silencieuse ; au salon, le fauteuil de ma mère était vide. On eût dit que, dans toutes les pièces de la maison, il y avait plus de morts que de vivants.

Puis, un soir, Yaril institua un changement : à ma grande surprise, on nous servit un velouté, soupe que mon père avait toujours méprisée, et ma sœur avait éliminé le plat de poisson, qu'elle redoutait depuis son enfance. Quand nous nous levâmes de table, elle m'annonça calmement que nous prendrions le café au jardin ; je l'y accompagnai et observai avec plaisir qu'elle avait fait ériger un pavillon en treillis fin pour tenir à distance les moustiques attirés par les petites lampes en verre. A l'intérieur se trouvaient deux chaises et une table sur laquelle on avait disposé un vase de fleurs, un jeu de cartes et un pot de jetons. Un domestique nous apporta le café et les tasses sur une petite table supplémentaire. Yaril sourit de ma stupéfaction. « Veux-tu que nous jouions ? » proposa-t-elle.

Et, pour la première fois depuis la peste, nous partageâmes un passe-temps, lançâmes des paris et même quelques éclats de rire nous échappèrent.

Ainsi s'égrenaient les jours. Je m'occupais du domaine, Yaril de la maison. Je mesurai à quel point elle avait endossé le rôle de notre mère le soir où elle m'annonça, pendant le souper, qu'elle avait fait demander une couturière et qu'on prendrait le lendemain mes mesures pour me fabriquer une nouvelle garde-robe. Je restai interdit pendant quelques instants et je rougis violemment. Tous mes vêtements me serraient, les coutures tendues à l'extrême ; le sujet n'avait rien d'anodin pour moi : par endroits, le frottement me mettait la chair à vif. Pourtant, cette abrasion s'effectuait de manière si progressive que je n'avais encore rien fait pour y remédier.

Elle prit l'air navré devant mon humiliation. « Jamère, tu ne te rends pas compte à quel point tu parais mal à l'aise dans tes habits ; j'ai mal pour toi à te voir ainsi contraint. Et puis tu ne peux pas te montrer attifé comme cela devant nos employés et encore moins quand nous recevons. C'est décidé, il faut que cela change. »

Je baissai les yeux vers mon assiette. J'avais bien mangé, mais pas de façon outrancière ; néanmoins, je répondis bêtement : « Je repousse sans arrêt de me faire confectionner de nouveaux vêtements ; j'espère toujours retrouver ma ligne et pouvoir remettre mes anciens habits. » Je m'aperçus tout à coup que ces mots par lesquels je cherchais à m'excuser reflétaient en réalité l'exacte vérité : j'attendais un événement qui me rendrait mon apparence d'autrefois. Il aurait fallu un miracle, et je compris soudain que je me berçais d'illusions.

« Je me réjouis que tu aies cette volonté, fit ma sœur à mi-voix ; et, si tu faisais davantage d'efforts, je serais très fière de toi. Naturellement, je ne dis pas que... enfin, je ne dis pas que tu te goinfres ; je te vois tous les jours, Jamère, tu ne ménages pas ta peine et tu ne t'empiffres pas. Certes, tu prends des repas copieux, mais notre mère disait toujours que les garçons mangent plus que les filles, surtout quand ils travaillent physiquement. Mais, naturellement, tu dois tout faire pour retrouver ton aspect normal.

» Cependant, en attendant, poursuivit-elle avec gravité, il faut te rendre présentable ; je te prie donc de venir à la salle de couture demain à dix heures. »

Ainsi fut fait. On confectionna mes nouvelles tenues dans des tissus bleu marine et noirs, couleurs qui convenaient au deuil que je portais. Quel soulagement d'enfiler une chemise qui ne m'étranglait pas et se boutonnait sans effort sur mon ventre ! De mon propre chef, je fis venir le cordonnier de Port-Burvelle et lui commandai de nouvelles chaussures et une paire de bottes. Le tissu tendu à craquer sur mon ample charpente me donnait l'air encore plus corpulent ; avec des vêtements à ma taille, j'avais tout de suite meilleure allure.

Gérer le domaine ne me plaisait pas, mais je retirais une certaine satisfaction à bien exécuter cette tâche. Je dessinai les plans de nouveaux appontages pour le bac et les confiai à des hommes capables de les réaliser. Je travaillais dur, mangeais bien et dormais à poings fermés la nuit ; mon existence avait retrouvé un sens et je savourais la compagnie de ma sœur. Pendant cette période, je fus heureux et ne songeai à l'avenir que pour me préoccuper des foins à rentrer et du nombre de cochons à tuer pour nos provisions d'hiver de jambon fumé.

Quand les appontages furent achevés, j'effectuai une traversée pour m'assurer qu'ils fonctionnaient comme prévu ; je me votai des félicitations car mon concept éliminait la piste boueuse qui menait jusque-là aux bacs et mon nouveau ponton flottant facilitait leur chargement et leur déchargement. Une fois sur la rive du côté de Port-Burvelle, je décidai de rendre visite au conseil municipal, et je constatai que la vie reprenait sans à-coups, qu'avec le retour de la prospérité le bourg commençait à retrouver son espoir dans l'avenir. J'éprouvai mon plus grand plaisir ce soir-là lorsque les membres du conseil me remercièrent de mon intervention et félicitèrent le sergent Duril de son excellent travail face à une situation difficile ; le vieux sous-officier, qui m'accompagnait souvent dans mes tournées, rougit comme un adolescent. La réunion impromptue se transforma en repas dans la plus grande auberge de la ville, nommée simplement « Auberge de Port-Burvelle », repas qui se poursuivit par une soirée bien arrosée à laquelle se joignirent, à mesure que l'heure tournait, de nombreux habitants et plusieurs hommes de la patrouille de Duril.

Nous bûmes à l'excès, naturellement. Pour moi, c'était la première fois que je pouvais me laisser aller à parler au milieu d'autres hommes de la tragédie qui avait frappé le domaine et le bourg. A mesure que le temps passait, les vestes se déboutonnaient et les langues se déliaient. J'avais déjà été ivre, mais jamais à ce point-là ; peut-être la compagnie de relatifs inconnus me facilita-t-elle la tâche. Nos bavardages partirent de la peste et de ses suites pour aller vagabonder vers les jolies femmes, l'alcool, les filles faciles, mon expérience de l'Ecole, le jeu, les belles inconstantes et les vraies fidèles. Ma corpulence suscitait non seulement la curiosité mais aussi des plaisanteries, certaines mordantes, en général bon enfant ; de toute façon, j'avais assez bu pour ne pas y attacher trop d'importance, et, à ceux qui paraissaient tenir à m'asticoter, je répondais avec un mélange de causticité et d'inépuisable bonhomie – du moins en eus-je l'impression sur le moment. Tout le monde riait à mes saillies. Le temps que dura cette soirée, mon sort me parut moins douloureux ; j'avais presque le sentiment qu'on me félicitait doublement d'avoir restauré l'ordre dans la ville, car j'y étais parvenu non seulement en dépit de mon jeune âge mais aussi malgré mon obésité. Nous continuâmes à boire bien après minuit, et je ne reposai ma chope que sur l'insistance hoquetante du sergent Duril qui me répétait que nous devions rentrer à la maison pour la nuit. Bras dessus, bras dessous, nous quittâmes la dernière taverne et ordonnâmes avec une autorité avinée une traversée pour nous ramener de l'autre côté du fleuve. Il nous restait encore une longue marche pour atteindre la résidence et, le temps que nous y arrivions, je me sentais quasiment dégrisé. Tel n'était pas le cas pour Duril, et je dus mettre le bon sergent au lit avant de me retirer dans ma chambre. Il se réveilla le lendemain avec une épouvantable gueule de bois, tandis qu'à mon grand étonnement, après une bonne nuit de sommeil, je me levai sans aucune séquelle de notre beuverie.

Après cela, je me rendis au bourg au moins une fois par semaine pour discuter avec le conseil municipal puis savourer quelques bières dans l'une des tavernes locales. J'éprouvais beaucoup de plaisir à connaître les habitants de Port-Burvelle, et, même si je ne fréquentais pas les prostituées des établissements, je trouvais flatteur d'être l'objet de leurs attentions. J'aurais peut-être été plus tenté de me laisser aller si le sergent Duril ne m'avait pas toujours accompagné lors de mes tournées, mais j'avais gardé l'habitude enracinée de me tenir correctement en sa présence.

A la résidence, il régnait une ambiance beaucoup plus calme. Yaril refusait toutes les invitations qu'on nous envoyait et, en songeant à cette période, je me rends compte que nous nous isolions, que nous nous réfugiions dans un monde dont nous avions la maîtrise. Vanze finit par nous écrire, mais sa douleur semblait comme abstraite, vue à travers le filtre de la religion et de la philosophie. Yaril manifesta un mélange de colère et de peine en lisant sa lettre, mais je crois que je comprenais la réaction de notre frère ; sa naissance le destinait à devenir prêtre, or un prêtre doit déceler en tout la sagesse et la volonté du dieu de bonté. S'il était capable d'appliquer cette discipline à la tragédie qui frappait sa famille et qu'il en tire quelque réconfort, je ne pouvais pas lui en vouloir.

Une correspondance me hérissa : un billet arrogant de l'oncle de Caulder Stiet, adressé à mon père, qui nous annonçait d'un ton guilleret qu'il viendrait nous rendre visite avec son neveu ; il ne doutait pas que nous le recevrions avec plaisir et se disait impatient d'étudier la géologie de Grandval. Comme il jugeait leurs chevaux de race inappropriés pour sillonner notre campagne hors des sentiers battus, il nous serait obligé de lui prêter des montures plus rustiques pour leur expédition. Exaspéré par son outrecuidance, je lui décochai une réponse où je lui exposais la tragédie dont nous étions victimes et laissais entendre que la peste faisait des ravages dans notre région ; je lui suggérai pour finir de chercher un autre lieu de vacances. J'avais conservé un ton courtois, mais tout juste.

Nous recevions des lettres de mon oncle Sefert ; je mourais d'envie de les lire, mais elles étaient adressées à mon père et je les lui faisais porter dès leur arrivée. S'il y envoyait des réponses, je ne les voyais jamais partir.

Je reçus une autre longue lettre d'Epinie, où elle me faisait part d'abord de ses condoléances les plus sincères, puis de nouvelles extraordinairement bonnes qui suscitèrent en moi un sentiment de jalousie et de frustration : mon oncle avait jugé que Spic méritait de retenter une carrière de fils militaire. Epinie n'écrivait pas que son père s'efforçait de fournir une meilleure existence à sa fille, mais j'en avais la conviction. Mon oncle, frappé par le dévouement avec lequel Spic avait soigné son épouse pendant sa maladie, lui avait acheté un commandement dans l'armée – oh, rien d'illustre : il entrait au régiment de Farlé, alors stationné près de la frontière, à Guetis. Ils s'y rendraient en chariot et, à leur arrivée, Spic prendrait le grade de sous-lieutenant. On les avait prévenus qu'il serait sans doute affecté à l'intendance, mais Epinie avait la conviction que son commandant saurait bientôt reconnaître ses qualités et le transférerait à un poste plus intéressant.

Elle s'étendait ensuite sur les préparatifs du départ, ce qu'elle devait emporter, ce qu'elle devait laisser, ce qu'elle devait apprendre pour se conduire en véritable épouse d'officier, la joie de Spic, qui se sentait humblement redevable à son père, et l'inquiétude qui la tenaillait que son époux, par sa détermination à prouver sa valeur à ses supérieurs, ne mette en danger sa santé. Elle me confiait sa certitude des propriétés curatives des eaux amères ; elle avait dépensé une bonne part de ses économies dans l'achat de flacons en verre bleuté et de bouchons, car elle avait l'intention d'emporter une grosse de doses d'eau de source. Les habitants de Guetis souffraient beaucoup de la peste et elle tenait à découvrir si l'eau en bouteille pouvait les soulager, voire les guérir. Des pages durant, elle m'exposait ses espoirs sur l'aspect qu'auraient leurs quartiers, les autres jeunes épouses qu'elle aurait à fréquenter, voire les jeunes mères, si bien que, lorsqu'elle tomberait enceinte par la volonté du dieu de bonté, elle aurait autour d'elle des femmes qui auraient l'expérience de l'accouchement et des nourrissons.

Je m'efforçais de garder le sourire en la lisant, mais je n'arrivais à penser qu'à la seconde chance dont Spic bénéficiait et pour laquelle j'aurais moi-même tout donné. Pour la première fois, il m'apparut que je pouvais parfaitement me servir dans les comptes de mon père et m'offrir la même aubaine. Cette tentation indigne ne dura que le temps d'un éclair, mais la jalousie continua de me tenailler pendant des jours.

Dans le mot qu'il avait ajouté, Spic se montrait plus réservé. Farlé faisait partie autrefois des régiments d'élite renommés pour leur vaillance dans de nombreuses campagnes ; depuis son affectation à Guetis, son étoile avait considérablement pâli, et la rumeur disait sa réputation ternie encore davantage par de multiples désertions et abandons de poste. Néanmoins, il se réjouissait de cette nomination. « A cheval donné, on ne regarde pas les dents, écrivait-il. J'ai toujours rêvé d'un régiment où je pourrais gravir rapidement les grades, et Farlé pourrait bien être celui-là. Souhaite-moi bonne chance et dis une prière pour moi. »

J'accédai à sa requête en m'efforçant de chasser toute envie de mon cœur.

Chaque soir, Yaril faisait mettre le couvert de mon père à la table du dîner dans l'espoir (ou la crainte) qu'il se joindrait à nous. Alors que les moissons avançaient, son état s'améliorait, mais il gardait toujours la chambre. Quand je frappais à sa porte puis entrais, je le trouvais en général dans un fauteuil près de la fenêtre en train de contempler son domaine ; il refusait toujours de me regarder, et je persistais à lui donner un compte rendu quotidien. Naguère, il m'avait enfermé dans ma chambre afin de me briser ; aujourd'hui, c'était lui qui ne quittait plus la sienne, mais je sentais que l'intention restait la même ; la colère que lui inspirait son sort avait consumé son chagrin pour les êtres qui avaient disparu de sa vie.

Il ne traitait pas Yaril avec autant de froideur que moi, mais elle avait beaucoup plus difficile à supporter. A son retour à Grandval, elle s'était rendue dans sa chambre, et il avait éclaté en larmes en la voyant saine et sauve ; mais, s'il avait d'abord pleuré de joie en retrouvant sa fille survivante, il avait bientôt pleuré de désespoir sur tout ce qu'il avait perdu. Yaril lui rendait visite tous les jours, et tous les jours il s'épanchait sur elle de son malheur et de son désespoir ; la peste l'avait dépouillé du fruit du labeur de toute sa vie. Yaril sortait de ces séances pâle et épuisée. Elle me disait que parfois il s'emportait contre le destin tandis que d'autres fois il ordonnait à sa fille de prier avec lui afin que le dieu de bonté lui montre la voie pour sortir de son infortune.

L'existence de mon père se trouvait dans une impasse : il n'avait plus d'héritier, son fils militaire était un raté, son épouse et sa fille aînée avaient disparu. Il avait perdu toutes les pièces maîtresses de son échiquier et il ne lui restait plus que des pions à jouer. Une question lui torturait l'esprit : qui hériterait de sa propriété ? Il redoutait par-dessus tout de finir sa vie seul et gâteux. Il envisageait de demander au roi la permission de promouvoir Vanze de la place de fils prêtre à celle d'héritier, mais son traditionalisme le faisait reculer devant cette idée ; le lendemain, il déclarait qu'il chercherait un bon candidat parmi mes cousins, un jeune homme qu'il pourrait faire venir à Grandval pour lui fournir l'éducation d'un héritier digne de ce nom.

Entre deux déclarations extravagantes sur ce sujet, il imaginait divers avenirs pour Yaril. Sa fille unique lui était devenue précieuse car celui qui l'épouserait constituerait, selon ses propres termes, son seul allié ; il lui trouverait un fils héritier, peut-être même un rejeton de l'ancienne noblesse. Puis le jour suivant il lui disait avec des larmes dans la voix qu'il ne la laisserait jamais se marier parce qu'elle devait s'occuper de lui dans sa vieillesse.

Un soir, après une partie de cartes tardive, elle me confia qu'elle en avait par-dessus la tête de ces conversations. Je haussai les épaules. « Selon la règle, Cécile se doit toujours à notre famille ; elle devrait revenir chez nous et se charger à ta place de tenir la maison. »

Yaril me regarda comme si j'avais perdu l'esprit. « Tu plaisantes, j'espère !

— C'est la veuve de Posse. Nous avons fait un don de mariage à ses parents. C'est une Burvelle à présent.

— Eh bien, qu'elle joue les Burvelle chez sa mère ! Cécile la chichiteuse, toujours tirée à quatre épingles, aux commandes de ma vie et de notre maison ? Elle qui a peur de son ombre, toujours prête à couper la tête d'un pauvre oiseau pour empêcher ses croquemitaines d'anciens dieux de lui faire du mal ? Déjà, quand mère vivait encore, on avait des difficultés à la tenir à distance ; alors lui donner la première place dans notre propre foyer ? Non ! Non, Jamère ; laisse-la où elle est, et bon débarras ! »

J'ignorais que Yaril éprouvait une telle animosité à l'endroit de Cécile, et cela m'amusa, je l'avoue. Avec un sourire malicieux, je répondis : « Je comprends maintenant pourquoi on m'avait choisi Carsina comme fiancée : parce que tu étais amie avec elle. Ça réduisait les risques d'explosion dans la famille. »

Je plaisantais, mais je venais de prononcer le nom de Carsina pour la première fois depuis notre réunion. Yaril étrécit les yeux. « Cette garce ! » s'exclama-t-elle avec feu.

J'en restai pantois. « Carsina ? Je croyais que vous vous entendiez bien. »

Elle s'assombrit. « Moi aussi ; je pensais que conserver son amitié avait plus d'importance que tout au monde, même que mon frère. Je t'ai tourné le dos pour compatir avec elle de l'embarras dans laquelle tu l'avais mise au mariage de Posse, et je l'ai soutenue quand elle a exigé qu'on dissolve votre accord de mariage. Quelle bécasse j'ai été, Jamère ! Mais elle m'a bien punie : à peine sa famille l'a-t-elle libérée de son engagement avec toi qu'elle a jeté son dévolu sur Remoire ! Elle connaissait pourtant mes sentiments pour lui ! Elle le savait, il m'avait promis de demander à son père de parler au nôtre dès qu'il parviendrait à le mettre d'humeur conciliante ! Mais, aux dernières nouvelles, il cherchait tous les prétextes pour rendre visite à la famille de Carsina le plus souvent possible. »

Mes pensées s'étaient arrêtées sur une phrase qu'elle avait prononcée, et j'entendis à peine ce qu'elle dit sur Remoire. « Notre accord de mariage est rompu ? Depuis quand ? »

Elle leva vers moi des yeux soudain empreints de pitié. « Père ne t'en a pas parlé ? Il nous l'a appris un soir au dîner, peu après les épousailles de Posse. Il tremblait de rage mais il a dit qu'il ne pouvait pas en vouloir aux parents de Carsina, que tu avais perdu ta carrière et ton mariage à cause de ta gloutonnerie... Oh, pardon, Jamère ! Je ne voulais pas me montrer méchante ; mais je regrette que... enfin, que tu te sois laissé aller ainsi. Pourquoi as-tu fait ça ? Tu n'aspirais qu'à entrer dans la cavalla.

— Je n'ai rien fait. » Je la regardai dans la pénombre treillissée de notre pavillon ; la lampe à pétrole nous entourait d'un petit globe de lumière ; une brise légère nous apportait le parfum des fleurs nocturnes du jardin et l'odeur plus verte du bassin. J'eus tout à coup l'impression que nous étions seuls au monde, et peut-être ne me trompais-je pas. Sans le vouloir, je me mis à raconter toute mon histoire à ma cadette. Elle m'écouta, suspendue à mes lèvres, les yeux arrondis, et, quand je décrivis l'instant où j'avais franchi le bord de la falaise sur les instances de Dewara, elle eut un frisson d'épouvante et tendit la main pour prendre la mienne.

Le temps que j'achève mon récit, elle était venue s'asseoir près de moi comme si je lui racontais des histoires de fantômes. Je lui parlai de mes dédoublements de conscience à l'Ecole, de la séance de spiritisme d'Epinie et de ses inquiétudes pour moi, de la Nuit noire et de la Danse de la Poussière des Ocellions ; je lui narrai mon utlime combat avec la femme-arbre, la façon dont le Fuseau-qui-danse avait cessé de tourner, et même ma dernière rencontre avec Dewara qui s'était soldée par sa mort. J'avais toute son attention. Dans le silence qui suivit, troublé seulement par les coassements des grenouilles et le chant des grillons, elle reprit son souffle. « As-tu tout inventé, Jamère ? Es-tu en train de me taquiner ?

— Je te jure que non, Yaril, répondis-je avec feu. Je n'ai exposé que des faits, des faits réels. Je ne suis pas responsable de mon obésité, et je ne crois pas pouvoir inverser ce qui m'arrive sauf à chercher un praticien de la magie ; or, jusqu'ici, je n'ai guère obtenu de résultats. »

Sa réaction me laissa pantois. « Il faut que je fasse la connaissance de notre cousine Epinie ; elle a l'air étonnante ! Puis-je lui écrire ?

— Elle en sera sûrement ravie, répondis-je, décontenancé. Je te donnerai son adresse quand nous rentrerons. »

Yaril paraissait beaucoup plus captivée par le rôle et l'esprit aventureux d'Epinie que par mes déboires personnels ; néanmoins je me sentais réconforté de la savoir de nouveau de mon côté. Nous aurions pu continuer à vivre ainsi indéfiniment ; j'aurais pu m'immerger dans l'administration du domaine et tirer un trait sur mes ambitions militaires ; Yaril se montrait compétente et satisfaite de sa position. Nous n'oubliions pas la tragédie qui nous avait frappés ni notre peine, mais nous nous en remettions.

Et puis un soir, sans prévenir, notre père vint se joindre à nous au dîner. Il descendit sans aide, ouvrit la lourde porte de la salle à manger et s'y retint pour entrer d'un pas mal assuré. Pourtant, malgré sa faiblesse évidente, il s'était préparé pour l'occasion, tiré à quatre épingles, rasé de frais et soigneusement coiffé. Curieusement, c'est seulement quand il se présenta dans la salle, habillé pour le repas du soir, que je vis combien la maladie l'avait vieilli ; elle l'avait amaigri, et ses cheveux avaient acquis une teinte grise plus prononcée. Tandis qu'il s'approchait de la table, Yaril et moi gardions le silence comme des enfants pris en faute. Il tira sa chaise en bout de table avec un effort visible, les pieds raclèrent le plancher ciré, puis il s'assit devant le couvert que Yaril disposait toujours à sa place.

Elle se reprit la première et saisit la petite cloche à côté de son assiette. « Père ! Quel bonheur de vous voir assez remis pour vous joindre à nous ! Voulez-vous que j'appelle pour qu'on vous apporte de la soupe ? »

Depuis son arrivée, il me regardait avec une expression froide de mauvais augure. Il se tourna vers Yaril. « Quand on vient à table, c'est en général pour manger. Oui, ma chère fille, je t'en prie, envoie chercher de la soupe pour le vieillard qui ne sert plus à rien. »

Yaril, bouche bée, devint exsangue ; puis elle reprit son souffle et fit sonner sa cloche. Quand le domestique arriva, elle dit d'un ton calme : « Mon père est venu dîner. Veuillez lui apporter un autre potage ; le velouté ne lui conviendra pas. »

L'homme s'inclina. « J'ai du bouillon de bœuf qui mijote.

— Ça ira parfaitement, merci. »

Mon père avait gardé le silence pendant cet échange, et il ne dit rien jusqu'à ce que la porte se fût refermée sur le serviteur. Alors il nous foudroya du regard. « Quel joli tableau ! Ainsi, on joue au seigneur et à la dame du domaine ? »

Lâchement, je me tus. Pas Yaril ; son visage retrouva des couleurs, ou du moins ses pommettes rosirent. « Nous nous efforçons de continuer à vivre, père. Cela vous offusque-t-il ? Nous pensions que vous vous réjouiriez de voir que nous avions maintenu la maison et la propriété à flot pendant votre convalescence.

— Quand le chat n'est pas là, les souris dansent », répondit-il d'un ton emphatique. Comme s'il venait de prononcer une phrase d'une grande portée, il parcourut des yeux les chaises vides en hochant la tête ; enfin il fixa sur moi un regard perçant. « J'en sais plus long que tu ne le crois, Jamère, espèce de grosse limace. Crois-tu que je suis resté dans mon lit à me tourner les pouces tout ce temps où tu prenais des airs de monsieur important, où tu donnais des instructions, où tu rédigeais des billets à ordre sur mon compte, où tu changeais tout sans ma permission ? Non ! Je sortais au petit matin, à l'heure où le sommeil fuit un vieil homme comme moi ; quelques domestiques me conservent leur loyauté, et ils m'ont raconté tous tes méfaits. J'ai vu tes appontages fantaisistes ; j'ai vu aussi que tu as enterré ta mère, mon héritier et ta sœur aînée à côté des simples domestiques ! Et j'ai vu encore ton petit pavillon de fête dans le jardin. Je sais ce que tu mijotes et sur quelle voie tu essaies d'entraîner Yaril.

» La ville t'a corrompu. J'y ai envoyé un bon fils militaire, bien formé, prêt à servir le roi, et qu'est-ce que je retrouve ? Un verrat qui déborde de son uniforme, pourri jusqu'à la moelle ! J'avais lu les rapports de mauvaise conduite du colonel Stiet sur toi ; il te décrivait comme lâche et sournois, et moi, fou que j'étais, je m'indignais de ce jugement. » Il secoua la tête. « Il avait raison. Tu as cédé aux tentations de la ville : tu t'es mis à bâfrer, à forniquer avec des sauvages, et tu as décidé de te détourner du rôle que le dieu de bonté t'avait assigné. Pourquoi ? Je n'en savais rien. Je t'avais élevé correctement, je croyais que tu t'efforcerais d'atteindre les buts que je m'étais fixés pour toi. Mais aujourd'hui j'ai compris ; j'ai eu tout le temps de démêler l'écheveau, cloué dans mon lit à regarder le plafond. La corruption te dévore, n'est-ce pas, Jamère ? La corruption, la jalousie et l'avidité.

» Tu as vu les nobles aux abois faire fi de la volonté du dieu de bonté ; à la mort de leur héritier, ils ont mis leur fils militaire à sa place. Tu es devenu jaloux de Posse, jaloux de ton frère et de sa position ! Tu as voulu devenir mon héritier ! Tu as fait en sorte qu'on te ferme la carrière militaire, tu es revenu à la maison avec l'espoir d'un désastre comme celui qui nous a frappés, et aujourd'hui tu crois pouvoir jeter sa dépouille dans une fosse et prendre sa place. N'est-ce pas ? N'est-ce pas ? »

Le souffle coupé par sa diatribe, je me tournai vers Yaril pour voir ce qu'elle pensait. Livide, elle avait l'air horrifié. Mais j'avais commis une erreur en la regardant.

« Vois la corruption qui te ronge ! Ton père te pose une question et, au lieu de répondre avec franchise, tu confères secrètement avec ta sœur. Depuis combien de temps complotes-tu contre moi, Jamère ? Des mois ? Des années ? Jusqu'à quel point as-tu entraîné Yaril dans tes manigances ?

— Il a perdu la raison », fis-je tout bas. J'en avais la conviction. Les yeux de Yaril s'agrandirent, et elle secoua la tête en signe d'avertissement. J'aurais dû courber la tête et présenter mes excuses à mon père ; mais, au contraire, je le regardai en face ; il avait les yeux exorbités d'indignation.

« J'aimais Posse, père. Je n'ai jamais comploté contre vous ; je n'ai jamais voulu d'autre avenir que celui dont le dieu de bonté m'a chargé, devenir votre fils militaire. Depuis la mort de Posse, je n'ai agi qu'en tant que substitut, qu'intendant d'un domaine qui ne m'appartiendra jamais. Ne m'avez-vous pas inculqué qu'un fils militaire a le devoir, lors d'une catastrophe familiale, de quitter le service du roi pour protéger les biens de son père ou de son frère ? Je n'ai jamais prétendu détenir l'autorité ni la propriété du domaine ; tous mes ordres, je les ai donnés en votre nom. Si vous examinez les livres de comptes et parlez à vos contremaîtres, vous constaterez que j'ai administré vos biens en suivant scrupuleusement votre exemple. »

Un domestique entra sans plus de bruit qu'un fantôme, posa une soupière fumante devant mon père et repartit en silence. Nous nous tûmes jusqu'à ce que la porte se ferme derrière lui puis je repris la parole sans laisser à mon père le temps d'intervenir.

« Quant aux tombes de mère, Elisi et Posse... oui, vous avez raison. Si vous m'aviez donné des instructions, j'aurais agi différemment, conformément à votre volonté. Je vous ai demandé conseil, je vous ai parlé, mais vous n'avez pas répondu ; aussi les ai-je inhumés simplement, sans les séparer des gens humbles qui les avaient servis fidèlement de leur vivant. Si je les ai ensevelis vite, ce n'était pas par manque de respect mais par nécessité : leurs dépouilles commençaient à se... Père, je devais les mettre en terre sans tarder. Quand Duril m'a libéré de ma chambre, elles avaient déjà... Enfin, vous étiez là ; vous savez ce dont je parle. » Je lançai un regard à Yaril pour l'implorer de garder le silence. Je lui avais caché que sa mère était restée sans sépulture pendant plusieurs jours, à se décomposer dans son lit ; elle n'avait pas non plus besoin d'apprendre qu'Elisi avait succombé alors qu'elle s'efforçait d'attraper sa carafe d'eau, sans personne pour s'occuper d'elle. J'avais moi-même du mal à supporter ces images ; je ne voulais pas les infliger à ma sœur. Je regardai mon père dans les yeux et attendis qu'il reconnaisse la justesse de mes propos.

Il me rendit mon regard sans ciller. « J'étais malade. Tu ne m'as pas dit un mot sur les tombes. Je te faisais confiance, Jamère ; je pensais que tu prendrais les bonnes décisions.

— J'ai fait de mon mieux, père ! La plupart des domestiques avaient disparu, et ceux qui restaient n'avaient plus de force ou souffraient encore de la peste. J'ai fait de mon mieux pour redresser la situation.

— Tu les as enroulés dans des couvertures et jetés dans des fosses ; tu n'as même pas pris la peine de fabriquer des cercueils. Tu as donné la dépouille de ta mère aux vers comme s'il s'agissait d'une pauvresse trouvée dans le caniveau ; tu n'as pas dit de prières, tu n'as pas fait d'offrandes. Ils n'ont même pas de pierre tombale !

» Tu les as ensevelis à la va-vite pour qu'on les oublie, puis ta sœur et toi vous êtes mis à vous amuser, à vous approprier ce qui appartenait à ceux qui valaient mieux que vous ! »

Je regardai Yaril. A plusieurs reprises, des hoquets horrifiés lui avaient échappé à mesure que notre père peignait ses affreuses images dans son esprit, et elle tremblait à présent comme une feuille. La colère me prit. « Vous me faisiez confiance ? Confiance ? Vous m'aviez laissé enfermé dans ma chambre à mourir de faim ! J'ai passé des jours et des jours sans boire ni manger, et nul n'a pensé à moi. Si le sergent Duril n'avait pas cherché mon cadavre, je serais mort moi aussi. Cela vous aurait-il satisfait ? »

Il fixa sur moi des yeux dénués d'expression puis se tourna vers Yaril et dit : « Il ment ; il ment, c'est évident. A-t-il l'air de quelqu'un qui a failli mourir de faim ? Il s'efforce de te retourner contre moi, Yaril ; il veut t'amener à dire comme lui que j'ai perdu la tête, après quoi il pourra demander au roi de lui confier l'administration du domaine. Ensuite, il trouvera un moyen pour se faire déclarer héritier. »

Yaril tenait sa serviette entre ses doigts crispés. Elle la plaqua sur sa bouche, tremblant comme si elle avait reçu une douche d'eau glacée ; j'eus du mal à comprendre ce qu'elle dit. « Arrêtez ! Arrêtez ! » On avait l'impression qu'elle ne parvenait pas à reprendre son souffle. « Je ne sais rien ! Je veux seulement que vous cessiez ! Que vous cessiez de vous disputer ! » Elle se leva d'un bond, fit deux pas en direction de la porte puis s'effondra par terre, convulsée de sanglots. Je la regardai, sidéré ; elle qui paraissait si forte, si bien remise, je ne me doutais pas qu'elle pouvait craquer si facilement. Je me levai à mon tour tandis qu'elle essayait de se redresser, retombait et tentait en vain de gagner la porte en rampant.

Je me précipitai vers elle, plantai maladroitement un genou en terre puis, avec un effort, nous relevai tous les deux. Elle tremblait entre mes bras et un sanglot la convulsait à chacune de ses respirations ; les yeux fermés, elle tenait toujours sa serviette entre ses mains crispées. Le bras autour de son épaule, je la maintins debout, et je déclarai froidement à mon père : « Je ramène ma sœur dans sa chambre ; elle n'en peut plus. Vous me jugez mal, père, et vous jugez Yaril plus mal encore. Nous n'avons fait preuve que de la plus grande loyauté, du plus grand dévouement à notre famille durant toute cette tragédie. Il ne vous reste plus que nous ; pourquoi chercher à nous dresser l'un contre l'autre ? »

Nous atteignions la porte de la salle à manger quand il décocha sa dernière volée de traits acérés.

« Je sais pourquoi tu t'efforces de gagner ses faveurs, Jamère ; je sais pourquoi tu dorlotes ta sœur à laquelle tu ne t'intéressais nullement jusqu'ici : celui qu'elle épousera pourrait bien se révéler ton seul protecteur lorsque, l'âge venu, tu devras trouver un refuge pour ta grosse masse égrotante. Tu n'ignores pas que tu n'as rien à espérer de moi, n'est-ce pas ? Parce que je te renie. Je suis au courant de toutes tes indignités : tu joues les grands seigneurs dans ma ville de Port-Burvelle, tu te fais passer pour un vrai soldat, tu prends l'air avantageux et tu donnes des ordres à tour de bras. Crois-tu que je n'aie pas entendu parler de tes beuveries à Port-Burvelle ? Je sais que tu y as déshonoré mon nom, à boire avec des paysans et des putains ! Tu as ruiné les rêves que je nourrissais pour toi ! Tu n'es plus rien pour moi ! Rien ! Rien ! »

A ces mots, Yaril s'échappa de mes bras et s'enfuit. Je me tournai face à mon père, me redressai de toute ma taille et le regardai dans les yeux. « A vos ordres, père », dis-je d'un ton glacial, puis je lui adressai un salut militaire.

Sa rage décupla. « Espèce d'énorme sac de graisse ! Comment oses-tu ? Tu ne seras jamais soldat ! Tu ne seras jamais rien ! Tu n'es rien ! Rien ! Je te reprends mon nom ! Je te retire le droit de te dire mon fils. »

Ses propos auraient dû m'horrifier, me pétrifier de terreur, mais non : une sensation m'envahit que je ne connaissais que trop bien ; la magie se mit à rouler dans mes veines et déclara avec bonheur : « Reprenez tout, et grand bien vous fasse, vieillard ; je ne vous appartiens plus depuis des années. Prenez bien soin de vous car je ne serai plus là pour le faire. J'ai un destin à accomplir et ce n'est pas ici. »

Je ne puis exprimer le sentiment que j'éprouvai en prononçant ces mots : un chemin tout tracé m'attendait, le pouvoir brillait autour de moi, nulle tâche n'était au-dessus de mes capacités. Il n'y avait pas de colère dans ma voix ; j'exposais mes pensées avec calme, et, quand je regardais le vieil homme amaigri à la tête de la table, je ne voyais plus mon père. Frêle, agressif, il n'avait plus aucune autorité sur moi. J'avais cru jusque-là avoir besoin de lui, mais c'était le contraire : il avait besoin de moi pour exaucer ses rêves, or, en devenant obèse, je l'avais dépouillé de ses espérances. Je n'avais nul besoin de lui ; j'avais une existence propre qui m'appelait à elle.

Alors que je me détournais pour m'en aller, il souleva sa soupière et la jeta sur la table comme un enfant en colère. « Sors de chez moi ! Dehors ! Dehors ! »

Il hurlait encore ce mot quand je laissai la porte se refermer derrière moi. Yaril se tenait pétrifiée dans le couloir, les poings serrés contre sa poitrine ; on aurait dit qu'elle ne pouvait plus respirer. « Viens », dis-je ; comme elle ne réagissait pas, je me baissai et la soulevai dans mes bras. Elle gémit comme un petit enfant et se pelotonna contre moi. J'avais du mal à la soutenir à cause de ma corpulence, mais non par manque de vigueur ; avec l'impression de porter une plume, je gravis l'escalier, réussis à ouvrir la porte de sa chambre et ne lui cognai que légèrement la tête dans l'embrasure quand j'entrai. Je la déposai sur son lit, où elle se roula encore plus étroitement et se mit à sangloter avec plus de violence.

Je parcourus la pièce des yeux, pris la chaise blanche et délicate de son secrétaire et compris aussitôt qu'elle ne supporterait pas mon poids. Avec précaution, je m'assis au bout de son lit qui émit un grincement inquiétant. « Yaril ? Yaril, écoute-moi. Nous savons la vérité, toi et moi ; nous n'avons rien fait de déshonorant. Nous avons agi du mieux possible pendant que ce vieillard plein de haine se tournait les pouces dans son lit. Il n'a aucun droit de nous faire des reproches, aucun ! »

Ses sanglots redoublèrent. Je restais désemparé. Une heure plus tôt à peine, c'était une jeune femme solide qui défiait le sort avec feu et courage ; me jouait-elle la comédie ? Savoir que mon père avait le pouvoir de l'anéantir ainsi m'emplissait d'horreur ; qu'il ait exercé ce pouvoir mettait un comble à mon dégoût. Je me rappelai mon scepticisme quand ma cousine Epinie m'avait dit qu'une femme avait une existence très différente de la mienne, que par bien des aspects elle n'était qu'une marchandise de valeur qui irait au plus offrant. J'avais ri de ces extravagances mais ce soir, devant l'effrayant empire que mon père détenait sur Yaril, j'avais entrevu la réalité. Avec un soupir, je tapotai l'épaule de ma sœur en attendant que ses larmes se tarissent.

Elle finit par se calmer. Mon estomac me trahit en poussant un grondement sourd, et, l'espace d'un instant, je songeai au merveilleux dîner que nous avions abandonné, dont une volaille farcie à l'oignon devait constituer le plat de résistance. Méchamment, j'espérai que mon père s'étoufferait en la mangeant. Mon ventre émit un nouveau grondement, plus sonore, et, à ma grande surprise, Yaril eut un petit rire étouffé ; ses épaules se détendirent, elle soupira longuement puis se redressa sur le lit près de moi. « Il est ignoble. » Elle s'exprimait d'un ton sans espoir.

« C'est notre père », répondis-je, songeur ; était-ce encore vrai ? Non, sans doute.

Elle accepta la correction. « C'est notre père, il est ignoble, et pourtant je l'aime encore, je tiens à son estime, je veux le voir satisfait de moi. Tu peux comprendre cela, Jamère ?

— Oui, parce que j'éprouve à peu près les mêmes sentiments.

— Oh, ça m'étonnerait ; pas au même point que moi. » Elle écarta ses cheveux de son visage mouillé de larmes. Je lui tendis mon mouchoir ; elle s'en servit pour sécher ses pleurs puis elle me le rendit et secoua la tête d'un air las. « J'ai toujours été la fille en trop de la famille, Jamère ; je m'efforçais toujours d'obtenir un signe de satisfaction, même infime, de sa part. Quand il s'en est pris à toi, je me suis rangée dans son camp ; au fond de moi, je me réjouissais même que tu aies fait enfin un faux pas et sois tombé en disgrâce, parce que ton échec me donnait une chance de gagner ses faveurs. Voilà, maintenant tu sais toute ma lâcheté, toute mon abjection. »

Un an plus tôt, ses propos m'auraient laissé abasourdi ; aujourd'hui, je la comprenais parfaitement. « J'ai toujours estimé normal de me trouver dans ses petits papiers, avouai-je. Je n'en travaillais pas moins dur pour coller à l'image qu'il avait de moi, et j'avais souvent secrètement peur de le décevoir. Néanmoins, j'avais la certitude qu'il m'aimait ; je n'aurais jamais imaginé qu'il pourrait... » A ma grande horreur, ma gorge se serra. La détresse de Yaril avait détourné mon attention mais le reniement de mon père me frappait soudain comme une balle de mousquet. J'eus envie de dévaler les escaliers, de me jeter à genoux à ses pieds et de le supplier de revenir sur sa décision.

Yaril me regarda comme si elle lisait dans mes pensées. « Il ne changera pas d'avis ; il est trop orgueilleux. Il s'en tiendra à ce qu'il a dit, même quand il se rendra compte qu'il a commis une erreur et une injustice. Il a tout brisé ; qu'allons-nous faire, Jamère ? Qu'allons-nous faire ? »

Lentement, les mots me vinrent et tombèrent comme des pierres. « Je dois partir ; je n'ai pas d'autre solution. » Ma gorge se serra de nouveau, et j'avalai ma salive. Sans même avoir à réfléchir, je poursuivis : « J'aurais dû m'en aller il y a longtemps ; rien ne serait arrivé. Quand j'ai appris qu'on me renvoyait de l'Ecole, j'aurais dû m'enfuir vers l'est, vers la forêt, là où est ma place.

— Comment ? fit Yaril, effarée.

— Vers la frontière, voulais-je dire, où j'aurais pu me bâtir une nouvelle existence. » Mais je mentais : l'espace d'un instant, comme une ombre qui se déploie, mon double ocellion s'était exprimé à travers moi. Il n'aurait pas pu choisir pire moment pour se manifester. Je m'efforçai de mesurer l'ampleur de la tragédie que je vivais et un nouveau raz-de-marée de détresse me submergea.

Yaril ne fit qu'aggraver les choses. « Je dois partir avec toi, Jamère. Peu importe où tu iras, tu ne dois pas m'abandonner ici ; tu ne peux pas. J'en mourrais.

— Ne dis pas ça ! Je ne peux pas t'emmener, tu le sais bien : j'ignore où je vais et ce que je vais faire. Tu ne peux pas m'accompagner dans de pareilles conditions. » Alors que je prononçais ces mots, la vérité m'apparut : je devais obéir à la volonté du dieu de bonté ; je devais m'enrôler comme simple soldat. Coude-Frannier était le poste militaire le plus proche ; je pouvais commencer par là et entamer une nouvelle vie. Mais je rejetai aussitôt cette idée ; non, je m'en irais le plus loin possible de mon père : si j'échouais ou me déshonorais, moi seul en porterais l'humiliation.

« Si tu m'abandonnes, Jamère, je mourrai – ou je perdrai la raison. Ne t'en vas pas en me laissant aux griffes de cet ignoble dément. »

Ma première réaction fut de lui répondre qu'elle devait rester, sans quoi notre père se retrouverait seul ; en dépit de tout, ce sort me paraissait excessivement cruel. « Il n'est pas lui-même, dis-je. La douleur lui a dérangé l'esprit. Il se remettra peut-être avec le temps et, à ce moment-là, il aura besoin de toi.

— Après qu'il m'aura rendue aussi folle que lui ? Jamère, essaie d'imaginer la vie que je vais mener ! Je n'aurai plus personne sur qui m'appuyer, plus personne ! »

Je réfléchis : auprès de qui pourrait-elle trouver refuge et amitié pour la soutenir ? Je songeai à Carsina puis je me rappelai leur brouille au sujet de Remoire. Mais notre famille avait d'autres amis, d'autres voisins ; certes, depuis la peste, nous ne les voyions plus guère – les nouvelles des autres domaines étaient rares et peu réjouissantes – mais, une fois passés les pluies de l'automne et les neiges de l'hiver, quand les routes redeviendraient praticables, ils reprendraient leurs habitudes de visites et d'invitations. En attendant... ma foi, elle resterait au moins en sécurité. Je lui exposai mes pensées.

« En sécurité ? Me faire rabaisser, recevoir des ordres tous les jours ? Epouser l'homme que choisira père, qui me rabaissera et me donnera des ordres chez lui ? Tu as une idée singulière de la sécurité, Jamère. Je n'ai jamais été plus en sécurité que depuis mon retour de chez les Porontë, depuis que j'ai pris la maison en charge ; mon chagrin mis à part, ça a été la période la plus heureuse de toute ma vie. Oh, je sais combien j'ai l'air superficielle ! s'exclama-t-elle sans me laisser le temps de répondre à ses étranges propos. Mais efforce-toi de comprendre, je t'en prie : pour une fois dans mon existence, j'ai pu me détendre, être moi-même, commander des plats que j'aimais, placer les meubles comme cela me chantait, tout cela sans devoir rendre compte chaque soir de mon travail de la journée. Du coup, j'ai pu m'atteler à des tâches que je jugeais intéressantes sans crainte d'encourir les foudres de personne. Ma vie ne s'arrêtait plus à apparier des boutons sur une robe ou à apprendre un nouveau morceau de musique. »

Je ne savais que dire ; pourtant, des mots jaillirent de ma bouche. « Je dois accomplir ce voyage ; tout ce dont j'aurai besoin me sera fourni. » Je sentis la magie rouler dans mon sang. Je l'écartai : ma sœur et moi étions seuls en cause ; notre discussion n'avait rien à voir avec la malédiction de la femme-arbre. Comment rassurer Yaril ? Je n'aurais pas pu trouver pire que l'argument que je lui présentai. « Je te ferai venir auprès de moi. Dès que j'aurai réussi à m'installer, je te ferai venir, je te le promets.

— Y en aura-t-il pour longtemps ? » demanda-t-elle aussitôt ; puis, dans le même souffle, elle poursuivit . « Je ne supporterai pas de vivre ici toute seule. Et s'il me marie avant que tu ne viennes me chercher ? Je me verrai prise au piège pour toujours. Où iras-tu ? Comment te débrouilleras-tu sans aide ? Où vivrons-nous ? »

L'accablement me saisit. « Je l'ignore. Je n'ai la réponse à aucune de tes questions ; mais je te promets que je te ferai venir auprès de moi dès que j'aurai une situation, n'importe laquelle. Et, où que tu te trouves, si tu es malheureuse, tu me rejoindras, je te le jure. Écris à Epinie ; je te recontacterai par son intermédiaire le temps venu. Tu viendras vivre avec moi, Yaril. »

Elle me suivit jusqu'à ma chambre. Elle parcourut des yeux les murs nus, le bureau sévère et mes maigres possessions, puis son regard s'arrêta sur le loquet brisé qui pendait encore à la porte. « Ainsi, il t'avait vraiment enfermé ici sans nourriture.

— Oui. » Entendre le fait énoncé par ma sœur rendit soudain mon départ plus facile.

Je n'avais pas grand-chose à emporter. Les seuls vêtements qui m'allaient étaient ceux que Yaril m'avait fait confectionner. Je pris mon manteau d'étudiant car je savais que les pluies et les vents d'automne ne tarderaient pas ; je me préparai une trousse de premiers soins composée de bandages, de sels cicatrisants, d'onguents, et d'une aiguille fine accompagnée de fil de soie pour recoudre les plaies. J'espérais bien n'avoir jamais à m'en servir. J'empaquetai aussi mon beau journal de fils militaire car je ne supportais pas l'idée de le laisser derrière moi ; quant à mes manuels d'école, j'eus du mal à les abandonner : je m'avouais du même coup qu'une éducation de qualité ne faisait plus partie de mon avenir.

Je ne fermai pas l'œil cette nuit-là et je me levai à l'aube. Je fis ma toilette, me rasai, me coiffai, enfilai le costume qui m'allait le mieux et m'assurai que mes bottes étaient bien cirées. J'allais prendre mon pistolet et mon épée quand je découvris le dernier coup que m'avait porté mon père : ils avaient disparu. Je restai un moment pétrifié de stupeur, les yeux fixés sur l'emplacement vide du râtelier où ils se trouvaient ordinairement, en compagnie des autres armes de la maison. Le temps d'un éclair, j'envisageai de prendre celles de Posse puis je repoussai une tentation aussi vile ; je ne voulais donner à mon père aucun prétexte de me taxer de voleur en plus de raté. Il me chassait de ma famille sans arme ? Très bien.

Je longeai sans bruit le couloir et pénétrai chez ma mère avec l'intention de lui faire en quelque sorte mes derniers adieux. Le matelas nu et les fenêtres sans rideaux donnaient à la chambre un aspect froid, squelettique. Il ne restait plus grand-chose de la femme qui m'avait élevé, à part quelques pots de crème sur sa table de toilette et sa lourde brosse à dos d'argent accompagnée de son peigne ; je m'en approchai dans l'espoir d'y trouver quelques cheveux à emporter comme souvenir, mais je vis soudain mon reflet dans le miroir et je m'arrêtai net devant un homme que je ne reconnaissais pas.

Je vivais avec l'image mentale de celui que j'avais toujours été. Je me rappelais un visage parfaitement sculpté, des pommettes hautes et des cheveux blonds coupés ras, un homme de belle taille qui se tenait droit, les bras et la poitrine musclés ; quand je pensais à moi, alors même que je savais avoir grossi, je me représentais ainsi. Mais cet homme-là n'était plus.

Mes pommettes et mes mâchoires disparaissaient dans la mollesse de ma figure arrondie, sous laquelle naissait un double menton. Je me redressai autant que je le pus en m'efforçant de rentrer le ventre, mais en vain : mon estomac débordait comme un énorme sac. Mes épaules épaissies de graisse mangeaient mon cou ; mes bras paraissaient plus courts et s'écartaient de mes flancs ; quant à mes cheveux, ils avaient l'air plats et gras. J'avais mis mon plus bel uniforme dans l'espoir de me donner l'aspect d'un soldat de la cavalla sur la route, mais je me voyais à présent tel qu'on me voyait de l'extérieur, plus corpulent que jamais. Mon surcroît de chair me faisait comme un vêtement mal taillé que j'eusse jeté sur moi ; je pouvais la saisir par poignées sur mes côtes, mes cuisses et même ma poitrine. Mes traits disparaissaient, submergés comme par une pâte terreuse. Je me détournai de cette image de cauchemar, sortis vivement de la chambre de ma mère et refermai la porte derrière moi.

Sans surprise, je constatai que Yaril m'attendait au pied des escaliers ; je me plaquai un sourire sur les lèvres. Elle m'avait préparé un paquet de vivres généreux ; je la remerciai puis la serrai contre moi une dernière fois. Elle prit appui sur mon ventre pour se dresser sur la pointe des pieds et m'embrasser sur la joue ; je sentis alors mon embonpoint comme une enceinte qui tenait à distance ceux que j'aimais. Fort Jamère.

« N'oublie pas ta promesse ! me souffla-t-elle à l'oreille avec violence. Ne m'abandonne pas ici en me croyant en sécurité. Envoie-moi chercher dès que tu te seras installé, même dans une cabane au fond des bois ; je viendrai. »

Je lui dis adieu à la porte puis tournai le dos à la maison qui m'avait vu grandir.

A l'écurie, je sellai Siraltier et fourrai mes affaires dans mes paniers de bât. Comme je menais ma monture au-dehors, je rencontrai le sergent Duril venu me dire au revoir. Le vieux soldat avait les traits tirés et la mine sombre ; il me savait déjà déshérité. Dans une famille noble, peu d'événements restaient longtemps du domaine privé. Je lui serrai la main.

Il me souhaita bonne chance. « Ecris-moi, dit-il, la gorge nouée. Je ne sais pas lire, c'est vrai, mais je trouverai quelqu'un pour me lire tes lettres. Tiens-moi au courant de ce qui t'arrive, mon garçon ; ne me laisse pas dans le noir à m'inquiéter. »

Je lui en fis la promesse puis mis le pied à l'étrier et m'installai en selle non sans mal. Siraltier s'agita, comme surpris par cette charge inattendue. Mes fesses se calèrent sur ma selle d'une façon nouvelle et déconcertante. Je pris une grande inspiration ; il y avait quelque temps que je n'étais plus monté à cheval, mais je retrouverais bientôt mes habitudes. Les premiers jours ne seraient pas une partie de plaisir, mais je survivrais. Alors que je m'éloignais, je me retournai vers mon ancien foyer. Yaril se découpait dans l'embrasure de sa fenêtre et me regardait partir ; elle me salua de la main et je l'imitai.

Les rideaux frémirent à la fenêtre de mon père ; ce fut tout. Quand, arrivé au bout de l'allée, je lançai un dernier regard à la maison, je vis un croas s'envoler de la cheminée ; il fit un tour complet de la demeure puis fila vers moi et me dépassa. Je trouvai le signe de mauvais augure, mais je le suivis.

A paraître prochainement, chez le même éditeur, la suite du Fils rejeté.

Remerciements

L'auteur souhaite remercier David Killingsworth de lui avoir fourni les éclairages qui ont permis de faire de Jamère un personnage complet.

Table

Cet ouvrage a été imprimé par la
SOCIÉTÉ NOUVELLE FIRMIN-DIDOT
Mesnil-sur-l'Estrée
pour le compte de Pygmalion
département des Éditions Flammarion
en novembre 2007

Composition et mise en page

NORD COMPO
multimédia

N° d'édition : L.01EUCNFD0841.N001- N° d'impression : 87558
Dépôt légal : novembre 2007
Imprimé en France